Stefan Burban

Im Angesicht der Niederlage

Stefan Burban

Im Angesicht der Niederlage

ATLANTIS

Eine Veröffentlichung des
Atlantis-Verlages, Stolberg
Dezember 2013

Druck: Schaltungsdienst Lange, Berlin

Titelbild: Allan J. Stark
Umschlaggestaltung: Timo Kümmel
Lektorat und Satz: André Piotrowski

ISBN 978-3-86402-107-7

Besuchen Sie uns im Internet:
www.atlantis-verlag.de

Prolog

Commodore Michail Kuslow tippte im hoffnungslosen Bemühen, sich seine Nervosität nicht anmerken zu lassen, nervös mit den Fingerspitzen auf die Lehne seines Kommandosessels.

Die Lichter auf der Brücke des Schweren Kreuzers *TKS Liverpool* waren gedämpft, wenig mehr als eine Notbeleuchtung. Inzwischen hatten sich Kuslows Augen zwar an das dämmrige Licht gewöhnt, eine adäquate Lichtquelle wäre ihm jedoch erheblich lieber gewesen. Er langweilte sich zutiefst. Bei diesem Licht konnte man nicht einmal lesen. Ein Umstand, der den Commodore zusätzlich frustrierte.

Kuslow fröstelte. Die Lebenserhaltung war im Zuge der Operation ebenfalls gedämpft worden, damit die *Liverpool* nicht mehr Energie abstrahlte als unbedingt notwendig. Der Schwere Kreuzer der Hermes-Klasse und seine sechs Begleitschiffe lagen nun schon geraume Zeit auf der Lauer. Im Asteroidenfeld des Bortus-Primus-Systems wirkten sie lediglich wie sieben Trümmer inmitten Tausenden anderer. Die Illusion war so perfekt, wie sie unter den gegebenen Umständen sein konnte. Er hoffte, es würde ausreichen. Die Täuschung musste nicht lange gelingen. Nur lange genug. Was seine Gedanken wieder einmal zu dem Mann an seiner Seite brachte. Dem Mann, dessen Uniform ihn von den übrigen Offizieren auf der Brücke auf geradezu penetrante Weise abhob. Der Mann war für Kuslow ein Störenfried, der nicht hierher gehörte. Bedauerlicherweise war er hier derjenige, der eigentlich das Sagen hatte.

Der schwarz gekleidete MAD-Offizier mit den glatt frisierten braunen Haaren und der Hakennase erinnerte Kuslow unangenehm an eine Krähe. Der Mann strahlte eine unnatürliche Ruhe aus, eine Ruhe, die der Commodore nicht ganz nachvollziehen konnte. Immerhin waren seine Schiffe aufgrund der Informationen hier, die der Geheimdienstoffizier beschafft hatte. Sie warteten nun schon seit acht Tagen unter minimaler Energiesignatur.

Acht Tage.

Acht Tage, in denen seine Leute im Prinzip nichts anderes tun konnten als Däumchen drehen. Nicht einmal Kampfübungen konnte er ansetzen, um seine Mannschaften ein bisschen auf Trab zu bringen, da sie hierfür Energie auf einige Systeme legen mussten, was zwangsläufig ihre Energiesignatur erhöht hätte. Die Männer und Frauen wurden langsam unruhig. In den letzten zwei Tagen hatte es drei Schlägereien gegeben, was kein Anzeichen besonderer Streitlust war, sondern schlicht Ausdruck der Frustration.

Ihre Beute hätte schon vor fünf Tagen hier auftauchen sollen. Es war eigentlich pure Idiotie, noch länger auszuharren, doch der MAD-Offizier bestand darauf. Und Kuslows Vorgesetzte waren bedauerlicherweise derselben Meinung. Dieser Einsatz dauerte exakt so lange, wie der MAD-Offizier es befahl. Keine Sekunde weniger.

»Sie sind ein wenig überfällig, nicht wahr?!«, suchte Kuslow das Gespräch.

»Sie kommen schon«, entgegnete der MAD-Offizier gelangweilt und begutachtete betont unauffällig eine Konsole an der Wand.

Kuslow verstand den Wink und verfiel erneut in brütendes Schweigen. Der Mann war ein Rätsel. Er war auf seinem Schiff aufgetaucht mit einem Befehl in der Hand und der Anweisung, Kuslows Kampfgruppe für die Dauer mehrerer Wochen direkt dem Befehl des MAD zu unterstellen. Der MAD-Offizier hatte sich nicht mal vorgestellt. Eigentlich eine Frage der Höflichkeit. Er kannte dessen Namen immer noch nicht. Auf eine entsprechende Frage Kuslows hin hatte der Mann einfach geantwortet, je weniger der Commodore wisse, desto besser. Der Mann war Captain, aber damit erschöpfte sich Kuslows Wissen um seinen mysteriösen Gast auch schon. Der Commodore wusste nicht einmal genau, auf wen oder was sie eigentlich warteten. So eine Frechheit. Ein Kommandant sollte im Bilde sein, welche Gefahren auf die Männer und Frauen unter seinem Befehl warteten.

Aber wenn das Oberkommando wollte, dass sie warteten, dann warteten sie eben ... und warteten ... und warteten ...

Die taktische Konsole meldete sich mit einem durchdringenden Ton zu Wort und Kuslow hatte alle Mühe, nicht überrascht zusammenzuzucken.

»Kontakt«, meldete Jäger, sein taktischer Offizier.

»Meldung!«, verlangte Kuslow sofort.

»Ich orte sieben, ich wiederhole, sieben Kontakte. Vier große Brocken und drei kleinere. Sind eben an der südlichen Nullgrenze eingetroffen und beschleunigen schnell ins innere System.«

»Haben Sie das Schwerkraftfeld bereits erreicht?«

»Positiv. Die haben ein ganz schönes Tempo drauf.«

Der MAD-Offizier tauchte mit all seiner düsteren Präsenz direkt neben Kuslows Kommandosessel auf und brachte das Kunststück zustande, zum selben Zeitpunkt gleichgültig und selbstzufrieden zu wirken.

»Wie wäre es denn *jetzt* mit einigen Hintergrundinfos«, hakte Kuslow nach. Dieselbe Frage hatte er in den letzten Tagen immer und immer wieder gestellt. Ohne Erfolg. Der MAD-Offizier hielt dicht. Halb erwartete er, dass seine Bemühungen auch diesmal wieder auf taube Ohren stoßen würden. Doch zu seiner Überraschung antwortete sein Gegenüber.

»Die dicken Brocken sind Transportschiffe. Sie dürfen unter keinen Umständen zerstört werden. Ihre ... Fracht ... ist enorm wichtig. Die drei anderen Schiffe sind umgebaute Frachter. Sie dienen den Transportern als Geleitschutz. Ihre Feuerkraft ist größer, als es für Schiffe dieser Kategorie typisch wäre, aber sie können es auf keinem Fall mit einem halben Dutzend Schwerer Kreuzer aufnehmen. Ihr Bedrohungspotenzial ist also minimal.«

»Was zum Teufel tun wir eigentlich hier?«

»Fragen Sie sich nicht, was sieben Schiffe so weit hier draußen zu suchen haben? Sämtliche Handelsrouten sind weit weg.«

Kuslow überlegte. »Aber die RIZ ist nur einen Katzensprung entfernt.«

Der MAD-Offizier lächelte bei Kuslows überlegter Schlussfolgerung. Eine beunruhigend gefühlskalte Geste. »Allerdings. Und was fällt Ihnen dazu ein?«

»Sieben zivile Schiffe, die sich verdächtig nahe an ruulanisch kontrolliertem Gebiet aufhalten«, ließ Kuslow seine Gedanken schweifen. »Piraten?«

»Sklavenjäger«, verbesserte der MAD-Offizier, seine Mundwinkel zu einer Grimasse des Abscheus verzogen. Es war die erste echte Gefühlsregung, die Kuslow an dem Mann wahrnahm.

Sklavenjäger waren inzwischen ein ernst zu nehmendes Problem. Piraterie stellte schon lange keine gewinnbringende Einnahmequelle mehr dar. Das Risiko überwog den zu erwartenden Profit bei Weitem. Die Raumflotte patrouillierte sämtliche Handelsrouten und selbst ein kleiner Kreuzer war den meisten Piratenschiffen überlegen.

Aus diesem Grund hatten sich viele Piraten neue Betätigungsfelder gesucht, um schnell an Geld zu kommen. Der Krieg gegen die Ruul brachte vielen den erhofften Geistesblitz: Sklaven! Es war allgemein bekannt, dass die Slugs ständig auf der Suche nach Sklaven für ihre Schiffe waren. Die Kriegsverluste der ruulanischen Stämme machten es für den Feind dringend notwendig, seine Bestände an Lebewesen kontinuierlich aufzufüllen.

Und skrupellose Individuen nutzten diese Marktlücke gnadenlos aus. Sie überfielen abgelegene Ortschaften auf Hinterwäldlerplaneten und verschleppten die Bevölkerung. Zuerst griffen sie hauptsächlich auf Planeten benachbarter Völker zurück: Sca'rith, Nerai, Meskalno und Til-Nara. In den letzten Monaten überfielen sie jedoch zunehmend menschliche Kolonien. Es war ein ernst zu nehmendes Problem. Und für die Sklavenjäger ein sehr profitables Geschäft. Sklavenschiffe waren die einzigen nicht-ruulanischen Schiffe, die sich gefahrlos der RIZ nähern oder sie sogar durchqueren durften. Die Ruul waren auf sie angewiesen und die Sklavenjäger wussten dies genau.

Hoher Gewinn bei relativ geringem Risiko. Handelsrouten zu schützen, war eine Sache, das Militär war jedoch nicht stark genug, um jede noch so kleine Ortschaft auf jeder abgelegenen Welt zu schützen. Eine Lücke, derer sich die Sklavenjäger nur zu bewusst waren. Darüber hinaus bewiesen sie ein bemerkenswertes Talent dafür, sich stets die schwächsten Kolonien für ihre Überfälle herauszupicken. Und sie schlugen ausgerechnet immer dann zu, wenn die entsprechende Welt gerade von einer Patrouille besucht worden und mit einer Rückkehr in nächster Zeit nicht zu rechnen war. Es wurde inzwischen in Erwägung gezogen, dass die Sklavenjäger über Insiderinformationen verfügten. Auch enge Kontakte zu den letzten Rebellen, den sogenannten Kindern der Zukunft, wurden nicht mehr ausgeschlossen. Es gab sogar Theorien, nach denen die Kinder der Zukunft den Sklavenhandel nicht nur förderten, sondern ihn sogar selbst initiiert hatten, um ihrem schwindenden Einfluss entgegenzuwirken und ihre Taschen zu füllen beziehungsweise ihren Operationen mit dem Erlös neuen Schwung zu verleihen. Selbst wenn es sich nur um eine Theorie handelte, so prognostizierte diese doch eine Bedrohung, die das Militär auf keinen Fall dulden durfte. Kuslow selbst gab nicht viel auf Gerüchte.

Er warf dem MAD-Offizier einen schrägen Seitenblick zu. Die Anwesenheit seines geheimnisvollen Gastes ließ jedoch plötzlich Raum für allerlei Spekulationen.

»Sie meinen, diese Transporter sind voller ...«

»... Menschen«, vollendete der MAD-Offizier den Satz. »Sie stammen von einem Überfall vor drei Wochen auf die Casdan-Kolonie. Die Sklavenjäger sind hier, um die Fracht an einige ruulanischen Schiffe zu übergeben.«

Kuslows Kopf zuckte hoch. »Die Ruul kommen hierher?«

»Keine Panik«, beruhigte der MAD-Offizier ihn. »Die Schiffe werden nicht kommen. Ein Kollege von mir hat sich mit einem anderen Kreuzer-Geschwader um dieses Problem gekümmert. Es wird niemand kommen, der uns stört. Diese Mistkerle dort draußen warten vergebens. Sie gehören uns.« Er zwinkerte Kuslow vielsagend zu. »Besser gesagt, Ihnen. Wir sind hier, um diese Schiffe aufzubringen.«

»Was ist mit dem Geleitschutz?«

»Wir brauchen mindestens ein Schiff intakt. An Bord dieser Schiffe sind Informationen, die meine Vorgesetzten benötigen. Ansonsten ist das Ihre Show, Commodore.«

Der MAD-Offizier trat einen Schritt hinter Kuslows Kommandosessel, die Hände hinter dem Rücken verschränkt. Der Commodore war dankbar für den Freiraum, den der Mann ihm ließ. Er atmete einmal tief durch, bevor er seine Befehle gab.

»Com, Signal an die übrigen Schiffe. Systeme hochfahren. Volle Kraft voraus. Sobald wir aus dem Trümmerfeld kommen, fächerförmig ausschwärmen und klar Schiff zum Gefecht. Taktik, alle Waffen aktivieren, Torpedorohre laden und Mündungsklappen öffnen. Und übermitteln Sie der *Neu-Delhi*, sie soll sich bereit machen, auf mein Kommando ihre Jäger auszuschleusen.«

Die Beleuchtung auf der Brücke der *Liverpool* wurde schlagartig heller. Kuslow kniff reflexartig die Augen zusammen ob des ungewohnten Lichtes. Auf Knopfdruck hin baute sich über seiner Lehne das taktische Hologramm auf mit den sieben Schiffen, die sich schnell dem Zentrum des Schwerkraftfelds näherten, und seinen eigenen sieben Einheiten, die wie ein Schwarm Piranhas aus dem Asteroidenfeld stießen.

Noch während er das Hologramm begutachtete, zeigten die Sklavenschiffe erste Reaktionen. Die Schiffe gingen auf Gegenkurs zu seinen Einheiten und gaben Vollschub. Die drei zu Kampfschiffen umgebauten Frachter zeigten jedoch deutlich höhere Beschleunigungswerte als die vier großen Transporter und ließen diese schnell hinter sich. Die Transporter versuchten aufzuschließen, doch es war vergebens.

»Befehl an die *Neu-Delhi*. Jäger ausschleusen!«

Die *TKS Neu-Delhi* war ein älterer Träger der Achilles-Klasse. Auf Kuslows Befehl hin öffneten sich die Hangartore des Schiffes und zwei Zerberus-Geschwader zu je zwölf Jägern stoben ins All. Die kleinen Schiffe formierten sich paarweise und schwärmten nach Steuer- respektive Backbord aus, um die flüchtenden Schiffe in die Zange zu nehmen. Dabei konzentrierten sie sich vor allem auf die großen Transporter, um im Notfall deren Antriebe ausschalten zu können.

»Com, ein Signal auf einem Breitbandkanal. Ich will, dass mich jedes dieser Schiffe empfangen kann.«

»Aye, Sir. Sie können sprechen.«

»Achtung! Achtung!«, sprach Kuslow mit volltönender Stimme. »Hier spricht Commodore Michail Kuslow an Bord des terranischen Schweren Kreuzers *Liverpool*. Dieser Ruf gilt den nicht registrierten, fliehenden Schiffen direkt voraus. Sie stehen unter dem Verdacht der Piraterie und des Sklavenhandels. Ich stelle Sie hiermit allesamt unter Arrest. Stoppen Sie die Antriebe und deaktivieren Sie sämtliche offensiven und defensiven Systeme. Sollten Sie sich weigern, werden wir das Feuer eröffnen.«

Der letzte Satz war im Prinzip nur eine leere Drohung. Kuslow würde nie das Feuer auf Schiffe voller gefangener Zivilisten eröffnen. Die Kommandanten der Sklavenschiffe wussten dies jedoch nicht. Und es war ihnen schmerzhaft bewusst, dass ihre eigene Eskorte sie im Stich ließ, während sechs schnelle Hermes-Kreuzer und zwei Zerberus-Geschwader Jagd auf sie machten. So trafen sie die einzig logische Entscheidung.

»Sir, die vier Transporter setzen die Beschleunigung auf null und deaktivieren die Schilde«, meldete Commander Valerie Michaels, seine XO.

»Signal an die *Valencia*, die *Alexandria* und die *Hawk*. Sie sollen die Transporter in Schach halten und ihre Marines an Bord schicken, um die Besatzungen festzusetzen. Die *Neu-Delhi* soll zurückbleiben und die Kaperung mit ihren Jägern absichern. Die anderen Schiffe sollen uns folgen.«

Die drei Kampfschiffe der Sklavenjäger hatten bereits einen deutlichen Vorsprung und waren sogar noch immer dabei, diesen auszubauen. Sie steuerten direkt auf die nördliche Nullgrenze zu, um in die RIZ zu flüchten. Selbst Hermes-Kreuzer hätten es unter diesen Bedingungen sehr schwer, sie einzuholen, bevor es ihnen möglich war, aus dem System zu springen. Doch Kuslow hatte noch einen Trumpf im Ärmel. Und jetzt war genau der richtige Zeitpunkt, um diesen einzusetzen.

»Com, Signal an die *Kobra*. Zeit, um loszuschlagen.«

Kuslow beobachtete sein taktisches Hologramm aufmerksam, während sein ComOffizier hektisch in sein Headset sprach. Die entsprechende Reaktion ließ nicht lange auf sich warten.

Hinter dem zweiten Planeten des Systems schoben sich plötzlich zehn weitere Kontakte in Sensorreichweite. Kuslow verzog den Mund zu einem gehässigen Grinsen, als die übrigen Kreuzer seiner Kampfgruppe dem feindlichen Verband den Weg abschnitten.

Auf Bitten des MAD-Offiziers hatte er einen Teil seines Kommandos dort postiert. Vor acht Tagen hatte er sich noch keinen Reim auf diese Maßnahme machen können. Nun ergab sie durchaus Sinn. Die Sklavenjäger saßen im Schwerkraftfeld in der Falle. Ohne Möglichkeit, eine der beiden Nullgrenzen des Systems zu erreichen. Kuslows Achtung vor seinem Gast wuchs, als ihm bewusst wurde, dass der Mann die Handlungen ihrer Gegner vorhergesehen und bereits im Vorfeld vereitelt hatte. Dieser Offizier war sehr gefährlich. Zum Glück stand er auf ihrer Seite.

Die drei Kampfschiffe wendeten, um sich mit ihren Verfolgern zu befassen. Wer auch immer dort das Kommando innehatte, rechnete sich im Gefecht mit drei Kreuzern wohl höhere Chancen aus als im Gefecht mit zehn Kreuzern.

»Feind nähert sich. Perfekte Dreiecksformation«, meldete Lieutenant Jäger.

»Wir brauchen mindestens eines intakt«, flüsterte der MAD-Offizier so leise, dass nur Kuslow ihn zu hören imstande war. »Zwingen Sie sie zur Kapitulation.«

»Können Sie mir auch sagen wie?«

»Statuieren Sie ein Exempel.«

Gar keine schlechte Idee. Kampf bis zum Tod war zwar ein heroischer Grundsatz, doch nur schwer aufrechtzuerhalten, wenn man mit ansah, wie sich ein befreundetes Schiff in Rauch auflöste, und man selbst nur einen Knopfdruck davon entfernt war, dessen Schicksal zu teilen.

Er widmete seine ganze Aufmerksamkeit dem taktischen Hologramm. Aber wen sollte er erledigen und wen verschonen? Am liebsten wäre es ihm, den Anführer der Sklavenjäger lebendig in die Finger zu bekommen, doch wie sollte er herausfinden, auf welchem Schiff dieser zu finden war? Die drei Schiffe waren inzwischen mit Bezeichnungen versehen. Das Schiff an der Spitze war mit Alpha gekennzeichnet, das Schiff zu dessen Rechten mit Beta, das andere mit Gamma. Und ihre Formation formte ein exakt gleichseitiges Dreieck.

Er überlegte noch, als das Schiff mit der Bezeichnung Gamma die Geschwindigkeit ein ganz klein wenig verringerte, sodass die beiden anderen Schiffe - von den Kapitänen mit Sicherheit unbemerkt - ein wenig Distanz aufbauten und die Formation auseinanderzogen.

Erwischt!, grinste Kuslow. Wenn man auf eines vertrauen konnte, dann auf die Feigheit von Piraten und Sklavenjägern.

»Com, noch mal einen Breitbandkanal öffnen.«

»Sprechen Sie, Commodore.«

»An die drei Piratenschiffe! Stoppen Sie sofort und ergeben Sie sich. Das ist unsere letzte Warnung.«

Als Antwort auf Kuslows Aufforderung tauchten neun rot blinkende Symbole auf dem Hologramm auf, die von den gegnerischen Schiffen ausgingen und schnell in Richtung der drei Schweren Kreuzer beschleunigten.

»Torpedos im Anflug«, meldete Jäger. »Einschlagpunkt in etwa zwölf Minuten.«

Falsche Antwort, ihr Trottel.

»Flakbatterien Feuer frei, sobald die Flugkörper in Reichweite sind. Befehl an die *München* und die *Toulouse*, wir konzentrieren unsere Salven. Alpha und Beta sind die Ziele. Gamma unter keinen Umständen beschießen.«

Die einkommenden Torpedos wurden von den Flaks der Schweren Kreuzer unter Dauerfeuer genommen, sobald sie nahe genug waren. Einer nach dem anderen geriet ins Kreuzfeuer der Schiffe und verging in einem Schrappnellschauer. Für Kuslows Einheiten bestand nie auch nur die geringste Gefahr.

Jetzt bin ich dran.

»Feuer frei!«

Die drei Kreuzer feuerten insgesamt siebenundzwanzig Torpedos auf die Schiffe der Sklavenjäger ab. Die umgebauten Frachtschiffe des Gegners zeigten ein Verhalten, das stark an Panik erinnerte, als sie ihre Formation auflösten und auseinanderstoben. Kuslow entblößte seine Zähne zu einem gehässigen Grinsen, denn er wusste, dass die Aktion sinnlos war.

Den Kapitänen der drei Schiffe gelang es, acht Torpedos abzuschütteln. Eine beachtliche Leistung, doch bei Weitem nicht gut genug. Die Schiffe mit der Bezeichnung Alpha und Beta vergingen in zwei grellen Explosionen.

Sie hörten buchstäblich von einer Sekunde zur nächsten auf zu existieren.

Der MAD-Heini wollte ein Exempel? Jetzt hat er eines.

Mit einmal Mal fand sich das letzte feindliche Schiff allein und verlassen wieder. Kuslow vermochte sich durchaus vorzustellen, wie verletzlich sich der Kommandant im Moment fühlen musste.

»Sir?«, meldete sich der Offizier an der Com zu Wort. »Man wünscht Sie zu sprechen.«

Na also.

»Durchstellen.«

Das taktische Hologramm wurde ersetzt von der mürrischen, narbenübersäten Miene eines überraschend jungen Mannes. Selbst über die Comverbindung konnte Kuslow den Hass des feindlichen Kommandanten beinahe körperlich spüren.

»Mit wem spreche ich?«, verlangte Kuslow zu wissen.

»Captain Daniel Rads.«

Dass der Mann sich tatsächlich als Captain bezeichnete, löste in Kuslow ein Gefühl der Übelkeit aus. Er zwang den Brechreiz hinunter und konzentrierte sich auf sein Gegenüber.

»Captain, Ihre Schwesternschiffe sind zerstört und die Transportschiffe, für die Sie verantwortlich waren, sind aufgebracht. Ich fordere Sie ein letztes Mal auf, sich zu ergeben.«

»Was bieten Sie mir also an?«

»Ihnen anbieten?« Die Frechheit des Mannes raubte Kuslow den Atem. Er wollte schon etwas Bissiges erwidern, als er die Präsenz des MAD-Offiziers erneut neben seinem Kommandosessel spürte.

»Tote Männer geben keine Antworten mehr.«

Eine einfache Aussage. Und doch zutreffend. Piraterie und Sklavenhandel waren beides Vergehen, auf die die Todesstrafe stand. Natürlich hatten betreffende Delinquenten theoretisch das Recht auf ein ordentliches Verfahren und eine angemessene Verteidigung. In der Praxis sah das jedoch so aus, dass ein Schiffskommandant, der ein Piraten- oder Sklavenschiff aufbrachte, an Ort und Stelle ein Standgericht anberaumen durfte - mit ihm selbst als vorsitzendem Richter, Flottenoffizieren als Beisitzer, einem Flottenoffizier als Ankläger und zu guter Letzt einem Flottenoffizier als Verteidiger.

Es verstand sich von selbst, dass das Urteil daher immer gleich lautete: Tod im Weltraum.

In der Regel wurde das Urteil innerhalb einer Stunde nach Schließung der Sitzung vollstreckt.

Und damit hatte Kuslow nicht das geringste Problem. Nur stellte ihn das in diesem besonderen Fall vor eine nicht geringe Komplikation. Sollte er Rads keinen Ausweg anbieten, ließ er diesem gar keine andere Wahl, als bis zum Tod zu kämpfen, egal wie aussichtslos die Sache auch war. Der Tod in einem explodierenden Raumschiff war dem langsamen, qualvollen Tod im Weltraum jederzeit vorzuziehen. Normalerweise wäre Kuslow nur zu gern bereit, ihm diesen Gefallen zu tun. Jedoch beinhaltete - laut dem MAD-Offizier neben ihm - die Datenbank von Rads' Schiff Informationen, die der MAD unbedingt haben wollte, ganz zu schweigen davon, dass man vorhatte, die Besatzung einem Verhör zu unterziehen. Ein schwieriges Problem, jedoch besaßen Kommandanten im Feld, was Strafzumessung betraf, ein wenig Entscheidungsspielraum.

»Falls Sie sich ergeben und kooperativ zeigen, werde ich dafür sorgen, dass man sie in einer Strafkolonie interniert.« Bei jedem einzelnen Wort drohte Kuslow die Galle hochzukommen.

»Wie lange?«

»Wie lange? Lebenslänglich natürlich.«

Rads lachte unterdrückt auf, doch Kuslow bemerkte einen deutlichen Ansatz von Nervosität in dessen Tonfall.

»Nicht sehr erstrebenswert.«

»Aber Sie und Ihre Männer würden leben.«

»Vergessen Sie's.« Das Hologramm wurde dunkel. Rads hatte die Verbindung unterbrochen.

»Na toll! Und jetzt?«

»Das feindliche Schiff bezieht Angriffsposition«, meldete Jäger. »Befehle, Sir?«

»Warten Sie noch, Mr. Jäger.« Kuslow wandte sich an den MAD-Offizier. »Vorschläge?«

»Ich gebe zu, ich bin jetzt auch ein wenig überfragt. Damit hatte ich ehrlich gesagt nicht gerechnet.«

»Mr. Jäger, können Sie das Schiff ausschalten, ohne es zu zerstören?«

Bevor der taktische Offizier antworten konnte, kam erneut ein Ruf von der Kommunikationskonsole. »Sir? Wir werden wieder von dem feindlichen Schiff gerufen.«

Kuslow wechselte einen verwirrten Blick mit dem MAD-Offizier. »Durchstellen!«

Anstelle von Rads' Gesicht erschien jedoch ein deutlich älteres. Im Hintergrund bemerkte er den heftig zappelnden Möchtegern-Captain, wie er sich im Griff dreier muskulöser Besatzungsmitglieder wand.

»Bitte nicht schießen. Wir ergeben uns. Bitte nicht schießen. Rads wurde soeben als Captain abgesetzt. Wir akzeptieren Ihre Bedingungen.«

Na also.

»Stoppen Sie Ihren Antrieb und deaktivieren Sie sämtliche Waffen und die Schilde. Versammeln Sie sich dann in der Offiziersmesse und erwarten Sie die Ankunft unserer Marines. Und keine Waffen. Wenn meine Leute auch nur eine Waffe sehen, ist mein Angebot hinfällig.«

»Verstanden.« Das Hologramm wurde erneut dunkel.

Kuslow gönnte sich den Luxus, sich zu entspannen und hörbar zu seufzen.

»Commander Michaels, schicken Sie die Marines an Bord und sichern Sie das Schiff. Nachdem das erledigt ist, lassen Sie Rads und seinen XO unter Bewachung zu mir bringen.«

Er schwenkte seinen Kommandosessel herum, um dem MAD-Offizier zu mustern.

»Und jetzt?«

»Und jetzt?!« Der MAD-Offizier lächelte humorlos. »Jetzt fängt der schwierige Teil erst an.«

1

»Fallen in den Normalraum zurück, Commodore.«

»Ausgezeichnet, Lieutenant Mendez. Com, senden Sie unser IFF-Signal und den diplomatischen Code. Sobald die Bestätigung eintrifft, Ms. Mendez, steuern Sie den dritten Planeten an.«

»Aye-aye, Sir.«

Commodore Vincent DiCarlo, Kommandant des Nemesis-Schlachtträgers *TKS Lydia*, streckte sich in seinem Sessel. Die Fahrt war lang und anstrengend gewesen und er war froh, endlich ihren Bestimmungsort erreicht zu haben. Vor allem dass er endlich seine Passagiere los wurde, stellte ihn über alle Maßen zufrieden. Diplomatische Missionen waren an sich schon öde genug, aber als persönliches Taxi für die terranische Delegation benutzt zu werden, stellte eine eklatante Verschwendung von Ressourcen dar, insbesondere da man ihn über die Natur ihrer Mission bis dato völlig im Unklaren gelassen hatte. Und als wäre das nicht genug, hatte er nicht einmal sein volles Geschwader mitnehmen dürfen, sondern war angewiesen worden, fünf Schiffe auszuwählen, die die *Lydia* begleiten durften. Seine Wahl war auf die beiden Schweren Kreuzer der Night-Klasse *Potemkin* und *Las Vegas*, den Schweren Kreuzer der Sioux-Klasse *Thunderbolt* sowie die beiden Zerstörer *Aggresive* und *Violent* gefallen.

»Sir?«, meldete Lieutenant Junior Grade Archibald Vestoccio an der ComStation. »Das Asalti-Verteidigungskommando und die MacAllister-Raumüberwachung heißen uns willkommen und bitten uns, eine Parkposition über der Kolonie einzunehmen. Zwischen den anderen Delegationen.«

Den anderen Delegationen?

»Bestätigen Sie die Anweisung. Kurs nehmen auf den dritten Planeten und melden Sie uns dem örtlichen Wachgeschwader an. Nicht, dass noch jemand nervös wird.«

Das MacAllister-System stellte eine Kuriosität innerhalb des Terranischen Konglomerats dar und genoss einen Sonderstatus. Nach der ruulanischen Invasion des Asalti-Systems hatte man den überlebenden Asalti den zweiten Planeten übereignet und ihnen gestattet, dort eine Kolonie zu errichten. Der zweite Planet, den die neuen Eigentümer Neu-Asalti getauft hatten, genoss nun den Status einer souveränen Nation, während der dritte Planet eine menschliche Kolonie beherbergte. Man musste sich also bei Eintritt ins System sowohl bei den Asalti anmelden als auch bei der terranischen Raumüberwachung.

Das System umfasste insgesamt acht Planeten, wobei nur MacAllister II und III bewohnbar waren. MacAllister I war ein öder Klumpen Fels ohne Ressourcen, Bodenschätzen oder eine atembare Atmosphäre. MacAllister IV, V und VI waren Eiswüsten ohne beziehungsweise mit giftiger Atmosphäre. MacAllister VII war ein Gasriese und die Atmosphäre des achten Planeten war eine tödliche Mischung aus Methan und verschiedenen anderen hochgiftigen Gasen.

Die Asalti-Kolonie wuchs unglaublich schnell und beherbergte inzwischen weit über hunderttausend Asalti. Dafür war nicht nur die rasante Geschwindigkeit verantwortlich, mit der dieses Volk sich fortpflanzte, sondern auch die Tatsache, dass der Planet zum Magneten wurde für alle Asalti, die sich zum Zeitpunkt der Invasion nicht in ihrem heimatlichen Sonnensystem aufgehalten hatten.

Das war aber nicht das eigentlich Erstaunliche an den neuen Bewohnern von MacAllister II alias Neu-Asalti. Der ehemalige Asalti-Widerstand hatte sich enorm gemausert und stellte nun ein eigenständiges Militär von beachtlicher Schlagkraft dar. Sehr zum Verdruss vieler älterer Mitglieder dieses Volkes. Doch dies war eine Entwicklung, die sich weder rückgängig machen noch verhindern ließ. Zu viele sagten sich, es dürfe nie wieder so etwas vorkommen wie im ursprünglichen Asalti-System. Zu diesem Zweck versorgten ihre menschlichen Verbündeten sie mit allen Arten von Waffen und Schiffen.

Die Asalti-Flotte zählte inzwischen über vierzig Schiffe. Ihre schwersten Kaliber, auf die die Asalti überaus stolz waren, stellten zwölf Schwere Kreuzer der Sioux-Klasse dar. Darüber hinaus verfügten sie noch über eine Anzahl Leichter Kreuzer, Zerstörer und Fregatten.

Dies geschah natürlich nicht ganz uneigennützig. Das MacAllister-System lag dem strategisch wichtigen Serena-System am nächsten - weniger als dreißig Lichtjahre südlich -, und würde es den Ruul gelingen, irgendwann die Fortress-Linie zu überwinden, würde das MacAllister-System als einer von mehreren Militärstandorten, die volle Wucht des ruulanischen Angriffs zu tragen haben. Indem man die Asalti massiv aufrüstete, schuf man eine Verteidigungsallianz innerhalb des Konglomerats, die personell nicht zu Lasten der Menschen ging. Die Asalti würden also einen Teil des feindlichen Angriffs auffangen. Das langfristige Ziel bestand darin, die Asalti industriell und technologisch so weit zu bekommen, dass sie in der Lage waren, Waffen, Schiffe und Fahrzeuge selbst zu produzieren. Mehrere orbitale Werften und bodengestützte Fabriken waren bereits in Planung.

Die *TKS Lydia* beschleunigte schnell ins innere System mit Kurs auf MacAllister III. Der Flug würde fast zwei Stunden dauern, doch die Sensoren fingen bereits jetzt äußerst interessante Daten auf und speisten sie auf DiCarlos taktisches Hologramm ein. Demzufolge war der Orbit des Planeten äußerst geschäftig.

»Teilen Sie Botschafter Pommeroy mit, dass wir MacAllister erreicht haben und uns zügig dem dritten Planeten nähern.«

Vestoccio beugte sich geschäftig über seine Konsole und sprach gedämpft in sein Headset, bevor er sich wieder seinem Kommandanten zuwandte. »Sir? Botschafter Pommeroy bittet Sie in den Besprechungsraum zu einer allgemeinen Einweisung, falls Ihre Zeit es gestattet.«

»Na endlich. Wurde auch langsam Zeit, dass jemand es für nötig hält, mich einzuweihen, worum es geht.« Vincent erhob sich aus seinem Sessel. »Mr. Ivanov, Sie haben die Brücke.«

»Aye, Sir«, bestätigte sein Erster Offizier.

Vincent verließ die Brücke seines Flaggschiffs in dem Bewusstsein, dass es sich in guten Händen befand. An die Ressentiments und den Ärger, den er während der Kommandoübernahme seines Schiffes vor so vielen Jahren mit Ivanov gehabt hatte, dachte er heute nur noch schmunzelnd mit einem nicht geringen Anteil ehrlichen Humors. An den unsicheren, ständig wütenden Offizier von damals erinnerte heute nichts mehr. Der Mann hatte sich nicht nur den Respekt der Offiziere an Bord, sondern auch den der Mannschaft hart erarbeitet und seit damals nie enttäuscht.

Die Marines vor dem Konferenzraum standen stramm, als sich Vincent näherte. Er nickte beiden freundlich zu, bevor er den Raum betrat. Es waren fast alle Plätze besetzt und die Anwesenden warteten offenbar nur noch auf ihn.

Botschafter George Pommeroy hatte für sich das Kopfende des Tisches in Anspruch genommen. Eigentlich in Regelbruch, da dieser Platz für gewöhnlich dem Schiffskommandanten zustand, doch Vincent ließ den Mann ausnahmsweise gewähren und nahm zu seiner Rechten Platz.

Neugierig ließ er den Blick über die Versammelten schweifen. Einige kannte er bereits persönlich oder dem Namen nach.

Konteradmiral Okuchi Nogujama vom MAD war ihm natürlich ein Begriff; jeder Offizier und Soldat kannte den Geheimdienstchef. Neben ihm saß Lieutenant Colonel David Coltor, der ihn lächelnd mit einem persönlichen Nicken begrüßte. David und Vincent verbanden viele gemeinsame Erlebnisse. Erinnerungen an die Zeit, als die Ruul die *Lydia* gekapert hatten, drängten sich plötzlich in den Vordergrund. Blinzelnd vertrieb er die ungewollten Gedanken und zwinkerte dem befreundeten Geheimdienstoffizier zu. An Coltors Seite saß Captain Jonathan Clarke, den Vincent noch nicht kannte; dieser war ebenfalls vom MAD.

Es folgten noch eine Reihe Berater, Assistenten und Adjutanten Pommeroys, deren Namen zu merken sich Vincent nicht die Mühe gemacht hatte. Bis auf einen: Frank Hahlbach, Pommeroys persönlicher Assistent und dessen allgegenwärtiger Schatten. Tatsächlich konnte er sich nicht erinnern, Pommeroy je ohne den Mann begegnet zu sein. Trotz hoch entwickelter Augenkorrekturmethoden trug der Mann eine Brille auf der Nase und wirkte sehr introvertiert. Er erhob nie die Stimme und versuchte, möglichst nicht aufzufallen. Dennoch war er immer da und versorgte mit seiner unaufdringlichen Art Pommeroy ständig mit nützlichen Informationen oder Hintergrundinfos zum derzeit aktuellen Diskussionsthema.

Den Abschluss bildeten zwei breitschultrige und überaus kompetent wirkende Offiziere. Ihr Körperbau wirkte jeweils so kompakt und durchtrainiert, ihre Haltung so identisch, dass sie automatisch als Brüder durchgegangen wären, und das, obwohl sie sich ansonsten kein bisschen ähnlich sahen.

Beide trugen die Insignien eines Majors am Revers sowie die Abzeichen der jeweiligen ROCKETS-Teams. Der Linke war ihm zu Beginn ihrer Reise als Major Scott Fergusen vorgestellt worden, ROCKETS-Team Panther. Der andere hieß Major Alan Foulder, ROCKETS-Team Gepard. Obwohl die beiden Offiziere völlig ruhig und entspannt auf ihren Stühlen saßen, bekam Vincent bei ihrem Anblick eine Gänsehaut. Sie wirkten selbst entspannt äußerst gefährlich und definitiv in der Lage, jeden im Raum zu töten, ohne dabei sonderlich ins Schwitzen zu geraten.

»Nun, da wir vollzählig sind«, begann Pommeroy mit deutlichem Seitenblick auf Vincent, der allerdings von einem freundlichen Lächeln gemildert wurde, »können wir ja anfangen.«

Obwohl der Flug hierher einige Wochen gedauert hatte, hatte Vincent kaum die Gelegenheit gefunden, sich mit Pommeroy zu unterhalten oder den Mann kennenzulernen. Das war nicht unbedingt Pommeroys Schuld, wie sich Vincent insgeheim eingestand. Er war dem Mann vielmehr gezielt aus dem Weg gegangen. Diplomaten und Politiker waren nicht sein Ding. Und Pommeroy war beides.

Der Mann bekleidete ein hohes Amt als ziviler Militärexperte und Spezialist für Interspezies-Beziehungen im Kabinett der derzeitigen Präsidentin Gabriele Tyler. Die Präsidentin hielt - wenn man den Gerüchten Glauben schenken konnte - große Stücke auf ihn.

Pommeroy wirkte zu jedem Zeitpunkt adrett und gepflegt. Vincent bezweifelte, dass es auch nur ein Haar gab, das sich nicht an dem für es bestimmten Platz befand. Sein schwarzes Haar war zu einem Seitenscheitel frisiert, sein Anzug in einem aristokratischen Blau gehalten.

»Einige von Ihnen«, fuhr der Botschafter fort, »wissen bereits, worum es sich bei unserer Mission handelt.« Sein Blick streifte wie zufällig die Geheimdienstoffiziere. Vincent wusste die Geste zu schätzen. Der MAD war also bereits eingeweiht, was ihn nicht unbedingt wunderte. Es gab nur sehr wenig, wovon der MAD nichts wusste. Gut möglich, dass sie diese Operation sogar initiiert hatten.

»Wir laufen das MacAllister-System an, um Geschichte zu schreiben.« Er betätigte einen Knopf an der Seite und über dem Konferenztisch erschien ein durchsichtiges Hologramm. Interessiert beugten sich die Anwesenden vor. Es handelte sich um einen Kartenausschnitt der Milchstraße, mit Fokus auf den Frontverlauf mit den Ruul. Was Vincent dabei aber besonders ins Auge stach, war die Tatsache, dass der Frontverlauf nicht nur Menschen und Til-Nara einschloss, sondern auch Nerai und Sca'rith - die beiden anderen Völker, mit denen sich die Ruul derzeit im Krieg befanden.

»Wir sind hier, um über einen Beitritt der Nerai, Sca'rith und Meskalno in unsere Koalition mit den Til-Nara zu verhandeln, um den Ruul in einer gemeinsamen, einheitlichen Front die Stirn zu bieten.«

Ein Raunen ging durch die Runde. Zwar bemühte sich das Konglomerat bereits seit Kriegsbeginn und teilweise schon davor um diplomatische Bemühungen und Bündnisse mit diesen Völkern, doch erstmals bekam man alle beteiligten Parteien tatsächlich an einen Tisch.

»Ich fange am besten mit einer kurzen Stellungnahme zu den Völkern an, für alle diejenigen hier, die mit Exobiologie nicht so vertraut sind und möglicherweise von unseren zukünftigen Verbündeten noch nichts oder kaum etwas gehört haben.

Sollte es tatsächlich ein Bündnis geben, in dem wir alle unsere Nachbarn unter einen Hut bringen, gilt es, vorher eine Menge gegenseitiger Abneigung und teilweise sogar offener Feindschaft zu überwinden. Fangen wir diesbezüglich einmal mit den Nerai an.«

Das Hoheitsgebiet der Nerai wurde farblich hervorgehoben. Es befand sich vom terranischen Raum aus gesehen genau auf der anderen Seite des Til-Nara-Territoriums und umfasste vor dem Krieg annähernd hundert Systeme. Nun waren es noch um die siebzig. Das Hologramm einer Kreatur wurde eingeblendet, die einem Til-Nara überraschend ähnlich sah. Der Chitinpanzer war von einer dunkleren Farbe, fast schwarz, und der Nerai war einen guten Kopf kleiner als ein Til-Nara. Ansonsten sahen sie sich zum Verwechseln ähnlich.

»Til-Nara und Nerai besitzen einen gemeinsamen Ursprung, wie sie sich sicher inzwischen gedacht haben«, begann Pommeroy das Dossier. »Die Nerai haben sich jedoch vor gut zweitausend Jahren von der Hauptrasse abgespalten und gehen seitdem eigene Wege. Sehr zum Missfallen der Til-Nara. Seit dieser Zeit gab es vier ausgedehnte Kriege und unzählige Grenzscharmützel. Beide Seiten befinden sich gegenüber der anderen ständig im Kriegszustand und die Til-Nara betrachten das Gebiet der Nerai - selbst nach all dieser Zeit - immer noch als abtrünnige Provinz. Militär und Flotte der Nerai sind mit denen der Til-Nara vergleichbar. Sie verwenden vergleichbare Schiffstypen, weshalb sie in einer verbündeten Flotte auch ähnliche Aufgaben übernehmen könnten. Dies würde die Til-Nara entlasten, die in den letzten Monaten unter dem beständig erhöhten Druck seitens der Ruul gestanden haben.«

Er betätigte eine andere Taste und das Sca'rith-Gebiet wurde hervorgehoben. Das Bild des eingeblendeten Sca'rith zeigte eine raubkatzenähnliche Kreatur von annähernd menschlicher Größe mit langen Haaren am ganzen Körper und scharfen Krallen an den Händen. Die Sca'rith bewohnten früher ein Gebiet von etwa vierzig Systemen. Nun war ihr Gebiet auf gerade mal zweiundzwanzig geschrumpft.

»Die Sca'rith sind dem Namen nach ein Königreich. Das ist allerdings nicht mit unserer Definition dieses Begriffs vergleichbar. Das Amt des Königs ist kein erblicher Titel, sondern wird im Kampf gewonnen. Demnach ist ihr stärkster Kämpfer auch ihr König. Das klingt jetzt blutiger, als es eigentlich ist. Die Sca'rith legen viel Wert auf Kriegeretikette und die Herausforderungen enden zwar immer mit Verletzungen, aber selten tödlich.

Ich sollte noch erwähnen, dass die Sca'rith Piraten sind. Sie greifen bevorzugt die Handelsflotten der Meskalno an und kapern die Fracht. Das ist bei ihnen sogar so eine Art Volkssport, was den Meskalno verständlicherweise gar nicht gefällt.

Wie bei Piraten nicht anders zu erwarten, verfügen die Sca'rith über keine nennenswerte Anzahl schwerer Kriegsschiffe. Die Zahl ihrer Schlachtschiffe beschränkt sich unseres Wissens auf etwa dreißig. Allerdings besitzen sie eine enorm hohe Anzahl an Leichten Kreuzern. Wir schätzen ihre Stärke in dieser Hinsicht auf eine Zahl irgendwo im hohen dreistelligen Bereich; eventuell liegt sie sogar im vierstelligen. Und die Sca'rith wissen sehr gut mit ihnen umzugehen.

Die Sca'rith ziehen es vor, einem stärkeren Gegner nicht direkt zu begegnen. Ihre bevorzugte Kampftaktik besteht in überraschenden Guerillaangriffen. Auf diesem Gebiet sind sie solche Meister, dass sie den Vormarsch der Ruul in ihrem Raum bereits vor dem Waffenstillstand fast völlig zum Erliegen bringen konnten.«

Pommeroy drückte eine letzte Taste und ein weiteres Gebiet wurde farblich markiert. Es lag südlich des Gebiets des Terranischen Konglomerats und grenzte im Osten an das Til-Nara-Gebiet und im Westen an das der Sca'rith. Das Wesen, das zeitgleich als Hologramm aufgerufen wurde, wirkte entfernt wie eine Gottesanbeterin - bis auf die blaue Haut und die Tatsache, dass es zwei zusätzliche Paar Gliedmaßen hatte. Über dem Gesicht trug der Meskalno eine große Maske, die mit einem Tank auf seinem stabilen Rücken verbunden war.

»Was mich zu den Meskalno bringt. In gewisser Weise sind sie die schwierigsten Konferenzteilnehmer. Wie Sie sehen können, werden sie durch den Krieg bisher in keiner Weise tangiert. Das Gebiet des Konglomerats, der Til-Nara und der Sca'rith dient als Puffer zwischen ihnen und den Ruul. Das macht es schwierig, sie für einen Kriegsbeitritt zu gewinnen.«

»Und wie wollen Sie an die Sache herangehen?«, warf Vincent neugierig ein.

Falls Pommeroy über die Unterbrechung ungehalten war, so zeigte er es jedenfalls nicht. Stattdessen lächelte er nachsichtig. »Über ihre wirtschaftlichen Interessen. Die Meskalno sind intergalaktische Händler. Und der Krieg beeinträchtigt den Handel in nicht zu tolerierendem Maße.

Jedenfalls aus Sicht der Meskalno. Viele der Welten, mit denen sie früher florierenden Handel getrieben haben, sind jetzt von den Ruul besetzt. Das müssen wir ausnutzen. Ihre Furcht, dass es noch schlimmer werden könnte, dient mir dabei als Hebel.

Die Meskalno sind ein sehr religiöses Volk. Die vorherrschende Regierungsform ist eine theokratische Diktatur. Sie werden von einem Obersten Theokraten regiert. Die Meskalno sind Methanatmer.

Die Meskalno besitzen kein Militär im eigentlichen Sinn ...«

»Wozu brauchen wir sie dann?«, warf Alan Foulder ein. Der Mann rümpfte die Nase und warf Pommeroy einen kampflustigen Blick zu. Pommeroy starrte nicht minder aggressiv zurück. Die beiden mochten sich offensichtlich nicht. So viel war klar.

»Wir brauchen sie, weil die Meskalno das älteste raumfahrende Volk sind. Ihr ISS-Antrieb ist dreimal so effektiv wie unserer, der der Til-Nara oder eines anderen Volkes. Man stelle sich vor: Nachschublieferungen, die ihren Bestimmungsort in einem Drittel der Zeit erreichen; Truppenverstärkungen, auf die dasselbe zutrifft. Die Möglichkeiten sind endlos. Und die Meskalno verfügen über eine unglaublich hohe Anzahl an bewaffneten Transportschiffen. Einige der Meskalno-Transporter sind besser bewaffnet als Kreuzer der Sioux-Klasse. Daher würden ihre Konvois keinen Geleitschutz unserer Kriegsschiffe benötigen. Ich denke, das sagt alles.«

Pommeroy setzte sich wieder und schaltete das Hologramm ab. Das Licht im Saal wurde schlagartig heller. »Gibt es bis zu diesem Punkt Fragen?«

Niemand meldete sich.

»Gut, gut. Präsidentin Tyler wird an den Verhandlungen teilnehmen. Ihr Schiff wird demnächst eintreffen. Unsere Freunde von den ROCKETS«, er wies beiläufig auf Fergusen und Foulder, »werden die Präsidentin während der gesamten Konferenz beschützen und vor möglichen Gefahren abschirmen. Zwei Teams dürften dafür eigentlich ausreichend sein.«

»Warum wurde MacAllister ausgewählt?«, fragte einer von Pommeroys Assistenten. Vincent kannte seinen Namen nicht. »Ein so frontnahes System scheint mir allgemein etwas unsicher zu sein für so eine hochkarätige Konferenz?!«

»Eine gute Frage. Man hat sich in monatelangen Verhandlungen darauf geeinigt, und das war gar nicht so einfach. Es standen ursprünglich über ein Dutzend Systeme zur Auswahl. MacAllister war keines davon. Doch egal welches System in die engere Auswahl kam, irgendjemand hatte immer was dagegen. Letztendlich hat man sich auf MacAllister geeinigt, hauptsächlich wegen der Meskalno. Sie wollten ein System, das so weit wie möglich von ihrem Hoheitsgebiet entfernt ist, denke ich. Wie dem auch sei, die Meskalno sind auch der Grund, weshalb jedes terranische Schiff im System abgezogen wurde. Jede Delegation darf nur sieben Schiffe als Ehrenwache zur Konferenz mitbringen.«

»Sieben Schiffe?«, begehrte Vincent auf.

»Ganz recht, Commodore. Das ist auch der Grund, weshalb sie nur fünf Schiffe Ihres Geschwaders auswählen durften. Plus die *Lydia* und das Schiff, das die Präsidentin herbringt, und unsere Ehrenwache ist komplett. Ich befürchte, die Meskalno vertrauen niemandem. Deshalb mussten wir all diese Zugeständnisse machen. Ansonsten hätten wir die Meskalno nicht an den Verhandlungstisch gebracht. Ihre Teilnahme ist aber dringend notwendig. Unser aller Schicksal könnte davon abhängen, dass wir sie und unsere anderen Nachbarn von der Notwendigkeit überzeugen, an unserer Seite zu kämpfen.«

»Ich hoffe, das sehen die Meskalno genauso«, wandte Alan Foulder ein.

»Das werden wir sehen«, lächelte Pommeroy. »Das werden wir sehen.«

2

»Bringen Sie uns in einen Parkorbit, Lieutenant Mendez.«

»Aye, Sir.«

»Die Raumüberwachung von MacAllister heißt uns willkommen«, meldete der ComOffizier.

»Bestätigen Sie die Nachricht und teilen Sie Ihnen mit, dass wir uns freuen, hier sein zu dürfen.«

Vestoccio übermittelte die Nachricht und stutzte plötzlich, als er gebannt einer Nachricht lauschte, die übermittelt wurde. Mit alarmiertem Gesichtsausdruck drehte er sich um.

»Commodore? Es gibt Probleme.«

»Welcher Art?«

»Til-Nara- und Nerai-Schiffe. Sie streiten sich um die gleiche Parkposition. Ihre Waffen sind aktiviert und beide Seiten stehen kurz vor dem Ausbruch offener Feindseligkeiten.«

Vincent rief den betreffenden Sektor auf sein Hologramm auf und fuhr sich frustriert durch die Haare. Dort standen sich jeweils sieben Til-Nara- und Nerai-Schiffe gegenüber und warteten nur auf einen Vorwand, das Feuer auf den Gegner eröffnen zu dürfen. Sollte das geschehen, würde der Orbit wie ein Pulverfass hochgehen. Meskalno und Sca'rith beobachteten die Situation gespannt und würden es mit an Sicherheit grenzender Wahrscheinlichkeit als Vorwand nutzen, um ebenfalls einen Streit vom Zaun zu brechen.

»Es geht ein weiterer Ruf ein«, berichtete Vestoccio. »Die Raumüberwachung mahnt alle Parteien, sofort ihre Waffen zu deaktivieren und sich zu den zugewiesenen Koordinaten zu begeben.«

»Reagieren Sie darauf?«

»Negativ. Weder die eine noch die andere Seite.«

Na wunderbar, das ist ja eine ganz tolle Art, eine Friedenskonferenz zu beginnen.

»Lieutenant Mendez. Bringen Sie uns zwischen die Streithähne. Com, Nachricht an unsere Begleitschiffe. Sie sollen ihre Parkpositionen ansteuern. Wir erledigen das alleine.«

Je mehr Schiffe sich einmischen, desto größer ist die Wahrscheinlichkeit, dass jemand auf einen Knopf drückt.

Ivanov beugte sich besorgt vor und flüsterte seinem Kommandanten ins Ohr: »Ist das wirklich eine kluge Entscheidung? Falls die sich davon nicht großartig beeindrucken lassen ...«

»Ich weiß, aber ich will verdammt sein, wenn ich zulasse, dass die Konferenz bereits vor der offiziellen Eröffnung scheitert.«

Die *Lydia* schwenkte nach Backbord und setzte sich zur Überraschung aller Beteiligten zwischen die kampfbereiten Verbände von Til-Nara und Nerai. Eine ganze Zeit lang geschah überhaupt nichts und Vincent war sich ziemlich sicher, die beiden Kontrahenten überlegten, wie sie mit der veränderten Situation umgehen mochten.

»Es gehen Rufe von beiden Flaggschiffen ein, Commodore.«

»Auf meine Station einspeisen. Konferenzschaltung.«

Vincents Hologramm flackerte auf und es erschienen zwei Insektengesichter nur wenige Zentimeter von seiner Nase entfernt.

»Meine Herren. Mit wem spreche ich?«

»Ich bin Valva Vesval, Schwarmführer zweiter Klasse der Til-Nara-Hegemonie«, begann einer der Insektoiden.

»Ich bin Pal Polos, Schwarmführer dritter Klasse der Freien Nerai-Sphäre«, setzte der zweite Insektoide sofort nach. Pal Polos wollte offenbar vor seinem Til-Nara-Amtskollegen nicht das Nachsehen haben.

»Meine Herren Offiziere, ich gehe davon aus, Sie haben beide die Rufe der Raumüberwachung gehört. Begeben Sie sich zu den Koordinaten, die Ihnen genannt wurden.«

Beide Insektoiden schwiegen. Und plötzlich fingen beide an zu schnattern. So schnell und so laut, dass Vincent nicht das Geringste verstand.

»Bitte! Bitte! Beruhigen Sie sich. So kommen wir nicht weiter.«

Die beiden Kontrahenten schwiegen erneut, bis der Til-Nara den Anfang machte. »Uns wurden diese Koordinaten zugewiesen, aber die Nerai kamen uns bei unserem Parkmanöver in die Quere und weigern sich, die ihnen zugewiesenen Koordinaten anzusteuern.«

»Wir Nerai lassen uns von Til-Nara-Marionetten nichts befehlen. Wir parken unsere Schiffe dort, wo es uns gefällt.«

Vincent rieb sich langsam den Nasenrücken. Hier ging es nicht um irgendwelche Parkkoordinaten, das war ihm augenblicklich klar. Es ging den beiden Insektoiden lediglich darum, den starken Mann zu markieren und vor der anderen Seite nicht zurückzustecken. Und mit größter Wahrscheinlichkeit suchten beide verzweifelt nach einem Grund, das Feuer zu eröffnen.

»Ich schlage vor, Commodore«, fuhr der Til-Nara fort, »Sie bringen Ihr Schiff aus der Gefahrenzone. Ich will es nicht versehentlich beschädigen, während ich diese Schädlinge aus der Galaxie tilge.«

»Wen nennst du hier Schädling, du ...« Der Nerai schien nur allzu bereit, diesen Fehdehandschuh aufzunehmen.

»Meine Herren, bitte. Mein Schiff wird nirgendwo hinfliegen. Wir bleiben genau hier. Wenn Sie schon entschlossen sind, aufeinander zu feuern, dann müssen Sie es schon *durch* die *Lydia* tun.«

Diese Worte brachten ihm besorgte Blicke seiner Brückencrew ein. Doch er wusste genau, was er tat. Zumindest nahm er es an. Die Til-Nara waren seit vielen Jahren enge und treue Verbündete der Menschen, während die Nerai mit den Menschen nicht im Zwist lagen. Beide Seiten würden zögern zu feuern, während sich ein menschliches Schiff in der Gefahrenzone befand. Natürlich waren dies rein menschliche Gedankengänge und auf Insektoiden nicht unbedingt anwendbar. Trotzdem hoffte er, damit nicht ganz falschzuliegen.

»Soll ich die Schutzschilde aktivieren lassen oder die Jäger starten?«, fragte Ivanov leise. »Nur zur Sicherheit.«

»Nein. Keine Provokation.«

Es vergingen noch volle zehn Minuten, in denen die beiden Streithähne weder reagierten noch die Unterhaltung fortsetzten. Für Vincent war es eine Ewigkeit. Schließlich deaktivierten die beiden Kampfverbände ihre Waffen und die Nerai-Schiffe nahmen Fahrt auf und rückten auf die andere Seite des Planeten ab, wo ihnen Parkkoordinaten zugewiesen worden waren.

Kollektiv atmete die Brückencrew der *Lydia* erleichtert auf.

»Mr. Ivanov, bringen Sie uns auf unsere Parkposition und stellen Sie unseren Gästen ein Shuttle bereit, um sie zur Oberfläche zu bringen.«

»Aye-aye, Sir.«

Während Ivanov pflichtbewusst die Anweisungen weitergab, überschlugen sich Vincents Gedanken. Das war knapp gewesen. Sogar verdammt knapp. Es hätte nicht viel gefehlt und das MacAllister-System wäre Ausgangspunkt eines neuen Til-Nara-Nerai-Krieges geworden. Etwas, das sie im Moment wirklich nicht gebrauchen konnten. Vincent hoffte, die Konferenz würde ein Erfolg werden. Die Menschheit konnte wirklich jeden Verbündeten, den sie bekommen konnte, dringend gebrauchen. Er war nur froh, nicht an der Konferenz selbst teilnehmen zu müssen. Das Pflaster der Diplomatie war ihm unter diesen Bedingungen viel zu heiß. Er würde auf der *Lydia* bleiben, sich zurücklehnen und abwarten, wie sich die Dinge so entwickelten.

Das Shuttle setzte sanft auf dem Raumhafen von Principal auf, der planetaren Hauptstadt der Kolonie. Botschafter Pommeroy stieg als Erster aus, gefolgt von Hahlbach, Nogujama und Coltor. Jonathan folgte ihnen. Er musste seinen Kopf einziehen, um sich nicht an der niedrigen Luke zu stoßen.

Draußen im hellen Sonnenlicht angekommen, blinzelte er heftig. Die Sonne von MacAllister verströmte ein fast doppelt so helles Licht wie die Sonne des Solsystems, weshalb die meisten Außenweltler es bevorzugten, Sonnenbrillen zu tragen. Eine Maßnahme, der er durchaus etwas abzugewinnen imstande war. Nogujama und Coltor hatten ihre bereits aufgesetzt und er machte es ihnen schnell nach, da seine Augen zu tränen begannen.

Einheimische waren in der Regel daran zu erkennen, dass sie keine Sonnenbrillen trugen. Wer hier geboren wurde, lernte von Anfang an, mit den örtlichen Gegebenheiten zu leben.

Jonathans Blick wurde von etwas zu seiner Linken angezogen. Dort setzten die beiden Gefechtslandungstransporter auf und die beiden ROCKETS-Teams stiegen munter plaudernd und scherzend aus. Er hatte in der Vergangenheit bereits mit Mitgliedern dieser Spezialeinheit zusammengearbeitet und war immer wieder von ihrer Professionalität und Effektivität erstaunt.

Dass sie es schafften, derart kompetent zu sein, und gleichzeitig einen solch lockeren Umgang miteinander pflegten, war für ihn immer wieder ein Quell der Verwunderung. In den nächsten Wochen würde er viel mit den ROCKETS zu tun haben. Auf dem Flug zur Planetenoberfläche hatte ihm Coltor eröffnet, dass Jonathans Aufgabe darin bestand, für die Sicherheit der Delegation zu sorgen, und dabei auch den örtlichen Sicherheitskräften Weisung erteilen durfte. Im Prinzip war Coltor Sicherheitschef der Konferenz, doch an Jonathan würde die ganze Arbeit hängen bleiben.

Er bezweifelte, dass die ROCKETS sich von ihm viel würden sagen lassen. Zunächst einmal waren die Teamchefs beide ranghöher als er und zum Zweiten ließen sich ROCKETS von kaum einem Menschen etwas sagen.

Deborah fehlte ihm jetzt schon. Die MAD-Offizierin hatte so eine Art an sich, andere Menschen für sich einzunehmen. Leider war sie in einer anderen Mission unterwegs und würde auch so schnell nicht mehr zur Verfügung stehen. Dieses Unwissen über ihren Verbleib machte ihn noch verrückt, aber so liefen die Dinge beim MAD nun mal. Coltor hatte ihm nicht mehr sagen können oder wollen und Jonathan war zu sehr Profi, um nachzufragen.

Der Ort, an dem die Konferenz stattfinden sollte, war ein kreisrundes Tagungszentrum mit einer durchsichtigen Kuppel als Dach, knapp außerhalb der Stadt, aber direkt neben dem Raumhafen. Ein echter Glücksfall. Das Areal war schnell und einfach abzuriegeln, jedoch für die Konferenzteilnehmer in kürzester Zeit und unkompliziert zu erreichen. Außerdem ließ sich das Gebiet sowohl vom Boden als auch der Luft aus gut kontrollieren.

Das Tagungszentrum war Teil eines annähernd acht Quadratkilometer großen Gebietes am westlichen Rand von Principal. Es verfügte über zahlreiche Hotels, Restaurants und Bungalows, die man mieten konnte, und alle anderen Annehmlichkeiten.

Im Prinzip handelte es sich bei dem Tagungszentrum um eine beinahe völlig autarke Stadt mit nur wenigen Zugangsstraßen, die man lediglich noch durch Checkpoints und Militärpräsenz kontrollieren musste.

Vor dem Krieg war MacAllister für seinen Tagungsort berühmt gewesen und aus dem ganzen Konglomerat waren hier Tagungen und Schulungen abgehalten worden, mitunter sogar von nichtmenschlichen Besuchern. Allerdings war dies schon mehrere Jahre her. Niemand traute sich so nah an die Front.

Es stimmte zuversichtlich, dass dieser Ort nun endlich wieder hierfür genutzt werden sollte. Es war ein Schritt in die richtige Richtung, ein Schritt in Richtung Normalität.

Hubschrauber der TKA patrouillierten über dem Raumhafen und dem Tagungsort. Fahrzeuge von Miliz und TKA waren allgegenwärtig und ständig präsent. Und ihre durchgeladenen und entsicherten Waffen wirkten alles andere als zeremoniell. Jonathan fragte sich, ob die Sicherheitsvorkehrungen nur präventiv waren oder ob man mit ernsten *realen* Bedrohungen rechnete.

So viel zum Thema Normalität.

Für die Dauer der Konferenz würde das Areal praktisch von der Außenwelt abgeschnitten. Nicht mal eine Maus würde den Sicherheitsbereich verletzten können. In der Ferne - auf dem zivilen Teil des Raumhafens - setzte gerade mit qualmenden Schubdüsen ein kleines Kreuzfahrtschiff auf. Es würde das letzte sein, das hier landen durfte. So lange, bis die Delegationen wieder abreisten.

Die ROCKETS schlossen sich der Gruppe an und fielen automatisch in Gleichschritt, sobald sie sich eingereiht hatten. Jonathan schmunzelte insgeheim. Er war sich ziemlich sicher, dass die Männer und Frauen sich dessen gar nicht bewusst waren.

Weitere Shuttles setzten auf, Til-Nara- und Nerai-Shuttles ebenso wie Shuttles der Sca'rith und Meskalno. Die übrigen Delegationen trafen ein.

Die Botschafter der eingeladenen Völker sowie ihre Gefolge stiegen aus und steuerten bereits wartende Fahrzeuge an. Dabei konnten sie es sich nicht verkneifen, sowohl ihren Gastgebern als auch den anderen Gästen misstrauische Blicke zuzuwerfen.

Na das kann ja heiter werden.

Die diplomatischen Delegationen waren nicht die Einzigen, die an diesem Tag ihren Fuß auf den Boden der MacAllister-Kolonie setzten. Der drahtige Mann, der aus der geöffneten Luke des Kreuzfahrtschiffes stieg, setzte in einer fließenden Bewegung seine Sonnenbrille auf und musterte die in der Ferne erkennbaren beträchtlichen Sicherheitsvorkehrungen. Gegen seinen Willen stahl sich ein Lächeln auf seine Lippen.

Narren. Alle noch so gründlichen Sicherheitsvorkehrungen waren nicht imstande, einen wirklich motivierten, kompetenten und vorbereiteten Attentäter abzuwehren. Der auf dem Raumhafen eingerichtete Sicherheitsbereich war im Prinzip vollkommen unnötig. Kein Attentäter des Universums, der sein Geld wert war, hätte an einem so exponierten und vor allem vorhersehbaren Ort zugeschlagen.

Der Mann schlenderte genüsslich vor sich hin pfeifend die Stufen der Gangway herab, durchlief wie alle anderen Passagiere den Zoll und wartete - sein Gepäck neben sich abgestellt - vor dem Raumhafengebäude. Seine Auftraggeber hatte ihm ein Ticket für den letzten zivilen Flug beschafft, der in absehbarer Zeit MacAllister anlaufen durfte. Entweder verfügten sie über hervorragende Kontakte oder sie hatten einfach Glück gehabt, vielleicht auch eine Mischung aus beidem.

Es dauerte nicht lange und ein unscheinbarer Wagen hielt an.

Der Mann öffnete ohne viel Federlesens die Beifahrertür, warf sein Gepäck schwungvoll auf den Rücksitz und stieg ein. Für den Mann hinter dem Lenkrad hatte er nur ein müdes Nicken übrig. Auf dem Rücksitz saß ein weiterer Mann, der ihn neugierig musterte. Weder der Fahrer noch sein Partner wirkten kompetent - oder besonders helle im Kopf. Das war aber auch nicht nötig. Im Gegenteil. Es war für seine Art Arbeit sogar zuträglich, wenn seine Kontaktleute nicht über zu viel Grips verfügten.

Denn unter Umständen wurde es nötig, sie zu opfern.

»Wie war der Flug?«, fragte der Fahrer desinteressiert, als er losfuhr.

»Viel zu lang. Aber jetzt bin ich ja da. Wie weit sind die Vorbereitungen?«

»Sind abgeschlossen. Wir haben alles herbringen lassen, was Sie für den Job angefordert haben.« Der Fahrer griff mit einer Hand ins Handschuhfach und förderte einen handgeschriebenen Zettel zutage.

Der Mann auf dem Beifahrersitz griff lustlos danach und überflog die Liste mit beiläufigem Blick, bevor er zufrieden nickte.

»Ausgezeichnet.«

»Wann fangen Sie an?«

»Sobald das große Begrüßungsbankett vorbei ist. Vielleicht warte ich anschließend sogar noch einen Tag, bis die Konferenz richtig begonnen hat.«

»Damit werden meine Vorgesetzten einverstanden sein.« Der Fahrer beugte sich halb zu ihm herüber und reichte ihm die Hand zur Begrüßung. »Mein Name ist übrigens Karl, der Kerl auf dem Rücksitz heißt Mick. Und Ihr Name ...?«

»Geht Sie absolut nichts an«, entgegnete der Attentäter, die Hand seines Fahrers ignorierend. »Ich wollte Ihre Namen nicht wissen und meiner geht Sie nichts an. Namen sind unnötig. Nur der Job, dessentwegen ich hier bin, zählt.« Der Attentäter rümpfte angewidert die Nase. Bei jedem Wort seines Fahrers stieg ihm unangenehmer, aufdringlicher Alkoholgeruch in die Nase. Der Mann war sicherlich nicht nur ein Gelegenheitstrinker. Etwas, das er zutiefst verabscheute, vor allem wenn man an einer wichtigen Sache arbeitete. So etwas offenbarte eine tief greifende Schwäche.

Der Fahrer zog seine Hand offenbar gekränkt wieder zurück. Der Mann auf dem Rücksitz tat so, als würde er von alledem nichts mitbekommen.

»Eins verstehe ich aber nicht«, sagte der Attentäter plötzlich. »Wenn man mich diese Angelegenheit auf meine Art hätte erledigen lassen, würde ich all diese Dinge«, er wies auf die Liste, »gar nicht brauchen. Ein Sprengsatz an der richtigen Stelle und die ganze Konferenz wäre Geschichte. Inklusive aller Teilnehmer. Ihre Bedingungen machen den Job zehnmal komplizierter als notwendig.«

Der Fahrer kicherte gehässig. »Wir wollen die Konferenz doch gar nicht ausradieren. Meine Vorgesetzten haben etwas ganz anderes vor, etwas viel Größeres.«

3

»Ich will Scharfschützen auf jeder erhöhten Position, außerdem Kontrollpunkte rund um das Kongresszentrum«, erläuterte David. Alan Foulder, Scott Fergusen und Jonathan Clarke lauschten aufmerksam seinen Ausführungen. Jonathan nickte langsam, während er sich seine eigenen Gedanken machte. Im Großen und Ganzen entsprachen Davids Vorstellungen seinen eigenen im Hinblick auf die zutreffenden Maßnahmen.

Sie waren erst vor einem Tag angekommen, doch das Kongresszentrum glich bereits einer Festung. Zwar hatte der MAD bereits vorab einige Sicherheitsvorkehrungen getroffen, doch David erschienen sie als nicht ausreichend und so hatte er sich mit seinem Mitarbeiterstab aus ROCKETS und MAD-Offizieren der Aufgabe angenommen, die Sicherheit der Konferenzteilnehmer zu verbessern.

Die Delegationen waren in einigen Hotels innerhalb des abgesperrten Bereichs untergebracht worden, und zwar jede in einem anderen. Mal ganz davon abgesehen, dass dies einen etwaigen Anschlag auf die Delegationen erschwerte, folgte diese Maßnahme auch ganz praktischen Erwägungen.

Viele der Delegationen waren untereinander noch verfeindet oder hegten zumindest Antipathien. Dies würde sich hoffentlich im Lauf der Verhandlungen legen, doch vorerst erschien es David passend (und sicherer), sie getrennt voneinander unterzubringen. Für die Dauer der Konferenz, hatte der MAD sämtliche Hotels innerhalb des Kongresszentrums angemietet, sodass mögliche Sicherheitsrisiken vonseiten anderer Gäste von vornherein ausgeschlossen waren.

Das Hotel, in dem die Tagung stattfand, war darüber hinaus das größte Gebäude des abgesperrten Areals und die Treffen würden im obersten Stockwerk abgehalten. Dadurch wurden auch umliegende Gebäude als Sicherheitsrisiko weitgehend ausgeschlossen.

»Mein ROCKES-Team wird ständig in der Nähe der Präsidentin bleiben, sobald sie hier eintrifft«, erläuterte Scott Fergusen.

»Und meines wird die Konferenzräume bewachen, wenn sich die Präsidentin dort aufhält, und wenn sie sich zu ihrem Hotelzimmer begibt, werden wir das komplette Stockwerk, auf dem sie sich befindet, abriegeln«, fügte Alan Foulder hinzu. »Das dürfte eigentlich genügen, um den Schutz der Präsidentin zu gewährleisten.«

»Ausgezeichnet«, meinte David überzeugt, jedoch etwas nachdenklich, während er einige Unterlagen studierte.

»Sie sehen nicht glücklich aus?!«, meinte Jonathan.

»Bin ich auch nicht. Auf dem Gelände halten sich viel zu viele Soldaten auf.«

»Ich dachte, das wäre so gedacht.«

»Ist es im Prinzip auch. Allein schon, um unseren hoffentlich zukünftigen Verbündeten zu beweisen, wie ernst wir es mit ihrem Schutz nehmen. Trotzdem schmeckt mir das nicht. Während die Konferenz tagt, halten sich vier TKA-Kompanien und zwei Marine-Kompanien innerhalb des Sicherheitsbereichs auf. Das sind zu viele fremde Gesichter. Und jedes Gesicht bietet die Möglichkeit, dass sich jemand einschleichen könnte.«

»Colonel, ich habe persönlich jeden dieser Soldaten überprüft: sein Dossier inklusive seines Lebenslaufs, seiner Verdienste und der Einschätzung seiner Loyalität. All diese Einheiten bestehen aus ausnahmslos verdienten Soldaten, die ihr Leben geben würden falls notwendig. Ich verbürge mich persönlich dafür.« Jonathan war fast ein wenig beleidigt, dass Coltor an der Loyalität der Männer und Frauen zweifelte, die er ausgewählt hatte.

David lächelte beinahe entschuldigend. »Vielleicht bin ich auch einfach nur etwas übernervös«, meinte dieser. »Eine so hochkarätige Versammlung wird es zu unseren Lebzeiten vermutlich nicht mehr geben. Es darf ihnen nichts passieren, sonst versinkt die Milchstraße restlos im Chaos.«

Jonathan lächelte aufmunternd. »Wird schon alles glattgehen.«

»Ich hoffe sehr, Sie haben recht.« David räusperte sich. »Also, wo waren wir?«

»Scharfschützen und Kontrollpunkte«, half Alan ihm aus.

»Ah, richtig. Die örtliche Polizei hat uns ihre Sondereinsatzkommandos angeboten und diese wären sicherlich sogar hilfreich, doch ich bin der Meinung, wir sollten das unter uns regeln. Das Letzte, was ich jetzt gebrauchen könnte, sind noch mehr Gesichter, die keiner kennt und die hier bewaffnet durch die Gegend rennen. Daher habe ich das Angebot abgelehnt.«

»Sollten wir vielleicht jeder der Delegationen eine eigene Einheit an Leibwächtern zuteilen?«, fragte Scott.

»Würde ich gern, doch der Vorschlag wurde abgelehnt. Jede Delegation besteht darauf, eigene Leibwächter mitzubringen.«

»Man könnte fast meinen, sie trauen uns nicht.«

»Hier traut fast keiner irgendjemandem. Die Til-Nara haben ein Problem mit den Nerai, die Meskalno eins mit den Sca'rith, und außer den Til-Nara und den Asalti traut uns Menschen hier sowieso keiner.«

»Klingt ja nach besten Voraussetzungen für ein Bündnis«, schmunzelte Jonathan.

»Beschreien Sie es nicht. Wir haben einen wirklich langen und steinigen Weg vor uns. Aber zurück zum Thema.« David holte einen eingeschweißten Ausweis aus der Brusttasche seiner Uniform. »Sind alle Sicherheitsausweise ausgegeben worden?«

Die drei anderen Offiziere fischten ihre Ausweise hervor und hielten sie gut sichtbar vor sich.

»Ausgezeichnet. Diese Ausweise sind absolut fälschungssicher und werden nur von denen getragen, die unbedingt Zugang zu den Verhandlungsräumen brauchen. Das bedeutet, die ROCKETS, ein paar wenige MAD-Offiziere und die Kellner, die uns während der Verhandlungen bedienen werden. Nicht einmal die Soldaten der Sicherheitsabteilungen werden Zutritt haben. Die Kellner werden jedes Mal durchsucht, wenn sie den Konferenzraum betreten oder ihn verlassen. Die Fenster des Konferenzraums werden verdunkelt, damit man nicht hineinsehen kann. Sie sind außerdem sowohl gegen Laserwaffen als auch gegen Projektilwaffen gepanzert.«

David überlegte fieberhaft. »Habe ich etwas vergessen?«

»Also mir fällt nichts ein«, meinte Jonathan. Es schien tatsächlich an alles gedacht worden zu sein. Zumindest hatte er nicht die geringste Idee, auf welche Art man noch die Leben der Konferenzteilnehmer würde schützen können. Er warf den beiden ROCKETS einen auffordernden Blick zu. Die beiden Kommandosoldaten schüttelten als Antwort lediglich den Kopf.

»Ausgezeichnet«, meinte David. »Dann kann es ...« Er verharrte mitten im Satz und hielt den Kopf ein wenig seitlich. Jemand ließ ihm gerade über Headset eine Mitteilung zukommen. Jonathan fragte sich insgeheim, ob er ebenfalls so geistesabwesend und ein wenig lächerlich wirkte, wenn er selbst sich über Headset unterhielt.

Coltor hob seinen Kopf und weilte geistig wieder unter ihnen.

»Die Präsidentin ist eingetroffen«, teilte er seinen Offizieren mit. »Ihr Schiff schwenkt gerade in den Orbit ein und ihr Shuttle wird innerhalb der nächsten Stunde auf dem Raumhafen erwartet. Unsere Anwesenheit wird erwünscht.«

Was ein anderer Ausdruck für befohlen ist, dachte Jonathan mit einem leichten Seufzer.

Auf dem Raumhafen hatte sich zur Begrüßung der Präsidentin versammelt, was Rang und Namen hatte. Außer den Stadtvätern der Hauptstadt und des planetaren Gouverneurs hatten sich so ziemlich jeder MAD-Offizier des Planeten (einschließlich Nogujama) eingefunden, sofern er nicht anderweitig beschäftigt war, Vertreter aller außerirdischen Delegationen und einige TKA- und Marine-Offiziere. Außerdem hatte eine Ehrengarde Aufstellung genommen.

Das Shuttle der Präsidentin senkte sich auf einem Teppich aus Dampf auf das Landefeld nieder. Überraschend sanft, wie David feststellte. Der Pilot war nicht übel. Und als ehemaliger Kampfpilot konnte er so etwas durchaus beurteilen. Neben ihm stand Jonathan Clarke, der aufgeregt an seiner Uniform zupfte, um eingebildete Falten zu beseitigen.

»Hören Sie schon auf. Sie sehen gut aus«, meinte David lächelnd.

»Man begegnet nicht jeden Tag der Präsidentin des Terranischen Konglomerats. Da soll alles perfekt sein.«

»Ich glaube kaum, dass sie sehr auf uns oder unsere Uniformen achten wird. Dafür wird sie zu sehr mit unseren Freunden dort drüben beschäftigt sein«, meinte David und deutete mit dem Kinn auf die Vertreter der Delegationen. »Nicht vergessen, diese ganze Konferenz ist nichts anderes als eine politische Veranstaltung. Nichts anderes.«

»Ihre Ruhe möchte ich haben.«

»Konzentrieren Sie sich auf Ihre Arbeit, dann geht alles ganz von selbst.«

Erst in diesem Augenblick kam David dazu, die Markierungen am Seitenschott des Shuttles abzulesen, einschließlich des Namens des Schiffes, zu dem das Shuttle gehörte.

»Die *Kronos*?!«

Jonathan neben ihm wurde, falls überhaupt möglich, noch unruhiger. »Ja, die *Kronos* hat Präsidentin Tyler hergebracht. Wussten Sie das nicht?«

»Nein, ich hatte keine Ahnung.«

»Ist das ein Problem?«

»Nicht wirklich.«

»Sind Sie sicher? Sie sehen etwas ... angegriffen aus.«

»Ist schon gut. Es hat nichts mit unserer Aufgabe zu tun.«

Nur leider verkompliziert es alles, dachte David.

Jonathan schwieg, doch an seinem Gesichtsausdruck war zu erkennen, dass er keineswegs überzeugt war. David bemerkte, wie der andere MAD-Offizier ihn von der Seite her musterte, doch dessen Aufmerksamkeit wurde schnell abgelenkt, von der Präsidentin und ihrem Tross, der das Shuttle verließ. Im Kielwasser der Präsidentin folgten die unvermeidlichen SES-Agenten, die für die Sicherheit der Präsidentin verantwortlich waren, auch wenn sie das heimatliche Sonnensystem verließ. Allen voran schritt Robert *Bobby* Bates. Das Oberhaupt aller SES-Agenten wirkte ruhig und teilnahmslos, doch einem erfahrenden Beobachter fiel auf, dass die Augen des Mannes von einer zur anderen Seite huschten, um auf mögliche Bedrohungen gefasst zu sein.

David und Jonathan hatten sich bewusst dafür entschieden, sich etwas abseits zu halten, da nun die üblichen Begrüßungsfloskeln ausgetauscht wurden und etliche Hände geschüttelt werden mussten.

David hasste das. Je weniger er mit Politik zu tun hatte, desto besser. Er war Soldat. Es war alles, was er sein wollte, und diesen Job machte er verdammt gut. Der Präsidentin folgten mehrere Assistenten und Sekretäre aus dem Shuttle, gefolgt von einigen hochrangigen Offizieren. Einer von ihnen, ein Vizeadmiral, fiel David sofort unangenehm ins Auge.

Oh nein!

Der Vizeadmiral setzte sich überraschend schnell von der Hauptgruppe ab und begnügte sich damit, das Geschehen aus einer gewissen Distanz heraus zu beobachten. Er ließ den Blick schweifen - und entdeckte David.

Der Admiral setzte ein Lächeln auf, wobei sogar aus der Entfernung zu erkennen war, dass es seine Augen kaum berührte. Der Admiral zögerte für einen Moment und schlenderte schließlich zu ihnen herüber. Es wurde ziemlich deutlich, dass ihn diese Geste große Überwindung kostete. Er blieb vor David stehen und musterte mit einer gewissen Verachtung in den Augen dessen schwarze Uniform.

»Guten Tag, Colonel. Lange nicht gesehen.«

»Guten Tag, Sir. Wie geht es Ihnen?« Coltor stand von einer Sekunde zur nächsten praktisch in Habachtstellung da. Beide Offiziere schienen sich unschlüssig, ob sie sich überhaupt die Hand geben sollten. Jonathan stand daneben, nicht sicher, was nun zu tun war.

»Ausgezeichnet, danke.« Der Admiral musterte David einige Sekunden, bevor er leiste seufzte. »Es ist schön, dich zu sehen ... Sohn.«

David entspannte etwas. »Hey ... Dad.«

Die Fahrt zurück ins Hotel verlief in unangenehmem Schweigen. David brütete angestrengt vor sich hin und war äußerst introvertiert. Trotz der Begrüßung gegen Ende war die Unterhaltung zwischen Vater und Sohn recht einseitig verlaufen und selbst ein zufälliger Beobachter bemerkte, dass sich beide nicht wirklich viel zu sagen hatten.

Der Wagen der Präsidentin, in dem auch Vizeadmiral Elias Coltor mitfuhr, folgte ihnen in nur einer Fahrzeuglänge Abstand. Nur mit Mühe widerstand David dem Drang, sich ständig umzusehen.

Jonathan räusperte sich unangenehm berührt. Schließlich hielt er die Stille nicht länger aus »Sie haben nie erwähnt, dass Ihr Vater ...«

»Was ist? Admiral? Das ist für mich ein Thema, das ich eigentlich lieber verdränge. Wir verstehen uns nichts so gut. Schon seit vielen, vielen Jahren. Ist eine lange Geschichte.«

Jonathan schwieg und sah seinen Vorgesetzten auffordernd an, so lange, bis sich David doch zu einer Entgegnung genötigt sah. »Was wissen Sie über meinen Werdegang?«

Jonathan zuckte mit den Achseln. »Nicht übermäßig viel. Sie waren Kampfpilot und an Bord eines Trägers stationiert, bevor Sie zum MAD wechselten.«

David nickte. »Das fasst es auch schon recht gut zusammen. Mein Vater hat diese Entscheidung nie akzeptiert. Für ihn stellte sie einen großen Fehler dar. Mehr noch, sie war für ihn eine Demütigung als Offizier. Er war der Meinung, ich vergeude mein Potenzial.«

»Und diese Meinungsverschiedenheit konnten Sie bis heute nicht klären?«

»Nein. Sie verstehen das vielleicht nicht. Mein Vater hat für Geheimdienste im Allgemeinen und für den MAD im Speziellen nichts übrig. Wenn es nach ihm ginge, hätte ich Karriere bei der Flotte machen sollen. Vor seinem geistigen Auge sah er mich schon, wie ich mein eigenes Schiff kommandiere und irgendwann meine eigene Flotte.«

»Entschuldigen Sie, Colonel, aber Sie haben einiges erreicht, seit Sie beim MAD sind. Das muss Ihren Vater doch stolz machen?!«

»Sollte man meinen ...« David stieß ein bellendes Lachen aus, dem jeglicher Humor abging. »Ja, das sollte man wirklich meinen.«

»Sie hatten wirklich keine Ahnung, dass die *Kronos* Präsidentin Tyler herbringt, nicht wahr?«

»Nein«, erwiderte David wahrheitsgemäß. »Nein, hatte ich nicht.«

David und Jonathan hätten sich wohl nicht mit derlei Gesprächsthemen wie enttäuschte Väter aufgehalten, wenn sie zu diesem Zeitpunkt gewusst hätten, dass die Wagenkolonne der Präsidentin beobachtet wurde.

Der Attentäter senkte mit berechnendem Lächeln das Fernglas. In den Sicherheitsbereich des Kongresszentrums einzudringen, war gar nicht so einfach gewesen. Genauer gesagt, wäre ohne die tatkräftige Hilfe seiner Auftraggeber die Operation bereits an dieser Stelle gescheitert. Der Attentäter war immer noch zutiefst beeindruckt von den Möglichkeiten und Kontakten, die die Kinder der Zukunft selbst hier unterhielten.

Er legte das Fernglas auf den Beistelltisch neben dem Fenster und sah sich in dem luxuriös eingerichteten Zimmer um. Sie hatten ihm sogar ein Zimmer in einem Hotel beschafft, das nur wenige Hundert Meter Luftlinie von dem Hotel entfernt war, in dem die Delegationen untergebracht waren. In der Tat, sehr beeindruckend. Für alle, die hier ein und aus gingen, gehörte er zur Sicherheitsmannschaft, die das Gebiet überwachte. Diese Erklärung sollte für alle, die seine Anwesenheit überhaupt zur Kenntnis nahmen, ausreichen.

Doch hier endete der Einfluss seiner Auftraggeber. Zu engmaschig war das Netz gesponnen, mit dem der MAD die eingeladenen Würdenträger umgab. Dies bedeutete, um näher an die Delegationen heranzukommen, musste er sich etwas einfallen lassen. Und er hatte auch schon eine ziemlich genaue Vorstellung davon, wie seine nächsten Schritte auszusehen hatten.

Sein Kontaktmann zu den Kindern der Zukunft lümmelte sich auf einem der Sofas und hatte flegelhaft seine Beine (mitsamt Schuhen) auf dem teuren Möbelstück abgelegt, während er die Minibar plünderte.

Bei diesem Anblick verzog der Attentäter angewidert die Miene, brachte sich jedoch wieder rechtzeitig unter Kontrolle, bevor dem Kontaktmann diese Entgleisung auffallen konnte. Zuweilen war es recht ermüdend, um nicht zu sagen peinlich, mit wem man sich auseinandersetzen musste, um sich sein Honorar zu verdienen. Doch die Kinder der Zukunft zahlten gut. Und ihre Herren - die Ruul - zahlten sogar noch besser. Bei dem Gedanken blitzte kurz ein Lächeln in seinem Gesicht auf.

Dass er bereits mit den Ruul gearbeitet und sich ihr Vertrauen verdient hatte, verschwieg er den Kindern der Zukunft wohlweislich. Sie mussten nicht alles wissen. Außerdem hatte er im Auftrag der Ruul schon des Öfteren Mitglieder dieser Organisation ausschalten müssen. Nach den Gründen für solche Aufträge fragte er nie. Dies war so ziemlich seine einzige Regel: Frage einen Kunden nie nach dem Grund für einen Liquidationsauftrag. Außerdem konnte er sich die Antwort ohnehin lebhaft vorstellen.

Die Kinder der Zukunft waren Fanatiker und für die Pläne der Ruul zuweilen durchaus nützlich, doch sie stellten auch ein Sicherheitsrisiko dar, und sobald Mitglieder Gefahr liefen, lebend in die Finger des MAD zu geraten, kam er ins Spiel und kappte diese losen Enden. Schnell und sauber. Und der MAD blieb ratlos und frustriert zurück und war so schlau wie am Anfang. Gut möglich, dass er irgendwann den Mann, der da auf dem Sofa saß, eliminieren musste. Es gab Aufträge, die sah er eher neutral, und Aufträge, auf die er sich schon freute. Dieser würde zu letzteren gehören.

»Was ist so witzig?«, fragte sein Kontaktmann halb lallend.

Der saure Geruch verschiedener alkoholischer Getränke stieg ihm unangenehm in die Nase. Er trank selbst ohnehin nicht viel Alkohol und während eines laufenden Auftrags schon gar nicht. Dass sein Kontaktmann diesem Laster so zusprach, war nur ein weiterer Punkt auf der Liste unangenehmer Charakteristika dieses Mannes.

»Ich musste nur gerade an einen Witz denken.«

»Erzählen Sie mal«, forderte sein Kontaktmann ihn auf, während er sich ein neues Glas Cognac einschenkte.

»Ich glaube, Sie würden den Witz nicht komisch finden«, antwortete der Attentäter immer noch lächelnd.

4

Drei Tage später fanden die Begrüßungsfeierlichkeiten zu Ehren der Delegationen statt. Und MAD-Offizier Captain Jonathan Clarke wäre lieber ganz woanders gewesen. In einer Galauniform fühlte er sich nie sonderlich wohl und das würde sich auch nicht ändern. Ein alter Hund lernte keine neuen Tricks.

Das Schlachtschiff *Kronos* befand sich in einem niedrigen Orbit, wo es sich dem Rest der terranischen Eskorte angeschlossen hatte. David hatte bisher peinlichst genau darauf geachtet, keinen Fuß an Bord des Schiffes zu setzen. Immer wenn es dort etwas zu regeln oder zu besprechen gab, schickte er Jonathan vor. Und es war diesem rätselhaft, warum sein Vorgesetzter eine solche Abneigung gegen einen Besuch auf dem neu eingetroffenen Schiff hatte. Differenzen zwischen Vater und Sohn schön und gut, aber sich deswegen derart aus dem Weg gehen? Das sah seinem Vorgesetzten gar nicht ähnlich. Normalerweise war er eher der Typ, der sich Konfrontationen stellte - ungeachtet möglicher Konsequenzen. Jonathan verzog säuerlich das Gesicht. Andererseits hatte wohl so ziemlich jeder seine Probleme mit Daddy.

Die Feier fand im großen Bankettsaal des örtlichen Gouverneurs statt. Der riesige Saal war beinahe so groß wie ein Fußballfeld und trotzdem beschlich ihn das unangenehme Gefühl, gleich in Platzangst ausbrechen zu müssen. Sein einziger Trost bestand darin, dass Lieutenant Colonel David Coltor, der neben ihm stand, die versammelte Menge mit einem ähnlich düsteren Gesichtsausdruck musterte. Wenn auch aus anderen Gründen.

»Das Ganze ist ein logistischer Albtraum.«

»Sir?«, hakte Jonathan nach.

»Diese Feier. Hier für Sicherheit zu sorgen, ist wirklich ein absoluter Albtraum. Sehen Sie sich mal um. Jede Delegation und jeder Anführer eines jeden eingeladenen Volkes hat eigene Leibwächter, Assistenten, Sekretäre, Adjutanten und, und, und. Kein Wunder, dass der Saal brechend voll ist. Ich möchte mir gar nicht ausmalen, was ein einzelner Attentäter, der sich hier unbemerkt einschleicht, für Schaden anrichten könnte.«

»Das erscheint mir dann doch ein wenig weit hergeholt«, beruhigte Jonathan den anderen Geheimdienstoffizier.

David warf ihm einen schrägen Blick zu. »Meinen Sie?«

»Mit Ihren ROCKETS und den ganzen MAD-Offizieren, die das Kongresszentrum abgeriegelt und von der Außenwelt abgeschottet haben, dürfte es eigentlich keine Probleme geben. Außerdem weiß niemand von dieser Konferenz.«

»Sie glauben wohl auch noch an den Weihnachtsmann«, warf David leicht amüsiert ein. »Bei so vielen Eingeweihten lässt sich ein Durchsickern gar nicht verhindern.«

»Sie haben ja wirklich großes Vertrauen in Ihre eigenen Sicherheitsvorkehrungen.«

»Ich bin einfach Realist.«

»Oder Pessimist.«

»In meinem Job muss man beides sein«, schmunzelte David zurück. Er wurde jedoch schnell wieder ernst. »Und das ist auch gut so, vor allem seit die Präsidentin hier ist. Sobald sie wieder auf der Erde ist, zünde ich in der Kirche ein paar Kerzen an.«

»So religiös hätte ich sie gar nicht eingeschätzt.«

»Auch das muss man in meinem Job manchmal sein.«

Plötzlich wurde das Podium hell erleuchtet und eine Frau mittleren Alters in einem wallenden, edlen Abendkleid stellte sich vor das Mikrofon.

Knapp außerhalb des Lichtkegels, gerade noch schemenhaft zu erkennen, postierten sich ein halbes Dutzend SES-Agenten in schwarzem Anzug, die die Menge misstrauisch beobachteten.

Präsidentin Gabriele Tyler war nicht wirklich eine schöne Frau, doch sie versprühte Charme, Kompetenz und ein nicht zu leugnendes Maß an Charisma. Seit sie die letzten Wahlen gegen den ehemaligen Präsidenten Harkon Magnus gewonnen hatte, war ihr viel Anerkennung zuteilgeworden für die Art, wie sie die Staatsgeschäfte lenkte. David selbst hatte sie nicht gewählt, doch auch er gab gerne zu, dass sie ihre Sache nicht schlecht machte. Vor allem die Mittel, die sie immer wieder dem Militär beschaffte, hatten viele Offiziere überrascht. Es war überaus beruhigend, dass sie die ruulanische Bedrohung ernst nahm. David und Jonathan folgten gebannt der Begrüßungsrede der Präsidentin. Währenddessen hielt sich die Presse bewusst im Hintergrund. Auf einer Galerie etwa fünf Meter über ihren Köpfen hatten einige Fernsehsender ihre Kameras postiert. Ansonsten sah man nur hin und wieder das Aufblitzen eines Fotoapparats.

Die Aufnahmen würden den Planeten natürlich auf absehbare Zeit nicht verlassen. Die Konferenz war schließlich als geheim eingestuft, doch die Präsidentin hatte entschieden, einige Pressevertreter einzuladen, um die Verhandlungen für die Nachwelt festzuhalten. Die Aufnahmen würden veröffentlicht, sobald das Bündnis - falls es denn eines geben sollte - offiziell bekannt gegeben wurde. Wäre es nach David gegangen, hätte die Presse keinen Fuß auf MacAllister gesetzt.

»Meine sehr geehrten und verehrten Gäste«, begann Präsidentin Tyler mit melodischer, jedoch weitreichender Stimme, die man noch im hintersten Winkel des Saales vernehmen konnte. Jonathan fragte sich insgeheim, ob dies an der guten Akustik des Saales liegen mochte oder an irgendeiner technischen Spielerei, die gezielt eingesetzt wurde, um diesen Effekt zu erzielen. »Es ist Freude, Ehre und Privileg zugleich, Sie alle hier und heute auf der MacAllister-Konferenz begrüßen zu dürfen. Ich bin zutiefst bewegt, dass Sie meiner Einladung so zahlreich gefolgt sind.« Sie machte eine einstudierte Pause und wandte sich der Sca'rith-Delegation zu.

»Die Menschen vom Terranischen Konglomerat begrüßen König Sal'mon'dai von den Sca'rith, der uns mit seiner Anwesenheit beehrt.«

Der Sca'rith-König bleckte seine Reißzähne und deutete ein Nicken in Richtung der Präsidentin an. David beschlich die Vermutung, dass das Blecken der Zähne das Sca'rith-Äquivalent eines Lächelns darstellen sollte. Die Verbeugung des Sca'rith wirkte steif, als wäre diese Bewegung seinem Körper fremd. David vermutete, derartige Verbeugungen gehörten eher nicht zu den Sca'rith-Gepflogenheiten.

»Weiterhin freuen wir uns über das Kommen des Obersten Theokraten Quel Thai von den Meskalno und seines Gefolges. Herzlich willkommen.«

Der Meskalno gab mit keinem Muskelzucken zu erkennen, ob er die Worte der Präsidentin überhaupt gehört hatte. David wusste jedoch, dass das Meskalno-Staatsoberhaupt die Worte sehr wohl verstanden hatte, jedoch verstimmt war, dass man die Sca'rith zuerst vorgestellt hatte. Er hatte noch nie einen Meskalno mit eigenen Augen gesehen. In natura wirkten sie weit fremdartiger für das menschliche Auge, als es Abbildungen und Hologramme zu suggerieren vermochten. Wie Pommeroy bereits auf der *Lydia* so treffend ausgeführt hatte, ähnelten die Meskalno entfernt Gottesanbeterinnen. Bis auf den Umstand, dass sie auf jeder Körperseite vier statt drei Gliedmaßen besaßen und auf dem flachen, gedrungenen Schädel neun Augen die Anwesenden begutachteten. Vier auf jeder Kopfseite und ein neuntes Auge dort, wo eigentlich die Stirn hätte sein müssen. Die Meskalno waren knapp zwei Köpfe größer als selbst die Sca'rith, von denen bereits der kleinste über zwei Meter maß.

»Wir entbieten auch unser Willkommen an Pal Polos, Schwarmführer dritter Klasse der Nerai-Sphäre.«

Durchdringendes Klicken unterbrach die Präsidentin. David warf einen schnellen Blick nach rechts, wo die Til-Nara sich lautstark in ihrer Sprache unterhielten. Er hatte zwar nicht viel Erfahrung im Deuten nichtmenschlicher Empfindungen, doch die Verbündeten der Menschheit schienen nicht erfreut.

»Auch unsere geschätzten Verbündeten Valva Vesval, Schwarmführer zweiter Klasse, von den Til-Nara und Ratsmitglied Saran sowie Rudelführer Mansu von den Asalti heißen wir willkommen.«

Die Til-Nara neigten allesamt leicht den Kopf. Zu mehr waren sie aufgrund ihrer Körperstruktur nicht fähig. Die beiden Asalti jedoch verbeugten sich kunstfertig vor der Präsidentin. Die Asalti waren den Menschen für ihre Hilfe und Unterstützung zutiefst dankbar und stellten treue, wenn auch aufgrund ihrer beschränkten Mittel eher schwache Verbündete dar.

David hatte von beiden Asalti bereits gehört beziehungsweise nach der Schlacht von Asalti in mehreren Berichten von ihnen gelesen. Saran leitete inzwischen den neu eingesetzten Regierungsrat der Asalti, während Mansu als Oberkommandierender des Asalti-Militärs fungierte. *Rudelführer* war ihr Äquivalent eines Admirals. Da sich die Asalti aus Rudeltieren entwickelt hatten, war dies vermutlich nur natürlich.

In vielerlei Hinsicht steckte das Asalti-Militär noch in den Kinderschuhen, nicht zuletzt wegen des tiefen Zwiespalts, den die eigentlich pazifistische Natur der Asalti auslöste. Terranische Militärberater und Ausbilder taten ihr Möglichstes, um die Freiwilligen, die der Asalti-Streitmacht beitraten, zu trainieren und auf den Ernstfall vorzubereiten. Doch den Berichten nach zu urteilen, die er regelmäßig erhielt, war die Aufgabe bestenfalls schwierig.

Und das, obwohl sich die Asalti als überaus gelehrig erwiesen. Insbesondere für Taktik und Strategie schienen sie ein natürliches Gespür zu besitzen. Nur ihre kämpferischen Fähigkeiten blieben leider hinter den

Erwartungen zurück. Das war jedoch nicht weiter verwunderlich. Jahrtausende der Tradition und Indoktrinierung ließen sich eben nicht über Nacht beiseitewischen.

Von diesen Aspekten einmal abgesehen, war das Asalti-Militär mittlerweile überraschend schlagkräftig. Inzwischen verfügten sie nicht nur über ihren Kampfverband, sondern auch über vier Infanterieregimenter zu je eintausendfünfhundert Mann. Es war eine Schande, dass es nur noch so wenige von ihnen gab. Wäre ihre Zahl höher gewesen, hätten sie (mit etwas Übung und professionellem Drill) im Krieg eine beachtliche Größe dargestellt. Leider waren sie eine bedrohte Art und wurden von vielen nur mit Mitleid betrachtet. Und von anderen wurden sie lediglich belächelt. David schämte sich zuzugeben, dass es selbst innerhalb des terranischen Militärs Offiziere gab, auf die beides zutraf.

»Ich bin sicher«, fuhr die Präsidentin fort, »dass die in den nächsten Tagen folgenden Gespräche für alle Parteien in höchstem Maße produktiv sein werden. Doch heute wollen wir alle Ressentiments und alle Politik für einen Tag vergessen und diesen Abend genießen. Ich wünsche Ihnen allen viel Vergnügen.«

Die Band fing aufs Stichwort an zu spielen und die Menge zerstreute sich über den Bankettsaal. Die Tanzfläche war noch recht übersichtlich belegt. Nur wenige menschliche Paare trauten sich aufs Parkett, während die außerirdischen Delegationen nicht so recht zu wissen schienen, wie sie darauf reagieren sollten.

»So mag ich Ansprachen«, flüsterte Jonathan David zu. »Kurz.«

»Ganz meine Meinung«, meinte dieser und nippte an seinem Glas.

»Du kannst solche Veranstaltungen immer noch nicht leiden, nicht wahr?«, sprach ihn eine Stimme von hinten an. Als er sich umdrehte, hätte er sich fast an seinem Drink verschluckt, denn hinter ihm stand sein Vater.

Nur am Rande bemerkte er, dass sich Jonathan zwei Schritte zurückzog, um Vater und Sohn etwas Privatsphäre zu gönnen.

»Du siehst gut aus, Dad.«

»Danke«, erwiderte Elias Coltor und verzog seine Mundwinkel zur Andeutung eines Lächelns. David fiel auf, dass sein Vater es tunlichst vermied, seine Uniform zu mustern.

»Du hättest mir sagen sollen, dass du kommst.«

»Wärst du denn dann noch hier oder hättest du dich verkrümelt?«

Kalte Wut peitschte durch Davids Geist, doch er schluckte die Entgegnung, die ihm auf der Zunge lag, hinunter und beherrschte sich. Die Andeutung, er könne seine Pflicht vernachlässigen und sich mit irgendeiner fadenscheinigen Entschuldigung davonmachen, stellte für ihn eine schwere Beleidigung dar. Er war schließlich nicht weniger Soldat als jeder Frontsoldat. Sein Vater hatte sich noch immer kein bisschen geändert.

»Ich habe meine Aufgaben, du hast deine«, antwortete er steif. »Mein Platz ist hier.«

Elias Coltor musste bemerkt haben, dass er mit seiner Bemerkung eine unsichtbare Grenze überschritten hatte, denn er neigte entschuldigend den Kopf, sagte jedoch nichts weiter zu dem Thema. Dass dieser Mann überhaupt eine Entschuldigung über die Lippen brachte, das würde David nie erleben, da war er sich sicher. Nicht dieser Mann. Nicht Elias Coltor, der große Admiral, der immer und in allem recht hatte.

»Und Nogujama? Ist er auch hier?« Davids Vater ließ seinen Sohn bei dieser Frage keinen Augenblick aus den Augen.

»Sicher. Irgendwo in der Menschenmenge.«

»Vermutlich spinnt er schon wieder irgendwelche Intrigenspielchen.«

Davids Augen verengten sich zu Schlitzen. Sein Vater hasste Nogujama. Er machte den japanischen Admiral für Davids Entscheidung verantwortlich, die Flotte zu verlassen. Das hatte er ihm nie verziehen.

»Verdammt, Dad!«, platzte es aus ihm heraus. »Lass doch endlich mal den Quatsch.«

»Wieso? Wieso sollte ich das wohl tun? Ich hab doch recht. Dieser miese, mickrige Drecksack ist doch ständig am Intrigieren.«

»Findest du nicht, dass du dich gerade wie ein Kleinkind benimmst?«

»Etwas mehr Respekt, Junge. Ich bin immer noch dein Vater.«

»Respekt ist keine Einbahnstraße, Dad. Die Flotte zu verlassen, war meine Entscheidung. *Meine* Entscheidung.«

»Die du niemals getroffen hättest, wenn du Nogujama nicht begegnet wärst.«

»Glaubst du das? Glaubst du das wirklich?«

»Ja, das tue ich«, hielt sein Vater stur dagegen. »David, dir standen alle Möglichkeiten offen. Du warst ein großartiger Pilot.«

Das kleine Wörtchen *warst*, brachte Davids Blut noch mehr zum Kochen, als es ohnehin schon der Fall war.

»Ich *bin* immer noch ein großartiger Pilot. Und soll ich dir was sagen? Ich bin auch ein großartiger MAD-Offizier. Ich bin dort, wo ich hingehöre.«

»Pah!«, stieß sein Vater spöttisch aus. »Ein Schnüffler? Das ist es, was du sein willst? Jemand, der nur in den Schatten lebt? Ich bin enttäuscht von dir, mein Junge.«

David bezähmte seine Wut. Nicht zuletzt deshalb, weil ihm aufgefallen war (im Gegensatz zu seinem Vater), dass die Lautstärke ihrer Unterhaltung beständig zugenommen hatte und einige Gäste ihnen bereits neugierige Blicke zuwarfen. Dies hier war die Show der Präsidentin. Es war ihre Nacht. Er war es ihr schuldig, keinen schlechten Eindruck auf die Anwesenden zu machen.

»Ich weiß«, erwiderte er schlicht. »Und damit enttäuscht *du mich*, Dad.«

Elias Coltors Nasenflügel blähten sich auf. Mit diesem Vorwurf hatte er offenbar nicht gerechnet. Doch auch ihm fiel inzwischen auf, dass einige der Gäste unangebrachtes Interesse an ihrer Unterhaltung zeigten.

»Na schön. Ich möchte dich mit deinem peinlichen Vater nicht in Verlegenheit bringen, David.«

»Jetzt komm schon, Dad ...«

»Nein, lass gut sein, David.« Elias Coltor strich sich seine Admiralsuniform glatt, obwohl an ihr kaum ein Fältchen zu sehen war. »Vielleicht sehen wir uns noch, bevor die Konferenz vorbei ist. Und ruf bei Gelegenheit deine Mutter an. Du weißt, wie schnell sie sich Sorgen macht.«

Ohne ein weiteres Wort drehte sich der Admiral um und stapfte durch die Menge davon, die ihm bereitwillig Platz machte, sobald sie seinen mürrischen Gesichtsausdruck bemerkte. David Coltor sah ihm mit undeutbarer Miene hinterher.

Jonathan ging noch etwas auf Abstand, da er erkannte, dass sein Vorgesetzter nun für sich sein wollte. Er nippte an seinem Sektglas, ohne den Alkohol wirklich zu schmecken. Er war viel zu sehr damit beschäftigt, die vielen Eindrücke, die sich ihm boten, zu verarbeiten. Einige der hier vertretenen Spezies sah er zum allerersten Mal.

Plötzlich schlug ihm eine sanfte Hand freundschaftlich auf die Schulter. Es war nur ein kleiner Klaps, doch er genügte, um ihn sich vor Überraschung verschlucken zu lassen. Jonathan hustete und drehte sich mit einem unterdrückten Fluch auf den Lippen um. Doch der Fluch verwandelte sich in ein erfreutes Lächeln.

Ein paar Arme schlangen sich um seinen Hals und zogen ihn in eine liebevolle Umarmung. Jonathan ließ es einige Sekunden zu, nahm sein

Gegenüber schließlich bei den Schultern und hielt es eine Armeslänge von sich. Erfreut musterte er es von oben bis unten.

»Meredith.«

»Schön, dich zu sehen, Jon. Ist eine Weile her.«

»Ja. Das ist es allerdings.«

Meredith Sorenson war eine alte Freundin Jonathans. Die SES-Agentin war einen ganzen Kopf kleiner, aber athletisch und durchtrainiert. Ihr brünettes, schulterlanges Haar trug sie zu einem Pferdeschwanz zusammengebunden. Sie trug ein atemberaubendes Abendkleid, dem Anlass absolut angemessen. Er ertappte sich bei dem Gedanken, wo sie wohl ihre Waffe versteckt hatte.

Sie hatten sich schon seit Jahren nicht mehr gesehen. Kennengelernt hatten sie sich während einer Mission auf der abgelegenen Welt Mirella, auf der er eine Zelle der Kinder der Zukunft gejagt hatte. Meredith hingegen war hinter einem Drogenring her gewesen, der unter anderem hochrangige Regierungsmitglieder beliefert hatte. Mit einem Schmunzeln erinnerte er sich an ihre damalige Tarnung. Sie hatte als Stripperin in einem Nachtclub gearbeitet.

»Angezogen hätte ich dich kaum wiedererkannt«, frotzelte er.

»Blödmann«, schmunzelte sie zurück.

Er musterte sie erneut von oben bis unten, bewunderte ein weiteres Mal das Abendkleid, in dem sie steckte.

»Du siehst gut aus.«

»Danke. Du auch.«

Jonathan brauchte nicht lange zu überlegen, was sie auf MacAllister zu tun hatte. Es gab derzeit nur einen Grund für die Anwesenheit des SES.

»Du gehörst also zum Schutzkontingent der Präsidentin.«

»Schuldig«, erwiderte sie und deutete auf den Knopf im Ohr, der sie mit ihren Kollegen verband.

»Und du? Immer noch auf Terroristenjagd?«

»Nicht dieses Mal. Schutz der Konferenz.«

»Ah, ich verstehe, dann werden sich unsere Bereiche wohl überschneiden.«

»Vermutlich.« Bei dieser Möglichkeit verzogen sich seine Mundwinkel zu einem breiten Grinsen, das Meredith erwiderte. Plötzlich nahm ihr Gesicht einen abwesenden Ausdruck an und sie neigte leicht den Kopf zur Seite.

»Tut mir leid«, sagte sie schließlich, nachdem sie Anweisungen über ihren Kommunikator erhalten hatte. »Das war mein Boss. Die Präsidentin macht ihre Runde. Ich werde gebraucht.«

Jonathan nickte wissend. »Die Pflicht ruft. Ich weiß. Aber wir haben sicher noch die Gelegenheit, uns zu unterhalten.«

»Ganz bestimmt«, erwiderte sie augenzwinkernd.

Das MacAllister-System wurde für die Dauer der Konferenz durch ein unüberwindliches Netz aus Sensoren und Überwachungssatelliten von der Außenwelt abgeschirmt. Ergänzt wurde die Überwachung von zwei Dutzend Leichten Kreuzern der terranischen Flotte.

Deren Anwesenheit standen zwar in direktem Gegensatz zur Übereinkunft, dass jede Delegation nur eine bestimmte Anzahl Schiffe während der Konferenz im System unterhalten durfte, doch diese zwölf Kreuzer stellten die Ausnahme von der Regel dar.

Die Abgeschiedenheit des MacAllister-Systems musste um jeden Preis gewährleistet werden, aber da die Nerai den Til-Nara, die Sca'rith den Meskalno und die Meskalno praktisch jedem misstrauten, gab es keine Alternative, als die Überwachung terranischen Einheiten zu überlassen, die die Grenzen des Systems patrouillierten und die strikte Einhaltung des allgemeinen Flugverbots gewährleisteten.

Eines dieser Schiffe war die *TKS Honour and Pride* unter dem Kommando von Captain Alfred Duddling.

Wie seine Schwesterschiffe, war auch die *Honour and Pride* ein Leichter Kreuzer der Falcon-Klasse. Zwar nicht gut genug bewaffnet, um es allein mit einem Großkampfschiff aufzunehmen, jedoch schnell und definitiv geeignet, eine Flugverbotszone zu überwachen. Außerdem waren mehrere Großkampfschiffe nur einen Funkspruch entfernt im Orbit um die MacAllister-Kolonie. Doch niemand rechnete ernsthaft mit Problemen oder Störungen. Immerhin war der Standort der Konferenz ein sorgfältig gehütetes Geheimnis, das nur einem streng begrenzten Personenkreis bekannt war.

Umso überraschter war Captain Alfred Duddling, als sein XO, Commander Daniel Prusquaine, neben seine Station trat und diskret hüstelte. Duddling schreckte aus seinen Gedanken auf und legte die Unterlagen, die er gerade studiert hatte, erleichtert beiseite. Nichts langweilte ihn mehr als logistische Anfragen der einzelnen Schiffsabteilungen.

»Was gibt es, Dan?«

Prusquaine räusperte sich übertrieben. Es war ihm sichtlich unangenehm, seinen Kommandeur gestört zu haben. Nichtsdestoweniger verlangte sein Pflichtgefühl es.

»Vermutlich nichts, Skipper, aber ...«

»Aber?«

»Wir empfangen einige sehr seltsame Signale und Daten von den Überwachungssatelliten, die in der Nähe der nördlichen Nullgrenze platziert sind.«

Duddling runzelte nachdenklich die Stirn. »Welche Art Daten?«

Der XO übergab dem Captain sein tragbares Datenterminal. Die bereits erwähnten Daten und Sensorergebnisse waren auf dem kleinen Bildschirm bereits aufgerufen und Duddling studierte sie aufmerksam und mit wachsender Besorgnis.

»Solche Daten erhält man eigentlich nur, wenn ein Schiff kurz davor ist, in ein System zu springen.«

»Genau das dachte ich auch«, pflichtete Prusquaine bei.

»Erwarten wir denn noch Schiffe?«

»Negativ, Skipper. Alle Schiffe der Delegationen sind bereits eingetroffen.«

»Nachschubtransporter oder freie Händler?«

»Laut den verfügbaren Flugplänen hat sich niemand angemeldet.«

Duddling bemerkte, wie sorgsam Prusquaine seine Worte wählte, und war für dessen Vorsicht überaus dankbar. Es war immer möglich, dass ein Handelsschiff unangemeldet ein System anflog, speziell wenn sich die Besatzung gute Geschäfte erhoffte. Dann nahm ein Handelsschiff schon mal einen Umweg in Kauf oder ignorierte seinen eigentlichen Flugplan. Doch wie wahrscheinlich war es, dass ein solches Schiff ausgerechnet das MacAllister-System anlief? Und dann auch noch ausgerechnet heute? Wie dem auch sei, es war seine Pflicht, der Sache nachzugehen, und zwar schnellstens.

»Steuermann. Kurs auf die nördliche Nullgrenze setzen. Volle Kraft voraus.«

»Sollten wir Verstärkung anfordern?«, fragte Prusquaine gedämpft.

Duddling dachte über die Frage angestrengt nach. Sie war durchaus berechtigt. Doch falls er sich irrte und es sich am Ende herausstellte, dass er hier draußen nur Schatten und Gespenster jagte, dann wurde er zum Gespött der Flotte. Ganz davon zu schweigen, dass er Unruhe in eine ohnehin schon gefährliche Situation brachte, indem er die Konferenzteilnehmer durch einen vorschnellen Alarm beunruhigte. Er entschied sich für einen Kompromiss.

»Ich glaube nicht, dass wir Verstärkung brauchen werden.« Er wandte sich an den Kommunikationsoffizier. »Com, teilen Sie der Raumüberwachung auf MacAllister mit, dass wir ein Sensorecho im Bereich der Nullgrenze untersuchen und anschließend unsere Patrouillenroute wieder aufnehmen. Und teilen Sie den anderen Schiffen mit, dass wir unsere Position zwecks Nachforschungen vorübergehend verlassen.«

»Aye, Skipper«, erwiderte der Ensign eifrig.

Die *TKS Honour and Pride* reagierte präzise und geschmeidig auf die Befehle des Steuermanns und der Leichte Kreuzer durchquerte das Feld aus Sensoren und Satelliten und schlug direkten Kurs auf die Nullgrenze ein.

Der Flug dauerte beinahe zwei Stunden. Zwei Stunden, in denen sich Duddling den Kopf über die seltsamen Sensorergebnisse zerbrach. Doch er kam auf keinen grünen Zweig. Es gab einfach keinen logischen Grund für ein nicht angekündigtes Schiff, in das MacAllister-System einzufliegen. Was ihn zwangsläufig wieder zu der Theorie mit dem freien Händler brachte. Doch das wäre schon ein ungeheurer Zufall. Und Duddling glaubte keineswegs an solche Zufälle.

Nach einhundersiebzehn aufreibenden Minuten, in denen der Captain der *Honour and Pride* sich darum bemühte, eine Lösung für das Rätsel zu finden, das sich ihm präsentierte, rückte die nördliche Nullgrenze endlich in greifbare Nähe.

»Sensoren auf volle Kraft. Ich will wissen, ob die Satelliten korrekte Daten geliefert haben«, befahl Duddling gepresst. Insgeheim hoffte er, dass die Satelliten und Sensoren vielleicht fehlerhaft arbeiteten. Es wäre die einfachste und bequemste Lösung. Doch die Hoffnung sollte enttäuscht werden.

Prusquaine überprüfte die eingehenden Ergebnisse auf seinem Datenterminal. Der XO der *Honour and Pride* runzelte verwirrt die Stirn.

»Und?«, fragte Duddling neugierig.

»Dieselben Ergebnisse, Skipper«, erwiderte der XO ratlos und hielt seinem Kommandeur das Datenterminal unter die Nase.

»Das ergibt doch keinen Sinn«, murmelte Duddling und studierte die Ergebnisse. Dann studierte er sie erneut und anschließend noch ein drittes Mal. Leider änderte jedoch auch die vierte Überprüfung nichts an den Daten. Es blieben genau dieselben Zahlen wie schon bei seiner ersten

Überprüfung. Genau dieselben Zahlen, die zuvor auch die Überwachungssatelliten übertragen hatten.

»Falls tatsächlich ein Schiff in dieses System springen wollte, wäre es schon hier«, meinte Prusquaine.

Duddling nickte nachdenklich. »Ob es sich bei diesen Daten vielleicht um ein natürliches Phänomen handelt?«

»Dass es so etwas geben soll, habe ich noch nie gehört.«

»Ich auch nicht«, erwiderte Duddling, von seiner eigenen Erklärung wenig überzeugt.

Der Captain der *Honour and Pride* seufzte tief. »Aber hier ist offenbar nichts. Nehmen Sie Kurs auf unsere alte Position. Ich mache später einen Eintrag ins Logbuch über den Vorfall und vermerke Position und Zeitpunkt des Sensorechos.«

»Aye, Skipper. Steuermann, alten Kurs aufnehmen. Wir kehren auf unsere Patrouillenposition zurück.«

Die *Honour and Pride* schwenkte gehorsam ab und ging auf Gegenkurs.

In diesem Augenblick geschah es.

Auf der Brücke des Kreuzers buhlten plötzlich eine Vielzahl verschiedener Alarmsirenen um die Aufmerksamkeit der völlig überraschten Besatzung.

»XO, Bericht!«, verlangte Duddling.

»Sir, drei Schiffe kommen aus dem Hyperraum. Entfernung knapp zweitausend Kilometer auf unserer Steuerbordseite.«

Duddling pfiff leise durch die Vorderzähne. Wer immer diese drei Schiffe führte, hatte gerade eine Meisterleistung in interstellarer Navigation abgeliefert. So dicht an einem anderen Schiff aus dem Hyperraum zu kommen, glich in vielen Fällen einem Selbstmordkommando. Der normale Sicherheitsabstand betrug mehr als das Zehnfache, um ein Mindestmaß an Sicherheit zu gewährleisten.

»Taktische Analyse. Und bringen Sie die drei Schiffe auf meinen Bildschirm.«

Er hatte kaum ausgesprochen, da erwachte der Bildschirm zu seiner Linken zum Leben und zeigte eines der Schiffe aus nächster Nähe. Gleichzeitig baute sich ein Hologramm vor seiner Nase auf, in dem die einzelnen Systeme des Schiffes aufgelistet und markiert wurden.

Auf den ersten Blick erschienen die drei Schiffe wie leichte Transporter, wie sie in beinahe jedem von Menschen besiedelten System benutzt wurden. Doch selbst einem ungeschulten Auge fielen sofort einige Ungereimtheiten auf. Die Schiffe wirkten seltsam klobig, beinahe, als wären ihnen zusätzliche Aufbauten angeschweißt worden. Außerdem strahlten sie mehr Energie ab, als es bei Schiffen dieser Größe allgemein üblich war. Duddling erkannte augenblicklich, womit sie es zu tun hatten.

Kampfschiffe der Kinder der Zukunft. Großer Gott! Und ich bin ihnen in die Falle gegangen wie ein blutiger Anfänger ...

Die Kinder der Zukunft verwendeten in der Mehrzahl umgebaute Transporter. Sie waren einem Kriegsschiff normalerweise in jeder Hinsicht unterlegen, doch drei von ihnen stellten unter Umständen ein Problem dar. In einer konventionellen Kampfsituation würde Duddling trotzdem nicht ins Schwitzen geraten, denn er wäre zuversichtlich, die drei Schiffe aus dem All fegen zu können. Diese Situation war jedoch alles andere als konventionell.

Wer immer diese Schiffe kommandierte, hatte diese Sensorechos ausgestrahlt, um ihn hierher zu locken. Ein klassischer Hinterhalt also. Und das Schlimmste an allem: Die feindlichen Kriegsschiffe standen auf seiner Steuerbordseite. Die schweren Kaliber seiner im Bug untergebrachten Torpedobewaffnung wiesen in die falsche Richtung. In der derzeitigen Position relativ zum Angreifer standen ihm nur Anti-Schiffsraketenwerfer - für die die feindlichen Schiffe allerdings noch außer Reichweite waren - und die Energiebewaffnung der Steuerbordbreitseite zur Verfügung. Er konnte sich beim besten Willen nicht vorstellen, dass dies zum Plan seiner Gegner gehörte, da eine solche Position einfach nicht zu planen war. Die Vorsehung jedoch schien die Angreifer zu begünstigen und er hatte keine andere Wahl, als mit den Karten zu spielen, die die Schicksalsgöttin ihm austeilte. Wer mit seinem Los haderte, hatte schon so gut wie verloren.

»Beidrehen«, befahl Duddling entschlossen. »Mündungsklappen öffnen und Torpedos feuerbereit machen. Wir müssen die feindlichen Schiffe vor die Rohre kriegen. Nehmen Sie das Führungsschiff als Ziel auf. Com, eine Nachricht an die Kolonie mit folgendem Inhalt: Feindliche Schiffe im System. Sind im Gefecht.«

Der Ensign tippte hastig auf seine Konsole, bis er sich mit verzweifelter Miene seinem Befehlshaber zuwandte. »Sie stören den Funk. Ich bekomme kein Signal durch.«

»Verflucht! Sind die feindlichen Schiffe schon in Reichweite der Steuerbordbreitseite?«

»Negativ, aber gleich«, meldete sein XO, während die *Honour and Pride* in eine Kehre einschwenkte, um die angreifenden Schiffe vor die eigenen Torpedorohre zu bekommen.

»Feindlicher Abschuss«, meldete sein taktischer Offizier plötzlich. »Fünfzehn Torpedos im Anflug.«

»Flakbatterien Feuer frei!«

Die Flaks erwachten röhrend zum Leben und spien den einfliegenden Flugkörpern einen Strom an Explosivgranaten entgegen. Doch ein kleines Schiff wie der Leichte Kreuzer besaß nur sehr eingeschränkte Möglichkeiten, sich gegen einen Überraschungsangriff zu verteidigen. Dennoch erledigen die Mannschaften der Flaks fast die Hälfte der feindlichen Torpedos.

Die übrigen jedoch kamen durch.

Die ersten drei Torpedos schlugen in die Schilde der *Honour and Pride* ein und überlasteten sie im selben Moment. Auf der Brücke des Kreuzers brachen Funken aus mehreren Konsolen. Die Uniform des diensttuenden ComOffiziers fing durch eine Stichflamme, die ohne Vorwarnung aus seiner Konsole stieß, Feuer. Der Mann taumelte von seiner Station fort und schrie herzzerreißend, während er sich in Panik um die eigene Achse drehte.

Prusquaine stürzte herbei und warf den Unglücklichen zu Boden. Mithilfe zweier anderer Besatzungsmitglieder, die ihre Uniformjacken auszogen, erstickten sie die Flammen. Auf Duddlings Bildschirm trafen erste Schadensberichte verschiedener Decks ein, so viele und in so schneller Reihenfolge, dass der Captain der *Honour an Pride* sich entschloss, sie vorerst zu ignorieren, bis die unmittelbare Gefahr für sein Schiff gebannt war.

Doch dann schlugen die übrigen fünf Geschosse ein - und die bisherigen Schäden spielten ohnehin keine Rolle mehr.

Entlang der Steuerbordseite des kleinen Kreuzers brach die Hülle an drei Stellen auf und schickte die Besatzungsmitglieder in den betroffenen Bereichen in einen grausigen Tod. Überall auf dem Schiff durchdrangen ohrenbetäubend Alarmsirenen und Dekompressionswarnungen die Korridore. Auf mehreren Decks brachen durch Sekundärexplosionen Brände aus und es war kaum noch jemand in der Lage, sie zu löschen. Die automatische Feuerbekämpfung war längst ausgefallen.

Die *Honour and Pride* legte sich schwer auf die Seite. Ein verwundetes Tier, das auf den Gnadenschuss wartete.

»Bericht!«, verlangte Duddling. Sein XO wankte an seine Seite. Mit einer Hand hielt er sich an der Rückenlehne des Stuhls seines Captains fest, während er mit der anderen sein Datenterminal fest umklammerte.

Die Brücke glich einem Inferno. Der taktische Offizier war über seinen Instrumenten tot zusammengebrochen, ebenso der Steuermann. Der Offizier, der die Station der Schadenskontrolle bemannte, war durch einen Splitter am Kopf getroffen worden. Blut lief ihm über das ganze Gesicht und in die Augen. Er wirkte benommen und schien kaum noch zu wissen, wo er sich befand. Das Feuer, das aus einer Konsole aufstieg, verbreitete so viel Rauch und Dampf auf der Kommandobrücke, dass das Atmen zur Tortur wurde. Die Lebenserhaltung musste ausgefallen sein.

»Waffen, Schilde und Antrieb vollständig ausgefallen«, meldete Prusquaine. »Wir haben den Kontakt zum halben Schiff verloren. Die *Honour and Pride* driftet. Sie ist manövrier- und kampfunfähig.«

Duddling betätigte einen Schalter auf seiner Lehne. »An die Besatzung ...« Er stockte. »Wer immer mich auch hört. Das Schiff sofort verlassen. Ich wiederhole: Wir geben das Schiff auf. Alle Mann in die Rettungskapseln.«

Er wandte sich seinem XO zu. »Sie auch, Dan. Sofort!«

»Nicht ohne Sie, Skipper.«

In diesem Moment feuerten die drei Schiffe eine weitere vernichtende Breitseite ab.

Die *Honour and Pride* hörte von einem Moment zum nächsten buchstäblich auf zu existieren, bevor auch nur ein Besatzungsmitglied daran denken konnte, der Anweisung des Captains Folge zu leisten. Den Angreifern war dies nur recht.

Ihre Anweisungen besagten ohnehin, keine Überlebenden zurückzulassen.

Nachdem das einzige Hindernis beseitigt war, nahmen die Schiffe Kurs auf die Sonne des Systems. Die Sensoren und Überwachungssatelliten schlugen keinen Alarm, als die Schiffe den Grenzbereich passierten, denn sie verfügten über alle gültigen Codes und die Satelliten gingen davon aus, es mit der *Honour and Pride* zu tun zu haben.

Als sich der Leichte Kreuzer auch nach einer Stunde noch nicht meldete, wurde die Raumüberwachung auf der MacAllister-Kolonie langsam nervös und funkte die *Honour and Pride* an.

»*Honour and Pride! Honour and Pride!* Bitte melden! Geben Sie einen Statusbericht ab. Was haben Ihre Nachforschungen ergeben?«

»Hier ist die *Honour and Pride*«, meldete sich nach kurzer Zeit eine Stimme auf der richtigen Frequenz und mit der richtigen Verschlüsselung. »Nachforschungen waren ergebnislos. Muss sich um ein falsches Sensorecho gehandelt haben.«

»Verstanden, *Honour and Pride*«, erklärte der Offizier der Raumüberwachung erleichtert. »Raumüberwachung Ende.«

Und die drei Schiffe nahmen weiterhin Kurs auf die Sonne des MacAllister-Systems, ohne dass jemand sie aufhielt oder auch nur ahnte, dass sie dort waren.

Jonathan bewunderte David Coltors Gelassenheit, als dieser verdrossen den Rücken seines Vaters musterte, während dieser sich durch die dicht gedrängte Menge schob.

Coltor gesellte sich wieder zu Jonathan und widmete ihm einen peinlich berührten Blick.

»Tut mir leid, dass Sie das miterleben mussten.«

»Schon in Ordnung«, erwiderte Jonathan ehrlich. »Man kann sich seine Familie eben nicht aussuchen.«

Coltor schnaubte belustigt. »Wie wahr.«

Der förmliche Teil des Abends neigte sich spürbar dem Ende zu und die Gäste spalteten sich in mehrere kleine und große Grüppchen auf, wobei die Mitglieder einer Spezies meistens unter sich blieben und eine Vermischung mit den Mitgliedern anderer Delegationen tunlichst vermieden. Nun, es würde Zeit brauchen, bis eine Annäherung stattfand. Es stand ihnen ein hartes Stück Arbeit bevor. Einige der Grüppchen machten sich auf den Weg in den angrenzenden Ballsaal, sofern die jeweilige Spezies etwas vom Tanzen hielt. Eine Alternative war das reichhaltige Buffet, das vor allem den Sca'rith zuzusagen schien. Die Raubkatzen hielten sich nicht lange mit Messer und Gabel auf, sondern fuhren einfach ihre Krallen aus, spießten das Essen auf und vertilgten es geräuschvoll.

Wenigstens benutzen sie Teller und holen sich das Essen nicht direkt aus den Töpfen, dachte Jonathan schmunzelnd.

Er wandte sich seinem Vorgesetzten zu und wollte diesen gerade fragen, ob er sich ebenfalls über das Buffet hermachen wollte, als ihm die Frage praktisch im Hals stecken blieb. Coltors Nüstern waren gebläht, seine Augen blickten starr.

Der MAD-Offizier wirkte wie vom Donner gerührt.

Jonathan folgte Coltors Blick quer durch den Raum, um herauszufinden, was den Mann, der sich für gewöhnlich nicht so leicht aus der Ruhe bringen ließ, derart geschockt hatte.

Coltor beobachtete einen Mann in der weißen Uniform der Flotte, einen Lieutenant. Der Offizier war etwas kleiner als Jonathan, vielleicht so eins siebzig, dunkle Haare, normale Statur, eigentlich ein eher unauffälliger Typ. Jonathan bemühte sich, seine Neugier zu bezähmen, bis sie schließlich übermenschlich wurde.

»Sir?«

Coltor reagierte mit keinem Muskelzucken.

»Sir?«, drängte Jonathan erneut.

Endlich kam wieder Leben in Coltors Gesichtszüge. Seine Miene wirkte aschfahl. »Ja?«

»Ist alles in Ordnung? Sie sehen aus, als hätten Sie einen Geist gesehen?«

»Vielleicht habe ich das tatsächlich.«

Ohne auf die Bemerkung weiter einzugehen, hielt Coltor einen der vorübereilenden Kellner an und beugte sich verschwörerisch vor. »Können Sie mir bitte sagen, wer das ist?«, fragte der MAD-Colonel und wies auf den Flottenoffizier. Der Kellner folgte dem Wink.

»Das ist einer der Adjutanten Admiral Coltors, Colonel. Sein Name ist Colin Grey, glaube ich.«

»Grey? Sind Sie sicher?«

»Ich denke schon«, erwiderte der Mann verwirrt.

»Vielen Dank. Das wäre alles.« Der Kellner eilte weiter und war so in seine Arbeit vertieft, dass er den Vorfall bereits nach wenigen Sekunden wieder vergessen hatte.

»Grey ...« Coltor ließ den Namen auf seiner Zunge vergehen, als würde er dessen Geschmack prüfen.

»Sir? Kennen Sie den Mann?«

»Nicht direkt«, erwiderte Coltor immer noch in Gedanken. »Aber ich kannte seinen Bruder vor vielen, vielen Jahren. Er ist ihm wie aus dem Gesicht geschnitten.«

»Positive Erinnerungen?«, hakte Jonathan nach, obwohl er die Antwort bereits zu kennen glaubte.

»Na, das wohl eher nicht«, antwortete Coltor und ließ den Lieutenant keine Sekunde aus den Augen. »Sein Bruder hat versucht, mich umzubringen.«

Niemand bemerkte, wie sich Jonathan aus dem Bankettsaal stahl. Möglicherweise kümmerte es auch niemanden. Der Empfang war bereits weit vorangeschritten und der gesellige Teil des Abends würde ohnehin nicht mehr lange andauern. Coltors Worte gingen ihm nicht mehr aus dem Sinn und er wollte der Sache ein wenig auf den Grund gehen. Die Andeutungen seines Vorgesetzten gefielen ihm gar nicht.

Er suchte einen Sicherheitsraum auf und schickte die beiden diensttuenden MAD-Offiziere mit einer knappen Geste hinaus. Die beiden Offiziere waren Profis genug, um seine Befehle nicht infrage zu stellen. Er setzte sich ohne Umschweife ans Computerterminal.

»Achtung, Computer, Spracheingabe!«, sagte er.

»Aktiviert«, antwortete die neutral klingende Stimme des Computers.

»Computer, zeig mir alle Daten über einen Offizier namens Colin Grey. Werdegang, familiäre Verhältnisse, familiärer Hintergrund: Ich will alles wissen.«

5

Die Konferenzteilnehmer versammelten sich, kaum dass die Sonne MacAllisters über den Horizont stieg und die Kolonie in sanftes Licht tauchte.

Der Konferenzsaal befand sich im Penthouse eines Wolkenkratzers in der Mitte des von der Außenwelt abgeschirmten Kongresszentrums. Dieser Ort war vor allem deshalb ausgewählt worden, damit die einzelnen Delegationen von ihren jeweiligen Hotels bequem per Shuttle auf dem Landebereich auf dem Dach einfliegen konnten.

Jonathan gingen dieser Colin Grey und Coltors rätselhafte Erklärung nicht mehr aus dem Sinn. Trotz mehrerer Versuche seinerseits hatte Coltor nichts mehr zu dem Thema gesagt und Jonathan zögerte weiterhin nachzuhaken. Wenn Coltor sich zu diesem Punkt nicht näher äußern wollte, hatte dieser sicherlich seine Gründe dafür. Trotzdem beschlich ihn ein unangenehmes Gefühl, was diese Sache betraf. Seine Nachforschungen hatten jedoch einige interessante Dinge über Greys Lebensgeschichte zutage gefördert, die allerdings mehr Fragen aufwarfen als beantworteten.

Greys Bruder war Sicherheitschef der Mars-Kolonie gewesen, damit erschöpften sich die erhaltenen Informationen auch schon. Alles darüber hinaus war als streng geheim eingestuft, und zwar von David Coltor höchstpersönlich. Wirklich sehr rätselhaft.

Präsidentin Gabriele Tyler beobachtete mit mildem Interesse, wie die Mitglieder der Delegationen in den Raum strömten und ihre Plätze einnahmen. Die Tische waren in Hufeisenform angeordnet. Jonathan stand mit hinter dem Rücken verschränkten Händen zwei Schritte hinter der Präsidentin. Da er für die Sicherheit mitverantwortlich zeichnete, wusste er, was für ein Problem die Sitzordnung bereits im Vorfeld dargestellt hatte. Man konnte zum Beispiel die Til-Nara auf keinen Fall neben die Nerai setzen und die Meskalno nicht neben die Sca'rith.

Die Abordnung des Terranischen Konglomerats saß am Bogen des Hufeisens, da Botschafter Pommeroy und die Präsidentin von dort die Gesprächsführung am besten dirigieren konnten. Zur Linken der terranischen Delegation saß die Abordnung der Sca'rith, neben der wiederum die Til-Nara Platz nahmen. Und zur Rechten saßen Meskalno, Asalti und Nerai. In dieser Reihenfolge. Die einzelnen Delegierten beziehungsweise Staatsoberhäuptern hatten das Recht, jeweils drei Sekretäre oder Adjutanten mitzubringen. Im Fall der terranischen Delegation dienten sowohl Botschafter Pommeroy als auch Jonathan selbst und Pommeroys Assistent Hahlbach als Adjutanten der Präsidentin. Sehr zu Jonathans Freude übernahm der Asalti-Offizier Mansu einen dieser Posten bei ihren kleinen Verbündeten. Er hatte letzte Nacht während der Feierlichkeiten ausgiebig mit dem Asalti gesprochen und in dem kleinen Offizier einen erfahrenen und scharfsinnigen Gesprächspartner kennengelernt.

Nur langsam kam Ruhe in den Saal. Die Delegationen begannen, sich zu setzen, jedoch nicht, ohne sich gegenseitig argwöhnische Blicke zuzuwerfen. Das Meskalno-Oberhaupt schoss aus seinen Augen förmlich Pfeile auf den Sca'rith-König ab. Aus allen neun. Die Til-Nara und Nerai beobachteten sich gegenseitig wachsam und - falls Jonathan sich nicht sehr irrte - feindselig. Als Letztes setzten sich Tyler, Pommeroy, Hahlbach und er selbst. Die Türen wurden geschlossen. Scott Fergusen stellte sich gut sichtbar mit hinter dem Rücken verschränkten Händen hinter die Präsidentin, während sich sein restliches Team im Raum verteilte.

Währenddessen brachte sich Alan Foulders Team auf dem Korridor vor der Tür in Position und übernahm die Außensicherung des Konferenzsaales. Beide Teams wurden von jeweils zwanzig SES-Agenten unterstützt, die in ihren Anzügen zwar irgendwie fehl am Platz, doch trotzdem bedrohlich wirkten.

Eine von ihnen war Meredith Sorenson, der Jonathan zur Begrüßung freundlich zunickte. Sie reagierte kaum darauf. Dafür war sie zu sehr Profi. Ihr Augenmerk galt uneingeschränkt ihrem Schützling, doch Jonathan bemerkte trotzdem den Anflug eines Lächelns um ihre Mundwinkel.

Durch seinen Rang hätte auch David Coltor Anrecht auf einen Platz innerhalb der terranischen Delegation, doch der MAD-Offizier zog es vor, sich diskret und schweigsam in der Nähe der Tür aufzuhalten und die Sache aus dem Hintergrund im Auge zu behalten. Jonathan war äußerst dankbar für die Chance, die Coltor ihm dadurch großzügig überließ.

Es befanden sich außerdem noch ein halbes Dutzend handverlesene Kellner im Raum, die sich wie hilfreiche Schatten im Hintergrund hielten, um einen steten Strom von Getränken und Erfrischungen für die Delegierten bereitzuhalten.

Die Spiele können beginnen, dachte Jonathan missmutig, während ihm die Feindseligkeit unter den Delegierten eine Gänsehaut über den Rücken jagte.

Präsidentin Tyler erhob sich würdevoll und begrüßte jeden einzelnen der Anwesenden mit einem freundlichen Nicken, sogar die Adjutanten und Sekretäre, obwohl sie dies laut Reglement nicht hätte tun müssen.

»Nun, da die Konferenz begonnen hat«, sprach sie die Abordnungen mit selbstbewusster Stimme an. »lassen Sie mich die Gelegenheit nutzen und Sie alle noch einmal im MacAllister-System begrüßen. Ich hoffe, dass die folgenden Tage für uns alle äußerst produktiv und ergiebig sein werden.«

»Das ist ein gutes Stichwort«, ergriff der Sca'rith-König Sal'mon'dai erstmals das Wort. Jeder der Delegierten besaß das in dessen jeweiligen Kultur übliche Übersetzungsgerät, doch Jonathan zuckte überrascht zusammen, als der Sca'rith in fließendem Universal sprach, mit deutlichem Akzent zwar, dennoch gut verständlich.

»Was versprechen Sie sich von dieser Zusammenkunft?«

Falls Präsidentin Tyler über die unerwartete Unterbrechung verärgert war, so zeigte sie es jedenfalls nicht. Stattdessen lächelte sie Sal'mon'dai freundlich an. Tyler war die geborene Diplomatin.

»Bestenfalls die Schaffung einer Koalition, um den Ruul als einheitliche Front zu begegnen. Im schlechtesten Fall eine Einigung über den Austausch geheimdienstlicher Informationen über unseren gemeinsamen Feind.«

»Ein ehrgeiziger Plan.« Der Sca'rith bleckte die Zähne und maß jeden der Anwesenden mit einem abschätzigen Blick. Auf den Meskalno verweilte sein Blick eine Sekunde länger als auf allen anderen. »Wie kommen Sie auf die Idee, dass das durchführbar wäre?«

Präsidentin Tyler ließ sich von der provokanten Art des Sca'rith-Königs nicht beeindrucken. »Die Ruul sind ohne Zweifel die schlimmste Geißel, die diese Galaxis je heimgesucht hat. Wir alle mussten erschreckende Opfer bringen und haben viel verloren: Systeme, Schiffe, Leben. Das muss ein Ende haben. Solange wir uns aber weiter verzetteln und den Feind einzeln bekämpfen, werden wir diesen Krieg nicht gewinnen. Die Ruul drängen an allen Fronten gegen unsere Verteidigungslinien und es ist nur eine Frage der Zeit, bis sie irgendwo durchbrechen. Wir Menschen haben ein Sprichwort: Entweder vereint siegen oder getrennt fallen.«

»Die Menschen und die Sca'rith haben möglicherweise Probleme mit den Ruul«, erklärte der Theokrat der Meskalno großspurig. »Nicht aber die Meskalno. Wir stehen nicht im Streit mit den Ruul.«

»Noch nicht, Oberster Theokrat. Auch das ist nur eine Frage der Zeit«, hielt die Präsidentin dagegen.

»Das sagen Sie.«

»Es handelt sich hierbei um eine Tatsache.«

»Es befinden sich derzeit keine Meskalno-Streitkräfte im Gefecht mit den Ruul. Aber menschliche, Sca'rith, Til-Nara und Nerai. Ein Kriegsbeitritt würde uns nur ins Fadenkreuz der Ruul bringen, und das steht nicht zur Disposition.«

Tyler lächelte süffisant. »Die Meskalno befinden sich nur deshalb nicht im Krieg, weil sich das Terranische Konglomerat, das Sca'rith-Königreich und die Til-Nara-Hegemonie zwischen ihnen und dem Feind befinden. Was glauben Sie, worauf die Ruul ihre Aufmerksamkeit richten, sobald diese Feinde aus dem Weg geräumt sind?«

»Das sind doch alles nur Spekulationen«, höhnte der Theokrat Quel Thai. »Mit dieser Möglichkeit befassen wir uns, sobald es so weit ist.«

»Ganz allein?«, fragte der Til-Nara-Abgeordnete. »Dann dürfte es zu spät sein, um noch Hilfe von irgendjemandem zu erhalten.«

»Ich halte es für außerordentlich unwahrscheinlich, dass die Ruul in der Lage sein werden, alle hier vertretenen Völker in die Knie zu zwingen. Und solange das nicht geschieht, werden die Meskalno vollkommen sicher sein.«

Sal'mon'dai schnaubte verächtlich. »Typisch Meskalno. Immer egoistisch. Immer auf den eigenen Vorteil bedacht.«

»Und warum auch nicht? Damit sind wir immer gut gefahren. Warum sollten wir bewährte Verhaltensweisen ändern? Die Meskalno stehen nur auf einer Seite: auf der der Meskalno.«

»Und wenn Sie sich irren?«, hielt Tyler dagegen. »Falls die Ruul tatsächlich gewinnen sollten, stehen Sie allein da.«

»Ich wiederhole: Das sind alles nur Spekulationen.«

»Mag sein, aber fundierte. Die Ruul sind an einem friedlichen Miteinander nicht interessiert. Sie haben bisher jedes Volk angegriffen, auf das sie trafen.«

»Wir Meskalno sind kein kriegerisches Volk ...«

Sal'mon'dai schnaubte erneut spöttisch auf. Seine zwei Adjutanten gaben ein unterdrücktes Geräusch von sich, das bei den Sca'rith das Äquivalent eines Kicherns darstellte.

Quel Thai durchbohrte den Sca'rith mit Blicken. »Wir kämpfen nur, um unsere Interessen zu schützen.«

Jonathan bekam den deutlichen Eindruck, dass die letzte Bemerkung eher an Sal'mon'dais Adresse gerichtet war als an die der Präsidentin.

»Ich wiederhole mich nur ungern«, ein stählerner Unterton schlich sich in Präsidentin Tylers Stimme. »aber die Ruul griffen bisher jedes Volk an, auf das sie trafen, sogar die friedlichen Asalti, die noch nie jemanden bedrohten.«

Quel Thai warf den drei Asalti neben sich einen verächtlichen Blick zu, als würde er deren Anwesenheit zum ersten Mal überhaupt wahrnehmen.

»Ihre Ausführungen bringen mich gleich zum nächsten Thema«, fuhr der Oberste Theokrat der Meskalno fort. »Was machen die hier?«

Tyler runzelte verwirrt die Stirn. »Wer? Die Asalti?«

»Ja. Wir betrachten deren Anwesenheit hier als Affront.«

»Ich verstehe nicht ganz ...«

»Die Asalti besitzen keinen Heimatplaneten mehr. Sind ein vertriebenes Volk. Es ist undenkbar, dass sie eine gleichwertige Position bei dieser Zusammenkunft einnehmen.«

Tyler strafte den Meskalno mit einem eisigen Blick. »Die Asalti sind enge Verbündete meines Volkes, Theokrat. Sie sind auf meine Einladung hier und sie nehmen hier die gleiche Stellung ein wie jeder andere von uns.«

»Tatsächlich? Das wundert mich etwas. Ohne die Asalti wäre die Invasion gar nicht möglich gewesen und wir stünden jetzt nicht vor einem derartigen Problem.«

Mansu sprang von seinem Stuhl auf, der durch den Schwung der Bewegung nach hinten überkippte. »Das ist ungeheuerlich!«

Ratsmitglied Saran bedeutete dem Asalti-Offizier, sich zu beruhigen und wieder zu setzen. Einer der Kellner eilte herbei, um Mansus Stuhl wieder aufzustellen, und der kleine Asalti kam - wenn auch zögernd - der Aufforderung nach.

»Theokrat Quel Thai«, begann Saran überraschend zu sprechen. »Es ist wahr, dass es ohne mein Volk diese Invasion nicht gäbe. Es zu leugnen, wäre töricht. Doch taten wir es freiwillig? Ein klares Nein. Mein

Volk wurde in den Dienst der Ruul gezwungen, brutal unterjocht. Milliarden meines Volkes sind jetzt an Bord ruulanischer Schiffe, missbraucht und versklavt. Und auch wenn ich den Wunsch Einzelner nach Vergeltung und Widerstand nicht teile, so kann ich doch den Drang nachempfinden, unser Volk zu schützen. Und zu keinem anderen Zweck wurde diese Konferenz ins Leben gerufen. Sie soll Leben retten. Damit kein anderes Volk unser Schicksal teilen muss. Also, wenn Präsidentin Tyler redet, sollten Sie besser gut zuhören.«

Quel Thai betrachtete das Ratsmitglied der Asalti mit wachsender Verachtung. »Gesprochen wie eine wahre Marionette. Ihr seid ein Volk ohne Heimatplaneten, seid nur geduldet bei den Menschen und auf deren Mitleid und Mildtätigkeit angewiesen.«

»Schon möglich«, hielt Saran ihm entgegen. »Doch falls die Menschheit fällt, wer wird Ihnen und Ihrem Volk Mitleid und Mildtätigkeit erweisen? Es wird niemand mehr da sein und nur Stille und die Kriegsschreie der Ruul werden auf Ihre Bitten um Hilfe antworten.«

Der Meskalno zitterte vor Zorn. »Ich lasse mich nicht von dem Mitglied einer so mickrigen Spezies zurechtweisen. Ich verlange eine offizielle Abstimmung über den Ausschluss der Asalti an dieser Konferenz.«

Der Meskalno sah sich auffordernd in der Runde um. Präsidentin Tyler gelang es gerade noch, nicht abfällig die Augen zu verdrehen, und selbst die Til-Nara und Nerai schienen von dem Theokraten gelinde gesagt genervt zu sein. Und die brachte normalerweise nichts so leicht aus der Ruhe.

Doch der Theokrat hatte einen Antrag gestellt. Und die Formalitäten mussten gewahrt bleiben.

»Wie Sie wünschen«, antwortete Tyler gepresst. »Wer dafür ist, die Asalti auszuschließen, gibt nun bitte ein Zeichen.«

Eine der Klauen des Theokraten schoss augenblicklich nach oben – und blieb die einzige. Es gab kein anderes Zeichen. Mit wachsender Frustration blickte sich der Meskalno nach allen Seiten um und nahm langsam die Klaue wieder runter. Sal'mon'dai grinste Quel Thai höhnisch an und murmelte etwas, das sich wie *Das war wohl nichts* anhörte. Er tat es auf Universal, um sicherzugehen, dass wirklich alle es verstanden.

»Der Antrag ist abgelehnt«, verkündete Präsidentin Tyler nicht ohne einen Hauch Genugtuung in der Stimme. »Vielleicht können wir nun zum eigentlichen Thema zurückkehren.«

»Noch nicht«, meldete sich Quel Thai erneut zu Wort.

Am ganzen Tisch brandeten Seufzer auf.

»Ja?«, fragte Präsidentin Tyler mit einer Engelsgeduld, für die Jonathan sie nur bewundern konnte.

»Die Asalti-Schiffe«, hielt Quel Thai ihr vor.

»Was ist mit ihnen?«, fragte die Präsidentin verwundert.

»Sie stellen eine grobe Verletzung der Vereinbarungen dar.«

»Inwiefern?«

Der Meskalno seufzte großspurig. »Es wurde vereinbart, dass jede Delegation nur sieben Schiffe zur Konferenz mitbringen darf. Eine Ausnahme stellen nur die zwölf terranischen Kreuzer dar, die das Flugverbot für die Dauer der Konferenz überwachen. Die Asalti unterhalten jedoch mehrere Dutzend Schiffe im System. Die Asalti-Schiffe müssen verschwinden.«

»Das ist doch ausgemachter Blödsinn!«, brauste Mansu auf und nur Sarans warnende Hand auf seiner Schulter hielt ihn zurück, ausfallender zu werden. Der Asalti setzte sich erneut - wenn auch mit deutlichem Widerwillen.

Tyler schenkte Ratsmitglied Saran einen dankbaren Blick, bevor sie sich an den Meskalno wandte. »Ich fürchte, ich kann Ihrer Argumentation nicht ganz folgen, Oberster Theokrat. Immerhin befindet sich die neue Heimatwelt der Asalti in diesem System. Sie gehen doch sicher nicht davon aus, dass die Asalti das System verlassen und ihre Heimat nur mit minimalem Schutz zurücklassen?«

Die Mandibeln des Meskalno klickten zunächst und blieben dann in einer offenen Position stehen. Jonathan vermutete, es war das Meskalno-Äquivalent eines Lächelns. »Doch. Genau das erwarte ich. Und ich erwarte von den Menschen, dass die strikte Einhaltung der Vereinbarung durchgesetzt wird. Die Asalti dürfen für die Dauer der Konferenz sieben Schiffe im System unterhalten. Wie alle anderen. Nicht mehr.«

Präsidentin Tyler musterte Quel Thai mit wachsender Frustration. Der Meskalno schien nicht bereit, sich mit seiner vorangegangenen Niederlage abzufinden, sondern schien einen Weg gefunden zu haben, die Konferenzteilnehmer trotzdem zu treffen und gleichzeitig den eigenen Willen durchzusetzen. Ein stures Verhalten, das auf wenig Gegenliebe stieß. Jonathan schüttelte innerlich den Kopf. Wie konnte man denn nur so verbohrt sein?

»Ich halte es nicht für sinnvoll, ausgerechnet auf dieser Regel zu beharren.« Die Präsidentin schüttelte vehement den Kopf. »Sie wissen, was mit dem ursprünglichen Heimatplaneten der Asalti passiert ist. Von diesem Volk jetzt zu verlangen, das System zu verlassen, wäre unangemessen und offen gestanden auch grausam.«

»Und wir würden uns ohnehin weigern«, schloss sich Mansu den Ausführungen an.

Jonathan verfolgte die Diskussion einigermaßen interessiert. Vor allem den Anführer der Meskalno-Delegation bedachte er mit einer intensiven Beobachtung. Der Insektoide wirkte arrogant und von sich selbst sehr überzeugt. Und Jonathan vermutete, dass die Forderung der Meskalno nach dem Abzug der Asalti-Schiffe lediglich ein politisches Manöver darstellte.

Dem Meskalno war es an und für sich vollkommen gleichgültig, ob die Raumstreitkräfte der Asalti im System verweilten oder nicht. Genauso war es ihm egal gewesen, ob die Asalti von der Konferenz ausgeschlossen werden oder nicht. Dies alles diente nur dem Zweck, sich innerhalb der Konferenz durchzusetzen und eine gewisse Machtbasis zu etablieren, um für die in den nächsten Tagen folgenden Verhandlungen eine günstige Ausgangsbasis einzurichten. Es stellte einfach nur Imponiergehabe dar.

Jonathan hielt derlei unvernünftige und hinterlistige Winkelzüge für unwürdig und erbärmlich. Er rief sich jedoch ins Gedächtnis, dass er es hier mit Politikern zu tun hatte. Und soweit er dies beurteilen konnte, gehörte Vernunft nicht unbedingt zu deren hervorstechendsten Charakterzügen.

»Ich verspreche Ihnen, unsere Streitkräfte werden den Orbit von Neu-Asalti nicht verlassen«, bemühte sich Mansu um eine gütliche Lösung.

»Das reicht uns nicht«, beharrte Quel Thai, »bei Weitem nicht.«

»Ich halte diese Diskussion für sinnlos«, meinte Präsidentin Tyler. »Das Terranische Konglomerat wird von den Asalti auf keinen Fall verlangen, ihre Schiffe abzuziehen. So leid es mir tut, aber das ist mein letztes Wort.«

»Und mein letztes Wort ist«, erwiderte Quel Thai, »dass entweder alle bis auf sieben Asalti-Kriegsschiffe das System verlassen oder unsere Delegation sofort abreisen wird. Wir bestehen auf die Einhaltung aller Vereinbarungen. Falls wir uns auf ein Bündnis mit den Menschen einlassen, müssen wir uns darauf verlassen, dass diese auch ihr Wort halten. Und dies wäre die beste Gelegenheit, Ihre Vertrauenswürdigkeit unter Beweis zu stellen.« Die Zangen des Meskalno klickten. Für Jonathan hörte sich dieser Laut entschieden zu schadenfroh an.

Präsidentin Tyler legte ihre Stirn in ärgerliche Falten. Es gefiel ihr absolut nicht, dermaßen unter Druck gesetzt zu werden. Jonathans Gedanken gingen sogar noch weiter. Der Meskalno erpresste sie, und das nicht zu knapp.

Die Präsidentin sah sich Hilfe suchend unter den Delegierten um. Sie hoffte wohl auf Unterstützung. Doch diese sahen nur nichtssagend auf ihre Hände, auf den Tisch oder starrten einfach Löcher in die Luft. Die Botschaft dahinter war eindeutig.

Sollen Meskalno und Menschen das unter sich aus machen.

Jonathan war auf Anhieb klar, dass die Präsidentin keine Unterstützung in dieser Frage finden würde. Selbst der Til-Nara-Delegierte rührte sich nicht. Nach allem, was er über Tyler gehört hatte, gehörte sie nicht zu der Sorte Menschen, die sich von Drohungen einschüchtern ließ. Das verhieß nichts Gutes für den Fortgang der Konferenz. Die Präsidentin öffnete den Mund, um etwas Wütendes zu erwidern.

»Wir geben nach«, kam ihr eine Stimme von der Seite zuvor. Alle Augen wandten sich überrascht Ratsmitglied Saran zu. Selbst Mansu.

»Das kann nicht Ihr Ernst sein«, wisperte der Asalti-Oberbefehlshaber dem Ratsmitglied zu, jedoch so laut, dass es jeder am Tisch verstand.

Saran lächelte nachsichtig. »Falls wir nicht nachgeben, ist die Konferenz gescheitert, und zwar noch bevor sie richtig beginnt. Wir haben keine Wahl. Außerdem hat mein verehrter Amtskollege der Meskalno recht.« Saran nickte in dessen Richtung, erntete dafür jedoch nur eine weitere verächtliche Geste Quel Thais. »Jede Delegation darf für die Dauer der Konferenz nur sieben Schiffe im System unterhalten. Und das schließt uns mit ein.«

Mansu wollte noch etwas sagen, doch Saran kam ihm zuvor. »Die Konferenz muss unter allen Umständen weitergehen.«

Mansu schloss den Mund wieder und senkte geschlagen den Kopf. »Dann werde ich den Befehl geben«, erklärte der kleine Asalti und erhob sich von seinem Platz.

Jonathan folgte Mansu mit den Blicken, als dieser den Saal verließ. Er fühlte aufkeimendes Mitleid mit dem Offizier. Die Asalti hatten in der Vergangenheit einiges durchgemacht; sie auf diese Weise zu zwingen, ihre Schiffe abzuziehen, grenzte an eine beabsichtigte Demütigung vonseiten der Meskalno. Und alles nur, um den Meskalno eine bessere Position zu verschaffen. Jonathan schürzte abfällig die Lippen. Er kannte die Meskalno erst seit Kurzem, konnte sie aber bereits jetzt nicht leiden.

Mansu öffnete die Tür des Konferenzsaales, jedoch nicht, ohne noch einige Worte mit David Coltor zu wechseln. Jonathan war nicht in der Lage, das kurze Gespräch zu verstehen, doch selbst auf diese Entfernung bemerkte er, wie sich Mansus Schnabel zu einem erfreuten Lächeln teilte.

Philipp Nitao schleppte sich todmüde durch die Tür seiner Wohnung. Er konnte sich nicht erinnern, wann er sich zum letzten Mal so zerschlagen gefühlt hatte. Philipp war einer der handverlesenen Kellner, die auserwählt wurden, die Delegierten im Konferenzsaal zu bedienen. Der Job war beileibe nicht schlecht. Und darüber hinaus wurde er auch noch hervorragend bezahlt - vor allem verglichen mit seiner eher langweiligen Arbeit in einem exklusiven Hotel am Rand des Kongresszentrums. Der Ansturm auf diese Arbeit war groß gewesen und Philipp hatte sein Glück kaum fassen können, als man ihn ausgewählt hatte.

Doch dieses Glück hatte auch seine Schattenseiten.

Nicht nur, dass MAD und SES im Vorfeld der Konferenz seine komplette Hintergrundgeschichte auf den Kopf gestellt hatten. Er musste auch noch vor und nach jedem Arbeitstag mehrere Sicherheitsschleusen und Checkpoints passieren. Dies bedeutete: bei jedem Checkpoint Ausweis vorzeigen, Retinascan, Durchsuchung seiner Person und seiner Habseligkeiten et cetera. Warum sie nicht gleich alle Kellner im Hotel, in dem die Konferenz stattfand, schliefen ließen, würde ihm für immer und ewig ein Rätsel bleiben.

Er konnte es sich nur so erklären, dass der Geheimdienst nicht mehr Menschen in der Nähe der Delegierten übernachten lassen wollte als unbedingt notwendig. Außerdem würde ein gefälschter Ausweis oder ein eingeschlichener Spion früher oder später im Raster hängen bleiben, wenn man so oft kontrolliert wurde.

Er seufzte.

Wenn das Geld nicht wäre, hätte er sich nie für diese Arbeit gemeldet, aber zwei Wochen bei der Konferenz kellnern brachte mehr ein als ein halbes Jahr in seinem richtigen Job.

Also Maul halten und weitermachen, schalt er sich in Gedanken selbst.

Philipp ließ die Schlüsselkarte, die extra für das Personal der Konferenz ausgegeben worden war, achtlos auf der Kommode neben der Tür liegen und machte sich auf den Weg ins Bad.

Er öffnete die Dusche und stellte die Brause an. Philipp prüfte die Temperatur mit der Hand und nickte zufrieden. Erschöpft knöpfte er sich das Hemd auf und ging zurück ins Wohnzimmer, um sich etwas zu trinken zu besorgen. Speisen und Getränke waren für das ganze Personal für die Dauer der Konferenz kostenlos. Eine der wenigen Annehmlichkeiten.

Rein zufällig streifte sein Blick die Kommode.

Die Schlüsselkarte war nicht mehr da.

Sofort kniete er sich auf den Boden, doch auch dort war sie nirgends zu finden. Seine Hände begannen, vor Panik zu zittern. Wenn er sie nicht finden konnte, bedeutete das Ärger. Richtig großen Ärger.

Er stand auf.

Noch in der Bewegung spürte er eine Hand auf seiner Schulter. Philipp wollte sich reflexartig umdrehen, doch ein Stich im Rücken ließ ihn vor Schmerz aufkeuchen. Der Griff seines Gegners wurde unerbittlich und duldete keinen Widerstand. Philipp wollte sich befreien, wunderte sich jedoch, dass er immer schwächer wurde. Das Letzte, was er sah, war der Boden seines Hotelzimmers, der sich schnell näherte.

Der Attentäter musterte die Leiche seines Opfers mit mitleidloser Professionalität. Gefühle wie Reue oder Bedauern spürte er schon lange nicht mehr. Das war die Bürde seiner Tätigkeit.

Die Schlüsselkarte des Mannes steckte gut verwahrt in der Brusttasche seiner Jacke. Nur eines fehlte noch, bevor er gehen konnte. Der Attentäter zog sein Stilett aus dem Rücken des Kellners und drehte die Leiche entschlossen um.

Vincent beobachtete auf seinem taktischen Hologramm die einundvierzig Symbole, die aus dem Orbit um Neu-Asalti austraten und mit Höchstgeschwindigkeit die Nullgrenze ansteuerten.

Commander Vasili Ivanov gesellte sich zu ihm und folgte dem Blick seines Kommandanten. »Die Asalti?«, fragte er, obwohl der XO die Antwort bereits kannte.

Vincent nickte. »Eine verdammte Schande. Die Asalti sollten das System nicht verlassen müssen. Sie hätten uns als Rückendeckung dienen können. Nur für den Fall der Fälle. Über vierzig Schiffe sind eine schlagkräftige Streitmacht, selbst wenn die Besatzungen so unerfahren sind wie die Asalti.«

Der XO warf ihm einen verwirrten Blick zu. »Sie rechnen mit Ärger?«

»So nah an der RIZ? Da muss man mit allem rechnen.«

»Stimmt.«

Vincent warf dem unter der *Lydia* kreisenden Planeten einen missmutigen Blick zu. Er wäre jetzt viel lieber woanders und würde ruulanische Überfallkommandos und Plünderer jagen. Selbst die Jagd auf Sklavenhändler wäre erfüllender als das hier. Taxi und Leibwächter spielen für ein paar degenerierte Politiker ... Fast wünschte er sich, die Ruul würden sich tatsächlich zu einem Angriff auf das MacAllister-System entscheiden. Hier nur zu warten, dass die Politiker zu einer Einigung fanden, das war einfach keine Arbeit für einen Soldaten. Schon gar nicht für einen Soldaten, der mit den Ruul noch die eine oder andere Rechnung offen hatte.

»XO, sie haben die Brücke«, erklärte Vincent, erhob sich und steuerte sein Arbeitszimmer an. Er entfernte sich so schnell, dass er Ivanovs überraschten Blick gar nicht mehr mitbekam, der ihm folgte, bis er die Brücke verlassen hatte.

In seinem Arbeitszimmer setzte er sich ohne Umschweife hinter seinen Schreibtisch und starrte einige Minuten in Gedanken versunken durch das einzige Bullauge des Raumes.

Nein, das ist wirklich keine Arbeit für einen Soldaten. Ich sollte eigentlich ganz woanders sein.

Vincent senkte den Blick und warf der obersten Schublade seines Schreibtisches einen verzweifelten Blick zu. Er kämpfte noch einen Moment gegen den Drang an, sie zu öffnen, verlor den Kampf jedoch. In der Schublade befand sich nur ein Gegenstand.

Ein zerknittertes Stück Papier.

Vincent nahm das Papier heraus, wie er es schon Dutzende Male zuvor in den letzten Jahren getan hatte, glättete es und las es, obwohl er den Wortlaut bereits auswendig kannte. Jedes Mal wenn er das Schreiben hervorholte, hoffte er, die Worte würden sich wie durch Zauberhand ändern und die letzten sechs Jahre irgendwie auslöschen, doch seine Hoffnungen wurden jedes Mal enttäuscht.

Es war ein Versetzungsbefehl, der ihm befahl, sich mit seinem Schiff innerhalb von zwei Wochen bei der 2. Flotte einzufinden, um dort einen Posten anzutreten. Zu diesem Zeitpunkt hatte er noch daran geglaubt, es handele sich um einen Glücksfall. Er bekam sein eigenes Geschwader und bekleidete von nun an den Rang eines Commodore. Er hatte sich gefreut. Und sogar seine Besatzung hatte drei Tage lang gefeiert. Das Flaggschiff eines Geschwaders zu sein, brachte für alle Besatzungsmitglieder Vorteile. Und sei es auch nur dieser, dass sich der Sold aller an Bord diensttuenden Soldaten um eine Stufe erhöhte. Also hatte er Taradan,

Admiral Karpov und die 17. Flotte verlassen und sich der 2. Flotte bei Rainbow angeschlossen.

Doch der Preis dafür war unglaublich hoch gewesen. Es hatte ihn seine Ehre gekostet. Jedenfalls sah er es so.

Drei Monate nachdem er sich bei der 2. Flotte gemeldet hatte, waren die Ruul über die Milchstraße hergefallen. Und Taradan war ihr erstes Angriffsziel gewesen. Seitdem war jeglicher Kontakt zu dem belagerten System abgebrochen. Karpov und das System hielten noch stand. Gar keine Frage. Das war allerdings auch das Einzige, was sie von Taradan wussten.

Vincent hatte fast drei Jahre unter Karpov gedient und sich auf Taradan eingelebt. Er hatte Freunde innerhalb der 17. Flotte. Viele Freunde. Und er wusste nicht einmal, ob sie noch lebten oder bereits tot waren. Er hätte bei ihnen sein müssen, als die Invasion begann. Es wäre seine Pflicht gewesen, dort zu sein. Sein Schiff hätte zwar keinen großen Unterschied gemacht - das wusste er mit glasklarer Sicherheit -, doch das spielte auch keine Rolle. Er hätte einfach dort sein müssen. Um an der Seite seiner Freunde zu kämpfen und notfalls auch zu sterben. Dass er nicht dort gewesen war, nagte an ihm. Es nagte schon seit über sechs Jahren an ihm.

Vincent legte den Versetzungsbefehl beiseite und starrte tief in Gedanken versunken ins Leere.

Seine Gedanken wanderten viele Jahre zurück, zurück zu dem Tag, an dem das Rainbow-System fiel. Es war kaum zu glauben. Er erinnerte sich an alles von diesem Tag: was er gefrühstückt hatte, mit wem er auf dem Weg zur Brücke gesprochen hatte und über was, welchen Tagesablauf er eigentlich geplant hatte. Er erinnerte sich an alles. Es war ein guter Tag gewesen. Zumindest hatte er als guter Tag angefangen.

Dann waren die Ruul gekommen und binnen kürzester Zeit war das System im Chaos versunken und die 2. Flotte stand hilflos daneben und konnte nur noch retten, was zu retten war. Das Rückzugsgefecht aus dem System war schlichtweg brutal gewesen. Sie hatten fast ein Drittel der Evakuierungsschiffe der Kolonie verloren, die sie eigentlich hatten beschützen sollen. Und fast die Hälfte ihrer Kriegsschiffe. Einschließlich der *TKA Athen* - des Flaggschiffs des Admirals -, eines großen Prozentsatzes von Vincents neuem Kommando und jedes einzelnen Commodores der 2. Flotte. Mit Ausnahme von Vincent selbst. Plötzlich hatte er sich an der Spitze der Überlebenden wiedergefunden und hatte die 2.

Flotte und die Evakuierungsschiffe aus dem System geführt. Noch heute überkamen ihn hin und wieder Albträume von diesem Tag. Die Schreie der Sterbenden und Verwundeten, das Knistern der Feuer, die eintreffenden Schadensmeldungen, das Verlöschen einzelner Symbole, sobald wieder Schiffe dem ruulanischen Angriff zum Opfer fielen: All diese Dinge waren in seinem Geist noch furchtbar lebendig.

Der Kommandant der *Lydia* seufzte tief. Erst war er nicht in Taradan gewesen, als der Angriff begann, und dann hatte er nicht einmal Rainbow schützen können. Schlimmer noch, auf dem Rückzug hatten sie viel zu viele Evakuierungsschiffe verloren.

Eine sanfte Hand legte sich auf seine Schulter.

»Sie lieben es wohl, sich selbst zu quälen, was?«, sagte sein XO.

Vincent senkte betreten den Blick.

»Mir war heute danach.«

Ivanov bedachte ihn mit einem mitfühlenden Blick. »Ich dachte, die Schuldgefühle wären weniger geworden.«

»Waren sie auch«, sagte Vincent, stand auf und stellte sich vor das Bullauge, womit er Ivanov den Rücken zuwandte. Sein XO sollte nicht die Scham in seinen Augen sehen. Ohne Ivanovs Rückhalt hätte er wohl schon lange sein Kommando verloren. Es war Ivanov gewesen, der ihn wieder aufgerichtet hatte, nachdem Schuldgefühle und Depressionen überhandgenommen hatten. Seinem XO hatte er es zu verdanken, dass er heute immer noch auf dem Kommandosessel der *Lydia* saß. Ohne Ivanov wäre er vermutlich sogar dem Alkohol verfallen. Wäre es tatsächlich so weit gekommen, hätte er freiwillig den Dienst quittiert.

Wie dem auch sei, die Erinnerungen quälten Vincent immer noch. Manchmal mehr, manchmal weniger, doch da waren sie ständig, lauerten im Hintergrund auf einen schwachen Moment. Er hatte das Gefühl, versagt zu haben, so unlogisch dies auch war.

»Es gibt nur manchmal solche Tage, an denen sich alles wieder in den Vordergrund drängt.«

»Sie denken einfach zu viel nach«, sagte Ivanov und Vincent sah im Spiegelbild des Bullauges, wie Ivanov dem Versetzungsbefehl auf dem Tisch einen missbilligenden Blick zuwarf.

»Ich habe einfach zu viel Zeit zum Nachdenken. Das ist es wohl eher.«

»So oder so sollten Sie das endlich wegwerfen.« Ivanov hob das Schreiben auf und Vincent hörte, wie sein XO es zusammenknüllte.

Ivanov warf das Papierknäuel auf den Schreibtisch und betrachtete nachdenklich seinen Kommandanten. »Sie sind ein guter Offizier und der beste Kommandant, den sich die *Lydia* wünschen kann.«

Vincent lächelte, stand auf und setzte sich auf die Kante seines Schreibtisches. »Sie sind wohl scharf auf eine Beförderung?!«

»Es war nicht Ihre Schuld, Vincent«, sagte Ivanov, ohne auf den Scherz einzugehen. »Es war niemals Ihre Schuld. Und das müssen Sie endlich mal begreifen. Sie hätten nicht anders handeln können. Wer hätte schon ahnen können, dass die Ruul uns dermaßen in den Hintern treten?«

Vincent drehte sich halb zu seinem XO um und rang sich ein gekünsteltes Lächeln ab. »Ich versuche es«, versprach er halbherzig.

Ivanov erwiderte das Lächeln, doch in seinen Augen stand uneingeschränkte Wachsamkeit. »Sie sollten wieder auf die Brücke gehen. Das Schiff benötigt seinen Commodore. Und die Besatzung auch.«

»Ich komme gleich«, antwortete Vincent. Ivanov machte den Eindruck, noch etwas sagen zu wollen, besann sich jedoch eines Besseren und verließ das Arbeitszimmer seines Kommandanten.

Endlich stand Vincent auf. Er ließ sich schwer auf seinen Stuhl fallen und glättete das Schriftstück erneut.

Was Ivanov nicht verstand – ja nicht einmal verstehen konnte –, war, dass es keinerlei Rolle spielte, ob er das Schreiben wegwarf oder nicht, denn diese Worte befanden sich gar nicht so sehr auf diesem Blatt Papier. Vielmehr befanden sie sich auf seiner Seele. Unauslöschlich.

»Ich bin nicht schuld«, wiederholte Vincent Ivanovs Worte. Doch in seinen Ohren klangen sie hohl und nichtssagend.

6

Die nächsten Tage verliefen in jeder Hinsicht ereignislos. Es wurden keinerlei Ergebnisse erzielt. Der Anführer der Meskalno-Delegation verzögerte erfolgreich jeden Schritt in die richtige Richtung und Jonathan konnte sich des Gefühls nicht erwehren, dass diesem das ungeheuren Spaß bereitete. Immerhin waren es unter anderem die Planeten seiner Gastgeber, die den Preis für seine Verzögerungstaktik bezahlen mussten. Sie waren es schließlich, die in ständiger Angst vor einer ruulanischen Invasion lebten. Aus anfänglicher Abneigung gegenüber Quel Thai wurde so langsam Hass und Jonathan begann sich zu fragen, ob die Einbeziehung der Meskalno in diese Konferenz wirklich eine so gute Idee gewesen war.

Kurz gesagt, die Verhandlungen zogen sich furchtbar in die Länge.

Nach drei Tagen waren sie immer noch kaum von der Stelle gekommen. Die Meskalno wollten mit den Sca'rith nichts zu tun haben und die Til-Nara nichts mit den Nerai. Nur die Asalti erwiesen sich als Stimme der Vernunft - auf die allerdings (bis auf die Menschen) niemand hören wollte.

Nach vier Tagen fiel Jonathan auf, wie David auf seiner Position leicht nervös wurde. An der Art und Weise, wie er seinen Kopf schräg hielt, erkannte der MAD-Offizier, dass sein Vorgesetzter gerade eine Meldung über Headset erhielt.

Plötzlich blickte Coltor auf und sah Jonathans Blick auf sich ruhen. Mit einem Wink bedeutete er Jonathan, ihm vor die Tür zu folgen. Scott Fergusen rief er ebenfalls zu sich.

Jonathan erhob sich geräuschlos, wobei ein kurzer Blick ihm bestätigte, dass ohnehin keiner von ihm Notiz nahm oder seine Abwesenheit bemerken würde. Die Meskalno und Sca'rith waren wieder einmal beim Streiten und Präsidentin Tyler sowie Ratsmitglied Saran bemühten sich um Schlichtung.

Jonathan schlich vor die Tür, die hinter ihm von einem ROCKETS-Soldaten geschlossen wurde. Coltor, Fergusen und Foulder hatten sich bereits versammelt und steckten verschwörerisch die Köpfe zusammen. Die Gesichter aller drei Männer spiegelten tiefe Besorgnis wider.

»Es gab einen Zwischenfall«, begann David Coltor ohne Umschweife. »Es hat einen Toten gegeben.«

»Welche Art Zwischenfall?«, fragte Jonathan, nun ebenfalls besorgt. Sie konnten sich keine Störungen dieser Art erlauben.

»Wissen wir noch nicht«, fuhr Coltor fort. »Man hat eine Leiche gefunden. Gehen Sie der Sache nach. Augenblicklich. Falls die Delegierten davon erfahren ...«

Der MAD-Offizier ließ den Satz vielsagend ausklingen und Jonathan nickte verstehend. In dieser Phase der Verhandlungen würden vor allem die Meskalno einen Zwischenfall dieser Art dazu benutzen, die Konferenz zusätzlich zu verschleppen. Möglicherweise brachen sie die auch einfach ab.

»Nehmen Sie Fergusen und Foulder mit.« Als beide ROCKETS den Mund öffneten, um zu protestieren, kam Coltor ihnen zuvor. »Ihre Leute dürften auch ohne Ihre Anwesenheit für den Schutz der Präsidentin sorgen können. Ich will Sie beide bei dieser Ermittlung haben. Sie müssen herausfinden, ob der Tod dieses Mannes etwas mit dieser Konferenz zu tun hat.«

»Und falls ja?«, fragte Jonathan.

»Dann finden Sie die Person, die dafür verantwortlich ist, und schalten sie aus.«

Das Gebäude, das Jonathan und seine zwei Begleiter kurz darauf betraten, war nur zwei Blocks entfernt von dem Hotel, in dem die Konferenz stattfand. Das allein war schon recht besorgniserregend. Es handelte sich um ein sechs Stockwerke hohes Gebäude, in dem sich ausschließlich Privatwohnungen befanden. Solche Gebäude gab es in dieser Gegend zuhauf. Jonathan fand es schon ziemlich merkwürdig, solche Gebäude in einem häufig frequentierten Kongresszentrum zu finden. Bis man ihm erklärte, dass in diesen Gebäuden die Angestellten der Hotels wohnten. Und dieses Gebäude, in dem er sich gerade befand, gehörte ausgerechnet dem Hotel, in dem die Delegierten im Moment so leidenschaftlich diskutierten. Das bereitete ihm noch mehr Magenschmerzen.

Das Trio begab sich ohne Umschweife in den dritten Stock. Dort wimmelte es bereits nur so vor hektischer Aktivität. MAD-Offiziere hatten das gesamte Stockwerk abgesperrt. Niemand kam herein, niemand hinaus. Es war eine frustrierende Erfahrung für alle Beteiligten.

Jonathan betrat eine eher unscheinbar wirkende Wohnung.

Es war auf den ersten Blick erkennbar, dass, wer immer hier lebte, nicht über ein hohes Einkommen verfügen konnte.

Ein Pathologe und einige seiner Assistenten waren bereits anwesend und ließen der auf dem Boden liegenden Leiche eine eingehende Begutachtung zukommen. Der Mann lag auf dem Rücken, unter ihm breitete sich eine Blutlache aus und tränkte den billigen Teppich.

Jonathans kundiger Blick erkannte sofort, dass der Mann auf der Vorderseite keinerlei Wunden aufwies. Der Mörder musste ihn nach getaner Arbeit umgedreht haben. Im ersten Moment fragte er sich, wieso sich jemand solche Mühen machen sollte. Doch dann streifte sein Blick das Gesicht des Mannes und unwillkürlich stieg ihm vor Ekel Magensäure in die Kehle.

Die Augen des Mannes fehlten. Wo sie früher gewesen waren, starrten ihm nur die leeren Höhlen entgegen. Aus beiden Augenwinkeln war Blut das Gesicht herabgeflossen, um sich mit der Blutlache unter dem armen Kerl zu vereinen. Das inzwischen getrocknete Blut ließ diesen aussehen, als würde er blutige Tränen weinen.

Bei Jonathans Eintreten sah der Pathologe desinteressiert über den Rand seiner Brille auf, nur um sich gleich wieder der Leiche zuzuwenden. Das war ihm nur recht. Die Leiche auf dem Boden zu untersuchen, war ohnehin viel wichtiger.

Er wartete noch einige Minuten, um dem Arzt die Zeit zu geben, die dieser benötigte, doch irgendwann hielt Jonathan es nicht mehr länger aus.

»Und, Doc? Wie sieht's aus?«

»Er ist tot«, erwiderte der Pathologe lapidar.

»Sehr geistreich, Doc. Davon bin ich eigentlich bereits ausgegangen. War Ihre Untersuchung seiner Leiche ebenso ... aufschlussreich wie Ihre Schlussfolgerung?«

Der Pathologe warf ihm einen leicht ungnädigen Blick zu, besann sich jedoch auf seine Arbeit und begann zu erzählen. »Der Tod trat vor etwa vier Tagen ein. Der Mann wurde erstochen. Ein einzelner Stich mit einer sehr dünnen Klinge. Vielleicht ein Stilett.« Der Arzt packte die Leiche überraschend sanft an Schulter und Hüfte und zog sie auf die Seite, damit Jonathan den Rücken betrachten konnte. Ein großer Fleck markierte die Eintrittsstelle der Klinge.

»Er hat die weiche Stelle genau zwischen zwei Rippen erwischt und stieß dem Opfer das Messer aufwärts ins Herz«, fuhr der Arzt fort. »Der arme Kerl war vermutlich bereits tot, als er auf dem Boden aufschlug. Sehr professionell, wie ich hinzufügen möchte. Wer eine Klinge so präzise ansetzt, macht das bestimmt nicht zum ersten Mal.«

»Dann können wir Selbstmord wohl ausschließen«, feixte Alan gut gelaunt. Scott stieß ihm spielerisch den Ellbogen in die Seite und bedeutete ihm zu schweigen, konnte sich jedoch ein Schmunzeln nicht verkneifen. Die ROCKETS besaßen mitunter einen etwas eigenwilligen Sinn für Humor.

»Das war wirklich überaus gekonnt«, bemerkte Jonathan, als er die Wunde im Rücken des Mannes musterte.

»Können Sie laut sagen«, stimmte der Arzt zu.

»Und die Augen?«

»Wurden mit der gleichen Professionalität entfernt. Wer immer das war, verfügt über zumindest rudimentäres medizinisches Wissen. Er hat die Augäpfel komplett entfernt, und soweit ich das im Augenblick zu sagen imstande bin, hat er dabei die Nervenenden kaum beschädigt und es gibt kaum Kratzer in der Augenhöhle. Das war sicherlich kein wildes Herumgestochere.«

Der Arzt ließ das Opfer wieder auf den Rücken gleiten und machte Anstalten, die Leiche mit einem weißen Tuch abzudecken, doch Jonathan hielt ihn zurück.

»Einen Moment, Doc.«

»Ja?«

»Irgendwoher kenne ich ihn.«

»Sicher?«, fragte Scott und trat neugierig näher. Auch Alan Foulder schien plötzlich nicht mehr zu Scherzen aufgelegt und beobachtete die Untersuchung gespannt.

Ja, Jonathan war sich tatsächlich sehr sicher, den Mann bereits mindestens einmal gesehen zu haben, wenn auch nur kurz. Aber wo? Angestrengt durchforstete er sein Gedächtnis auf der Suche nach der Antwort. Plötzlich ging ihm ein Licht auf und er schnippte mit den Fingern.

»Auf der Konferenz.«

»Was?«, fragten Scott und Alan gleichzeitig.

»Ich habe den Mann auf der Konferenz gesehen. Er war einer der Kellner am ersten Tag.«

»Zufall?«, meinte Alan.

Jonathan warf ihm über die Schulter einen schiefen Blick zu. »Glaubst du an solche Zufälle?«

Alan schürzte die Lippen. »Eher nicht.«

»Ich auch nicht. Wenn man jemandem die Augen entfernt, woran denkst du dann als Erstes?«

Alans Blick verdüsterte sich und auch Scott verstand sofort. Die beiden ROCKETS wechselten einen düsteren Blick.

»Retinascan.«

Jonathan nickte. »Wer hat seine Leiche gefunden?«

Der Arzt wies in eine Ecke des Raumes, wo eine junge Frau von einem Sanitäter betreut wurde, während ein weiblicher MAD-Offizier sich bemühte, ein paar Antworten aus der verstörten Zeugin herauszubekommen.

»Seine Lebensgefährtin. Sie steht noch unter Schock. Es war allerdings purer Zufall, dass man die Leiche so schnell gefunden hat.«

»Inwiefern?«

»Seine Lebensgefährtin sollte eigentlich erst in einer Woche zurückkommen. Sie war geschäftlich vereist und sollte im Moment noch nicht einmal auf diesem Kontinent sein.«

In Jonathan keimte ein schrecklicher Verdacht.

»Hat man seinen Sicherheitsausweis für die Konferenz gefunden?«

Der Arzt sah verwirrt auf.

»Seinen Sicherheitsausweis für die Konferenz!«, beharrte Jonathan ungeduldig.

»Keine Ahnung. Nicht dass ich wüsste.«

»Verdammt!«, fluchte der MAD-Offizier unterdrückt.

»Jemand hat es auf die Konferenz abgesehen«, schloss sich Scott der unausgesprochenen Schlussfolgerung an. Alan gab bereits Befehle in sein Headset. Mit einem Ohr bekam Jonathan mit, wie der ROCKETS-Soldat Anweisungen gab, den Sicherheitsausweis des getöteten Kellners und dessen Zugangsberechtigungen zu löschen, inklusive aller Bereiche, zu der der Kellner nur durch die Benutzung eines Augenscanners Zugang hatte.

Der Arzt verfolgte die plötzlich hektischen Aktivitäten verwirrt.

»Was ist denn los? Was bedeutet das alles?«

»Das bedeutet, die Konferenz ist gerade sehr viel komplizierter geworden«, erwiderte Jonathan gepresst.

Jonathan wusste es zu diesem Zeitpunkt noch nicht, doch der Attentäter, den er nun jagen musste, war gar nicht mal so weit entfernt. Er stand auf der anderen Straßenseite und beobachtete die Aktivität in dem Haus, in dem er den Kellner umgebracht hatte. Nach außen hin bemühte er sich um eine neutrale Miene, während er im Stillen mit der Schicksalsgöttin haderte.

Dass der Mann so schnell gefunden worden war, war wirklich außerordentliches Pech gewesen. Das hätte nicht passieren dürfen. Dabei hatte er alles fein säuberlich geplant. Derartige Rückschläge passten ihm gar nicht. Vor allem ließ es ihn vor seinen Auftraggebern schlecht aussehen, und das passte ihm noch weniger.

Sein Kontaktmann Karl von den Kindern der Zukunft sowie dessen Handlanger Mick und zwei weitere Männer, von denen der Attentäter annahm, es handele sich wohl um Leibwächter Karls, standen hinter ihm im Schatten eines Gebäudes. Der Kontaktmann hatte sichtlich Spaß an der prekären Lage des Attentäters.

Den Mann hatte er nie leiden können, und das beruhte wohl auf Gegenseitigkeit. Einen schwachen Moment lang erwog er, den Mann zu töten und seinen Handlanger sowie die Leibwächter gleich mit. Nur, damit er sich etwas besser fühlte.

Er drängte den Zwang zu einem dunklen Ort in seinem Innersten zurück. Dafür war jetzt nicht die Zeit. Vielleicht später. Gut möglich, dass er das, sobald sein Auftrag beendet war, ohnehin würde tun müssen, um lose Fäden abzuschneiden. Diese Kerle hatten immerhin sein Gesicht gesehen, und so etwas war nie gesund. Er lebte noch, weil er grundsätzlich kein Risiko einging.

»Und jetzt?«, fragte Karl provokant. »Du sollst doch so ein professioneller Killer sein, der alle Eventualitäten im Voraus plant. Hat man mir jedenfalls gesagt. Und jetzt haben wir den Dreck.«

Der Attentäter verfluchte die Notwendigkeit, die ihm die Anwesenheit dieses Abschaums aufbürdete. Normalerweise arbeitete er allein. Doch seine Auftraggeber hatten darauf bestanden, dass ihm dieses Mal jemand zur Seite gestellt wurde. Beinahe bedauerte er es, diesen Auftrag angenommen zu haben.

»Es gibt Dinge, die kann man nicht einplanen«, erwiderte der Attentäter und bemühte sich um einen höflichen Tonfall.

»Zum Beispiel?«

»Zufall zum Beispiel. Dass diese Frau so früh von ihrer Reise zurückkehrt, konnte ich nicht ahnen.«

»Ich wiederhole mich nur ungern, aber was jetzt?«

Der Attentäter dachte angestrengt nach.

Er besaß nun einen Ausweis, der nicht mehr viel wert war, und in einer Kühlbox ein paar Augen, die er nicht mehr verwenden konnte. Er hielt zwar nicht viel vom MAD, doch er war sich auch über deren Qualitäten im Klaren. Sobald er versuchte, eines von beiden zu benutzen, hätten sie ihn.

In seinem Geist reifte der Hauch einer Idee. Vielleicht war gerade das die Lösung. Vielleicht war die Benutzung des Ausweises oder der Augen genau das, was er jetzt tun sollte.

Der Attentäter musterte übertrieben einen der Leibwächter des Kontaktmannes. Einen grobschlächtigen Gorilla mit zurückweichendem Haaransatz, einer mehrfach gebrochenen Nase und einem Gesicht voller Narben.

Die Lippen des Attentäters teilten sich zu einem gehässigen Grinsen. »Ich weiß, was wir jetzt tun.«

Jonathan und die beiden ROCKETS waren wieder auf dem Rückweg, als er die Meldung über Headset erhielt. Er zog überrascht seine beiden Augenbrauen hoch, bevor er sich an seine beiden Begleiter wandte.

»Jemand hat gerade versucht, mithilfe des Sicherheitsausweises des toten Kellners in das Hotel einzudringen. Man hat ihn geschnappt. Lebendig!«

Scott und Alan warfen sich einen überraschten Blick zu, währenddessen Jonathan eilig einige Anweisungen über Headset durchgab.

»Was hatte er bei sich?«, fragte der MAD-Offizier und lauschte gespannt auf die Antwort.

»Waffen? Sonst nichts? Keinen Sprengsatz oder eine Bombe?« Jonathan nickte nachdenklich, während er auf die Stimme am anderen Ende hörte.

»Also gut. Ich will, dass sämtliche Sicherheitsvorkehrungen verstärkt werden. Und verdoppeln Sie die Wachen. Das gesamte Kongresszentrum wird von der Außenwelt abgeschirmt. Ich will, dass nicht mal eine Fliege reinkommt.«

Der Mann am anderen Ende erwiderte etwas.

»Ist mir völlig egal, woher Sie die Leute dafür nehmen. Tun Sie's einfach!« Entnervt unterbrach er die Verbindung.

»Sie bringen den Gefangenen gerade ins zentrale Gefängnis von Principal«, erklärte der MAD-Offizier seinen beiden Begleitern. »Unter schwerer Bewachung.«

»Dann kann ich mir schon denken, wohin wir jetzt gehen«, erwiderte Scott nachdenklich.

Jonathan nickte. »Hat jemand etwas gegen einen kleinen Ausflug ins Gefängnis einzuwenden?«

Das Zentralgefängnis von Principal befand sich auf einer kleinen Anhöhe etwa fünfundzwanzig Kilometer nördlich des Kongresszentrums. Die drei Offiziere waren angekündigt worden und wurden bereits erwartet. Eigens für den Gefangenen, den man einerseits als äußerst gefährlich, andererseits aber auch als sehr wichtig einstufte, war ein ganzer Flügel geräumt worden, um den Mann von allen anderen Gefangenen zu isolieren.

Jonathan und die beiden ROCKETS wurden ohne Umschweife in den Hochsicherheitstrakt geführt, wo sie durchsucht wurden und ihre Waffen abgeben mussten. Jonathan ließ die ärgerliche, aber notwendige Prozedur ohne erkennbare Gefühlsregung über sich ergehen. Die beiden ROCKETS stellten jedoch einen erheblichen Widerwillen zur Schau, besonders als man sie anwies, ihre Waffen dem Wachpersonal zu übergeben. Doch auf einen ungeduldigen Wink Jonathans fügten sie sich.

Anschließend wurden sie von zwei Wachen durch mehrere Gänge voller leerer Zellen geführt. Die Stille, die sie umgab, war gleichzeitig ungewohnt und beklemmend.

Scott beugte sich verschwörerisch zu Alan und sagte: »Na? Da werden bei dir doch sicher Erinnerungen wach ...«

»Blödmann«, erwiderte Alan. Sein Grinsen strafte jedoch die Ernsthaftigkeit seiner Worte Lügen.

Trotz der ernsten Situation stahl sich angesichts der Frotzelei der beiden Soldaten in seiner Begleitung ein schmales Lächeln auf Jonathans Lippen. Alan Foulders schillernde Vergangenheit und dessen Zeit auf Lost Hope waren ihm durchaus geläufig. Seit dieser Zeit hatte sich der Offizier aber einen Namen gemacht. Seine Leute zählten inzwischen zu den erfolgreichsten ROCKETS und man holte sie für Aufgaben, die gemeinhin als *unmöglich* angesehen wurden.

Sie erreichten endlich einen Befragungsraum. Eine der Wachen öffnete die Tür, ließ die drei Soldaten hindurch und schloss sie lautstark hinter dem Trio.

Am einzigen Tisch im Raum saß ein Mann, den man in jeder Hinsicht nur als Schläger bezeichnen konnte. Er war groß und grobschlächtig. Seine Nase war in der Vergangenheit bereits mehrfach gebrochen worden. Seine Hände waren an den Tisch und seine Fußgelenke an den Boden gekettet, sodass er sich kaum bewegen, geschweige denn einen Fluchtversuch oder einen Angriff unternehmen konnte.

Bei dem Anblick schnaubte Alan kurz auf. Der Laut klang erstaunlich enttäuscht. Jonathan vermutete, es wäre dem Elitesoldaten sehr recht gewesen, falls der Mann vor ihnen tatsächlich so dumm gewesen wäre, sie anzugreifen.

Die ROCKETS hatten einen speziellen Begriff für solche Gelegenheiten: Training.

Jonathan setzte sich auf die Tischkante, knapp außerhalb der durch die Ketten ohnehin eng begrenzten Reichweite der gewaltigen Pranken des Gefangenen. Alan Foulder postierte sich rechts hinter ihm, Scott Fergusen wie ein Spiegel Alans auf der gegenüberliegenden Seite. Beide verschränkten die Hände hinter dem Rücken, während sie den Gefangenen keine Sekunde lang aus den Augen ließen.

»Ich könnte mir gut vorstellen, dass Sie ganz genau wissen, weshalb Sie hier sind, nicht wahr?«, begann Jonathan ohne Umschweife.

Der Mann starrte ihn zur Antwort lediglich hasserfüllt an. Eine weitere Antwort war auch gar nicht nötig. Jonathan sah das unausgesprochene Ja in den Augen seines Gegenübers.

»Verraten Sie mir Ihren Namen?«

Der Mann verzog lediglich höhnisch die Mundwinkel.

Jonathan zuckte leichtfertig mit den Achseln. »Das hatte ich auch nicht erwartet.«

Der MAD-Offizier musterte den Gefangenen mehrere Minuten lang schweigend. »Ihre verstockte Haltung wird Sie nicht weiterbringen. Bei all dem, was wir gegen Sie vorbringen können, ist Ihre größte Hoffnung, für immer in einem dunklen Loch weggeschlossen zu werden. Sie sollten sich also gut überlegen, ob sie meine Fragen tatsächlich nicht beantworten wollen. Falls Sie Ihre Situation wenigstens ein wenig verbessern wollen, dann haben Sie jetzt die beste - nein, die einzige - Gelegenheit.«

Die Hände des Mannes verkrampften sich um die Ketten, die seine Gliedmaßen fixierten. Jonathan wurde bewusst, dass sich der Gefangene gerade vorstellte, die Hände würden sich um seinen Hals legen.

»Trotz wird Ihnen nicht helfen. Nur ich kann das im Moment.«

Der Mann hob den Kopf und spie Jonathan mitten ins Gesicht. Es geschah so schnell, dass der MAD-Offizier davon überrumpelt wurde.

Erschrocken taumelte er einen Schritt zurück. Schnell wie eine zuschlagende Schlange zuckte ein undeutlicher Schemen an ihm vorbei. Erst Sekunden später wurde Jonathan bewusst, dass es sich dabei um Alan handelte. Der Elitesoldat packte den Kopf des Gefangenen und hämmerte diesen zweimal auf den Tisch. Der Mann brach halb betäubt zusammen und nur die Ketten hielten ihn noch auf seinem Stuhl.

Alans Gesicht war eine Maske blanker Wut und er hätte den Kerl vermutlich getötet, doch Jonathan hielt ihn mit erhobener Hand zurück.

»Alan! Lass ihn. Tot nützt er uns nichts.«

Alan hielt den Haarschopf des Mannes im eisernen Griff, bereit, dessen Kopf ein weiteres Mal auf den Tisch zu hämmern, doch Jonathans Befehl war unmissverständlich und so ließ er – wenn auch widerstrebend – los.

Der Gefangene blutete aus einer hässlichen Wunde an der Stirn und seine Augen blickten glasig. Er kämpfte offenbar darum, bei Bewusstsein zu bleiben. Zumindest für den Augenblick war jeglicher Stolz oder Trotz aus seiner Haltung gewichen.

Jonathan kramte ein Taschentuch hervor und wischte sich den Speichel aus dem Gesicht. Auch in ihm brannte die Wut über den Vorfall. Ein winzig kleiner Teil in ihm bereute es, Alan nicht seinen Willen gelassen zu haben. Doch sein Pflichtbewusstsein übernahm die Oberhand. Er setzte sich erneut auf die Tischkante. Dieses Mal jedoch stellte sich Scott direkt neben ihn, während Alan sich hinter dem Gefangenen postierte.

»Also. Noch einmal von vorne. Wie ist Ihr Name?«

»Spielt der wirklich eine Rolle?«, nuschelte der Gefangene undeutlich. Er wirkte immer noch halb benommen. Es war das Erste, was der Gefangene sagte, seit sie den Raum betreten hatten.

»Nein, eigentlich nicht. Aber ich würde ihn gerne wissen.«

»Marcus.«

»Gut. Marcus. Das bringt uns schon einen Schritt weiter. Haben Sie den Kellner in dem Hotel umgebracht, um an seine Zugangskarte und seine Augäpfel zu kommen?«

Der Mann antwortete nicht, sah jedoch ganz kurz auf. Zeit genug, in der Jonathan sich eine Meinung bilden konnte.

»Nein, haben Sie nicht. Es war also jemand anders. Wer?«

Der Mann schnaubte nur auf. Überraschenderweise klang der Laut ehrlich amüsiert, ein Umstand, der Jonathan mit größter Sorge erfüllte. Alan trat drohend einen Schritt näher, packte den Gefangenen an der rechten Schulter und drückte zu. Der Mann verzog schmerzerfüllt das Gesicht. Wie Jonathan wusste, wurden die ROCKETS ausgiebig in menschlicher und ruulanischer Anatomie unterwiesen, und an dieser Stelle befanden sich einige empfindliche Nervenbahnen. Damit konnte jemandem Schmerzen ohne dauerhafte Schädigung zugefügt werden. Jonathan verabscheute für gewöhnlich jede Art von Folter, doch er benötigte dringend Antworten und so ließ er Alan gewähren.

Es dauerte fast eine Minute, bevor der Mann erneut zu sprechen begann. »Ich ... kenne ... seinen ... Namen ... nicht.« Der Gefangene presste jedes Wort einzeln heraus, als koste es ihn größte Anstrengung, sein Schweigen zu brechen. Auf seiner Stirn sammelten sich dicke Schweißperlen.

»Wer ist er?«

»Ein Außenweltler. Er wurde ... uns geschickt.«

»Geschickt? Von wem?«

Anstatt zu antworten, sah der Gefangene zur Seite und presste die Lippen aufeinander, entschlossen, nichts weiter zu sagen. Alan verstärkte den Druck.

Der Gefangene keuchte vor Schmerz auf. Seine Augen drohten aus den Höhlen zu quellen, als er gegen die brutale Behandlung ankämpfte. Doch wie Jonathan wusste, war es lediglich eine Frage der Zeit, bis der Mann zusammenbrach und seinen Widerstand aufgeben musste.

»Wer hat ihn geschickt?«, wiederholte er die Frage.

»Die ... Ruul«, presste der Gefangene zwischen zusammengebissenen Zähnen hervor.

Diese Enthüllung hätte Jonathan eigentlich überraschen müssen. Was ihn stattdessen überraschte, war, dass es ihn eben nicht überraschte. Im Gegenteil. Mit dieser Antwort hatte er fast gerechnet. Damit bewahrheiteten sich seine schlimmsten Befürchtungen.

»Sie gehören zu den Kindern der Zukunft.«

Es war eine Feststellung, keine Frage.

Der Mann sah auf, sein Gesicht eine Miene der Qual, trotzdem lächelte dieser. Jonathan hatte trotz der Umstände irgendwie das Gefühl, der Verlierer der Unterhaltung zu sein.

»Ja.«

Scotts Gesicht verdüsterte sich und Alans Miene wandelte sich zu einem Ausdruck purer Abscheu. Wenn es etwas gab, das ROCKETS noch mehr verabscheuten als die Slugs, dann waren es die Kinder der Zukunft

– Menschen, die ihre eigene Art an den Feind verrieten. Es gelang nur äußerst selten, Mitglieder dieser fanatischen Vereinigung lebendig zu fangen. Sie zogen es meistens vor, Selbstmord zu begehen oder im Kampf zu sterben, um einer Befragung zu entgehen.

Und die ROCKETS taten ihnen diesen Gefallen nur allzu gern.

Jonathans Gedanken rasten. Aus all dem Gehörten ergaben sich einige interessante Fragen. Der MAD-Offizier beugte sich neugierig vor. Er war sich ziemlich sicher, dass der Gefangene ihn nicht noch einmal anspucken würde. Alans Hand lag noch immer auf dessen Schulter, auch wenn er derzeit keinen Druck mehr ausübte.

»Wenn dieser andere Kerl den Kellner umgebracht hat, warum hat er Sie dann ins Hotel geschickt? Wer ist er?«

»Ein Auftragskiller. Ein verdammt guter. Er hat schon viele Aufträge für die Ruul übernommen und noch nie versagt.«

»Warum hat er nicht versucht, in das Hotel einzudringen, in dem die Konferenz stattfindet? Immerhin hat er dafür einen Mord begangen.«

»Das hatte er ursprünglich auch vor, doch ihr habt die Leiche viel zu früh gefunden. Er war noch nicht so weit, daher musste er seine Pläne ändern.«

Die Worte sprudelten jetzt nur so aus dem Gefangenen heraus. Es hätte Jonathan eigentlich misstrauisch machen müssen, doch was der Mann sagte, faszinierte ihn zu sehr, als dass er darauf einen Gedanken verschwendet hätte.

»Inwiefern hat er sie geändert?«

Entgegen aller Vernunft grinste ihn sein Gegenüber frech an. »Was glauben Sie wohl?«

In plötzlicher Erkenntnis riss Jonathan die Augen weit auf. Das Grinsen des Gefangenen wurde noch breiter. Der MAD-Offizier sprang vom Tisch auf und aktivierte sein Headset.

»Clarke an Coltor! Coltor, bitte kommen!«

Keine Antwort.

»Funk funktioniert hier nicht«, erklärte Scott verwirrt. »Dieser Teil des Zellentrakts ist abgeschirmt.«

Jonathan fluchte unterdrückt. »Wir müssen hier weg. Ich muss dringend Coltor erreichen. Sofort!«

Ohne ein weiteres Wort stürmte er aus dem Zimmer. Die beiden ROCKETS warfen sich noch einen unschlüssigen Blick zu, bevor sie ihm folgten.

Jonathan bemühte sich unablässig, eine Verbindung herzustellen. »Coltor! Coltor, bitte kommen!«

»Was ist denn los?«, fragte Alan. Die beiden trainierten ROCKETS hatten keinerlei Mühe, mit dem MAD-Offizier Schritt zu halten.

»Der Kerl da drin war nur ein Ablenkungsmanöver. Er sollte lediglich die Sicherheitsvorkehrungen auslösen. Wir *sollten* ihn gefangen nehmen!«

»Selbst wenn das so ist«, widersprach Alan gepresst, »heißt das noch lange nicht, dass dieser Auftragskiller in der allgemeinen Verwirrung in das Hotel eindringen konnte. Das Gebäude ist eine Festung.«

»Keine Sicherheitseinrichtung verspricht absoluten Schutz«, hielt Jonathan nervös dagegen. »Und wenn er tatsächlich so gut ist, wie der Kerl behauptet, hat er vielleicht einen Weg gefunden.« Er aktivierte erneut sein Headset.

»Coltor! Coltor, bitte kommen!«

»Hier Coltor«, drang plötzlich die Stimme seines Vorgesetzten in sein Trommelfell. »Was ist denn los, Clarke?«

»Sir! Lassen Sie das Hotel evakuieren. Höchste Gefahrenstufe. Unsere Sicherheit wurde möglicherweise kompromittiert.«

»Bitte wiederholen, Clarke. Die letzten Sätze kamen hier nur verstümmelt an. Was ist mit unserer Sicherheit?«

»Jemand ist möglicherweise in den Sicherheitsbereich eingedrungen. Er hat vielleicht ...«

In diesem Moment explodierte die Bombe.

7

Kaum zu glauben, wie viel Glück ich hatte, dachte David mürrisch, während ihm ein Sanitäter den linken Arm bandagierte.

Die Bombe war drei Stockwerke unterhalb des Penthouses explodiert, dennoch waren die Auswirkungen verheerend. Vier Stockwerke waren nahezu zerstört und dem Penthouse selbst war beträchtlicher Schaden zugefügt worden. Scherben des geborstenen Panzerglases bedeckten den Boden. Bretter und Dielen des aufgerissenen Bodens machten jeden unachtsamen Schritt in dem zerstörten Penthouse zum gefährlichen Wagnis.

Mit einem Stich aus Trauer und Wut beobachtete David, wie Soldaten mehrere Leichensäcke aus dem Raum trugen. Die Anzahl der Opfer war entsetzlich hoch. Es lagen ihm zwar noch keine endgültigen Zahlen vor, doch man ging von mindestens zweihundert Toten aus. Fünf von ihnen waren ROCKETS, drei aus Foulders Team und zwei aus Fergusens. Darüber hinaus waren auch siebzehn SES-Agenten gestorben.

Die Zahl der Verletzten würde mit Sicherheit die Marke von fünfhundert Personen übersteigen.

So unwahrscheinlich es schien, das war beileibe nicht das Schlimmste. Einer der Meskalno-Adjutanten war in einem der Löcher, die sich im Boden aufgetan hatten, verschwunden und gestorben. David selbst war dem Mann nachgesprungen, um ihn zu retten, doch es war zu spät gewesen und er hatte sich bei dem Rettungsversuch Verbrennungen am linken Arm zugezogen. Zu guter Letzt hatte er selbst gerettet werden müssen, und zwar von zwei Mitgliedern von Alan Foulders Team.

Die ROCKETS hatten gemäß ihrer Ausbildung und Fähigkeiten schnell und effizient reagiert und die Delegationen auf das Dach gebracht, wo sie von herbeigerufenen Shuttles evakuiert werden konnten. Die ganze Aktion war von den Jägern der *Lydia* gedeckt worden.

Die Meskalno drohten nun mit dem Abbruch der Verhandlungen und ihrer sofortigen Abreise. Soweit er das beurteilen konnte, gingen den übrigen Delegationen ähnliche Gedanken durch den Kopf.

Mit einer ungeduldigen Geste schickte er den Sanitäter weg. Es gab Verwundete, die dessen Hilfe weit mehr bedurften als er. Der Mann machte einen verkniffenen Gesichtsausdruck, sagte jedoch nichts und entfernte sich, um einem der verletzten ROCKETS zu helfen.

»Wie hat er das nur geschafft?«, fragte eine fassungslose Stimme.

Trotz seiner abwesenden Gedanken erkannte er Jonathan Clarkes Stimme. Er drehte sich nicht zu seinem Untergebenen um, als er antwortete: »Wir wissen es noch nicht.« Der MAD-Offizier seufzte tief. »Wer immer die Bombe gelegt hat, hat, ohne Alarm auszulösen oder auch nur aufzufallen, unsere Sicherheitsvorkehrungen durchbrochen.« Er deutete auf die Leichensäcke. »Und dann hat er das hier angerichtet.«

Als er keine Antwort bekam, sah er sich erstmals um.

Jonathan schüttelte nur schockiert den Kopf, als könne er nicht fassen, was er da sah. Alan Foulder und Scott Fergusen standen hinter ihm, unfähig, sich zu bewegen. David rief sich schmerzhaft in Erinnerung, dass beide Teamleiter heute Leute verloren hatten. Alans Hände waren an den Seiten zu Fäusten geballt und er machte den Eindruck, auf irgendetwas einschlagen zu wollen. Scott hingegen wirkte beinahe ruhig, erschreckend ruhig. David kannte ihn lange und gut genug, um zu wissen, dass es sich hierbei um die Ruhe vor dem Sturm handelte.

Die ROCKETS akzeptierten Verluste als eine Notwendigkeit des Krieges. Verständlich, da diese Eliteteams für Aufgaben herangezogen wurden, die gemeinhin als schwierig, wenn nicht sogar unlösbar galten. Doch das hier war etwas anderes. Das hier war bewusstes und absichtliches Abschlachten von Unschuldigen aus dem Hinterhalt. So etwas empfanden die ROCKETS als ehrlos und abscheulich. Dafür würden Köpfe rollen.

Die beiden Männer gaben – so ungleich sie im Grunde auch waren – ein gutes (und gefährliches) Team ab.

Es bedurfte keiner großen Fantasie, um sich vorzustellen, was in den beiden Männern im Moment vor sich ging. Sie sannen auf Rache. David konnte ihnen da keinen Vorwurf machen. Diese Angelegenheit war noch lange nicht vorbei.

Wer immer für diese Bombe verantwortlich war, er würde sich noch wünschen, er hätte die ROCKETS bei seinem Plan außen vor gelassen.

»Es tut mir leid«, setzte David mangels einer besseren Einlassung an. Als die beiden ROCKETS ihn ansahen, fügte er hinzu: »Wegen der Verluste, die Sie beide erlitten haben. Mein Beileid.«

Scott Fergusen nickte lediglich. Alan Foulder machte Anstalten, etwas zu sagen, klappte seinen Mund jedoch wieder zu, als einer der RO-

CKETS in einem Leichensack aus dem Zimmer getragen wurde. Seine Augen verengten sich zu Schlitzen.

»Wie geht es jetzt weiter?«, fragte Jonathan zaghaft.

David raffte sich mühsam auf. Sein linker Arm brannte höllisch und die Schmerzen zogen sich bis zu seiner Schulter hoch. »Das ist jetzt hauptsächlich Sache der Diplomaten. Die müssen die Karre aus dem Dreck ziehen. Für uns sind die Dinge wie gehabt. Wir gehen einfach davon aus, dass die Verhandlungen fortgeführt werden. Wir müssen uns in einem anderen Hotel einquartieren.« Er sah sich vielsagend um. »Hier ist es nicht mehr sicher. Das werde ich übernehmen. Eines der Hotels in der Gegend wird schon unseren Anforderungen genügen.«

David drehte sich nun vollends um, um das Trio mit einem eindringlichen Blick zu bedenken. »Für Sie drei habe ich nur *eine* Aufgabe. Finden Sie die Verantwortlichen und schalten Sie sie aus. Wir können uns keine Störung mehr leisten.«

»Mit welcher Vollmacht?«, fragte Jonathan und straffte unwillkürlich seine Schultern.

»Mit meiner. Sie erhalten von mir einen Blankoscheck. Tun Sie, was notwendig ist.«

Jonathan nickte. Die beiden ROCKETS warfen sich einen kurzen Blick zu. Ein entschlossener Ausdruck trat in ihre Augen.

Ja, wer immer für diese Bombe verantwortlich war, würde seine Handlungen schon sehr bald zutiefst bereuen.

Jonathan machte sich auf den Weg in die Lobby, um einige Nachforschungen anzustrengen. Alan und Scott ließ er im zerstörten Penthouse zurück, da sie nach den Überlebenden ihrer Teams sehen wollten.

Er war auf halbem Weg zum Aufzug, als er Meredith in einer Ecke stehen und in ihr Headset sprechen sah. Kurz entschlossen steuerte er auf die SES-Agentin zu. Ihr Gesichtsausdruck wirkte verkniffen, als sie die Verbindung beendete und Jonathan bemerkte. Ihr Haar war zerzaust, die Kleidung zerrissen und von Brandspuren versengt. Jonathan erkannte, dass sie den Hauptauswirkungen der Explosion nur knapp entkommen sein konnte.

»Alles in Ordnung?«, fragte er besorgt.

Sie zuckte mit den Achseln. Eine Gruppe Sanitäter trug drei weitere Leichensäcke aus dem Konferenzsaal. Merediths Augen verengten sich.

»Es geht mir besser als anderen.«

»Tut mir leid«, erwiderte er in Ermangelung einer besseren Antwort.

Sie bemühte sich um ein Lächeln, doch was sie zustande brachte, wirkte aufgesetzt.

»Danke.«

»Mit wem hast du gerade gesprochen?«

»Mit meinem Boss.«

»Bates.«

»Ja. Er ist stinksauer.«

»Kann ich mir lebhaft vorstellen.«

»Wir haben heute mehr SES-Agenten verloren als in den letzten zehn Jahren zusammengenommen. Er will wissen, wie das passieren konnte, und vor allem, wer dafür verantwortlich ist.«

»Coltor auch.«

Sie fixierte ihn plötzlich mit wachsamem Blick. »Wenn das so ist ...«

Jonathan nickte. »Ich weiß genau, woran du denkst.«

»Wenn wir schon am gleichen Fall arbeiten, können wir uns genauso gut zusammentun.«

»Keine Einwände«, erklärte er und versuchte, sich seine Erleichterung nicht anmerken zu lassen. Meredith war eine hervorragende Agentin und würde eine Bereicherung bei den bevorstehenden Ermittlungen sein. »Und eins verspreche ich dir. Was heute hier geschehen ist, bleibt nicht ungesühnt.«

David bemühte sich um einen neutralen Gesichtsausdruck, als die beiden Leibwächter Nogujamas ihn nach versteckten Waffen abtasteten. Seine Dienstwaffe hatten sie ihm bereits Sekunden zuvor abgenommen.

Als sie fertig waren, traten die beiden Männer mit entschuldigendem Lächeln zurück und gaben den Weg in den Bungalow frei, den der Geheimdienstchef während der Konferenz bewohnte.

David schloss die Tür hinter sich und ging den Flur entlang ins Wohnzimmer. Er fand Nogujama in einem der luxuriösen Sessel mit einem Glas Wein in der Hand. Der Geheimdienstchef schien keine Notiz von ihm zu nehmen. Stattdessen sah er verdrossen aus dem Fenster und beobachtete den fernen Sonnenuntergang.

David räusperte sich diskret.

»Ich weiß, dass Sie da sind, David.« Er glaubte, in der Stimme des alten Admirals einen Hauch von Amüsement wahrzunehmen, war sich jedoch nicht sicher.

»Setzten Sie sich doch«, forderte Nogujama ihn auf. David ließ sich schwer in einen Sessel zu Nogujamas Rechter fallen.

»Bedienen Sie sich«, bot Nogujama ihm an und deutete dabei auf eine Karaffe Wein und einige Gläser, die auf einem Beistelltisch standen.

»Danke. Ist nicht so mein Fall.«

»Immer noch streng abstinent, wie?«, erwiderte Nogujama schmunzelnd.

Auf jemanden, der den Admiral nicht kannte, hätte dieser Anflug von Spott leicht verletzend oder sogar beleidigend wirken können. Doch David sah hinter die Fassade, die den Admiral umgab, und erkannte nur liebevolle Frotzelei unter Freunden. Aber auch Frustration und tief empfundene Wut, die unter der Oberfläche seiner neutralen Miene brodelte. Und zudem etwas anderes, das er nicht so recht einzuordnen wusste. Scham vielleicht?

»Es hilft mir, einen freien Kopf zu behalten.«

Nogujama nickte anerkennend. »Vielleicht sind Sie deshalb so verdammt gut in Ihrem Job.«

David lächelte unschlüssig angesichts dieses Kompliments. Der Admiral ging mit Lob eher verhalten um. Diese offene Zurschaustellung von Hochachtung passte nicht so recht zu ihm.

Als David nicht antwortete, warf Nogujama ihm einen kurzen Blick zu. »Was wissen wir?«

»Wie der Bombenleger unsere Sicherheit durchbrechen konnte, ist uns immer noch völlig unklar. Und das macht mir eigentlich die größten Sorgen. Selbst wenn wir den Verhandlungsort in ein anderes Hotel verlegen, wer sagt uns, dass wir dort nicht ebenfalls mit einer Bombe rechnen müssen?«

Nogujama nickte zustimmend. »Allerdings bleibt uns gar keine andere Wahl. Die Verhandlungen müssen um jeden Preis weitergehen. Und es ist unsere Aufgabe, dafür zu sorgen, dass es nicht mehr zu solchen Zwischenfällen kommt.«

»Ich habe Clarke, Fergusen und Foulder darauf angesetzt. Eine SES-Agentin hat sich angeschlossen. Ich habe mit Bates gesprochen. Er ist mit der Zusammenarbeit einverstanden. Unsere Ressourcen zu bündeln, kann nur von Vorteil sein. Ich bin zuversichtlich, dass sie die Schuldigen finden und unschädlich machen.«

Nogujama schnaubte kurz humorlos auf. »Ich möchte nicht in deren Haut stecken, wenn die ROCKETS sie in die Finger kriegen.«

»Das war ehrlich gesagt einer meiner Beweggründe. Die ROCKETS sind motiviert. Und Clarke ist erfahren und willensstark genug, um sie im Notfall an die kurze Leine zu nehmen.«

Nogujama machte eine kurze Pause, in der er den Blick niederschlug. In diesem Augenblick wirkte er deprimiert.

»Wie viele Tote?«

David leckte sich über die aufgesprungenen, trockenen Lippen, bevor er fortfuhr: »273. Und fast 700 Verletzte.«

»Mein Gott! Was für eine Tragödie.«

»Ja. Aber keine Sorge. Wir werden die Schuldigen finden.«

»Was ist mit dem Sprengstoff?«

»Den haben wir inzwischen erfolgreich analysiert. Es handelt sich um eine Mischung, die sehr gern von den Kindern der Zukunft eingesetzt wird. Handlich, stabil und die einzelnen Bestandteile sind leicht zu beschaffen. Eine Bombe, die man in jedem Haushalt zusammenbasteln kann, wenn Sie so wollen.«

»Die Kinder der Zukunft also. Sie sind hier.«

»So scheint es«, erwiderte David nachdenklich. Nogujamas Reaktion auf dies Neuigkeit überraschte ihn gelinde gesagt. Der Ort der Konferenz war eines der bestgehüteten Geheimnisse des Konglomerats. Gerade ein Durchsickern an die Kinder der Zukunft hatte damit verhindert werden sollen. David hatte die Neuigkeit, dass diese Fanatiker hinter dem Anschlag steckten, doch ziemlich überrascht. Nogujama hingegen wirkte kein bisschen verwundert, ein Umstand, der Davids Misstrauen weckte.

»Es war von vornherein Wahnsinn, die Konferenz so nah an der Front abzuhalten«, fuhr David fort. »Auf der Erde hätten wir für umfassenderen Schutz sorgen können. Aber hier sind unsere Möglichkeiten beschränkt.«

»So war das nicht geplant.«

David stutzte. »Wie meinen Sie das?«

Nogujama warf ihm einen undeutbaren Blick zu, bevor er erneut aus dem Fenster starrte.

»Falls es etwas gibt, das ich wissen sollte, Admiral, dann wäre jetzt der beste Augenblick dafür.«

Nogujama sah ihn auffordernd an. »Ich habe Sie nicht protegiert, weil Sie schwer von Begriff sind, David. Ich denke, Sie hegen bereits einen Verdacht. Bevor ich auf Ihre Frage antworte, lassen Sie mich an Ihren Gedankengängen teilhaben.«

David lehnte sich in seinem Sessel zurück und dachte angestrengt nach. »Die Kinder der Zukunft sind hier, ganz offensichtlich. Die Frage ist, wie sie hierher gekommen sind und wie sie überhaupt von der MacAllister-Konferenz erfuhren.«

»Und Ihre Schlussfolgerung?«

»Jemand hat Ihnen geholfen, hat die Information über die Konferenz durchsickern lassen, sodass die Kinder ihre Terror-Teams herschicken konnten.«

»Und wer schwebt Ihnen da vor?«

»Es gibt nur eine Handvoll Personen, die infrage kommt. Ich selbst, Bates, Präsidentin Tyler und Sie. Selbst Pommeroy erfuhr erst kurz vor der Konferenz, wo sie stattfindet. Alle anderen betroffenen Personen, erfuhren erst so spät vom Ort der Konferenz, dass die Kinder der Zukunft nie schnell genug hätten reagieren können. Es ist eine sehr kleine Liste von Verdächtigen.«

»Und an wen denken Sie speziell?«

Ein bestimmter Verdacht regte sich in Davids Innerem, ein Verdacht, der ihm schier die Eingeweide verknotete. Doch er passte zu Nogujamas seltsamem Verhalten. »Ich bin mir ziemlich sicher, dass ich es nicht bin. Auch Präsidentin Tyler fällt aus offensichtlichen Gründen weg. Bleiben nur Bates ...« David atmete tief ein, bevor er fortfuhr.

»... oder Sie.«

Nogujama schwenkte den Wein in seinem Glas unschlüssig hin und her. Schließlich setzte er das Glas auf dem Beistelltisch ab. »Sie haben recht, David. Sie haben recht. Es wird Zeit, Ihnen reinen Wein einzuschenken.«

Nogujama seufzte und senkte den Blick. David bezähmte seine Ungeduld und wartete, bis der Admiral seine Gedanken gesammelt hatte. Schließlich begann der Geheimdienstchef zu erzählen.

»Vor etwa einem Jahr startete eine Geheimoperation, deren einziger Zweck es war, die Überfälle menschlicher Sklavenhändler auf unsere Kolonien zu beenden. Es waren eine Reihe von MAD-Offizieren und einige Geschwader der Flotte daran beteiligt.«

»Ja, davon weiß ich. Die Operationen waren sehr erfolgreich, soweit ich gehört habe.«

Nogujama lächelte wehmütig. »Eigentlich sogar weit erfolgreicher als erwartet. Uns ging völlig überraschend ein dicker Fisch ins Netz. Was Sie nämlich nicht wissen - was kaum jemand weiß -: Uns glückte vor etwa neun Monaten ein enorm schwerer Schlag. Einer vom MAD geführten Sonderkampfgruppe gelang es, in der Nähe der RIZ einen großen Konvoi der Sklavenhändler aufzubringen. Wir konnten fast tausend gefangene Menschen befreien und drei Kampfschiffe der Sklavenhändler ausschalten. Fast noch wichtiger jedoch: Es gelang uns, einen wichtigen Anführer der Sklavenhändler lebendig gefangen zu nehmen. Er erwies sich als überaus kooperativ - nach der richtigen Motivation.«

David beugte sich interessiert vor. »In welcher Hinsicht?«

»Er bestätigte, was wir schon lange vermuteten. Jemand ganz oben in der Hierarchie des Konglomerats versorgte die Sklavenhändler mit Patrouillenrouten und Zeitplänen der Flotte. Auf diese Weise konnten sie uns ausmanövrieren und immer dort zuschlagen, wo unsere Streitkräfte schwach oder nicht vorhanden waren.«

»Ganz schön starker Tobak.«

»Es geht noch weiter. Die Sklavenhändler und ihr geheimnisvoller Informant unterhalten enge Beziehungen zu den Kindern der Zukunft. Es findet ein reger Austausch von Informationen, Personal und Geldmitteln statt. Damit werden die Sklavenhändler praktisch zu einem eigenen Arm der Kinder der Zukunft.«

Nogujama machte eine Pause, in der er nach dem Weinglas griff und einen kleinen Schluck nahm. David rutschte auf dem Sessel nervös hin und her. Er ahnte bereits, dass die Geschichte noch längst nicht fertig war.

Der Admiral setzte das Glas ab. »Sie müssen verstehen, David. Ich hatte die besten Absichten. In diesen Informationen sah ich eine Chance, die Kinder der Zukunft endlich und ein für alle Mal auszuschalten. Ihre Möglichkeiten haben in den letzten Jahren ständig abgenommen. Die ROCKETS haben mehrere ihrer Verstecke ausgeräuchert. Die Kinder der Zukunft sind praktisch auf der Flucht. Was diese Fanatiker bisher vor der endgültigen Vernichtung bewahrt hat, war ihre in Zellen aufgebaute Organisation.«

David richtete sich kerzengerade auf. »Admiral? Was haben Sie getan?«

»Ihre Vermutung ist richtig. *Ich* habe den Ort der Konferenz durchsickern lassen.«

Die Worte durchzuckten Davids Eingeweide wie ein Blitz. Er fühlte sich, als würde ihm der Boden unter den Füßen weggezogen. Er hielt sich an beiden Lehnen des Sessels fest, da er Angst bekam, er würde sonst zu Boden stürzten.

»Mein Gott, Admiral! Sie haben Sie hergelockt.«

Nogujama senkte den Blick, nicht fähig, sich Davids anklagenden Augen zu stellen. »Ich wusste, dass die Kinder der Zukunft diesem Köder niemals würden widerstehen können. Sie mussten einfach herkommen. Und für ein Ziel dieser Größe mussten sie all ihre verbliebenen Zellen aufbieten, ihre Kräfte sammeln. Ein anderes Vorgehen war nicht denkbar. Ich wollte sie alle an einem Ort versammeln, um sie auf einen Schlag zu erwischen.« Nogujama sah endlich auf. »Verstehen Sie doch, David. Ich hatte angenommen, wir könnten sie bereits bei ihrer Einreise ins System dingfest machen. Nie hätte ich erwartet, dass sie es schaffen, MacAllister in ausreichender Zahl zu erreichen und eine Bombe zu legen.«

David versuchte, Mitgefühl mit dem alten Admiral zu bekommen, doch es fiel ihm schwer. Die Bilder von Leichensäcken waren noch allzu lebendig in seinem Geist.

»Wenn uns die Vergangenheit eines gelehrt hat, dann dass die Kinder der Zukunft immer einen Weg finden und man sie auf keinen Fall unterschätzen darf. Sie sind einfach zu gefährlich. Das war dumm, Admiral. Das war richtig dumm.«

»Ich weiß, David, ich weiß.« Nogujama schluckte schwer. »Das war aber noch nicht alles.«

»Was kommt denn jetzt noch?«

»Ich habe die MacAllister-Kolonie persönlich als Ort für die Konferenz ausgewählt.«

David sprang auf. »Was? Das kann unmöglich Ihr Ernst sein?!«

»Ich befürchtete, dass die Erde diese Terroristen abschrecken würde, und erwartete, dass sie sich größere Chancen ausrechneten, wenn die Konferenz in der Nähe der RIZ stattfindet.«

»Wusste die Präsidentin von Ihrem Plan. Oder Bates?.«

Nogujama schüttelte müde den Kopf. »Nein, niemand wusste davon.«

»Diese Menschen, die heute gestorben sind, gehen auf Ihr Konto, Admiral.«

»Glauben Sie mir, das ist mir sehr wohl bewusst. Und damit werde ich für den Rest meines Lebens klarkommen müssen.«

»Was Sie getan haben, grenzt schon an Verrat. Dafür könnte man Ihnen den Prozess machen.«

»Auch das ist mir klar.« Neue Energie flutete durch die Glieder des Admirals und sein Gesicht verzerrte sich vor Wut. »Aber, was hätte ich denn tun sollen? Die Hände in den Schoß legen? Auf weitere Verlustberichte warten, sobald die Kinder mal wieder irgendwo eine Bombe legen? Ich konnte das einfach nicht mehr, David. Ich musste etwas tun. Also entschloss ich mich zum Handeln.«

»Der Weg zur Hölle ist mit guten Absichten gepflastert«, zitierte David immer noch ungehalten.

Nogujama sprang auf. »Werden Sie nicht selbstgefällig. Ich sage nicht, es war richtig, was ich getan habe, aber es ging einfach nicht anders. Wir schalten eine Zelle aus und die Kinder verkriechen sich nur noch tiefer im Untergrund. Dieser Krieg ist nur zu gewinnen, wenn wir die menschlichen Verbündeten der Ruul ausschalten. Wir können nicht die Ruul und gleichzeitig Feinde in unserer Mitte bekämpfen. Denken Sie nur daran, was die Kinder bei Serena angerichtet haben. Oder bei Starlight.«

»Das ist noch längst keine Rechtfertigung für Ihre Taten, Admiral. Was denken Sie, was passiert, wenn die Delegierten – allen voran die Meskalno – davon erfahren?«

»Glauben Sie, was weiß ich nicht? Das ist eine meiner größten Ängste. Die Kinder sind aber nun einmal hier. Und hier müssen wir sie bekämpfen, ein für alle Mal. Wie sie hergekommen sind oder woher sie ihre Informationen hatten, ist im Moment gar nicht mal so wichtig. Hier muss es enden. Oder wir verlieren diesen Krieg. Wir sind so dicht dran, David. In den letzten Jahren haben wir zwei ihrer drei Anführer erledigt. Nur noch einer ist übrig. Und ich weiß mit Sicherheit, dass er hier ist, auf MacAllister, genau jetzt, während wir hier sprechen.«

David sah ruckartig auf. »Ist das sicher?«

»Meine Informanten sagen Ja. Ich glaube ihnen.«

David dachte einige Augenblicke nach und schüttelte schließlich den Kopf. »Ich muss über das Ganze erst mal in Ruhe nachdenken. Das ist im Moment ein wenig zu viel.«

Er machte Anstalten, an dem Admiral vorbei und zur Tür zu stürmen, doch Nogujamas Stimme hielt ihn zurück.

»Was werden Sie nun tun, David? Werden Sie mich melden?«

»Das weiß ich ehrlich gesagt noch nicht. Meine Pflicht wäre es, doch darüber muss ich erst einmal nachdenken. Was ich aber auf jeden Fall tun muss, ist, einen Teil Ihres Fehlers wieder auszubügeln.«

»Und wie?«

Ein harter Unterton schlich sich in Davids Stimme, als er antwortete. »Indem ich dafür sorge, dass kein Mitglied der Kinder der Zukunft das MacAllister-System lebend verlässt.«

8

Botschafter Pommeroy, sein Assistent Frank Hahlbach und Präsidentin Tyler hatten alle Mühe damit, die Delegationen zur Ordnung zu rufen. Alle schienen fest entschlossen, durcheinanderzureden und niemanden richtig zu Wort kommen zu lassen.

Nach dem Anschlag waren die Delegierten eilig und unter strengsten Sicherheitsvorkehrungen auf die *Kronos* verbracht worden. Das Schlachtschiff wurde derzeit als einzig sicherer Ort angesehen. Admiral Coltor hatte sich gleich nach der Ankunft auf die Brücke begeben, doch Tyler vermutete, es handelte sich dabei eher um einen taktischen Rückzug, um möglichst schnell den Delegierten aus dem Weg zu gehen, als um wirkliche militärische Notwendigkeit.

Der Anschlag hatte so ziemlich jeden erschreckt und schockiert, was die Streithähne jedoch nicht davon abhielt, sich weiterhin gegenseitig an die Kehle zu gehen.

»Bitte! Bitte«, versuchte Tyler es erneut. »Dieses Durcheinander hilft doch niemandem. Würden Sie sich bitte beruhigen?«

»Beruhigen?«, wetterte der Meskalno-Theokrat aufgebracht, während seine neun Augen in sämtliche Richtungen rotierten, was es schwer machte zu bestimmen, wen oder was er gerade betrachtete.

»Wir wurden angegriffen. Einer meiner Untergebenen ist tot. *Tot!* Wir wurden durch die Menschen eingeladen und das Versprechen von Sicherheit wurde gegeben. Und nun sind wir knapp einem Mordanschlag entgangen.«

»Wir sind uns alle der Tragweite des gerade Erlebten bewusst, Oberster Theokrat«, bemühte sich Pommeroy, die Wogen zu glätten. »Auch wir haben Verluste erlitten. Menschen, die mit Ihrem Schutz beauftragt waren, sind gestorben.«

»Pah!«, spie Quel Thai regelrecht angewidert aus. »Soll mich das jetzt beeindrucken? Ihr Zweck war unser Schutz. Es ist nur recht und billig, dass sie dafür Ihr Leben einsetzen. Nicht akzeptabel jedoch ist die Tatsache, dass sich unsereins in Gefahr befindet, ganz zu schweigen von dem Meskalno, der getötet wurde.«

Der Sca'rith Sal'mon'dai entblößte seine Reißzähne zu einem gefährlichen Grinsen. »So sind die blauhäutigen Gecken, interessieren sich nur für das eigene, unbedeutende Leben.« Er stand auf und verneigte sich tief vor Tyler. »Wir Sca'rith trauern mit euch um eure Toten. Sie sind tapfer gestorben. Sie haben euch Ehre gemacht. Wir Sca'rith betrachten Kriegsopfer nicht mit Geringschätzung.« Er warf den Meskalno einen weiteren vernichtenden Blick zu. »Nicht so wie andere Anwesende.«

»Ich hoffe, du erwartest nicht von mir, mich angesichts deiner Blicke schlotternd unter dem Tisch zu verkriechen«, schoss Quel Thai in Richtung des Sca'rith-Königs zurück.

»Wieso nicht?«, erwiderte dieser. »Das könnt ihr doch am besten.« Sein Grinsen wurde noch breiter.

Quel Thai sprang von seinem Stuhl auf und schlug mit einem Arm, der in einer scharfen Klaue endete, in Sal'mon'dais Richtung und erwischte den Sca'rith an der Wange, wo der Schlag eine rote Strieme hinterließ.

Sal'mon'dai schrie mehr vor Wut als vor Schmerz auf und zog einen schmalen, aber beidseitig geschliffenen Dolch aus dem Gürtel. Seine Leute sprangen ihm sofort zur Seite. Die Meskalno erhoben sich ebenfalls, zwar langsamer, doch ihre ausgefahrenen Klauen wirkten nicht weniger gefährlich als die Sca'rith-Waffen. Die Nerai und Til-Nara bekamen von alledem indessen nichts mit. Beide Delegationen hatten ihre Übersetzungsgeräte abgeschaltet und stritten und drohten sich über den Tisch hinweg in ihrer klickenden, unverständlichen Sprache an. Tyler konnte nur vermuten, dass die Kontrahenten mal wieder kurz vor einem Krieg standen.

Tyler stand unmittelbar davor, die Kontrolle zu verlieren. Auch Pommeroy und Hahlbach stand die drohende Niederlage deutlich ins Gesicht geschrieben. Pommeroys Gesicht lief vor Anstrengung rot an, als er das Schlimmste zu verhindern suchte. Vor ihrem inneren Auge sah Tyler bereits Blut durch die Gänge des Schlachtschiffes fließen, falls die Delegationen übereinander herfielen. Sie fluchte unterdrückt. Es wäre Ironie des Schicksals, wenn die Kinder der Zukunft mit der Bombe ihr Ziel doch noch erreichten, obwohl die meisten Delegierten der Explosion entkommen waren.

Sal'mon'dai machte Anstalten, über den Tisch hinweg den Meskalno anzuspringen. Doch dann geschah etwas gänzlich Unerwartetes. Das einzige Mitglied der Konferenz, das bisher geschwiegen hatte, stand auf.

Trotz seiner geringen Körpergröße verlangte Ratsmitglied Sarans Ausstrahlung unbedingte und sofortige Aufmerksamkeit. Alle starrten den kleinen Asalti überrascht an, sogar Mansu, der neben seinem Vorgesetzten saß. Neugierig geworden schalteten Nerai und Til-Nara ihre Übersetzer wieder ein.

»Sind wir nicht hier, um Frieden zu schaffen?«, sagte der Asalti mit weicher und doch fordernder Stimme. »Nicht Krieg? Sind wir nicht hier, um über ein gemeinsames Vorgehen zu beraten? Gegen einen Feind, der unser aller Heimat zu vernichten sucht?« Saran schüttelte traurig den Kopf. »Wir Asalti kennen uns in dieser Beziehung weit besser aus als irgendjemand sonst, der an diesem Tisch sitzt. Wir haben unsere Heimat an die Ruul verloren. Wir sind ein vertriebenes Volk. Wir mussten mit ansehen, wie unsere besten und klügsten Köpfe versklavt wurden und jetzt in den Schiffen der Ruul dienen müssen, ihrer Persönlichkeit beraubt. Das sollte uns als Warnung dienen, denn dieses Schicksal droht uns allen.« Er betrachtete die Meskalno mit milder Zurückhaltung, wie man ein bockiges Kind betrachten mochte. »Auch die stolzen Meskalno werden fallen, falls wir hier zu keiner Einigung kommen. Ihre Schiffe werden zerstört sein, ihre Welten von Ruul besetzt und ihre Familien angepasst und zum Dienst in den Kriegsschiffen der Ruul gepresst.«

Saran seufzte tief. »Wir Asalti waren früher einmal ein friedfertiges Volk, das nicht einmal im Traum daran dachte, zu den Waffen zu greifen. Und jetzt seht uns an.« Er warf einen vielsagenden Blick auf Mansu, der beschämt den Kopf senkte. Daraufhin legte Saran beschwichtigend eine Hand auf dessen Schulter. »Auch ich war lange gegen den Einsatz von Gewalt, selbst als unsere Welten und unser Volk vergewaltigt wurden und wir die eiserne Faust der Ruul spürten, selbst dann. Heute bin ich anderer Meinung. Ich verabscheue noch immer Gewalt. Doch ich bin zu der Meinung gelangt, dass harte Zeiten harte Entscheidungen erfordern. Gewalt ist manchmal notwendig, um sich Tyrannei, Diktatur und Sklaverei zu widersetzen. Falls unsere Völker in diesem Krieg versagen, wird der einzige Frieden, den wir noch spüren werden, der Friede der Besiegten sein.«

Saran setzte sich.

Betretenes Schweigen senkte sich über den Raum. Sca'rith und Meskalno standen sich immer noch kampfbereit gegenüber, doch Tyler hatte den Eindruck, dass sie einfach nicht wussten, wie sie zurückstecken sollten, ohne ihr Gesicht zu verlieren. Plötzlich machte überraschenderweise

Quel Thai den Anfang. Er zog seine Klauen wieder ein und setzte sich, gefolgt von seinen Anhängern. Sal'mon'dai und seine Sca'rith folgten dem Beispiel zwar etwas unwillig, doch ebenfalls zügig. Die Krise war abgewendet. Vorerst.

Tyler verkniff sich ein erleichtertes Seufzen. Pommeroy glättete seinen Anzug und ergriff das Wort, während er aufstand.

»Meine Herren, ich versichere Ihnen, dass die heutigen Vorkommnisse lückenlos aufgeklärt werden. Wir werden herausfinden, was geschehen ist, und wir werden die Schuldigen zur Rechenschaft ziehen. Mein Wort darauf.« Er bedachte jeden der Anwesenden mit einem durchdringenden Blick. »Trotzdem müssen wir uns auf die vor uns liegende Aufgabe konzentrieren. Die Konferenz darf nicht scheitern - gerade *weil* man so hartnäckig versucht, sie zu stören. Jemand hat Angst vor unserem Erfolg. Sehen Sie das denn nicht?«

Pommeroy machte eine dramatische Pause, die Hahlbach nutzte, um ihm diskret einen Zettel zuzustecken. Er überflog die Worte darauf und wandte sich anschließend wieder an die Delegierten. »Wie mir mein Assistent soeben mitteilt, haben wir ein infrage kommendes Hotel für die weiteren Verhandlungen gefunden. Der MAD und die ROCKETS sind gerade dabei, alle Sicherheitsvorkehrungen in die Wege zu leiten.« Pommeroy sah sich vielsagend um. »Natürlich nur, falls alle damit einverstanden sind, die Konferenz weiterzuführen.«

Niemand antwortete. Tyler vermutete, dass Sarans Worte nachhaltigeren Eindruck hinterlassen hatte, als irgendjemand bereit war zuzugeben.

»Ich nehme das mal als Ja«, fuhr Pommeroy fort. »Es wird noch zwei bis drei Tage dauern, das Hotel entsprechend herzurichten. Bis dahin lade ich sie alle ein, als Gäste auf der *Kronos* zu verbleiben.«

Niemand widersprach.

»Nun«, sprang Tyler helfend ein. »Es war ein langer Tag. Es wurden bereits Quartiere für Sie alle bereit gestellt. Ich schlage vor, wir ruhen uns aus. Etwas Entspannung wird uns wohl allen guttun.«

Auch in diesem Punkt gab es keinen Widerspruch.

»Puh, das war knapp«, kommentierte Pommeroy erschöpft.

»Viel zu knapp für meinen Geschmack«, gab Tyler ihm recht.

Die Delegierten waren erst vor wenigen Minuten aus dem Raum geströmt und von Coltors Offizieren zu ihren Quartieren begleitet worden. Tyler fühlte sich ausgelaugt. Als hätte jemand sämtliche Lebensenergie aus ihren Gliedern gesaugt. Bereits in der Vergangenheit war sie auf dem diplomatischen Gebiet nicht ungeschickt gewesen, doch solche Verhandlungen hatte sie noch nie erlebt. Und sie hoffte, auch nie wieder etwas Derartiges erleben zu müssen.

»Sie hätten die Konferenz um ein Haar abgebrochen.«

»Das tun sie vielleicht noch«, hielt Pommeroy dagegen. »Wir sind noch lange nicht über den Berg.«

»Mag sein, aber zumindest haben wir eine Hürde genommen.«

»Saran hat sie genommen«, verbesserte Pommeroy schmunzelnd.

Bei der Erinnerung an den Asalti, der für sie die Kastanien aus dem Feuer geholt hatte, stahl sich ein Lächeln auf Tylers Lippen. »Stimmt. Ohne ihn wäre die Konferenz bereits jetzt gescheitert.« Sie legte den Kopf in den Nacken, um ihre Muskeln zu entspannen, und betrachtete die niedrige Decke des Raumes.

»Welches Hotel wurde ausgewählt?«

»Keine Ahnung, wie es heißt. Es liegt nur zwei Blocks von dem entfernt, das angegriffen wurde.«

Tyler sah alarmiert auf.

»So nah?«

Pommeroy zuckte lediglich mit den Schultern. »Die Alternative wäre, die Konferenz in eine andere Stadt auf MacAllister oder sogar in ein ganz anderes System zu verlegen.«

»Das kommt nicht infrage«, hielt Tyler strikt dagegen. »Wenn wir das tun, kriegen wir sie nie mehr an einen Tisch.« Sie rieb sich mit Daumen und Zeigefinger müde die Nasenwurzel. »Können wir die Delegationen beschützen?«

Pommeroy schwieg und betrachtete unangenehm berührt seine Schuhe. Tyler sah auf und fixierte ihn mit hartem Blick. »Können wir die Delegationen beschützen?«, wiederholte sie mit fester Stimme.

»Ich weiß es nicht«, antwortete er wahrheitsgemäß.

Tyler ließ sich in ihren Stuhl zurücksinken.

»Verstehen Sie mich nicht falsch«, fuhr er beschwichtigend fort. »Wir werden alles nur Menschenmögliche tun.«

»Aber ...?«

»Aber es gibt keinen allumfassenden Schutz vor Attentätern. Den kann es gar nicht geben. Und vor Fanatikern sowieso nicht. Sehen Sie nur, einer von ihnen hat sich sehenden Auges gefangen nehmen lassen, nur um dem Bombenleger zu ermöglichen, seinen Sprengsatz zu deponieren. Vor solchen Menschen gibt es keinen hundertprozentigen Schutz, keine Garantie.«

»Soll das heißen, wir können nichts tun?«

»Jedenfalls nicht mehr, als wir ohnehin schon tun. Die Sicherheitsvorkehrungen sind bereits so gut, wie sie unter den gegebenen Umständen sein können.«

Diskretes Hüsteln lenkte die Aufmerksamkeit der beiden auf sich.

»Ja, Frank? Sie haben etwas zu sagen?«

»Es gibt eine andere Möglichkeit, die bisher noch nicht diskutiert wurde.«

Tyler lehnte sich interessiert nach vorn; Pommeroy zog fragend eine Augenbraue nach oben. »Nämlich?«

»Die 9. Flotte.«

»Steht bei Serena. Und?«

»Wir könnten sie zu Hilfe rufen«, schlug Hahlbach zaghaft vor.

Tyler schüttelte den Kopf, ließ sich wieder zurückfallen und seufzte enttäuscht. Pommeroy betrachtete seinen Assistenten mit zurechtweisendem Blick. »Die 9. Flotte herrufen? Einfach so? Machen Sie sich nicht lächerlich, Frank.«

»Ich meine das ganz ernst. Serena ist auch ohne die Kriegsschiffe der 9. Flotte stark genug, sich zu behaupten. Mal ganz davon abgesehen, dass es schon seit Jahren keine Angriffe gegen das System gegeben hat. Aber hier, im MacAllister-System, könnte die Flotte durchaus von großem Nutzen sein. Sie verfügt über Schiffe und Truppen, die das System binnen kürzester Zeit unter Kontrolle hätten. Die Sicherheit der Konferenz und der Delegierten wäre gewährleistet.«

Tyler verkniff sich nur knapp eine heftige Erwiderung, zählte innerlich bis zehn und gestattete sich erst dann, auf den Vorschlag zu antworten. »Sie reden von Kriegsrecht. Das meinen Sie nicht ernst.«

»Aber natürlich ...«

»Mal ganz davon abgesehen«, unterbrach sie ihn unwirsch, »dass Ihr Vorschlag gegen ein bestehendes Abkommen mit fünf außerirdischen Völkern verstößt, so bedeuten die Maßnahmen, die Sie vorschlagen, eine empfindliche Einschränkung der Bürgerrechte. Die Bewohner des Systems würden uns dafür ans Kreuz nageln – zu Recht. Nein, zu solchen Maßnahmen bin ich nicht bereit.«

»Die 9. Flotte würde aber Sicherheit gewährleisten«, beharrte Hahlbach stur.

»Der Preis ist zu hoch, und damit ist die Diskussion beendet.«

»Aber ...«

»Das reicht, Frank«, fiel Pommeroy ihm ins Wort. »Die Präsidentin hat ihre Entscheidung getroffen.«

Hahlbach blickte zu Boden und presste ein »Ja, Sir« heraus.

»Sie können für heute gehen. Am besten begeben Sie sich in Ihr Quartier. Wir reden später weiter.«

»Ja, Herr Botschafter.« Hahlbach stand auf, verneigte sich kurz in Richtung Tylers und schlenderte mit dem, was von seiner Würde noch übrig war, aus dem Zimmer.

Pommeroy sah ihm kopfschüttelnd hinterher. »Eigentlich ist er ein guter Mann, nur leider manchmal etwas übereifrig.«

»Wir waren alle mal jung«, entschuldigte sie sein Verhalten, doch sein Vorschlag hatte sie ins Grübeln gebracht. Der Einsatz von Truppen in dieser Größenordnung auf einer größtenteils zivilen Kolonie ohne eine Bedrohung von außen widerstrebte ihr zutiefst. Und doch ...

»Worüber denken Sie nach?«

Erst jetzt wurde ihr bewusst, wie abwesend sie auf Pommeroy gewirkt haben musste. Sie lächelte verlegen. »Über Ihren Assistenten. Und seine Worte.«

»Sie denken doch nicht ernsthaft darüber nach ...«

»Nein, nein«, wehrte sie mit einer Handbewegung ab. »Ich fürchte mich nur ein wenig.«

Pommeroy zog verwirrt die Stirn in Falten. »Wovor?«

»Dass uns vielleicht am Ende keine andere Wahl bleibt.«

»Es ist Aufgabe des MAD, das zu verhindern. Nogujama und Coltor sind gute Leute. Die kriegen das schon hin.«

»Ja, sehe ich genauso.«

Trotzdem überkamen sie Zweifel. Der MAD hatte schon den Anschlag nicht zu verhindern gewusst. Falls dem Geheimdienst nicht schnell eine Lösung einfiel, die Situation richtig zu handhaben, blieb ihr vielleicht wirklich keine andere Wahl. Vor ihrem inneren Auge spielten sich grausige Szenen ab und ein Bild wollte ihr nicht mehr aus dem Kopf gehen – Panzer in den Straßen von Principal.

9

David Coltor verabschiedete sich von seinen Leibwächtern und schloss die Tür der Hotelsuite hinter sich. Seit dem Bombenattentat wurde jedes hochrangige Mitglied der Konferenz auf diese Weise geschützt. Paranoia machte sich allerorts breit und die Sicherheitskräfte sahen Feinde hinter jedem Busch und unter jedem Tisch.

Es erleichterte seine Aufgabe nicht unbedingt, ständig von drei Wachen begleitet zu werden, die jeder seiner Bewegungen mit Argusaugen folgten. Betrat er einen Raum, ging mindestens einer seiner Leibwächter voraus, trat jemand auf ihn zu, wurde diese Person erst einmal durchsucht. Es erwies sich als ziemlich schwierig, für die Sicherheit der Konferenz zu sorgen, wenn man sich selbst im Mittelpunkt einer Schutztruppe wiederfand.

Das neue Hotel war um einiges kleiner als das vorige. Die Größe des ehemaligen Konferenzortes hatte bei der Auswahl eine wichtige Rolle gespielt. Es stellte einen ziemlichen Vorteil dar, in dem größten Gebäude weit und breit zu residieren. Nun aber sah David mindestens ein halbes Dutzend Gebäude, die genauso viele Stockwerke aufwiesen wie ihre derzeitige Residenz. Geradezu ideale Positionen für feindliche Scharfschützen. Das bereitete ihm ganz erhebliche Sorgen. Seine Leute und er hatten sich bemüht, alle möglichen Eventualitäten in ihre Überlegungen einzubeziehen, um für größtmöglichen Schutz zu sorgen. Die Handlungsweise ihrer Gegenspieler hatte jedoch gezeigt, dass diese über großen Einfallsreichtum und noch größere Skrupellosigkeit verfügten. Es war nicht auszudenken, was sie aus der derzeitigen Konstellation für Schwierigkeiten konstruierten.

Es hatte eine herbe Herausforderung dargestellt, die Delegationen dazu zu bewegen, die Sicherheit der *Kronos* zu verlassen und wieder auf die Oberfläche zurückzukehren. Pommeroy und Tyler leisteten ganze Arbeit.

Typisch Diplomaten und Politiker, dachte David mit einem Anflug bitteren Humors.

Er schüttelte den Kopf, um einen klaren Gedanken fassen zu können.

Müdigkeit zerrte wie Blei an seinen Gliedern und er spürte eine kaum zu fassende Lethargie in jeder Faser seines Körpers.

Das Gespräch mit Nogujama tat ein Übriges, um sein Gefühl der Resignation zu vertiefen. Was der alte Mann getan hatte, war unentschuldbar. Er hatte sie alle in größte Gefahr gebracht. Und doch ...

David verstand dessen Beweggründe nur zu gut. Es war verführerisch, die Bedrohung durch die Kinder der Zukunft und den daraus resultierenden - quasi nicht erklärten - Bürgerkrieg zu beenden. Er wollte seinen Vorgesetzten für dessen Handlungsweise verdammen - brachte es jedoch nicht über sich. Sie alle hatten in den letzten Jahren gelitten, hatten Freunde verloren, Siege und Niederlagen durchlebt. Und viel davon war auf die fehlgeleiteten Fanatiker zurückzuführen.

David ging zur kleinen, aber reichlich ausgestatteten Bar. Für einen Moment erwog er, entgegen seiner Gewohnheiten etwas Alkoholisches zu sich zu nehmen, entschied sich dann aber doch lediglich für ein Glas Mineralwasser. Sich zu benebeln, würde die Situation nicht verbessern, und er brauchte alle seine Kräfte für die bevorstehenden Tage.

Er wollte sich gerade in einen Sessel fallen lassen, um wenigstens ein paar wenige Stunden der Ruhe zu genießen, als es verhalten an der Tür klopfte. Mit einem Seufzen stellte er das Glas auf dem Tisch ab.

»Herein!«

Einer seiner Leibwächter steckte zögernd den Kopf herein und neigte entschuldigend den Kopf.

»Verzeihung, Colonel. Es ist jemand hier, der Sie sprechen möchte.«

David warf einen Blick auf die Uhr an der Wand. Es war kurz vor Mitternacht.

»Wer?«

Der Leibwächter trat beiseite und gab den Blick auf seinen Besucher frei. David hatte alle Mühe, seine Überraschung zu verbergen, stattdessen verschränkte er die Arme abwehrend vor der Brust.

»Sie? Was wollen Sie?«

Jonathan warf einen Blick auf seine Armbanduhr. Es war knapp nach ein Uhr nachts. Eigentlich keine Zeit, zu der man seinen Vorgesetzten noch behelligen sollte, doch es gab einiges, das er vor Beginn der morgigen Konferenz besprechen wollte. Er war überzeugt, bei den Sicherheitsvorkehrungen an alles gedacht zu haben. Allerdings wollte er auf Nummer sicher gehen und sich das Einverständnis Coltors einholen. Schließlich war der Lieutenant Colonel die letzte Instanz, wenn es um die Sicherheit der Delegationen ging.

Jonathan verließ den Aufzug in dem Stockwerk, das der MAD für Coltor reserviert hatte. Er verkniff sich ein Schmunzeln. Es hatte durchaus seine Vorteile, in der Hierarchie des MAD aufzusteigen. Und Coltor war definitiv ein Karrieretyp.

Coltors Leibwächter grüßten ihn freundlich und ohne ihm seine Dienstwaffe abzunehmen. Sie kannten ihn bereits seit Langem und er war über jeden Zweifel erhaben.

»Ist er noch wach?«, fragte er den Anführer der Schutztruppe.

»Ja«, antwortete dieser. »Hat aber Besuch.«

Jonathan runzelte verwirrt die Stirn. »Um diese Zeit? Wen?«

Der Mann senkte vielsagend den Blick und neigte leicht den Kopf, eine Geste, die Jonathan zu interpretieren verstand. »Schon klar. Das dürfen Sie nicht sagen. Ich muss aber mit ihm sprechen.«

»Hat das nicht bis morgen Zeit?«

»Leider nein.«

Der Anführer der Leibwächter zuckte ergeben mit den Schultern und klopfte an der Tür.

»Was gibt es?«, fragte eine tiefe Stimme aus der Suite.

»Captain Clarke möchte mit Ihnen sprechen, Sir.«

»Einen Moment.«

Es gehörte zwar nicht zum guten Ton, doch Jonathan spitzte augenblicklich die Ohren. Er bekam nicht viel mit, doch er glaubte, in der Suite Stimmen unterscheiden zu können. Beide männlich. Es wurde verhalten getuschelt. Dann Stille.

»Herein«, sagte David schließlich.

Der Anführer von Coltors Leibwache öffnete die Tür und schloss sie hinter Jonathan sogleich wieder.

»Jon«, begrüßte sein Vorgesetzter ihn freundlich und mit Handschlag. »Was gibt es?«

»Ich wollte nur letzte Sicherheitsvorkehrungen für morgen besprechen, Sir.«

»Bitte setzen Sie sich«, bot David ihm an. Jonathan kam der Aufforderung gerne nach, kam aber auf dem Weg zur Couch nicht umhin, nach Anzeichen des nächtlichen Besuchers zu suchen. Eines der wenigen Indizien, die sich ihm boten, war eine geöffnete Tür, die in einen Nebenraum führte. Ein weiteres war ein halb leeres Glas mit Orangensaft und ein zweites mit Mineralwasser auf dem Tisch. Als David Jonathans Interesse bemerkte, räumte er die Gläser schnell beiseite und verstaute sie erneut in der Bar.

Jonathans Verwirrung wuchs. Warum sollte sein Vorgesetzter seinen Gast vor ihm verstecken? Seine berufsbedingte Neugier wurde geweckt. Sobald er ein Geheimnis witterte, musste es gelöst werden. Ansonsten fand er deswegen keine Ruhe.

Jonathan legte die Akte, die er mit sich führte, auf den Tisch und sein Vorgesetzter setzte sich ihm gegenüber, um sich die mitgebrachten Unterlagen anzusehen.

»Ich habe zusätzliche Kräfte der Miliz angefordert, um den äußeren Sicherheitsbereich zu verstärken«, erklärte Jonathan ergänzend. »Damit haben wir mehr MAD-Personal und Marines, um das Hotel und die nähere Umgebung zu sichern. Außerdem habe ich alle Dächer der Umgebung mit unseren Leuten besetzen lassen, damit wir keine Scharfschützen befürchten müssen. Das erschien mir angemessen, da wir uns nun nicht mehr im höchsten Gebäude der Stadt befinden.«

David nickte beifällig. »Sie können wohl Gedanken lesen«, lächelte er. »Dasselbe ist mir ebenfalls durch den Kopf gegangen.«

Jonathan beobachtete seinen Vorgesetzten aufmerksam, während dieser die Daten überflog und die Akte schließlich mit zufriedenem Gesichtsausdruck schloss und an Jonathan zurückreichte.

»Sieht alles sehr gut aus. Falls Sie noch zusätzliche Leute brauchen, fragen Sie auf der *Kronos* nach. Admiral Coltor wird uns bestimmt gern mit einigen seiner Marines aushelfen.«

»Verstanden.«

Jonathan dachte angestrengt nach. Es gab noch einen weiteren Punkt, über den er unbedingt mit David reden wollte. Der Grund hieß Colin Grey. Nach dem Empfang und dem seltsamen Verhalten seines Vorgesetzten hatte Jonathan Nachforschungen angestellt, um herauszufinden, ob besagter Offizier ein Sicherheitsrisiko darstellte. Das Problem war nur, er war lediglich bis zu einem bestimmten Punkt vorgedrungen. Alles, was älter als sechzehn Jahre war, wurde geschützt. Und dem Code zufolge hatten nur vier Personen Zugang zu diesen Daten. David Coltor selbst, Konteradmiral Nogujama, Agent Bates und die Präsidentin. Niemand sonst.

David bemerkte Jonathans Schweigen.

»Ist noch etwas, Jon?«

»Ja, Sir.« Jonathan zögerte. »Ich bin mir nicht sicher, wie ich anfangen soll.«

David lehnte sich entspannt zurück und lächelte aufmunternd. »Am besten am Anfang, würde ich sagen. Nur heraus damit.«

»Colin Grey«, brach es plötzlich aus Jonathan heraus.

Von einer Sekunde zur nächsten spannte sich jede Faser in Davids Haltung an und auf Jonathan machte es beinahe den Eindruck, als wäre der Offizier am liebsten aufgesprungen. So schnell die Reaktion auch losbrach, so schnell bekam sich David wieder unter Kontrolle und lehnte sich erneut zurück, jedoch lediglich in einer Karikatur seiner vorherigen entspannten Haltung. Er wirkte noch immer aufs Äußerste alarmiert.

»Was ist mit ihm?«

»Er macht mir Sorgen.«

»Inwiefern?«

»Ich habe Nachforschungen angestellt.«

»Über Grey? Wieso?« Die Frage grenzte beinahe schon an einen Vorwurf.

»Ich wollte wissen, ob er ein Risiko für die Sicherheit ist, vor allem nach dem, was Sie über seinen Bruder gesagt haben.«

David lächelte. Es wirkte beinahe echt.

»Ich wollte Sie damit nicht beunruhigen. Greys Familie und ich ... nun ... wir haben eine gemeinsame Vergangenheit, eine, die ich im Prinzip gern vergessen würde.«

Jonathan erwog, die Sache damit auf sich beruhen zu lassen, doch er konnte einfach nicht lockerlassen. Er spürte, dass er ganz kurz davorstand, eine wichtige Erkenntnis zu gewinnen.

»Ist deshalb alles, was es über Grey oder seine Familie zu wissen gibt und das älter als sechzehn Jahre ist, als geheim eingestuft?«

David versteifte sich für einen Moment, entspannte sich jedoch wieder und lächelte sogar. Diesmal wirkte es aufrichtig. »Manchmal vergesse ich doch tatsächlich, wie gut Sie wirklich sind, Jon, und dass Sie immer Ihre Hausaufgaben machen.« David zögerte. »Ja, in der Tat. Das ist der Grund.«

»Sir, was geht zwischen Ihnen vor? Was hat Greys Bruder getan, dass Sie ihm derart misstrauen? Und ist Greys Bruder eine Gefahr für das Konglomerat oder diese Konferenz?«

»Das bezweifle ich.« David lächelte wehmütig. »Jason Grey – Colins Bruder – ist tot. Schon seit sechzehn Jahren. Er starb unter – wie soll ich mich ausdrücken? - sehr schmerzhaften Umständen. Schmerzhaft für uns alle. Selbst jetzt noch. Nach all dieser Zeit.«

»Ich verstehe nicht ganz.«

David lehnte sich vor und stützte die Ellbogen auf seinen Knien ab. Er senkte verschwörerisch die Stimme. »Sie wollen es wirklich wissen, Jon?«

Jonathan nickte. Ein Gefühl drohenden Unheils kroch sein Rückgrat hinauf.

»Also gut, aber vergessen Sie nicht, ich kann nicht mehr zurücknehmen, was ich Ihnen jetzt anvertraue, und es versteht sich von selbst, dass alles, was ich Ihnen nun sage, streng geheim ist. Falls Sie etwas verraten, kann nicht einmal mehr ich Sie vor den Konsequenzen beschützen - Jason Grey hat den Krieg, den die Ruul uns aufzwingen, überhaupt erst ermöglicht.«

Jonathans Kehle fühlte sich bei dieser Ankündigung staubtrocken an. Er hatte das Gefühl, einen Schlag in den Magen bekommen zu haben.

»Das ... das verstehe ich nicht.«

»Das ist auch nicht leicht zu verstehen, Jon.«

Jonathan rechnete zurück. »Sechzehn Jahre, das war ... im Jahr 2135.«

»Ganz genau.«

»Was ist passiert?«

»Sie wollen wirklich alles wissen, was?«

»Nun, da die Katze aus dem Sack ist.«

David nickte. »Wie Sie meinen. Vor sechzehn Jahren war ich noch Major und Ermittler des MAD. Nogujama schickte Major Rachel Kepshaw und mich auf den Mars, um dort Erkundigungen einzuholen. Zu diesem Zeitpunkt litt die Bevölkerung unter einer Anschlagsserie.«

»Die Kinder der Zukunft?«, mutmaßte Jonathan, doch David schüttelte den Kopf.

»Die gab es zu diesem Zeitpunkt noch gar nicht, doch die Vorgehensweise war recht ähnlich. Ich möchte eine Geschichte nicht länger machen, als sie ist. Jason Grey war damals Sicherheitschef der Mars-Kolonie. Was wir nicht wussten, war, dass er heimlich in Drogen- und Waffengeschäfte verwickelt war. Er lieferte hoch entwickelte Technologie und neueste Waffensysteme an die Ruul und erhielt als Bezahlung Drogen, die er gewinnbringend auf dem Schwarzmarkt vertickte.«

Jonathan pfiff bei dieser Neuigkeit durch die Vorderzähne. »Und das hat den Technologiesprung der Slugs verursacht.«

»In der Tat. Daraufhin bauten die Slugs ihre ersten Schlachtträger. Wir konterten mit der *Lydia* und ihren Schwesterschiffen beziehungsweise den Nachfolgemodellen. Als wir Grey auf die Schliche kamen, versuchte er, alle unliebsamen Zeugen und Mitwisser auszuschalten, indem er seine Privatarmee auf uns hetzte, die ziemlich gut bewaffnet war. Das Ganze löste eine Ereigniskette aus, die die Mars-Kolonie ins Chaos stürzte und bürgerkriegsähnliche Zustände auslöste. Es waren schließlich zwei Divisionen Marines notwendig, um die Kolonie zurückzuerobern und zu befrieden.«

Jonathan schüttelte verständnislos den Kopf. »Wie konnte das alles nur geheim gehalten werden?«

»Das war im Endeffekt gar nicht so schwierig. Der Mars stand danach noch eine ganze Zeit lang unter Kriegsrecht mit einer strikten Nachrichtensperre. Als sich die Wogen endlich glätteten, dachten wir uns eine Tarngeschichte aus, die die ganze Geschichte einer aus den Fugen geratenen Demonstration in die Schuhe schob. Die Sache mit Grey und den Slugs vertuschten wir.«

»Ich hatte mit vielem gerechnet, aber nicht damit.«

David nickte mitfühlend. »Kann ich mir gut vorstellen. Sie haben vermutlich mehr erfahren, als Sie eigentlich wollten. Aber Sie sollten sich darüber im Klaren sein, Sie sind jetzt Geheimnisträger, Jon. Kein Wort an Außenstehende!«

»Ich verstehe, Sir.«

David nickte zufrieden und stand auf. Jonathans Stichwort. Er stand ebenfalls auf und ließ sich von seinem Vorgesetzten zur Tür begleiten.

»Glauben Sie, das alles bringt etwas?«

»Was? Die Konferenz?«

Jonathan nickte. »Können wir die Slugs überhaupt noch schlagen?«

»Nicht ohne die anderen Völker«, bestätigte David Jonathans schlimmsten Verdacht. »Allein werden wir den Slugs nicht mehr viel länger Widerstand leisten können. Alles hängt von dieser Konferenz ab. Wir müssen unsere Nachbarn davon überzeugen, an unserer Seite zu kämpfen, oder alles ist verloren.«

»Dann hoffe ich, Pommeroy und Tyler wissen, was Sie tun.«

David klopfte Jonathan freundschaftlich auf die Schulter. »Lassen Sie den Kopf nicht hängen. Noch sind wir nicht erledigt. Aber selbst dann, wenn wir unsere Nachbarn für eine Allianz gewinnen können, wird es erst noch schlechter werden müssen, bevor es besser wird, befürchte ich.«

»Ich hoffe, Sie irren sich.«

»Ich auch, Jon. Ich auch.«

»Ich werde veranlassen, dass Grey observiert wird.«

David hielt ihn mit erhobener Hand zurück. »Nein, das werden Sie nicht.«

»Sir?«

»Das wäre dann doch etwas zu übertrieben. Der Mann hat sich nichts zuschulden kommen lassen. Nur weil sein Bruder ein Verräter war, muss er nicht auch einer sein.«

»Ich halte es trotzdem für besser.«

»Jon, lassen Sie sich von meinen Gefühlen nicht anstecken. Das Problem, das ich mit Greys Familie habe oder hatte, hat nichts mit Ihnen zu tun. Lassen Sie ihn in Ruhe.«

»Aber ...«

»Das ist ein Befehl, Jon.«

Jonathan ließ resigniert die Schultern sacken. »Verstanden, Sir.«

David öffnete die Tür. »Also, falls das alles ist – gute Nacht.«

»Gute Nacht, Sir«, verabschiedete sich Jonathan und verließ die Suite seines Vorgesetzten. Dessen Worte würden ihm noch stundenlang durch den Kopf gehen, sodass er in dieser Nacht kaum Schlaf finden würde. Er schwor sich eines: Colin Grey würde weder für die Konferenz noch für David Coltor eine Gefahr darstellen. Dafür würde er sorgen, denn Jonathan nahm sich fest vor, den Mann nicht mehr aus den Augen zu lassen.

Er hatte gar keine andere Wahl.

Die Hotelbar war bis auf wenige Offiziere und einige Leute in Zivil, bei denen es sich wohl um SES-Agenten handelte, die dienstfrei hatten, leer.

Jonathan saß allein auf einem Barhocker und gönnte sich einen Cocktail, um etwas runterzukommen. Eigentlich hätte er längst im Bett liegen müssen, doch er fand keine Ruhe. Die Neuigkeiten, die Coltor ihm anvertraut hatte, beschäftigten ihn in einem Ausmaß, das er nicht einmal vor sich selbst zugeben wollte.

Eine Hand legte sich auf seine Schulter und er fuhr auf seinem Hocker herum, entspannte sich jedoch, als er Meredith erkannte, die ihn stirnrunzelnd musterte. »So kenne ich dich gar nicht«, meinte sie nachdenklich.

»Was?«, fragte er verwirrt.

»So grübelnd. So kenne ich dich gar nicht«, wiederholte sie und setzte sich auf den Hocker neben ihm. »Sollten artige, kleine MAD-Offiziere um diese Zeit nicht längst im Bett liegen?«

Er lächelte bei ihrer freundlichen Stichelei. »Ich kann irgendwie nicht schlafen.«

Mit einem Wink bedeutete sie dem Barmann, ihr dasselbe zu bringen wie ihrem Gesprächspartner. Erst als ihr Drink gebracht wurde, sprach sie weiter.

»Schlimmer Tag?«

»Schlimmes Leben«, antwortete er verschmitzt.

»Oha, doch so schlimm. Willst du drüber reden?«

Für einen Moment erwog er tatsächlich, Coltors Verbot zu ignorieren und die Informationen, die er erhalten hatte, zu teilen, doch er brachte es nicht über sich. Meredith war ohne Zweifel vertrauenswürdig, doch Befehl war Befehl. Und Coltors Vertrauen zu missbrauchen, kam nicht infrage.

»Würde ich gern, aber dann müsste ich dich töten.«

»Na dann lassen wir das lieber«, sagte sie und nahm einen Schluck ihres Cocktails.

»Und bei dir?«

»Ähnlich frustrierend wie bei dir. Wir kommen einfach nicht weiter, was diesen Attentäter angeht. Sobald wir eine heiße Spur finden, landen wir kurz darauf in einer weiteren Sackgasse. Wer immer das ist, versteht sich gut darauf, falsche Fährten zu legen.«

»Dann hatten wir heute wohl beide einen miesen Tag«, sagte er und hob sein Glas zum Salut, sodass Meredith es leicht mit ihrem berühren konnte. Das leise Klirren war das einzige Geräusch in der Hotelbar. Die letzten Gäste machten sich gerade auf den Weg und auch der Barmann wartete ungeduldig darauf, endlich Feierabend machen zu dürfen.

»Meredith? Darf ich dich mal was fragen?«

»Klar.«

»Mal angenommen, du hättest etwas erfahren, etwas von solcher Tragweite, dass es nicht nur dein Weltbild ins Wanken bringt, sondern auch die Zukunft einer äußerst wichtigen Veranstaltung. Was würdest du tun?«

»Reden wir gerade von einer ganz bestimmten, wichtigen Konferenz?«

»Ich meine das alles rein hypothetisch.«

»Aber natürlich«, grinste sie, wurde jedoch schnell wieder ernst. »Also gut. Mal angenommen, ich hätte solche Informationen bekommen, dann würde ich alles tun, was in meiner Macht stünde, um diese Bedrohung auszuschalten oder dafür sorgen, dass es gar nicht erst zu einer Bedrohung kommt.«

»Und wenn es gegen einen direkten Befehl verstößt?«

»Auch dann.«

Jonathan nickte zustimmend. »Genau das dachte ich auch.« Er beugte sich vor und hauchte ihr einen Kuss auf die Wange. »Danke dir.«

»Ähm ... gern geschehen. Und jetzt?«

Er drehte sich um und rutschte von dem Barhocker. »Ich werde mir wohl jemanden zur Brust nehmen müssen.«

Meredith lächelte ihn mit schiefem Grinsen an. »Und das hat nicht bis morgen früh Zeit?«

10

Jonathan erwachte wenige Stunden später aus unruhigem Schlaf. Die Sonne ging gerade am Horizont auf.

Colin Grey.

Der Name ging ihm nicht mehr aus dem Sinn. Nach allem, was Coltor ihm erzählt hatte, unterhielt die Familie Grey in der Vergangenheit durchaus enge Kontakte zu den Ruul. Für gewöhnlich lebte Jonathan nicht nach der Devise, alle über einen Kamm zu scheren, doch sein Misstrauen war geweckt.

Es stand einfach zu viel auf dem Spiel, um jemandem wie Grey Zugang zu einer solchen Konferenz zu ermöglichen. Wie es Grey geschafft hatte, überhaupt nach MacAllister zu kommen, blieb Jonathan ein Rätsel. Jeder Soldat, Diplomat, Assistent eines Diplomaten und sogar die niedrigsten Bürokraten waren einer akribischen Sicherheitsüberprüfung unterzogen worden. Er erwog für eine Sekunde, dass Grey einfach durch das Raster gefallen war, doch dies schien angesichts des Aufwands, den MAD und SES betrieben hatten, um die Konferenz zu schützen, überaus unwahrscheinlich. Die einzig logische Antwort war: Jemand hatte ihm Zugang verschafft. Aber wer? Und warum?

Es gab nur eine Möglichkeit, Antworten zu finden. Er musste Grey auf den Zahn fühlen. Er griff nach dem Kommunikator in seiner Tasche, um seine beiden Freunde von den ROCKETS zu benachrichtigen, steckte ihn jedoch wieder weg, als ihm einfiel, dass sie nicht zur Verfügung standen.

Angesichts der hohen Verluste, die die ROCKETS erlitten hatten, mussten die beiden Teamleiter die Sicherheit der Präsidentin gewährleisten. Zu diesem Zweck hatten sie sich erneut zu ihren Teams gesellt. Letzte Nacht hatte er eine wichtige Entscheidung gefällt: Coltors Befehl zu ignorieren. Man durfte Grey nicht trauen. Also musste er observiert werden.

Er warf einen Blick zurück ins Schlafzimmer. Meredith lag noch immer in die Laken gekuschelt auf der Matratze. Beinahe hätte er sie geweckt und gebeten, ihn zu begleiten, doch er entschied sich dagegen.

Wenn er schon gegen Befehle verstieß, wollte er sie nicht auch noch mit hineinziehen.

Jonathan seufzte. Es blieb also wieder mal alles an ihm hängen.

Wie üblich.

Er griff sich seine Dienstwaffe und verließ das Zimmer. Es gab viel zu tun und er befürchtete, der Tag könne nicht genug Stunden haben, um alles zu erledigen.

Commodore Vincent DiCarlo steckte bis zum Hals in Papierkram: Personaltransfers, Materialanforderungen, Wartungsberichte. Er hatte sich von dieser Mission sicherlich nicht allzu viel versprochen. Taxidienste für einen Haufen Diplomaten waren nie besonders aufregend; er hatte jedoch gehofft, zumindest eine kleine Weile von Papierkram verschont zu werden. Eine Hoffnung, die sich nicht erfüllte.

Es klopfte an der Tür zu seinem Arbeitszimmer.

»Herein!«, forderte er geistesabwesend auf, während er einen weiteren, trockenen, endlos scheinenden Bericht durchlas. Als er endlich aufblickte, stand sein XO vor ihm, der sich nur mit Mühe ein Lächeln verkniff.

»Vasili«, begrüßte Vincent seinen Ersten Offizier. »Ich hoffe, du hast mehr für mich als nur ein trockenes Grinsen und irgendeinen blöden Spruch.« Die Worte waren rauer als eigentlich beabsichtigt, doch Vasili Ivanov nahm sie so, wie sie gemeint waren: als Frotzelei unter Gleichgestellten.

»Ich bin nur froh, dass ich das nicht alles machen muss.«

Vincent sah nachdenklich auf. »Als Kommandant könnte ich doch eigentlich etwas davon in deine Richtung delegieren.«

Vasili riss die Augen in gespieltem Schock auf und hob abwehrend die Hände. »Bloß nicht.«

»Eines Tages wirst du dein eigenes Schiff kommandieren und dann erinnere ich dich an dieses Gespräch«, erwiderte Vincent in versöhnlicherem Tonfall. Das Gespräch erinnerte ihn so sehr an seinen alten XO Hassan Salazzar, dass es fast das Herz in seiner Brust vor Schmerz zerriss. Die Schlacht von Negren'Tai war bereits seit über einem Jahrzehnt vorbei, doch die Trauer um seinen alten Freund war ungebrochen.

Vincent legte den Bericht beiseite und musterte seinen neuen XO. Vasili Ivanov hatte sich seit damals gut entwickelt. Nichts erinnerte mehr an den frustrierten, zornigen Offizier, der er gewesen war, als Vincent zum ersten Mal seinen Fuß auf die *Lydia* gesetzt hatte. Er zweifelte keinen Augenblick daran, dieser Mann würde irgendwann Captain werden und sein eigenes Schiff befehligen. Das war so sicher wie das Amen in der Kirche. Bei Vincents Bemerkung begannen Ivanovs Augen zu funkeln, erfreut über das Kompliment und den zu erwartenden Karrieresprung in einigen Jahren.

»Du bist aber sicher nicht gekommen, um mich aufzuziehen?!«, lenkte Vincent das Gespräch zurück auf die Pflicht.

»Sicher nicht«, antwortete Ivanov und übergab seinem Kommandanten einen Sensorbericht. Vincent überflog ihn.

»Und was sehe ich mir da an?«

»Seltsame Werte, die wir immer wieder auffangen.«

»Seit wann?«

»Mit Unterbrechungen seit etwa einer Stunde. Sie scheinen alle aus Richtung Sonne zu kommen.«

Vincent sah mit erhobener Augenbraue auf. »Natürliche Interferenzen?«

»Dachte ich zuerst auch, aber sieh dir mal diese Energiespitzen an.« Er deutete auf einige der Werte.

Vincent nickte langsam. »Ich verstehe, was du meinst. Da steckt ein Muster dahinter. Es sieht beinahe so aus, als nutze jemand die Hintergrundstrahlung, um versteckte Nachrichten nach MacAllister zu schicken.«

»Genau dasselbe dachte ich auch. Gibt es dort möglicherweise eine Geheimdienstoperation? Vom MAD vielleicht? Oder dem SES?«

»Während einer wichtigen Konferenz? Ohne unser Wissen? Kann ich mir nicht vorstellen.«

Ivanov kratzte sich nachdenklich am Kinn. »Und unsere Verbündeten? Oder besser gesagt: unsere zukünftigen Verbündeten?«

»Du meinst, dass die dort Schiffe versteckt halten? Kann ich mir auch nicht vorstellen. Wieso auch?«

»Sie trauen uns vielleicht nicht.«

Vincent wirkte von den angebotenen Erklärungen nicht überzeugt. Diese Übertragungen beunruhigten ihn mehr, als er zuzugeben bereit war. Er reichte den Sensorbericht an seinen XO zurück.

»Am besten, wir führen eine gründliche Sensorabtastung des Systems durch, vor allem in der Nähe der Sonne.«

»Das wird nicht einfach. Die Korona ...«

»... schwächt Sensoren ab ... Schon klar.«

»Wir könnten näher ran. Unsere Ergebnisse wären erheblich genauer.«

Vincent überlegte. Schließlich schüttelte er den Kopf.

»Wir bräuchten eine gute Erklärung für die Kommandanten der anderen Völker. Im Moment misstraut noch jeder jedem. Wenn wir uns aus dem Orbit entfernen, werden sie Fragen stellen. Und ich will nicht für das Platzen der Konferenz verantwortlich sein. Eine Sensorabtastung von unserer derzeitigen Position sollte durchaus reichen. Vermutlich sehen wir nur Gespenster.«

Ivanov neigte ungläubig den Kopf, erkannte jedoch, dass sein Kommandant selbst nicht an die eigene Erklärung glaubte.

»Falls die Sensoren etwas finden, können wir immer noch aus dem Orbit ausscheren und nachsehen«, fuhr Vincent fort.

»In Ordnung. Ich veranlasse alles.«

»Und Vasili ... die Sensorabtastung, bitte diskret durchführen. Nicht dass die Meskalno oder Sca'rith am Ende denken, wir würden sie ausspionieren.«

Ivanov lächelte leicht. »Natürlich.«

»Ach, und Vasili?«

Der XO, der gerade durch die Tür das Arbeitszimmer hatte verlassen wollen, blieb stehen und sah sich ein letztes Mal um. »Ja?«

»Schick einen Bericht über unsere Entdeckung runter nach MacAllister. An Nogujama und Bates. Eine Kopie davon an Coltor. Mal sehen, was die davon halten.«

Nach fünf Stunden der Observation überkam Jonathan das ungute Gefühl, dass Lieutenants der Flotte anscheinend viel zu wenig zu tun hatten.

Colin Grey hatte das Kongresszentrum und die dazugehörige Sicherheitszone bereits früh verlassen. Sein Ziel war die planetare Hauptstadt – Principal. Und seit geschlagenen fünf Stunden streifte er nun durch die Stadt, schlenderte hier durch einige Läden, trank dort einen Kaffee. Jonathan stand kurz davor, aufzugeben und sich zur Konferenz zurückzubegeben. Nur die beständige Erinnerung an eine mögliche Bedrohung ließ ihn weitermachen.

Jonathan setzte sein ganzes Können und seine nicht unbeträchtliche Erfahrung ein, um nicht vom Objekt seiner Aufmerksamkeit entdeckt zu werden, was zeitweise gar nicht so einfach war. Grey benutzte mehrmals verwinkelte, nahezu menschenleere Gassen, um von einer Straße zu einer anderen zu gelangen. Jonathan hatte sich bewusst für Zivilkleidung entschieden. Seine MAD-Uniform wäre entschieden zu auffällig gewesen. Seine Dienstwaffe steckte unter seinem Mantel.

Angesichts von Greys Verhalten schüttelte Jonathan abwertend den Kopf.

Er versucht, etwaige Verfolger abzuschütteln, ging es Jonathan durch den Kopf. Einen anderen Grund für dieses sonderbare Vorgehen fiel ihm beim besten Willen nicht ein. Ein weiterer Grund, am Ball zu bleiben. Falls er überhaupt noch einen Grund gebraucht hätte. So verhielt sich nur jemand, der etwas zu verbergen hatte.

Die Szenerie der Stadt änderte sich langsam. Mit fortschreitendem Tag suchte Grey mehr und mehr Stadtviertel außerhalb von Principal auf. Einkaufsstraßen wichen Industriegebieten und gut gekleidete Menschen, die durch die Läden flanierten, wichen Arbeitern in Overalls, die von der Arbeit kamen oder zur Arbeit gingen.

Was will der Kerl hier?

Jonathan spähte um eine Häuserecke und beobachtete Grey dabei, wie er ein Gebäude betrat, das wie eine Fabrikhalle aussah. Die Ungeduld ließ ihn leichtsinnig werden und er wäre ihm beinahe augenblicklich gefolgt. Im letzten Moment bemerkte er auf dem Dach der Fabrikhalle sowie auf den zwei angrenzenden Dächern bewaffnete Männer, deren Aufgabe es offenbar war, besagte Halle vor unliebsamen Besuchern zu bewahren.

Jonathan begutachtete die Verteilung der Wachposten und kam zu dem Schluss, dass es unmöglich war, sich der Halle unbemerkt zu nähern. Wer immer die Typen waren, sie waren gut.

Er holte seinen Kommunikator aus der Tasche und wog ihn unschlüssig in der Hand. Einerseits wollte er abwarten, was geschah. Andererseits wäre es das Vernünftigste, Verstärkung zu rufen und die Halle umstellen zu lassen. Was immer dort drin vorging, es war mit Sicherheit nicht gut für die Konferenz. Jede Faser seines Körpers schrie ihm das förmlich zu.

Mit einem inneren Ruck fällte er seine Entscheidung.

»Clarke an Coltor.« Er wartete angespannt. Aus dem Gerät drang nur Rauschen.

»Clarke an Coltor!«, wiederholte er, diesmal drängender. Das Ergebnis blieb dasselbe.

Mit einem derben Fluch auf den Lippen, steckte er den Kommunikator wieder ein.

Dreck! Ein Störsender! Hier legt aber wirklich jemand Wert auf seine Privatsphäre.

Notgedrungen wartete er. Er hoffte nur, es würde nicht allzu lange dauern. Mit einem Auge behielt er die Wachposten im Blick. Sein Respekt vor den Männern stieg. Nicht einer rührte sich von der Stelle. Soweit er es beurteilen konnte, bewegten sie sich kaum. Es gab keinen Moment, zu dem er durch das engmaschige Netz ihrer Aufmerksamkeit hätte schlüpfen können. Das war wirklich ärgerlich.

Es dauerte eine knappe Stunde, bis die Tür der Lagerhalle einen Spalt aufgestoßen wurde und vier Personen ins Tageslicht traten. Einer von ihnen war Grey.

Jonathan sog scharf die Luft ein. Einen der anderen drei kannte er nicht, wohl aber die beiden anderen Diese Gesichter zierten jedes Fahndungsplakat im Konglomerat. Bei den zwei Männern handelte es sich um hochrangige Mitglieder der Kinder der Zukunft. Sie gehörten zwar nicht zur Führungsriege, waren jedoch wichtig genug, um dem MAD in der Vergangenheit bei mehreren Gelegenheiten aufgefallen zu sein. Man musste kein Genie sein, um zu erraten, dass der Dritte im Bunde ebenfalls Offizier bei den Kindern sein musste. Und Grey gab allen dreien freundlich die Hand, lächelte sogar. Jonathan knirschte mit den Zähnen. Erst der Bruder ein Verräter und Colin Grey nun auch. Anscheinend unterhielt diese Familie immer noch enge Bande zu den schlimmsten Feinden der Menschheit.

Er musste etwas unternehmen, und zwar sofort.

»Hey! Was machen Sie da?«

Jonathans Körper versteifte unwillkürlich. Er drehte sich halb um. Hinter ihm stand ein ungepflegter Kerl mit einer großen Zahnlücke, wo einer seiner Schneidezähne hätte sein müssen. Der Mann war zwei Köpfe größer als Jonathan und strotzte nur so vor Muskeln. Was ihn jedoch am meisten beunruhigte, war die Waffe, die der Mann auf seinen Rücken gerichtet hielt. Es war kein Laser, sondern eine altmodische Projektilwaffe. Nicht dass das einen Unterschied gemacht hätte, tot war tot.

»Sie würden mir vermutlich nicht glauben, dass ich mich verlaufen habe?«

Der Mann spuckte abfällig aus.

»Hatte ich auch nicht erwartet.«

Der Mann spannte den Zeigefinger um den Abzug. Diesen Moment wählte Jonathan, um sich in einer fließenden Bewegung um die eigene

Achse zu drehen. Mit einem Seitschritt bewegte er sich von der drohenden Waffe fort. Doch sein Gegner war beileibe kein Anfänger. Er rechnete offenbar mit derlei Aktionen und folgte der Bewegung.

Jonathan griff nach seiner eigenen Waffe, doch bereits in der Bewegung erkannte er, die Zeit würde nicht ausreichen. Der Mann folgte seiner Bewegung überraschend behände. Der Lauf deutete unmittelbar auf einen Punkt über seinem Herzen.

Plötzlich verdrehte der Mann die Augen. Ein gequältes Stöhnen drang aus seinem Mund. Sein Gegenüber knickte in den Knien ein und zog seine Waffe um wenige Millimeter nach rechts.

Die Pistole knallte. Jonathan ließ sich instinktiv fallen. Etwas Heißes zupfte an seinem linken Ärmel. Der MAD-Offizier biss die Zähne zusammen, zog die eigene Waffe, drückte jedoch nicht ab. Der Mann war bereits tot. Er kippte ohne einen weiteren Laut um. Hinter ihm stand Meredith Sorenson, mit einem blutigen Messer, das sie aus seinem Genick zog.

All dies spielte sich in Bruchteilen von Sekunden ab.

»Du?! Was zum Teufel tust du hier?«, schrie Jonathan, der über dieser Entdeckung sogar kurzzeitig die Schmerzen seiner Verletzung vergaß.

»Ich bin dir gefolgt, als du Grey gefolgt bist«, antwortete sie und zog ihn mit einer Hand auf die Beine. »Für alles andere haben wir später noch Zeit.« Sie deutete vielsagend über ihre Köpfe.

Die Auseinandersetzung hatte die Aufmerksamkeit der Wachposten auf den Dächern auf sich gezogen. Jonathan hechtete in Deckung. Gerade rechtzeitig, um drei Kugeln zu entgehen, die dort einschlugen, wo er eben noch auf dem Boden gekniet hatte.

Jonathan und Meredith rannten vom Ort des Geschehens weg, so schnell sie konnten. Sie mussten den Bereich des Störsenders verlassen und Coltor informieren. Was immer in dieser Fabrikhalle geplant worden war, Jonathans Entdeckung würde die Verschwörer dazu zwingen, ihre Pläne zu forcieren. Wenn er niemanden rechtzeitig informierte, könnte dies für sie alle nur übel enden.

11

Coltor beobachtete mit einem gehörigen Maß innerer Anspannung, wie die Delegierten quälend langsam ihre Plätze in dem neuen Konferenzsaal einnahmen.

Trotz der umfangreichen Sicherheitsvorkehrungen fühlte er sich enorm verwundbar. Der Schock des Bombenattentats saß tief und das Gefühl allgegenwärtiger Bedrohung würde noch eine Zeit lang anhalten. An der Art und Weise, wie die Delegierten sich nervöse Blicke zuwarfen, erkannte David, dass er mit seiner Haltung nicht alleine dastand. Sogar die Til-Nara und Nerai wirkten unruhig, und bei denen eine Gefühlsregung festzustellen, war normalerweise ein Ding der Unmöglichkeit.

Auch die Anwesenheit der beiden ROCKETS-Teams - eines im Raum, das andere vor der Tür - bewirkte keine große Entspannung unter den Delegierten. Im Gegenteil, die Anwesenheit der Elitesoldaten war eine ständige Erinnerung an das Bombenattentat und die Tatsache, dass die ROCKETS dieses nicht hatten verhindern können. Immerhin hatten sie selbst schwere Verluste erlitten.

Als sich alle gesetzt hatten, erhob sich Präsidentin Gabriele Tyler und begann, mit einem angenehmen Timbre in der Stimme zu sprechen, das allen sofort ein Gefühl des Vertrauens vermittelte. Coltor schüttelte leicht schmunzelnd den Kopf.

Politiker, dachte er amüsiert.

»Ich freue mich, dass Sie sich dafür entschieden haben, die Konferenz fortzusetzen. Wenn wir dem Terror nachgeben, gewinnt der Feind. Und wenn der Feind gewinnt, verlieren wir alle.«

Der Oberste Theokrat Quel Thai gab ein Geräusch von sich, das in menschlichen Maßstäben vielleicht ein Schnauben sein mochte, sich für David jedoch anhörte, als würde jemand mit Fingernägeln über eine Schiefertafel kratzen.

»Diese Terroristen, von denen Sie sprechen, sind immerhin Menschen. Sie sind *Ihr* Problem - oder sollten es jedenfalls sein. Doch nun sind wir alle zu ihrer Zielscheibe geworden. Ich hätte gute Lust, mich auf mein Schiff zu begeben und nach Hause zu fliegen.«

»Jaaa«, zischte Sal'mon'dai. Der Sca'rith bleckte die spitzen Fangzähne. »Zieh deinen Schwanz ein und renn nach Hause. Zu mehr seid ihr sowieso nicht fähig. Überlasst das Kämpfen denjenigen, die etwas davon verstehen.«

»Damit meinst du doch wohl hoffentlich nicht dich und deine Bande heruntergekommener Banditen, Sal'mon'dai. Von Kampfgeist war jedenfalls nicht viel zu spüren, als ich das letzte Mal ein Sca'rith-Schiff zerstörte.«

Sal'mon'dai fauchte und sprang auf. Sein Schweif peitschte durch die Luft und stieß seinen Stuhl um, der achtlos auf den Boden klapperte. Sca'rith und Meskalno sprangen beiderseits des Tisches auf.

David stöhnte innerlich.

Nicht schon wieder!

Die ROCKETS im Saal waren aufs Äußerste alarmiert. Einige von ihnen schienen kurz davor, ihre Waffen zu ziehen.

»Meine Herren«, sprach Botschafter Pommeroy auf die Versammelten ein, in dem Bemühen, die Wogen zu glätten. »Wollen wir doch bitte nicht vergessen, wer hier der Feind ist.«

»Das vergesse ich zu keinem Zeitpunkt«, fauchte Sal'mon'dai. »Doch dieselbe Luft zu atmen wie dieses ... dieses ...«

»Pass auf, was du sagst«, zischte Quel Thai zurück.

»Oder was? Du blauhäutiges Häufchen Elend.«

Quel Thai stieß etwas Kreischendes in seiner eigenen Sprache aus, das die Übersetzungsimplantate der menschlichen Delegation nicht zu übersetzen imstande waren. Man musste kein Genie sein, um zu wissen, dass es sich nur um eine Beleidigung handeln konnte. Die Art und Weise, wie Sal'mon'dai darauf reagierte, zeigte, dass er wohl einiges von der Meskalno-Sprache verstand und vor allem diesen speziellen Begriff sehr wohl zu kennen schien.

Die Til-Nara und Nerai folgten der Auseinandersetzung gebannt und David beschlich das Gefühl, die Insektoiden waren von dem Verhalten der anderen Delegierten gleichermaßen fasziniert wie amüsiert.

»Wiederhole das noch einmal und ich schneide dir dein Herz heraus, falls du so was tatsächlich hast. Waffenstillstand hin oder her.«

Quel Thai öffnete die Mandibeln, die seinen Mund flankierten, doch bevor er etwas Dummes tun konnte, das vermutlich in Blutvergießen geendet hätte, ergriff Botschafter Pommeroy erneut das Wort. »Ich denke, das reicht jetzt. Bitte setzen Sie sich, und damit meine ich alle.« Überraschenderweise kamen sowohl Sca'rith als auch Meskalno der Aufforderung nach kurzem Zögern nach - wenn auch mit deutlichem Widerwillen.

»Danke, Botschafter Pommeroy«, sagte Tyler und setzte sich ebenfalls. »Vielleicht können wir nun unsere Diskussion wieder in gelassenem Ton aufnehmen.« Sie räusperte sich verhalten, bevor sie fortfuhr.

»Wie ich bereits letztes Mal ausführen wollte, ist es in unser aller Interesse, uns gegen die Ruul zusammenzuschließen. Bisher kämpfen vier Völker an vier Fronten gegen die Ruul. Fünf, wenn wir die Asalti mitrechnen. Menschen und Til-Nara haben bereits seit vielen Jahren eine produktive und für beide Seiten gewinnbringende Koalition vereinbart. Wir laden Sie alle ein, sich dieser Koalition anzuschließen. Dann würden wir unsere Kräfte nicht mehr im Kampf gegen die Ruul verzetteln, sondern eine Macht würde sich an einer Front gegen die Ruul stellen.«

»Was würde dieses Bündnis denn beinhalten?«, fragte Pal Polos, der Nerai-Schwarmführer. Es war das erste Mal, dass der Nerai sich in nennenswerter Art und Weise in die Diskussion einbrachte.

»Wir würden unsere gemeinsame militärische und wirtschaftliche Macht in einen Topf werfen«, erwiderte Tyler. »Die Zusammenarbeit sieht natürlich den Austausch von geheimdienstlichen Informationen vor. Wir würden uns gegenseitig über Truppenbewegungen und -verschiebungen auf dem Laufenden halten, was die Reaktionszeit auf Bedrohungen enorm verkürzt. Außerdem würden unsere Truppen in beschränktem Maße zusammenarbeiten, im Rahmen der Möglichkeiten jedes Mitgliedsvolkes der Koalition. Zum Beispiel könnten terranische Verbände den Sca'rith zu Hilfe eilen, falls eines ihrer Systeme bedroht wird, oder die Til-Nara den Nerai oder auch die Nerai dem Terranischen Konglomerat.«

»Wir reden also von einem militärischen Beistandspakt«, schlussfolgerte Pal Polos.

Der Nerai beäugte misstrauisch sein Pendant von den Til-Nara, das ihn in ebensolcher Weise über den Tisch hinweg musterte. Schließlich klackerte der Nerai und sagte: »Ihre Bemühungen in allen Ehren, Präsidentin Tyler von den Menschen, doch ich befürchte, so etwas ist undenkbar. Wir würden den Til-Nara niemals zu Hilfe eilen, genauso wenig wie wir akzeptieren würden, eine ihrer Flotten auf unserem Gebiet zu tolerieren. Zu oft haben in der Vergangenheit Til-Nara-Flotten unsere Welten verwüstet, unsere Bevölkerung ermordet und versucht, uns zurück in die Hegemonie zu zwingen.«

»Ihr seid Rebellen«, erwiderte der Til-Nara giftig. »Was habt ihr denn erwartet?«

»Wir haben ein Recht auf unsere Unabhängigkeit. Ihr werdet sie uns nie wieder nehmen können.«

»Warum erzählst du nicht, wie Nerai-Schiffe die Grenzwelten zu eurer Sphäre zerstörten? Warum erzählst du nicht, wie viele Til-Nara ihr in den letzten tausend Jahren ermordet habt? Ihr seid so gut darin, euch vor der Galaxis als Opfer darzustellen, dass ihr gar nicht mehr zu wissen scheint, wie viele Gräueltaten ihr selbst verübt habt. Wir haben ein Recht, uns gegen Übergriffe und Rebellionen zu verteidigen.«

Der Nerai senkte den Kopf. Würde es sich um einen Menschen handeln, David wäre tatsächlich zu der Ansicht gelangt, Pal Polos sei von den Vorwürfen getroffen.

»Genau davon rede ich«, sagte Pal Polos. »Es ist zu viel passiert. Ein Bündnis, an dem die Til-Nara beteiligt sind, ist für uns undenkbar. Wir können ihnen nicht vertrauen und sie uns auch nicht.«

»Ich verstehe immer noch nicht, welche Vorteile ein militärisches Bündnis den Meskalno bringen könnte?«, mischte sich Quel Thai hochmütig ein. »Es sind keine Meskalno-Systeme von den Ruul besetzt. Es wurden keine Meskalno-Schiffe von den Ruul zerstört. Die Ruul sind nicht unsere Feinde.«

»Noch nicht«, hielt Pommeroy dagegen. »Die Ruul sind *noch* nicht Ihre Feinde. Das ist jedoch nur eine Frage der Zeit. Die Ruul haben Sie noch nicht erreicht. Das ist der einzige Punkt, der hier relevant ist. Aber beantworten Sie mir eine Frage: Wie viele Welten, mit denen die Meskalno Handel treiben, sind inzwischen besetzt? Wie viele befinden sich nun hinter den feindlichen Linien? Und von denen, die nicht besetzt sind, sind die Handelseinkünfte spürbar zurückgegangen, nicht wahr? Alle konzentrieren sich auf den Krieg. Kaum jemand hat noch Zeit, um Handel zu treiben, oder die dazu notwendigen Güter. Die Wirtschaft aller hier vertretenen Völker ist auf Rüstung umgestellt. Und solange der Krieg andauert, wird sich das nicht ändern.«

Bei Pommeroys Ausführungen war Quel Thai spürbar ruhiger geworden. Der Oberste Theokrat schien tief in Gedanken versunken und David verspürte die Hoffnung, Pommeroys Worte hätten den Meskalno tatsächlich erreicht.

Doch Quel Thais nächste Worte vernichteten diese Hoffnung mit einem Schlag. »Ihre Argumente sind durchaus stichhaltig. Das will ich gar nicht abstreiten. Doch warum sollte ich mein Volk in den Krieg führen? Das ganze Terranische Konglomerat, die Til-Nara, die Nerai und die Sca'rith befinden sich zwischen uns und den Ruul. Bisher wurde kein einziger Meskalno in diesem Krieg getötet, und ich will, dass das so bleibt. Mit Einkommenseinbußen kommen wir klar. Solche Dinge sind auch in der Vergangenheit vorgekommen und wir haben es überlebt. Wir werden es auch dieses Mal überleben.«

»Nein«, widersprach Pommeroy. »Dieses Mal ist es anders.«

»Meinen Sie? Ich halte es für unwahrscheinlich, dass die Ruul in der Lage sind, noch weiter vorzurücken. Sie haben ihren Vormarsch bereits vor Jahren gestoppt. Und auch wenn es immer mal wieder zu Kampfhandlungen kommt, bezweifeln wir, dass es den Ruul gelingen könnte, noch weitere Systeme zu annektieren.«

»Sie ahnen gar nicht, wie falsch Sie damit liegen.« Pommeroy warf Tyler einen kurzen Blick zu.

Die Präsidentin nickte unmerklich.

David wusste, was jetzt kam.

Pommeroy gab seinem Assistenten Hahlbach ein Zeichen, woraufhin dieser einen Befehl in das holografische System des Konferenztisches eingab.

Ein Bild wurde dreißig Zentimeter über die Oberfläche des Tisches projiziert.

Schockiertes Keuchen oder was bei den Anwesenden eine Entsprechung darstellte, war die Folge. Nur der Til-Nara wirkte nicht überrascht. David selbst hatte der Hegemonie diese Informationen zur Verfügung gestellt. Nachdem sie herausgefunden hatten, was da auf sie zukam, war es Ehrensache, umgehend ihre Verbündeten zu informieren.

»Diese Bilder«, erklärte Präsidentin Tyler, »wurden von dem Träger *TKS Chicago* vor etwa einem Jahr aufgenommen.«

»Was ist das?«, fragte Sal'mon'dai.

»Bei diesen Schiffen handelt es sich um Generationenschiffe. Sie sind voller Ruul. Die Ruul rücken mit ihrer ganzen Zivilisation an. Nicht um nur ein paar Systeme zu erobern, sie wollen alles. Dessen sind wir uns ziemlich sicher.«

»Es ist eine Völkerwanderung«, schloss sich Pommeroy den Ausführungen an. »Diese Schiffe sind riesig, allerdings unbewaffnet und nach allem, was wir an Daten auswerten konnten, auch ohne ISS-Antrieb. Sie bewegen sich durch den normalen Raum.«

»Aber bei dieser Geschwindigkeit benötigen sie ...«, begann Quel Thai.

»... Jahrzehnte, um die Milchstraße zu erreichen, ganz recht«, vollendete Pommeroy den Satz. »Vielleicht sogar Jahrhunderte. Das bedeutet, all das war erst der Anfang. Falls es diesen Schiffen gelingt, die RIZ zu erreichen und die ruulanische Bevölkerung anzusiedeln, werden wir sie nicht mehr vertreiben können. Mehr noch, sie werden sich immer weiter ausbreiten, bis wir es sein werden, die vertrieben und heimatlos sind. Und das auch nur mit sehr viel Glück.«

»Das ist unvorstellbar«, sagte Sal'mon'dai. »Wie kann ein ganzes Volk auf Wanderschaft gehen?«

»Dazu haben wir eine Theorie«, sagte Tyler. »Die Ruul sind Nomaden. So viel war uns früher schon klar. Wir wussten jedoch nie, wie sie es schaffen, ihre Schiffe zu bauen, oder woher sie ihre Rohstoffe bekommen. Wir glauben, sie ziehen von Galaxis zu Galaxis, vernichten oder versklaven alle Völker auf ihrem Weg und siedeln ihre eigene Bevölkerung auf den unterworfenen Welten an. Einmal angesiedelt, beginnen sie, alle natürlichen Rohstoffe abzubauen. Achten Sie auf die Aufbauten oberhalb der Generationenschiffe. Der MAD glaubt, es handelt sich dabei um Dockanlagen für Werften. Sie bauen ihre Schiffe während ihrer Reise. Sie legen beim Bau ein beachtliches Tempo vor. Ihre Schiffsbaugeschwindigkeit ist beeindruckend, um nicht zu sagen furchterregend. Sie hinterlassen eine Spur der Verwüstung aus toten Welten auf ihrem Weg. Sobald eine Galaxis abgegrast ist, ziehen sie weiter. Ihre Verluste aus den Kriegszügen decken sie mit den Eroberungen, die sie machen.«

Tyler fixierte jeden Delegierten mit festem Blick.

»Wie es aussieht, ist unsere Galaxis ihr nächstes Ziel.«

Scott Fergusen bemühte sich, seine innere Unruhe nicht nach außen dringen zu lassen. Einer seiner Ausbilder hatte immer gesagt, ein Anführer führe vor allem durch das Beispiel, das er gebe. Soweit möglich, handelte Scott immer nach dieser Devise, auch wenn es nicht immer leicht war.

Immer wieder warf er der Tür sehnsüchtige Blicke zu. Nur zu gern hätte er dort drin Mäuschen gespielt, um zu erfahren, wie die Dinge standen. Das Geschrei hatte indessen aufgehört. Er entschloss sich, darin ein gutes Zeichen zu sehen.

Scott beneidete Alan und dessen Team um den Auftrag, den Konferenzraum zu beschützen.

Sie hielten sich dort drin auf und bekamen jedes gewechselte Wort hautnah mit. Wirklich beneidenswert.

Seine Stellvertreterin Captain Laura Barron bemerkte seine Blicke und zwinkerte ihm wissend zu. Sie kannte seine unruhige Ader in solchen Momenten und ihre ruhige Art im Gegensatz zu seiner Ungeduld wirkte wie Balsam für seine Seele.

Esteban Garzia und Nancy Sullyvan waren ebenfalls noch bei ihm. Seit ihrer Zeit im Asalti-System hatten sie einige Narben und einige Erfahrungen dazugewonnen, und das machte sie alle zu einem noch effizienteren Team. Tatsächlich hatten Laura, Esteban und Nancy bereits mehrere Beförderungen abgelehnt, um weiter als Team zusammenbleiben zu können.

Sein Team hatte in den letzten Jahren einige Missionen durchgeführt und eine beeindruckende Liste von Erfolgen und eine viel kleinere von Niederlagen vorzuweisen. Den jüngsten Misserfolg stellte das Bombenattentat dar, das zwei seiner Leute das Leben gekostet hatte. Es waren die schwersten Verluste, die sein Team seit dem Asalti-System hatte erleiden müssen. Die zwei Soldaten waren kurz nach dem Asalti-System zu seinem Team versetzt worden. Er warf den drei jüngsten Mitgliedern seines Teams verhaltene Blicke zu. Alle drei kannte er erst seit relativ kurzer Zeit. Sie waren vor etwa sechs Monaten zum Panther-Team gestoßen, um Kommandosoldaten zu ersetzen, die entweder befördert oder in andere Teams versetzt worden waren. Alle drei kamen frisch aus dem ROCKETS-Ausbildungszentrum.

Es handelte sich um die beiden Lieutenants Cliff Boyd und Natascha Yankow sowie den Sergeant Major Nadrim Corn. Boyd und Yankow hatten beide bei der TKA gedient, Corn hingegen war von den Marines zu den ROCKETS gewechselt. Scott hatte sich zu den dreien noch keine richtige Meinung gebildet. Bei dem Chaos, das sich an die Bombenexplosion anschloss, hatten sie jedenfalls gut und besonnen reagiert. Damit hatten sie sich bereits einen Pluspunkt verdient. Alles Weitere würde man sehen.

Aus dem Konferenzraum drang erneut Geschrei durch die massiven Türen und lenkte seine Gedanken zurück auf die Tagung. Da drin ging es wieder hoch her.

Alan Foulder ließ die Fenster des Konferenzraumes keinen Moment aus den Augen. Falls es tatsächlich eine Gefahrensituation geben konnte, würde sie von dort ausgehen. Der frühere Tagungsort hatte die Skyline von Principal weit überragt und somit einen Anschlag von außen effektiv ausgeschlossen. Nun jedoch gab es einige Gebäude, die dieses Hotel überragten, und man konnte einfach nicht alle Gefahrenpotenziale ausräumen. Die Fensterscheiben waren zwar bruchfest und konnten weder mit Projektilen noch mit Energiewaffen durchdrungen werden, doch eine Schwachstelle blieb eine Schwachstelle.

Aus dem Augenwinkel überprüfte er die Standorte seines eigenen Teams. Nach der Mission auf der *Tiamat* hatten Nogujama und Coltor aus den Überlebenden ein eigenes Team gebildet. Die beiden MAD-Offiziere Eric Lopez und Renée Jonois sowie das Schlitzohr Jakob Olafsson gehörten ebenso dazu wie Captain Melissa Barnes, ehemals bei den Marines, und Lieutenant Robert Harcher, der früher bei der Flotte gedient hatte. Sie dienten bereits seit fast vier Jahren unter ihm und hatten sich in dieser Zeit seinen tiefen Respekt und seine Freundschaft erworben.

Barnes' Heimatwelt Rainbow lag jetzt hinter den feindlichen Linien und in Alan keimte schon längere Zeit der Verdacht, dass sie nur dafür kämpfte, eines Tages ihre Heimat befreien zu können. Harcher kam aus dem deutschsprachigen Teil der Schweiz und war ein verlässlicher, wenn auch manchmal etwas zu ruhiger Zeitgenosse. Beide Teammitglieder waren nützlich und äußerst effizient.

»Wenn wir uns tatsächlich dieser Allianz anschließen«, begehrte der Meskalno Quel Thai zum erneuten Mal auf, dann müssen uns die Sca'rith als Gegenleistung das Noorinor-System offiziell abtreten und für immer auf alle Rechte bezüglich des Systems verzichten.

»Du träumst wohl«, giftete Sal'mon'dai zurück. »Das kommt gar nicht infrage.«

»Dieser Punkt ist nicht verhandelbar.«

»Dann brauchen wir uns gar nicht weiter zu unterhalten. Noorinor ist Sca'rith-Territorium, und das wird es auch bleiben.«

»Meine Herren«, bemühte sich Pommeroy um eine Einigung. »Können wir nicht auf anderer Ebene zusammenkommen?«

»Ich wüsste nicht wie«, sagte Sal'mon'dai. »Noorinor ist das rohstoffreichste System des ganzen Sca'rith-Raumes und Quel Thai weiß das. Sein Volk hat schon von jeher ein Auge auf Noorinor geworfen, nur waren sie nie stark genug, es sich mit Gewalt zu nehmen. Nun setzen sie uns unter Druck, um mit Verhandlungen zu bekommen, was sie mit Waffengewalt nie gewinnen könnten.«

»Die Sca'rith können das System gar nicht in ausreichendem Maße verwerten. Ihnen fehlt die notwendige Technologie.«

»Trotzdem ist es Sca'rith-Territorium, und das werden wir auf gar keinen Fall abtreten. Wir würden zu Bittstellern auf eigenem Boden – und zu Vasallen der Meskalno.«

»Vielleicht könnten Sie den Meskalno Abbau- und Schürfrechte anbieten im Gegenzug für ihre Hilfe«, bot Präsidentin Tyler an.

Sal'mon'dai überlegte einen Moment. »Und wie würde das aussehen?«

»Die Meskalno könnten das betreffende System einfach pachten und die Sca'rith an den Einkünften aus dem Bergbau beteiligen.«

»Also ... also das gefällt mir nicht«, brachte Quel Thai vor.

»Typisch Meskalno. Warum für etwas zahlen, wenn man dasselbe auch durch wirtschaftlichen Druck erhält? Mir jedenfalls gefällt die Idee. Das könnte durchaus interessant für mein Volk sein.«

Tyler sah ihre Chance gekommen, einen Durchbruch zu erzielen, und setzte nach. »Darüber hinaus könnten die Meskalno selbst für die Sicherheit des Systems sorgen und würden damit wichtige Ressourcen wie Schiffe und Truppen freistellen, die an anderer Stelle dringend benötigt werden. Ich weiß nicht viel über Ihre derzeitige militärische Situation, doch was ich weiß, sagt mir, dass Ihre Lage noch verzweifelter ist als unsere.«

Sal'mon'dai schwieg, was den Anwesenden mehr sagte, als wenn es der Sca'rith-König abgestritten hätte.

»Nun, meine Herren? Was sagen Sie zu meinem Lösungsvorschlag das Noorinor-System betreffend?«

Der MAD-Offizier sank nahezu lautlos zu Boden. Nur aus seiner durchtrennten Luftröhre pfiff ein kaum wahrnehmbarer Lufthauch. Die Augen des Mannes wurden bereits glasig, nach der Erfahrung des Attentäters ein deutliches Indiz, dass das Bewusstsein bereits den Körper verlassen hatte. Der Attentäter ließ den Körper des MAD-Offiziers neben den Leichen seiner beiden Gefährten liegen.

Dass er gerade drei Leben ausgelöscht hatte, kümmerte ihn nicht weiter. Es waren weder die ersten noch die letzten. Außerdem setzte ein Gewissen Schuldbewusstsein voraus, und *das* fehlte ihm völlig. Im gesamten Stockwerk gab es nun keinen einzigen MAD-Offizier mehr. Niemand würde ihn stören oder ihm auf die Schliche kommen. Nicht, bevor es zu spät war.

Er überprüfte ein letztes Mal seinen Standort. Schließlich nickte er zufrieden. Der Attentäter befand sich genau gegenüber dem Hotel, in dem die Konferenz abgehalten wurde. Genauer gesagt, befand er sich sogar auf gleicher Höhe mit dem Stockwerk, in dem sich der Konferenzsaal befand.

Er war nicht in der Lage, durch die verspiegelten und getönten Glasscheiben zu sehen. Eine weitere kluge Vorsichtsmaßnahme des MAD. Der Geheimdienst erwies sich als überaus findiger Gegner. Es würde ihnen nur nichts nutzen. Der Attentäter wusste sehr genau, in welchem Raum die Tagung abgehalten wurde.

Ohne Hast öffnete er ein Fenster, löste den Verschluss des Koffers, den er mitgebracht hatte, und nahm die Einzelteile des Präzisionsgewehrs heraus. Mit einem Lied auf den Lippen, das er leise vor sich hin pfiff, schraubte er die Waffe zusammen.

Vasili Ivanov schüttelte missmutig den Kopf. Die *Lydia* scannte nun bereits das dritte Mal das System und noch immer gab es keine klaren Anhaltspunkte, woher diese seltsamen Übertragungen stammten. Dass sie dabei diskret vorgehen mussten, wie der Commodore es genannt hatte, stellte keine große Hilfe dar.

Er studierte die Anzeigen der Kommunikationsstation und bemerkte kaum, wie unangenehm es dem diensttuenden Lieutenant war, dass der XO ihm über die Schulter blickte. Nach einiger Zeit gesellte sich Vincent zu ihm, was das unbehagliche Gefühl des Lieutenants nicht verbesserte.

»Etwas Neues?«, fragte der Kommandant der *Lydia*.

»Nein. Nichts.«

»Frustriert?«, fragte Vincent augenzwinkernd.

»Nein ... Ja«, gab Ivanov zu. »Wir bekommen einfach keine klaren Anzeigen. Wenn wir wenigstens die ungefähre Richtung des Signals bestimmen könnten.«

»Sir«, meldete sich plötzlich der Lieutenant an der Kommunikation zu Wort. »Wir fangen gerade eine weitere Funkmeldung ab. Klarer als alles bisher Empfangene.«

»In welche Richtung geht die Nachricht?«, fragte Ivanov.

»Sie wurde zunächst vom Planeten abgestrahlt – in den Weltraum. Nun wird sie auf einen anderen Punkt auf der Oberfläche von MacAllister zurückgesendet.«

»Können Sie sich einen Reim darauf machen?«, fragte Vincent.

»Vielleicht benutzt jemand ein verstecktes Schiff als Relaistation, um eine Nachricht an jemanden zu schicken, den die Person nicht selbst kontaktieren kann.«

»Möglich.« Er wandte sich an den Lieutenant. »Zeigen Sie mir die Nachricht.«

Der Mann bediente einige Knöpfe und auf einem Bildschirm zu Vincents Rechter erschienen mehrere Zahlenkolonnen.

»Das ist die ganze übermittelte Nachricht?«

»Ja, Sir.«

Vincent studierte die Zahlenkolonnen mehrere Minuten lang. Plötzlich riss er vor Schrecken die Augen weit auf.

»Eine Verbindung zum Planeten. Sofort!«

»Aye, Sir. Und wen?«

»Nogujama, Coltor oder sonst wen - völlig egal, nur schnell muss es gehen. Ivanov! Lassen Sie sofort eine Jägerstaffel starten.«

»Sir?«, fragte Ivanov nach, während der Lieutenant versuchte, eine Verbindung aufzubauen.

»Das dort«, Vincent wies auf die Zahlen, »sind definitiv Angriffskoordinaten.«

In Scotts Ohren knackte es.

»Hier Konteradmiral Nogujama an alle ROCKETS. Evakuieren Sie sofort den Konferenzsaal!«

Andere Offiziere hätten in diesem Moment nach dem Warum gefragt oder kostbare Sekunden damit vergeudet, den Befehl zu hinterfragen. Nicht aber Scott, er wirbelte auf dem Absatz herum. Sein Team, das den Befehl ebenfalls mitgehört hatte, ging in Kampfposition, um ihm den Rücken zu decken.

Scott stieß die Tür zum Konferenzraum schwungvoll auf. Alan und seine Leute waren bereits damit beschäftigt, die Delegierten von ihren Plätzen zu scheuchen. Diese reagierten erwartungsgemäß verwirrt und viel zu langsam.

»Alle raus hier!«, schrie Scott.

»Sehen Sie! Dort«, rief Frank Hahlbach plötzlich. Der Mann deutete aus dem Fenster. Alle Anwesenden folgten dem Wink.

Mehrere Shuttles flogen zwischen den Hochhäusern hindurch und bewiesen dabei ein beeindruckendes Geschick. Sie passierten mehrere Gebäude um Haaresbreite. Und sie hielten direkt auf den Konferenzsaal zu.-

Major Laura Parducci wurde hart in den Sitz ihres Zerberus-Jägers gepresst, als sie in die Atmosphäre der MacAllister-Kolonie eindrang. Die elf Jäger der Wolverine-Staffel folgten ihr dichtauf. Wie immer klebte ihre Flügelfrau Stephanie Harper an ihrem Heck.

»Parducci«, drang die Stimme von Commander Nigel Summers, dem CAG der *Lydia*, aus ihrem Com.

»Hier Parducci.«

»Wir orten mehrere Shuttles, die von einem Punkt außerhalb des abgesperrten Bereiches abgehoben und in den Sicherheitsbereich eingedrungen sind.«

»Wie viele?«

»Wir zählen zwei Dutzend. Gehen Sie besser von mehr aus.«

»Bewaffnet?«

»Unbekannt. Aber gehen Sie kein Risiko ein. Erlaubnis zum Abschuss aller Ziele erteilt.«

»Verstanden«, erwiderte sie und legte den Schalter um, mit dem ihre Waffen entsichert wurden. »Wolverines, ihr habt's gehört. Macht sie alle!«

Das führende Shuttle erreichte das Hotel nicht, in dem die Konferenz abgehalten wurde. Ein Flugabwehrgeschütz der TKA holte es mit einem Schuss vom Himmel. Die zwei dahinter erlitten dasselbe Schicksal. Das nächste war kaum noch zwanzig Meter entfernt. Diesen Moment wählte der Attentäter, um das Feuer zu eröffnen.

Die Waffe, die er verwendete, war eine Modifikation der Präzisionsgewehre, wie die ROCKETS sie verwendeten - mit zwei kleinen Änderungen: Die Flugbahn war stabiler und die Feuergeschwindigkeit höher.

Die Waffe feuerte panzerbrechende Projektile und der Attentäter verschoss ein ganzes Magazin, bevor auch nur die erste Kugel ihr Ziel erreicht hatte. Die Projektile prallten gegen die Fensterscheiben, wurden durch den Aufprall deformiert, platt gedrückt und zersplitterten.

Das bruchsichere Glas hielt stand. Der Attentäter hatte nichts anderes erwartet. Trotzdem lud er ein neues Magazin nach und eröffnete von Neuem das Feuer. Die Projektile waren alle auf einen Punkt gerichtet. Oberflächlich betrachtet, richteten die Kugeln kaum Schaden an. Nur ein schwarzer Fleck und eine kleine Delle markierten den Aufschlagpunkt.

Doch in Wirklichkeit schwächte jeder Treffer das Material wie steter Tropfen, der den Stein höhlte.

Als das Shuttle das Fenster erreichte, war das Material nicht mehr in der Lage, diese Energie zu absorbieren. Die Glasscheibe zerbarst in Millionen Scherben. Das Shuttle rutschte über den edlen Teppich, zerschmetterte auf seinem Weg den Konferenztisch - wobei es einen Til-Nara, zwei Sca'rith und einen SES-Agenten zermalmte - und kam erst zum Stehen, als es die gegenüberliegende Wand durchbrach.

Der Attentäter verzog seine Lippen zu einem Lächeln beruflichen Stolzes. Der erste Teil des Planes war geschafft. Er verlagerte das Präzisionsgewehr geringfügig und nahm eine andere Fensterscheibe ein Stockwerk über dem Konferenzsaal unter Beschuss.

Die um das Hotel aufgestellte Luftabwehr holte noch drei weitere der angreifenden Shuttles vom Himmel, doch zwei der Vehikel kamen ebenfalls durch und flogen durch die entstandene Bresche.

»Alle raus hier«, schrie Scott über den Lärm hinweg. »Macht dass ihr hier rauskommt.«

Die SES-Agenten reagierten prompt und professionell, indem sie sich zwischen die Präsidentin und die Gefahrenquelle stellten und Tyler aus dem Zimmer drängten. Pommeroy und dessen Assistent folgten dichtauf.

Die Luken der Shuttles sprangen auf und schwer bewaffnete Gestalten sprangen heraus. Alan stand einem der Angreifer am nächsten. Der Angreifer riss seine Maschinenpistole herum, doch Alan beförderte sie mit einem Tritt zur Seite und schlug dem Mann den Kolben seiner eigenen Waffe gegen den Kehlkopf. Der Kerl röchelte und griff sich an den Hals. Alan nutzte die Gelegenheit und schlug ein weiteres Mal zu. Dieser Angriff zermalmte die Luftröhre seines Gegners vollends und stieß ihn gegen die Außenhülle des Shuttles, wo er sterbend zu Boden rutschte.

Ein weiterer Angreifer sprang aus dem Shuttle, doch Scott riss seine Waffe hoch und feuerte drei Kugeln ab, die den Mann noch im Sprung trafen. Zwei trafen in die Brust, die dritte in die Stirn. Er war bereits tot, als er auf dem Boden aufkam.

Ein weiterer Angreifer stürmte aus der Luke, zu nah für Alan, um seine Waffe einzusetzen, stattdessen ging der ROCKETS-Teamführer in den Nahkampf über. Er ließ seine Waffe fallen, umschlang seinen Gegner an der Hüfte und hämmerte diesem seine Stirn zweimal ins Gesicht. Der Mann wurde davon überrumpelt und taumelte zwei Schritte zurück, doch Alan ließ ihn nicht entkommen. Er packte den Kopf des Angreifers mit beiden Händen, um ein ausreichendes Maß an Hebelwirkung zu erzielen. Er spannte seine Muskeln an und brach dem Mann mit einem Ruck das Genick. Der Angreifer sackte ohne einen Laut zusammen. Weitere Bewaffnete stürmten aus dem Shuttle. Scott zwang sie mit kurzen, präzisen Salven in Deckung, doch das Antwortfeuer ließ nicht lange auf sich warten.

»Alan! Raus hier! Es sind zu viele.«

Der andere ROCKETS-Offizier zögerte, offenbar nicht bereit, vor diesen Männern zurückzuweichen, die für ihn nur Pöbel darstellten. Als aus den anderen Shuttles ebenfalls Bewaffnete sprangen, besann er sich jedoch eines Besseren, fischte sich seine Waffe vom Boden und wich feuernd zur Tür zurück.

Die übrigen ROCKETS hatten sich indes am Eingang versammelt und bildeten dort eine Verteidigungslinie gegen den Ansturm. Scott tauschte eine am Boden liegende Maschinenpistole mit seiner Handfeuerwaffe und jagte eine gezielte Salve in eine feindliche Gruppe. Zwei der Angreifer fielen.

Das Antwortfeuer zwang die ROCKETS zum Rückzug durch die Tür. Cliff Boyd aus Scotts Team bildete die Nachhut, wurde jedoch von einer feindlichen Salve in Bauch und Brust getroffen. Scott wollte ihm zu Hilfe kommen, doch Alan hielt ihn zurück. Scott wollte dagegen aufbegehren, doch ein schneller Blick in Alans Augen bestätigte ihm, was er im Grund bereits wusste: Cliff war tot.

Die ROCKETS tauschten mit den Angreifern Salven aus, doch niemand gewann in dem aufbrandendem Feuergefecht die Oberhand. Die ROCKETS verfügten nur über Handfeuerwaffen und einige erbeutete Maschinenpistolen. Die Angreifer waren in der Überzahl und besser bewaffnet. Die ROCKETS verfügten jedoch über die weitaus bessere Ausbildung und Disziplin. Sie erzwangen einen kämpfenden Rückzug wie aus dem Leerbuch. Drei weitere Angreifer fielen. Doch auch Melissa Barnes aus Alans Team fiel dem Beschuss zum Opfer.

Im Korridor angekommen stieß eine Gruppe SES-Agenten zu den zurückweichenden ROCKETS, doch auch mit dieser Verstärkung stellte sich der Kampf für Scott als unausgeglichen dar. Außerdem entbehrte er jeglicher Logik. Sie konnten unmöglich hoffen zu gewinnen. Das Ganze hatte nur dann Sinn, wenn es sich um ein Selbstmordkommando handelte, und das stellte ein Problem dar. Es bedeutete, dass die Angreifer gar nicht vorhatten zu entkommen, sondern lediglich so viel Schaden wie möglich anzurichten, bevor sie untergingen.

»Hier Fergusen«, sprach er in sein Headset. »Wir könnten hier Hilfe gebrauchen.«

»Parducci«, drängte Summers. »Wie ist Ihr Status?«

»Ankunft in dreißig Sekunden«, meldete Parducci über Funk. Sie wechselte schnell den Kanal. »An den zuständigen Offizier, der die Luftverteidigung über Principal koordiniert. Hier spricht Major Laura Parducci von der *TKS Lydia*. Wir dringen von Norden in Ihren Zuständigkeitsbereich ein. Feuer einstellen.« Die Luftabwehrgeschütze und Flaks stellten nur Sekunden später den Beschuss ein.

Parducci atmete auf. Ein Problem weniger. Als sie eine enge Kurve um einen Wolkenkratzer flog, kam erstmals das Hotel in Sicht, in dem die Konferenz tagte. Als sie den Schlamassel sah, sog sie scharf die Luft ein.

Der Angriff beschränkte sich nicht nur auf ein Stockwerk. In mindestens zwei weiteren Stockwerken über und unter der Etage, in denen die ROCKETS kämpften, steckten ebenfalls Shuttles. Um wie viele angreifenden Schiffe es sich tatsächlich handelte, war schwer auszumachen. Zu viel Rauch, zu viel Feuer, zu viel Chaos.

Auf ihrem Schirm buhlte der Annäherungsalarm um ihre Aufmerksamkeit. »Leute. Da kommt eine zweite Welle auf uns zu. Mindestens zehn Fluggeräte, vermutlich alles Shuttles. Wenn keines davon zum Hotel durchkommt, geb ich heute Abend einen aus.«

Sie drosselte den Antrieb, um die Zielerfassung zu erleichtern. Die angreifenden Shuttles waren erheblich langsamer als ihre Jäger. Sie wartete, bis das führende Shuttle direkt unter ihrem Fadenkreuz lag und ein Signalton die Zielerfassung bestätigte, bevor sie mit dem Zeigefinger die Bordwaffen auslöste.

Die Zwillingslasergeschütze in den Tragflächen spuckten pure Energie; das Shuttle flog genau durch die Schusslinie. Die Hülle wurde buchstäblich auf ganzer Länge perforiert, brach auseinander und die Bruchstücke trudelten zur Oberfläche hinab. Aus der Bruchstelle regnete es Menschen.

»Freunde. Die Jagdsaison ist eröffnet.«

Ein SES-Agent brach neben Alan blutüberströmt zusammen. Die Angreifer machten ganz schön Druck und kontrollierten bereits den größten Teil des Stockwerks. Die ROCKETS hatten sich mit Unterstützung einiger SES-Agenten in der Nähe der Aufzüge und des Treppenhauses verschanzt und verhinderten, dass zumindest diese Angreifer das Stockwerk verlassen und sich mit ihren Kameraden in den anderen Stockwerken zusammenschließen konnten.

Scott erhielt über Funk nur einen rudimentären Eindruck der Gesamtlage, doch es sah nicht gut aus. Die Sicherheitskräfte waren der Situation nicht gewachsen. Immer wieder versprach man, dass TKA- und Miliztruppen auf dem Weg seien, doch bisher standen sie dem Angriff allein gegenüber.

Alan lehnte sich gegen eine Säule, während rings um ihn Projektile einschlugen, und lud seine erbeutete Maschinenpistole nach. »Und ich hatte so gehofft, dass das endlich mal eine ruhige Mission wird.«

Scott rang sich ein nüchternes Lächeln ab. »Du träumst wohl. Außerdem ist keiner von uns zu den ROCKETS gegangen, weil es dort langweilig wird.«

»Sprich bitte nur für dich selbst«, grinste Alan. »Ich wollte einfach nur aus dem Knast raus.«

»Das ist auch was wert«, grinste Scott zurück. »Wie viel Munition hast du noch?«, fragte er plötzlich ernst.

»Ein Magazin für die Maschinenpistole und zwei für meine Pistole. Und du?«

»Ein Magazin für jede Waffe.« Scott lugte um die Ecke und gab zwei gezielte Schüsse ab, die einem Angreifer in Bein und Schulter drangen. Der Mann schrie auf und versuchte, zurück in Deckung zu robben. Ein SES-Agent beendete den Versuch.

»Nicht nachlassen!«, schrie Scott über den Gefechtslärm hinweg.

Alan warf ihm einen fragenden Blick zu.

»Sollte der Moral dienen.«

»Also mir hat's geholfen«, frotzelte Alan.

»Witzbold.«

»Sie ziehen sich zurück«, sagte Laura unvermittelt.

Alan und Scott lugten gleichzeitig aus ihrer Deckung. Der weibliche ROCKETS-Offizier hatte recht. Die Angreifer zogen sich eilig in Richtung ihrer Shuttles zurück. Das ergab jetzt endgültig keinen Sinn mehr. Wenn es sich tatsächlich um Selbstmordkommandos handelte, warum zogen sie sich dann zurück?

»Hier Agent Bates vom SES«, tönte es plötzlich aus Alans und Scotts Headsets. »Sie haben Quel Thai. Ich wiederhole: Sie haben Quel Thai.«

»Was?«, schrie Scott. »Wie konnte *das* passieren?«

»Wer spricht da?«

»Major Scott Fergusen. Panther-Team.«

»Die Angreifer haben die SES-Eskorte der Delegierten überwältigt und Quel Thai mitgenommen, bevor wir etwas tun konnten. Zwei Stockwerke unter ihnen. Sie ziehen sich gerade zu ihren Shuttles zurück. Feuer einstellen. Nicht angreifen. Wir dürfen Quel Thais Leben nicht riskieren.«

Alan und Scott wechselten einen schnellen Blick. Scott erkannte, dass sein Kollege genau dasselbe dachte wie er auch. »Die Jäger!«

Die beiden ROCKETS-Offiziere sprangen auf und stürmten zurück in den Konferenzsaal, aus dem die Angreifer sie soeben unter hohen Verlusten getrieben hatten. Die Überlebenden des Angriffs starteten soeben mit dem einzigen noch funktionstüchtigen Shuttle und hoben ab. Aus anderen Stockwerken startete ein halbes Dutzend weiterer Shuttles - und sie hatten keine Ahnung, in welchem sich der Meskalno aufhielt.

»Hier Major Scott Fergusen an alle Zerberus-Jäger: Feuer einstellen. Ich wiederhole: Feuer einstellen. Der Feind führt in einem der Shuttles eine Geisel bei sich. Die Shuttles nicht aufhalten.«

»Hier Major Laura Parducci. Verstanden. Was sollen wir stattdessen tun?«

Scott wünschte sich, er hätte darauf eine Antwort gehabt.

12

David Coltor stürmte in das militärische Planungszentrum tief unter der Oberfläche von MacAllister. Präsidentin Tyler, Agent Bates und Nogujama erwarteten ihn bereits. Die Präsidentin und Bates waren in eine gedämpfte Diskussion verstrickt, während Nogujama tief in Gedanken versunken auf eine Karte des MacAllister-Systems starrte.

»Frau Präsidentin«, begrüßte er Tyler, während er Bates eilig zunickte.

»Colonel«, grüßte die Präsidentin zurück.

»Gibt's etwas Neues?«

Tyler schüttelte erschöpft den Kopf. »Man ist noch mit Aufräumarbeiten beschäftigt, aber es gibt viele Opfer auf unserer Seite. Man hat mit Anschlägen gerechnet, nicht mit einem Großangriff.«

»Die Jäger der *Lydia* haben eine dritte Angriffswelle verhindert und fast zwei Dutzend Shuttles abgeschossen«, fuhr Bates fort. »Es hätte alles noch sehr viel schlimmer kommen können.«

Coltor warf einen Blick an Bates vorbei und bemerkte zwei Meskalno-Offiziere, die auf Pommeroy und Hahlbach einplapperten und kaum zu beruhigen waren.

»Ich glaube, es *ist* schlimmer.«

Bates folgte dem Blick. »Die Meskalno sind außer sich. Sie drohen sogar mit Krieg, falls Quel Thai irgendetwas passiert.«

»Das ist ja großartig. Nicht nur, dass wir es nicht geschafft haben, eine Koalition zu formen, nun stehen wir auch noch kurz vor einem Krieg mit einer weiteren Macht dieser Galaxis.«

Bates deutete über die Schulter auf Nogujama. »Und er ist kaum ansprechbar.«

»Was tut er da?«

Bates zuckte mit den Schultern. »Keine Ahnung. Seit drei Stunden steht er dort wie eine Statue und starrt auf diese Karte – fast wie apathisch. Ich würde zu gern wissen, was ihm gerade durch den Kopf geht.«

Nogujama war alles andere als untätig oder gar apathisch. Vielmehr war jede Zelle seines Gehirns auf das zugrunde liegende Problem fokussiert.

Diese Streitkräfte, die den Angriff auf das Hotel durchgeführt hatten, gehörten eindeutig zu den Kindern der Zukunft. Dieser Punkt war unstrittig.

Was ihm zu schaffen machte, war die generalstabsmäßig geplante und umgesetzte Aktion an sich. Wer hätte gedacht, dass die Kinder zu einer solchen Aktion fähig waren, geschweige denn dass sie bereit waren, solche Verluste hinzunehmen?

Die Frage, die er sich anfangs stellte, war die nach dem Warum. Warum einen solchen Aufwand betreiben, um einen einzigen Delegierten gefangen zu nehmen? Die Antwort auf diese Frage hatte er inzwischen erhalten.

Hinter sich hörte er die Meskalno zetern und drohen. Die Kinder hatten sich genau den richtigen Delegierten herausgesucht, um möglichst große Schwierigkeiten zu verursachen.

Nun galt es, Schadensbegrenzung zu betreiben – dies bedeutete, Quel Thai musste gefunden und unverletzt zurückgebracht werden. Was die Frage aufwarf, wohin die Shuttles der Kinder verschwunden waren. Dies stellte ein äußerst kniffliges Problem dar. Sie schienen sich nämlich buchstäblich in Luft aufgelöst zu haben.

Nach dem Angriff gingen die Shuttles in Tiefflug über und verschwanden zwischen den Wolkenkratzern. Die Zerberusse der *Lydia* hatten noch versucht, ihnen zu folgen, doch die hohe Geschwindigkeit der Raumüberlegenheitsjäger entpuppte sich plötzlich als Nachteil. Außerhalb des Sicherheitsbereichs hatten sich die Shuttles getrennt und waren im zivilen Verkehr der Kolonie untergetaucht. Sicherheitskräfte, Miliz, TKA und Marines stellten inzwischen den Planeten auf den Kopf. Ohne Erfolg. Die Kinder der Zukunft und ihre Geisel blieben verschwunden.

Ein interessantes Problem, dachte Nogujama bei sich. *In der Tat.*

Im Grunde bezweifelte er, dass sich die Geisel überhaupt noch auf MacAllister aufhielt. Manch einer hätte diesen Gedanken als Intuition bezeichnet. Nogujama neigte dazu, seine Schlussfolgerung auf Erfahrungswerte zurückzuführen. Es ergab einfach keinen Sinn, auf MacAllister unterzutauchen. Wären sie noch hier, würde es nicht lange dauern, bis sie die Aufständischen und ihre Beute fanden. Logisch wäre es, stattdessen den Planeten schnellstmöglich zu verlassen. Je länger sie sich der Gefangennahme entzogen, desto mehr Schaden richteten sie mit ihrer Aktion an. Eines war ganz sicher. Die Meskalno würden sicherlich nicht sehr viel länger auf Ergebnisse warten.

In diesem Fall jedoch standen die Kinder vor einem ganz anderen Problem. Kein Schiff und kein Shuttle durfte MacAllister verlassen, solange die Konferenz tagte. Hierzu bedurfte es einer Sondergenehmigung und eines speziellen Sicherheitscodes. Ansonsten würde man sofort und ohne Vorwarnung abgeschossen.

Wenn man alles in die Rechnung mit einbezog, dann hatten die Kinder der Zukunft bei der Planung ihres Angriffs und der anschließenden Flucht Hilfe. Nogujama schnaubte leicht. Das war keine Überraschung. Diesen Verdacht hegte er bereits geraume Zeit. Die Angriffstruppen der Aufständischen waren zu gut informiert, zu zielstrebig - zu eingeweiht. Er neigte leicht den Kopf, um den Raum mit einem Blick zu überfliegen. Sein Blick streifte Pommeroy und Hahlbach, Bates, sogar Coltor. Wer mochte der Verräter sein, der den Kindern half?

Er schüttelte den Kopf und zwang sich, diese Fragen hintanzustellen. Quel Thai genoss jetzt oberste Priorität.

Warum ihn überhaupt entführen? Warum ihn nicht an Ort und Stelle umbringen? Chaos zu verbreiten, gehörte zu den erklärten Zielen der Kinder der Zukunft. Chaos zu verbreiten und die Regierung zu destabilisieren. Quel Thais Gefangennahme würde zweifelsohne Chaos erzeugen. Nun war auch klar, welchem Zweck dieser erste Bombenanschlag diente. Dadurch wurden sie gezwungen, den Konferenzort in ein anderes Hotel zu verlegen. In eines, das kleiner war als das vorherige, was letzten Endes den Angriff erst ermöglicht hatte. Sehr wahrscheinlich, dass dies von vornherein der Beweggrund für die Tat war.

Das brachte ihn in der Frage, wo sich der Meskalno nun aufhielt, aber um keinen Deut weiter.

Also gut, dachte Nogujama. *Vorausgesetzt, ich habe recht und die Kinder haben den Meskalno bereits von dem Planeten runtergeschafft. Wo ist er jetzt?*

Aus dem System selbst konnten sie ihre Beute nicht geschafft haben. Das System war von der Außenwelt abgeschottet worden und ein Durchbruch wäre nicht verborgen geblieben.

Ein Bericht Commodore DiCarlos kam ihm in den Sinn, den dieser kurz nach dem Angriff übermittelt hatte. Der Bericht beinhaltete mehrere versteckte Funkmeldungen von und nach MacAllister.

Die *Lydia* hatte das ganze System mehrere Male gescannt und nichts Ungewöhnliches entdeckt. Nogujama überlegte angestrengt. Das Fehlen von Hinweisen stellte an und für sich schon einen Hinweis dar, sogar einen wichtigen. Die Sensoren der *Lydia* gehörten zum besten technologischen Schnickschnack, den das Konglomerat zu bieten hatte. Wenn dieses Schiff zu keinem befriedigendem Ergebnis kam, dann musste etwas die Sensoren stören.

Nogujamas Blick richtete sich schlagartig auf das Symbol, das die Sonne MacAllisters darstellte. Seine Lippen verzogen sich zu einem wissenden Lächeln.

»Hab ich euch, ihr Scheißkerle«, murmelte er vor sich hin.

»Sir?«, fragte Commodore Vincent DiCarlo verwirrt nach.

»Sie haben mich richtig verstanden«, wiederholte Nogujama seinen Befehl. »Rücken Sie zur MacAllister-Sonne vor und untersuchen Sie das Gebiet gründlich. Ich bin sicher, Sie werden mehrere Schiffe vorfinden, die sich nahe der Korona verstecken. Durch die Strahlung, die von der Sonne ausgeht, würden sich Schiffe, die sich dort verstecken, von Sensoren nicht entdeckt.«

»Admiral Nogujama«, räusperte sich Vincent. »Das ist zwar ... denkbar ...«

»Aber?«

»Je länger sich Schiffe dort aufhielten, desto höher wäre der gesundheitliche Schaden, den ihre Besatzungen zu erleiden hätten. Schutzschilde helfen nicht gegen Sonnenstrahlung. Man müsste schon selbstmordgefährdet sein, um diesen Platz als Versteck auch nur in Erwägung zu ziehen.«

»Vergessen Sie nicht, dass wir es nicht mit vernünftigen Gegnern zu tun haben, die sich an Regeln halten, sondern mit Fanatikern, Commodore. Beginnen Sie mit der Suche und halten Sie mich auf dem Laufenden.«

Die Verbindung endete abrupt.

»Puh«, meldete sich sein XO zu Wort, »der ist ja ganz schön geladen.«

»Er steht auch ganz schön unter Druck.«

Ivanov nickte. »Ihre Befehle, Sir?«

»Sie haben ihn gehört. Kurs auf die Sonne nehmen.«

»Clarke an Coltor!«, wiederholte Jonathan immer wieder. Merediths Atem ging inzwischen vor Anstrengung stoßweise. Seit über zwei Stunden versuchten sie, aus dem Bereich des Störsenders herauszukommen. Bislang ohne Erfolg.

Es rauschte in seinem Ohr. »Co... an Clar... Hör...en Sie m...«

»Colonel? Colonel Coltor?«

»Clarke«, drang Coltors Stimme endlich klar verständlich aus dem Headset.

»Sir. Gott sei Dank.«

»Wo zum Teufel stecken Sie denn?«

»Etwas außerhalb des Stadtzentrums von Principal. Ich habe Neuigkeiten.«

»Ich auch. Quel Thai wurde entführt.«

»Entführt? Wer? Wie?«

»Es gab einen schweren Angriff auf das Kongresshotel.«

Jonathan knirschte mit den Zähnen. »Die Kinder der Zukunft.«

»Genau die«, bestätigte Coltor. »Wir sind derzeit dabei herauszufinden, wohin sie den Meskalno geschafft haben. Wir sind uns aber sicher, dass sie bei der Planung des Angriffs und bei der Durchführung Hilfe hatten.«

»Ich weiß auch von wem: Colin Grey.«

Coltor stutzte. »Wie kommen Sie denn auf den?«

»Ich bin ihm gefolgt. Er hat sich mit Offizieren der Kinder der Zukunft getroffen, in einer Fabrikhalle.«

»Ihm gefolgt? Auf wessen Anordnung?«, herrschte Coltor ihn an.

Jonathan runzelte verwirrt die Stirn. »Auf keine. Ich habe die Observierung auf eigene Faust durchgeführt. Und ich hatte recht. Er ist ein Verräter.«

»Gegen meinen ausdrücklichen Befehl?«

Jonathan schluckte schwer. »Ja, Sir.«

Coltor schwieg einige Sekunden, bevor er sich wieder meldete.

»Wann war dieses Treffen?«

»Vor etwa zwei Stunden.«

»Hatten Sie ihn die ganze Zeit im Blick.«

»Fast. Bis auf wenige Minuten. Wieso?«

Jonathan hörte Coltor über die Funkverbindung leise seufzen. »Dann hat er mit dem Angriff nichts zu tun. Vor etwa zwei Stunden fand der Angriff statt. Kurz vorher gab es eine Übertragung mit unbekanntem Ziel. Sie dauerte mehrere Minuten lang. Wenn Sie Grey zu diesem Zeitpunkt beschattet haben, kann er zumindest dafür nicht verantwortlich sein.«

Jonathans Stirnrunzeln vertiefte sich. Er verstand nicht, warum Coltor sich so bemühte, sein Misstrauen gegenüber Grey zu zerstreuen.

»Aber er traf sich mit Offizieren der Kinder. Sehr hohen Offizieren.«

»Das mag sein. Mit dem Angriff hat er aber nichts zu tun. Kommen Sie her. Wir brauchen hier im Moment jeden Mann. Vergessen Sie Grey für den Moment.«

»Sir?! Sollten wir ihn nicht wenigstens festnehmen lassen?«

»Das ist eine vernünftige Vorsichtsmaßnahme. Ich kümmere mich darum. Und nun bewegen Sie Ihren Arsch hierher.«

»Verstanden! Clarke Ende.« Er brach die Funkverbindung ab.

»Was ist?«, fragte Meredith, als sie Jonathans düstere Miene bemerkte.

»Anstatt Antworten zu bekommen, wurden noch mehr Fragen aufgeworfen«, erklärte Jonathan rätselhaft.

13

»Status?«, verlangte Vincent zu wissen.

»Wir umrunden gerade die Sonne«, sagte Ivanov. »Erreichen die andere Seite in etwa drei Minuten.«

»Ausgezeichnet. Wir überprüfen das Gebiet so schnell wie möglich und verschwinden wieder. Ich möchte mich hier nicht länger aufhalten als unbedingt notwendig.«

»Verstanden, Commodore«, bestätigte Ivanov.

Vincent fühlte sich ausgesprochen unwohl dabei, seine Besatzung einem solchen Gesundheitsrisiko auszusetzen, doch Befehl war Befehl. Außerdem hatte er nicht vor, lange hierzubleiben. Das dürfte eigentlich kein Problem sein.

»Sensoren auf volle Leistung. Scannen wir das ganze Gebiet und machen dann, dass wir hier wegkommen.«

Endlos scheinende Minuten verstrichen. Vincent ertappte sich dabei, wie er ungeduldig mit den Fingerspitzen auf die Lehnen seines Sessels tippte. Verärgert über sich selbst, hörte er auf. Ein Kommandant sollte nie Nervosität an den Tag legen. Sie übertrug sich nur allzu leicht auf die Besatzung.

»Haben die Sonne umrundet«, meldete Ivanov schließlich und konsultierte sein tragbares Datenterminal, auf dem sämtliche Daten der Sensoren eingespeist wurden.

»Und?«

Ivanov sah perplex auf. Sein Gesicht wirkte aschfahl. Vincent erkannte, dass irgendetwas seinen XO zutiefst schockiert haben musste.

»Was ist denn?« Der Kommandant der *TKS Lydia* setzte sich alarmiert auf.

»Das werden Sie mir nie glauben.«

»Wie viele Schiffe?«, fragte Nogujama immer noch kopfschüttelnd.

»Drei«, antwortete Vincent DiCarlo. Rauschen überlagerte kurzfristig die Funkverbindung. Die nahe Sonne störte immer wieder die Funkverbindung. »Umgebaute Frachter, wie die Kinder der Zukunft sie sehr gerne verwenden. Wir haben die Schiffe gescannt. In zwei halten sich ausschließlich Menschen auf – und im dritten Menschen und ein Meskalno.«

»Quel Thai«, wisperte Agent Bates leise.

»Haben Sie sie bereits angefunkt?«

»Noch nicht. Ich wollte erst einmal Bericht erstatten.«

»Gibt es Reaktionen auf Ihre Annäherung, Commodore?«

»Nein«, erwiderte Vincent. »Keine Reaktionen. Die rühren sich nicht von der Stelle. Ich könnte mir vorstellen, die sind genauso überrascht, uns zu sehen, wie andersherum. Die drei Schiffe halten Position knapp außerhalb der Korona. Das ist glatter Selbstmord, was die da machen.«

»Er hat recht«, bestätigte Bates mit Blick auf Tyler und Coltor. »Je nachdem wie lange sie sich dort bereits aufhalten, sind die Besatzungen schon so gut wie tot. Der Schaden, den sie durch die Strahlung erlitten haben, wird irreversibel sein.«

»Sie haben also nichts mehr zu verlieren«, antwortete Tyler nachdenklich.

»Richtig«, stimmte Bates zu, »nicht das Geringste.«

»Die *Lydia* wäre spielend in der Lage, mit allen drei Schiffen fertigzuwerden«, fuhr Vincent fort. »Das Problem ist die Geisel.«

»Bleiben Sie bitte auf Empfang, Commodore«, wies Nogujama ihn an und schaltete die Leitung auf stumm.

»Nun?«, fragte er in die Runde. »Irgendwelche Vorschläge?«

»Eine gewaltsame Befreiung scheint mir die einzig sinnvolle Methode zu sein«, sagte Bates mit dem Brustton der Überzeugung.

»Sind Sie sicher?«, fragte Tyler zweifelnd. »Diese Fanatiker bringen Quel Thai um, falls ihre Schiffe geentert werden.«

»Es seit denn«, sinnierte David Coltor vor sich hin, »sie wissen gar nicht, dass sie geentert werden.«

»Interessant«, sagte Bates. »Worauf wollen Sie hinaus?«

Anstatt zu antworten, fragte David: »Hat DiCarlo Schemata der gescannten Schiffe mitgeschickt?«

Bates nickte.

»Lassen Sie mal sehen.«

Bates drückte zwei Knöpfe und über dem Tisch erschien das durchsichtige Hologramm eines klobigen, unförmigen Frachters. David begutachtete das Schema einige Augenblicke und schnalzte schließlich mit der Zunge.

»Da«, sagte er. »Da sieht's ganz gut aus.«

»Was sieht gut aus?«, fragte Bates und beugte sich (ebenso wie Tyler und Nogujama) näher an das Hologramm.

»Sehen Sie dort? Das ist eine Frachtrampe auf der Oberseite des Schiffes. Dort könnte man die Luke öffnen und in das Schiff eindringen, ohne Alarm auszulösen.«

»Das ist aber extrem schwierig«, erwiderte Bates zweifelnd. »Ein falscher Handgriff und das Enterkommando entlüftet das gesamte Schiff.«

»Für meine ROCKETS wäre der Plan ohne Weiteres durchführbar. Sie sind für solche Aktionen trainiert.«

»Sind Sie sicher?«, meinte Tyler. Als Coltor mit erhobener Augenbraue aufsah, hob die Präsidentin abwehrend die Hände. »Nichts gegen Ihre ROCKETS, Colonel, aber die Aufgabe ist zu delikat, um sie in den Sand zu setzen. Die Meskalno drohen mit Krieg, falls Quel Thai etwas geschieht. Vielleicht wäre uns mit Verhandlungen besser gedient.«

»Die Kinder der Zukunft werden nicht verhandeln«, erwiderte David voller Überzeugung. »Falls sie der Meinung sind, keine Wahl mehr zu haben, werden sie eher all ihre Schiffe in die Luft jagen, als sich uns zu ergeben. Einschließlich aller Personen, die sich an Bord befinden.«

»Ich fürchte, er hat recht, Frau Präsidentin«, schloss sich Bates dieser Einschätzung an. »Eine Intervention der ROCKETS erscheint mir auch als die beste Lösung.«

»Mit den größten Erfolgsaussichten«, sagte Nogujama.

»Das schmeckt mir nicht«, sagte Tyler wenig überzeugt, »doch ich beuge mich Ihrem Urteil. Und welches Team wollen Sie schicken?«

David überlegte. »Keines der Teams ist vollzählig. Alle haben Verluste erlitten. Hinzu kommt, dass die Teammitglieder nicht alle über ausreichend Kampferfahrung verfügen. Ich schicke nur vier ROCKETS. Ein ganzes Team wäre zu viel des Guten und könnte darüber hinaus auch leichter entdeckt werden. Je spezialisierter das Team ist, desto höher sind die Aussichten, Quel Thai zu befreien. Ich schicke Fergusen, Barron, Foulder und Olafsson. Die Übrigen können weiter für die Sicherheit der Delegierten sorgen.«

»Bleibt nur noch die Frage, wie sie Ihre Leute auf das Schiff bringen wollen.« Tyler deutete auf das Hologramm. »Die Kinder der Zukunft werden wohl nicht so freundlich sein, extra ihre Schilde zu senken, um geentert zu werden. Ganz davon abgesehen, dass die Nähe der Sonne ein ganz eigenes Problem darstellt.«

David grinste. »Und für beides habe ich schon eine Lösung parat.« Sein Grinsen wuchs noch in die Breite. »Ich freue mich schon auf Fergusens und Foulders Gesichter. Die beiden werden über meinen Plan nicht erfreut sein.«

»Das ist ein schrecklicher Plan«, brummte Alan vor sich hin, während Olafsson ihm in den Raumanzug half.

»Willst du etwa ewig leben?«, lachte Laura Barron, die bereits in ihrem Anzug steckte und den unhandlichen Helm unter dem Arm trug.

»Ewig nicht, aber ich hatte doch auf ein stattliches Alter gehofft. Und ganz sicher hatte ich nicht vor, mich lebendig brutzeln zu lassen.«

»Hör auf zu mosern«, sagte Scott. »Du beschwerst dich immer und am Ende machst du es doch.«

»Natürlich mache ich es doch«, erwiderte Alan. »Ist schließlich mein Job. Doch gefallen muss es mir nicht, oder?«

»Nein, muss es nicht«, gab sich Scott geschlagen.

»Und jetzt erzähl mir noch mal, wie wir in das Frachtschiff reinkommen.«

»Noch mal?«

»Nur um sicherzustellen, dass ich auch alles verstanden habe. Ich bin mir nämlich immer noch nicht so ganz sicher, dass wir nicht alle total plemplem sind.«

»Also gut. Die Raumanzüge, die wir tragen, sind Spezialanfertigungen. Sie werden normalerweise von Technikern benutzt, die Satelliten und wissenschaftliche Sensoren in der Nähe von Sonnen warten oder installieren müssen. Die Anzüge sollten uns vor der Sonne schützen können, zumindest eine Weile.«

»Sie wurden aber noch nie *so* dicht an einer Sonne getestet, richtig?«

»Richtig, aber das wird schon. Immer positiv denken, mein Freund.«

»Positiv?«, fragte Alan. »Positiv am Arsch. Aber red ruhig weiter.«

»Durch die Sonnenstrahlung sind die Schilde der feindlichen Schiffe nicht uneingeschränkt betriebsfähig. Sie flackern, fallen immer wieder für Sekunden aus et cetera.«

»Und wie hilft uns das?«

»Ein paar Jäger der *Lydia* werden das Zielschiff angreifen, sobald wir in Position sind und einige Schüsse abgeben, um die Schilde zu schwächen. Anschließend wird einer von ihnen das Schiff mit einer Tragfläche rammen, um die Schilde endgültig zum Kollabieren zu bringen. Die Besatzung des Frachters wird die Schilde zwar in Minuten wieder online kriegen, doch dann müssten wir uns schon über die obere Rampe Zugang zum Frachter verschafft haben.«

»Also man wird auf das Schiff schießen und einen Kamikazeangriff fliegen, und das alles, während wir in unmittelbarer Umgebung sind.«

»Ganz genau«, schmunzelte Scott und setzte seinen Helm auf.

»Hab ich schon erwähnt, dass das ein schrecklicher Plan ist?«

»Hier Major Laura Parducci an *Lydia*. Wolverine-Staffel in Position.«

»*Lydia* bestätigt. Bleiben Sie auf Empfang.«

»Wer kam nur auf diesen dämlichen Plan?«, maulte ihre Flügelfrau Stephanie Harper über die persönliche Frequenz, damit nur Parducci sie zu hören vermochte.

»Zweifelst du etwa an meiner Treffsicherheit?«

»An deiner Treffsicherheit? Nein. Aber warum musst du das verdammte Schiff auch noch rammen?«

»Geht nicht anders. Solange die Schilde online sind, kommen die ROCKETS nicht rein, und wenn ich zu viele Schüsse abgebe, könnte ich die Hülle versehentlich beschädigen. Und das wollen wir doch nicht ...«

»Wie gesagt, ein dämlicher Plan.«

»Möchtest du mit mir tauschen?«

Selbst über die Funkverbindung war das Lachen Stephanie Harpers zu vernehmen. »Nein, danke. Sonst machen die noch mich verantwortlich, falls was schiefgeht. Lieber du als ich.«

»Vielen Dank für dein Vertrauensvotum.«

»XO?«

»ROCKETS sind in Position. Wolverine-Staffel meldet ebenfalls Bereitschaft. Wir sind so weit.«

»Irgendeine Reaktion der feindlichen Schiffe?«, wollte Vincent wissen.

»Keine.«

Vincent lächelte schmal. »Dann wollen wir sie mal aufwecken.«

»Angriffserlaubnis erteilt.«

»Verstanden, CAG«, bestätigte Major Laura Parducci und gab Schub auf ihre Düsen.

»Wir haben grünes Licht«, informierte sie ihre Staffel. »Vorgehen wie geplant. Paarweisen Angriff einleiten.«

Sechs Jäger blieben als Rückendeckung zurück, während die übrigen sich paarweise aufteilten. Man war übereingekommen, alle drei feindlichen Schiffe anzugreifen, um zu verschleiern, dass man es auf einen bestimmten Frachter abgesehen hatte. Parducci überprüfte auf ihrem Schirm den Standort der ROCKETS. Diese näherten sich bereits dem Ziel. Sie hoffte, die Annäherung der Elitesoldaten würden den Besatzungen an Bord der Schiffe verborgen bleiben, ansonsten wäre dies ein kurzer Einsatz. Die Ausrüstung der Frachter erreichte jedoch keinesfalls Militärstandard und selbst auf ihrem Schirm erschien das Angriffsteam nur als gelegentlich auftretender Punkt auf dem Radar. Selbst einer geübten Besatzung musste dieser Punkt nur als durch die Sonne hervorgerufene Interferenz erscheinen.

»Steph, bleib etwas zurück. Wenn ich meinen Angriffsflug abschließe, brauche ich etwas Platz zum Manövrieren.«

»Verstanden«, bestätigte ihre Flügelfrau. Auf dem Schirm erkannte Parducci, wie der begleitende Zerberus-Jäger auf Abstand ging.

Sie lächelte grimmig. »Starte Angriff!«

Mit diesen Worten löste sie ihre Bordwaffen aus und jagte eine volle Salve auf das feindliche Schiff. Die Schilde des Frachters schillerten in allen Regenbogenfarben, als er sich damit abmühte, die Energie abzuleiten. Es gelang ihm nicht vollständig. Hier und da tauchten Löcher auf, die auf eine Überlastung des Schutzschildgenerators hindeuteten.

Die Geschütze des Frachters eröffneten schwerfällig das Feuer. Die Waffen solcher Schiffe waren eher dazu geeignet, Piraten in die Flucht zu schlagen oder Asteroiden zu zerstören. Flinke, wendige Jäger aufs Korn zu nehmen, überstieg die technologischen und personellen Fähigkeiten des Schiffes.

Sie raste auf die Flanke des feindlichen Frachters zu. Nur am Rande bekam sie die Angriffe ihrer Staffelkameraden auf die beiden anderen Schiffe mit. Vor Konzentration rann ihr kalter Schweiß über die Stirn. Als einzelne Salven ihrer Waffen die Außenhülle ihres Zieles trafen, stellte sie das Feuer ein. Sie wollte es nicht riskieren, die Hülle zu perforieren. Fast augenblicklich registrierten ihre Sensoren einen Energieanstieg, als der Schutzschildgenerator die Energiehülle erneut aufbauen wollte.

Nicht so schnell!

Parducci war hoch konzentriert. Es musste unbedingt so aussehen, als wäre ihr Kamikazeangriff, wie Stephanie es genannt hatte, ein Pilotenfehler und keinesfalls Absicht. Sie wartete noch mehrere Sekunden, die sie näher an den Frachter trugen; plötzlich ging sie auf Gegenschub und riss den Steuerknüppel herum. Eine Tragfläche rammte den Frachter und schrammte beinahe zwanzig Meter an ihm entlang. Schließlich vollendete der Jäger die Wende, wobei sein Heck ebenfalls die Hülle mit brutaler Gewalt traf, sodass Parduccis Kiefer schmerzhaft zusammenschlugen.

Um das Manöver zum Ende zu bringen, gab sie erneut Vollschub und raste in die entgegengesetzte Richtung davon, dicht gefolgt vom Jäger ihrer Flügelfrau. Der Frachter feuerte den flüchtenden Jägern hinterher, doch die Schüsse wirkten übereilt ausgeführt und kamen den Zerberussen nicht einmal nahe.

Die Schilde des feindlichen Schiffes waren zusammengebrochen und regenerierten sich nicht länger, registrierte sie befriedigt. Der Generator war überladen worden. Dieser Vorteil würde jedoch nicht lange anhalten. Das Enterkommando musste sich beeilen.

Die Staffel versammelte sich außer Schussweite der drei Schiffe. Sie zählte eilige ihre Leute durch. Keine Verluste. Erleichtert atmete sie auf.

»Wolverine eins an *Lydia*. Einsatz erfolgreich abgeschlossen. Die ROCKETS haben freie Bahn.«

»Ihr habt's gehört«, sagte Scott. »Los geht's!«

Er gab sanften Schub auf die in den Anzügen integrierten Düsen und das Vier-Mann-Einsatzteam schoss auf ihr Ziel zu.

»Wie viel Zeit haben wir?«, fragte Jakob Olafsson gepresst. Scott erinnerte sich, gehört zu haben, der Soldat habe nichts für Einsätze in Schwerelosigkeit übrig. Er neigte dazu ... seine Raumanzüge vollzukotzen.

»Nicht mehr als drei oder vier Minuten. Dann haben sie ihren Generator wieder hochgefahren. Wir müssen uns beeilen.«

Die vier ROCKETS kamen auf der Außenhülle nur wenige Meter neben der angepeilten Frachtrampe auf. Ihr Anflug war gut gezielt gewesen. Wenigstens mal ein Lichtblick.

»Jakob? An die Arbeit.«

Jeder von ihnen trug in einem hitzeresistenten Behälter eine Maschinenpistole und einige Sprengsätze auf dem Rücken. Die kurzläufigen Waffen eigneten sich bestens für Kämpfe auf kurze Distanz, wie sie auf Raumschiffen häufig vorkamen.

Jakob Olafsson kniete sich in seinem Anzug schwerfällig auf die Hülle. Scott hörte ihn über die geöffnete Funkverbindung würgen.

Mach jetzt bloß nicht schlapp.

»Immer auf die Hülle sehen«, wies er den anderen Soldaten an. »Nie auf den Weltraum.« Da es im Weltraum kein Oben und Unten gab, kamen Dinge wie Übelkeit und Desorientierung häufig vor. Selbst bei Veteranen war dies keine Seltenheit.

Jakob öffnete eine Abdeckung, unter der einige Schaltkreise zum Vorschein kamen. Die Frachtrampe war wie eine Druckschleuse ausgelegt. Das Problem war hineinzukommen. War diese Hürde erst einmal genommen, konnten sie innen den Druckausgleich vornehmen und ihre Anzüge verlassen. Vorher musste Jakob natürlich den Alarm ausschalten, damit niemand auf der Brücke Notiz vom Eindringen des Angriffsteams nahm.

»Jakob?«, drängte Scott.

»Was passiert eigentlich, wenn wir nicht rechtzeitig reinkommen, bevor sie ihre Schilde wieder hochfahren?«, fragte Alan besorgt.

»Das weißt du genau«, erwiderte Scott. »Wir verbrutzeln bei lebendigem Leib in unseren Anzügen.«

»Ich wollte nur sichergehen, dass uns allen die Konsequenzen klar sind.«

»Nur Geduld. Ich bin gleich so weit«, wisperte der Mann, obwohl dazu eigentlich keine Notwendigkeit bestand. Die Funkverbindung war gesichert, niemand vermochte sie abzuhören.

Zischend ging die Frachtluke auf. Sauerstoff entwich explosionsartig ins All und riss allerlei Kisten und Frachtgut, das nicht befestigt war, in den Weltraum. Darüber hinaus auch zwei Besatzungsmitglieder, die sich im Frachtraum aufgehalten hatten. Um sich schlagend, trieben sie an Scott vorbei. Er glaubt sogar, ihre vor Schrecken weit aufgerissenen Augen erkannt zu haben.

Er schüttelte das aufkeimende Gefühl schlechten Gewissens ab, das ihn zu umfangen drohte, weil er gerade zwei Menschen in einen schrecklichen Tod geschickt hatte. Gehörten sie zur Besatzung dieses Schiffes, waren sie alles andere als unschuldig.

Das Einsatzteam ließ sich in den inzwischen luftleeren Frachtraum gleiten. Jakob verriegelte von innen die Rampe und stellte den Druckausgleich her. Sauerstoff wurde in den Raum gepumpt, doch Scott wartete, bis Jakob auffordernd nickte und Daumen hoch zeigte. Erst dann öffneten sie ihre Anzüge und ließen die Helme auf den Boden fallen.

»So viel dazu«, sagte Scott.

»Wo müssen wir hin?«, erkundigte sich Alan, während er seine Maschinenpistole überprüfte und entsicherte.

Scott holte seinen Taschencomputer mit den gespeicherten Scan-Aufzeichnungen hervor und gab einige Befehle ein.

»Zwei Decks über uns.«

»Wie viele Besatzungsmitglieder hat so ein Ding?«

Scott zuckte die Achseln. »Etwa dreißig. Wieso? Macht das einen Unterschied?«

Alan lächelte grimmig. »Nicht wirklich.«

»Commodore? Wir werden gerufen.«

»Gerufen? Von wem?«, fragte Vincent DiCarlo.

Ivanov deutete auf das Hologramm vor DiCarlos Nase. »Vom Führungsschiff.«

»Tatsächlich? Lassen Sie mal hören.«

Vincent verbarg seine Anspannung hinter einer Maske eiserner Entschlossenheit. Was mochte dies bedeuten? War das Angriffsteam aufgeflogen?

Vor ihm baute sich das Bild eines hageren Mannes mit Glatze und Kinnbart auf, der ihn anfunkelte. Der Mann begann zu sprechen, ohne sich vorzustellen oder Vincent die Gelegenheit zu geben, das Gespräch zu eröffnen.

»Falls Ihre Jäger noch einmal auf uns schießen, werde ich den Meskalno eigenhändig aus einer Luftschleuse befördern«, bellte der Captain des Frachters. »Oder ich reiße ihm einfach seine Maske vom Schädel. Mal sehen, wie er mit einer Sauerstoffatmosphäre zurechtkommt.«

Vincent entspannte sich leicht. Es hatte tatsächlich den Anschein, als wäre das Manöver geglückt. Der Mann schien keine Ahnung zu haben, dass sich gerade vier ROCKETS durch die Eingeweide seines Schiffes arbeiteten.

»Das wäre sehr unklug, Captain«, suchte Vincent das Gespräch. »Falls Ihrer Geisel etwas zustößt, gibt es keinen Grund mehr, Ihre Schiffe zu verschonen. Der Angriff war lediglich dazu gedacht, Ihre Aufmerksamkeit zu erregen. Nun, da wir miteinander sprechen, kommen wir vielleicht zu einer Einigung, die allen gerecht wird. Was verlangen Sie?«

Der Mann grinste höhnisch. »Verlangen? Ich verlange, dass Sie zur Hölle fahren.«

Vincent verzog das Gesicht zu einer säuerlichen Miene. »Derartige Anfeindungen sind kontraproduktiv und helfen keineswegs, die Situation zu entschärfen. Wie Sie sicher bereits festgestellt haben, kommen Sie hier nicht mehr weg. Nicht, ohne von meinem Schiff zusammengeschossen zu werden.«

»Was Sie nicht tun werden, solange wir den Meskalno haben.«

»Ich kann Ihnen versichern, dass ich Ihre Schiffe eher zerstören werden, als zuzulassen, dass Sie entkommen. Gleichgültig wer sich bei Ihnen an Bord aufhält.«

»Tun Sie, was Sie nicht lassen können«, erwiderte der Mann giftig und beendete die Verbindung.

»Was hat der Kerl vor?«, fragte Ivanov leise.

»Ich glaube nicht, dass der Kerl überhaupt einen Plan verfolgt. Er weiß nicht, was er jetzt tun soll. Das ist ein Vorteil für uns. Solange er über die Problematik seiner ausweglosen Lage nachdenkt, haben die ROCKETS Zeit, ihren Job zu erledigen.«

Alan schlug blitzschnell zu. Er schlang den muskulösen Arm um die Kehle des ahnungslosen Wachpostens und presste die andere auf dessen Nacken. Der Mann ließ vor Schreck sein Gewehr fallen und zappelte hilflos in Alans eisernem Griff. Mit einem Ruck brach Alan dem Mann das Genick. Der Wachposten erschlaffte augenblicklich. Alan ließ den Leichnam lautlos zu Boden gleiten.

»Wie weit noch?«, fragte Laura, während Jakob und sie mit ihren Maschinenpistolen den Gang in beide Richtungen absicherten.

»Nicht mehr weit«, antwortete Alan. »Quel Thai ist fast genau über uns. Nur noch ein Deck.«

Das Team schlich vorsichtig weiter, immer mit einem Angriff rechnend. Eine Tür öffnete sich zischend und ein Besatzungsmitglied trat hervor, gerade als die ROCKETS vorübergingen. Dem Mann klappte vor Überraschung die Kinnlade herunter. Er ließ das altmodische Klemmbrett, das er in der Hand hielt, achtlos fallen und griff nach der Waffe im Holster an seiner Hüfte. Laura stand dem Mann am nächsten, überbrückte die Entfernung mit einem Satz und trieb ihrem Gegner den Lauf der Maschinenpistole in den Magen. Der Mann keuchte vor Schmerz und Überraschung auf, klappte jedoch nicht wie beabsichtigt zusammen. Stattdessen schaffte er es noch, seine Waffe aus dem Holster zu zerren, bevor Laura zweimal abdrückte und ihm zwei Kugeln in die Brust jagte. Die schallgedämpfte Waffe gab lediglich zwei kurze *Plop* von sich. Der Mann taumelte hintenüber, die Augen immer noch vor Überraschung weit aufgerissen.

»Wir sollten uns beeilen«, maulte Alan. »Von jetzt an wird es nur noch schwieriger.«

Das Team rückte weiter den Korridor vor, ohne dass ihnen Besatzungsmitglieder über den Weg liefen. Scott dankte im Stillen dem Schutzheiligen wagemutiger Soldaten für ihr unverschämtes Glück.

»Hat sich eigentlich schon mal jemand Gedanken darüber gemacht, wie wir wieder von hier runterkommen?«, fragte Jakob in die aufkeimende Stille hinein.

»Eins nach dem anderen«, beruhigte Scott ihn, allerdings mehr, um auf die Frage nicht eingehen zu müssen. Über diesen Gesichtspunkt ihres Auftrages machte er sich bereits selbst Gedanken. Eine denkbare Alternative wären zum Beispiel Rettungskapseln. Die *Lydia* könnte sie anschließend aufnehmen. Das Problem dabei wären aber die beiden anderen Frachter, die dort draußen Position bezogen hatten. Der Angriff der Jäger hatte deutlich gezeigt, dass die Geschützmannschaften und Technik der Schiffe nicht die Beste waren, doch um eine langsame Rettungskapsel abzuschießen, würde sie allemal reichen.

»Wir übernehmen die Kontrolle über das Schiff«, sagte Alan plötzlich.

»Wie bitte?«

»Wir besetzen die Brücke und steuern das Schiff zur *Lydia*«, erklärte der ehemalige Häftling genauer. »Es ist der einzig gangbare Weg.«

»Wir vier?«, meinte Laura zweifelnd. »Gegen das ganze Schiff?«

»Wir müssen nicht gegen das ganze Schiff kämpfen. Wir befreien Quel Thai, schlagen uns zur Brücke durch und verschanzen uns da, bis wir bei der *Lydia* andocken und Marines das Aufräumen übernehmen. Mit etwas Glück sind wir bereits auf der Brücke, bevor der Rest der Besatzung weiß, was los ist.«

»Bei dir hört sich das alles immer so einfach an«, meinte Scott. Insgeheim dachte er jedoch bereits über Alans Plan nach. Je mehr er über die Worte des anderen Teamführers sinnierte, desto mehr kam er zu dem Schluss, dass es tatsächlich der einzige Weg war. So schlecht standen ihre Chancen gar nicht, wenn man es recht bedachte. Sie waren zu viert. Die Besatzung des Schiffes bestand aus nicht mehr als dreißig Personen, von denen mindestens acht bereits ausgeschaltet waren. Blieben noch maximal zweiundzwanzig. Mindestens fünf von ihnen hielten sich auf der Brücke auf. Das wäre durchaus zu schaffen. Auf jeden Fall waren die Erfolgsaussichten deutlich besser, als in einer Rettungskapsel darauf zu vertrauen, dass die Frachter weiterhin so schlecht schossen, wie es ihre Vorstellung gegen die Zerberusse angedeutet hatte.

Sie erreichten eine Wartungsluke, die quer durch das Schiff führte. Jakob übergab Alan seine Maschinenpistole und machte sich so leise wie möglich daran, die Luke zu öffnen. In der Realität erwies sich das als nicht sehr leise. Das Schiff war in einem allgemein schlechten Zustand und das Metall quietschte protestierend. Jakob ächzte vor Anstrengung, bekam die Luke jedoch halbwegs geöffnet, damit sich alle vier hindurchquetschen konnten. Für Alan wurde es jedoch recht eng, sodass er nur mit allerhand Gestöhne hindurchkam.

In der Wartungsröhre herrschten Klaustrophobie erzeugende Bedingungen. Das allein wäre schon genug gewesen, hätten sich nicht auch noch tropische Temperaturen zu den beengten Verhältnissen hinzugesellt.

Die ROCKETS wischten sich mehrmals Gesicht und Stirn mit den Ärmeln ihrer Uniformen ab, doch bis sie endlich das Deck erreichten, in dem Quel Thai gefangen gehalten wurde, war ihre Bekleidung durchnässt.

Scott löste so leise wie möglich die Verankerung der Wartungsluke. Diese hier quietschte nicht. Zum Glück. Jemand hielt sich im Korridor direkt vor ihnen auf. Der Teamführer vernahm mindestens drei Stimmen - und wenn er sich nicht sehr irrte, standen sie vor dem Quartier, das die Scans der *Lydia* als Quel Thais Aufenthaltsort identifiziert hatten.

Er kroch wieder ein Stück zurück, bis er sich gefahrlos umdrehen konnte, ohne ein Geräusch zu verursachen. Scott hob drei Finger in die Höhe und zeigte in die ungefähre Richtung. Alan und Laura nickten. Jakob wischte sich mit einer Hand Schweiß aus dem Auge und machte eine grimmige Miene, die er sich für solche Augenblicke aufhob.

Scott öffnete erneut die Luke, gerade so weit, dass er seinen massigen Körper hindurchschieben konnte. Die drei Wachposten hatten ihn noch nicht bemerkt. Er presste sich flach auf den Boden, die Waffe im Anschlag. Hinter ihm krochen erst Alan, dann Laura und schließlich Jakob ins Freie. Außer den drei ahnungslosen Männern war niemand weit und breit zu sehen. Warum auch? Die Besatzung rechnete sicherlich nicht mit einem Enterkommando. Und schon gar nicht mit einem, das unbemerkt eindrang.

Scott hob die Hand und zählte mit den Fingern bis drei - bei drei sprangen die vier ROCKETS wie ein Mann auf. Die Wachposten reagierten überraschend schnell. Die Männer zogen kleinkalibrige Projektilwaffen aus ihren Holstern und eröffneten das Feuer. Eine Kugel streifte Scotts Wange, eine andere verfehlte ihn nur um wenige Zentimeter. Hinter ihm heulte Jakob schmerzerfüllt auf.

Die Maschinenpistolen der ROCKETS husteten kurze, präzise Salven und füllten den Korridor mit Tod. Die drei Wachposten tanzten unter den Einschlägen - bevor sie zu Boden stürzten und sich nicht mehr rührten, als hätte man Marionetten die Fäden durchgeschnitten.

Geistesabwesend wischte sich Scott einen Blutfaden aus dem Gesicht.

Alan sicherte bereits den Gang abwechselnd in beide Richtungen, während sich Laura um Jakob kümmerte, der am Boden kauerte und sich mit verkniffener Miene den linken Arm hielt.

»Wie schlimm?«, fragte Scott.

»Fleischwunde«, erwiderte Laura wortkarg, während sie die Verletzung verband.

»Tut mir leid, Boss«, sagte Jakob in Alans Richtung.

»Kann passieren«, erwiderte dieser. »Hauptsache, sie haben dir nicht deine Rübe weggeballert.«

»Nicht heute«, antwortete Jakob und machte den Versuch eines Lachens, was jedoch misslang, da er vor Schmerz das Gesicht verzog.

Laura verabreichte dem Verletzten noch eine Spritze, in der sich ein Cocktail aus Schmerz- und Aufputschmitteln befand, und nickte Scott zu. Jakob packte seine Maschinenpistole mit der unverletzten Hand und stand auf. Auf seinem Gesicht standen vor Anstrengung dicke Schweißperlen, doch zumindest im Augenblick wirkte er einsatzbereit.

Das Team rückte bis zu Quel Thais Tür vor. Sie ließ sich nur über einen Handabdruckscanner öffnen. Alan fackelte nicht lange, packte eine der Leichen am Arm, zerrte sie zur Tür und legte die Hand des Toten auf die dafür vorgesehene Vertiefung des Scanners. Der Scanner piepte fünfmal, dann öffnete sich die Tür. Alan ließ die Hand des Wachpostens mit einem verächtlichen Schnauben fallen.

Jakob und Laura blieben an der Tür, während Scott und Alan wachsam und auf jede Eventualität gefasst ins Innere stürmten. Sie teilten den Raum wie selbstverständlich in Zuständigkeiten auf. Alan sicherte die linke, Scott die rechte Seite. Es waren Augenblicke wie diese, in denen sich die hervorragende Ausbildung der ROCKETS zeigte.

Doch im Raum hielt sich nur eine Person auf und von dieser ging keine Gefahr aus. Quel Thai erhob sich von einem heruntergekommenen Möbelstück, das in früheren Zeiten möglicherweise mal ein Bett gewesen sein mochte, doch jetzt handelte es sich lediglich noch um eine Matratze mit etwas, das entfernt Ähnlichkeit mit einem Lattenrost hatte.

»Wer sind Sie?«, fragte der Meskalno durch seinen Übersetzer.

In Scotts Augen war der Anblick einer zwei Meter großen Gottesanbeterin immer noch extrem ungewohnt - vor allem einer, die ihn ansprach. Er schüttelte seinen Schauder ab.

»ROCKETS, Sir. Wir sind hier, um Sie zu retten.«

Der Meskalno gab ein Geräusch von sich, das Scott für einen erleichterten Seufzer hielt. »Endlich. Ich dachte schon, ich würde hier sterben. Bringen Sie mich nur schnell weg von hier.«

Scott und Alan wechselten einen amüsierten Blick. Von dem arroganten und selbstverliebten Gehabe des Meskalno war nichts mehr zu entdecken. Die Entführung und Gefangennahme schien Quel Thai so was wie Demut gelehrt zu haben. Gut möglich, dass diese Wandlung nur von kurzer Dauer war, doch solange sie ihre Fluchtchancen erhöhte, war dies Scott herzlich egal.

»Scott?«, fragte Alan. »Wo geht's zur Brücke?«

Scott holte seinen Taschencomputer hervor und gab einen kurzen Befehl ein. »Auf diesem Deck. Hundertfünfzig Meter entfernt.«

»Wenigstens müssen wir nicht das Deck wechseln. Aber wir sollten uns besser beeilen.«

»Da hörst du von mir keine Widerworte.« Scott wandte sich an den Meskalno: »Sir? Wir bringen Sie hier raus. Aber Sie müssen tun, was wir Ihnen sagen. Verstanden?«

»Ja«, antwortete der Meskalno schlicht.

Laura und Jakob nahmen den befreiten Meskalno in die Mitte, Scott übernahm die Führung, Alan bildete das Schlusslicht. Das Licht im Gang flackerte leicht, als sie sich in Richtung Brücke vorarbeiteten. Ein weiteres Indiz für den schlechten Zustand des Frachters. Mit den Kindern der Zukunft musste es steil bergab gehen, wenn ihnen nur noch Schiffe wie dieses zur Verfügung standen.

Scott wunderte sich für einen Augenblick, dass ihnen auf dem Weg zur Brücke niemand über den Weg lief, doch es handelte sich um ein großes Schiff mit einer kleinen Besatzung, also sah er diesen Umstand eher als Glücksfall an.

Sie erreichten das Schott zur Brücke ohne weiteren Zwischenfall und Scott begann schon zu glauben, dass sie die Mission problemlos würden beenden können. Doch eines der ungeschriebenen Gesetze einer jeden militärischen Operation besagte, wenn etwas schiefgehen konnte, dass es auch schiefging.

Scott wollt gerade die Tür öffnen, als diese bereits aufging und ihm ein verdutzt aussehender Mann gegenüberstand. Der Kerl war mindestens ebenso überrascht wie Scott, doch der Kommandosoldat schüttelte seine Überraschung schneller ab. Er stand dem Mann bereits zu nahe, um seine Maschinenpistole einsetzen zu können, also tat er das Einzige, was ihm einfiel - er stützte sich auf seinen Gegner.

Die beiden Kämpfenden prallten schwer gegen die nächste Konsole und hämmerten den Kopf des Besatzungsmitglieds, das dort seinen Dienst versah, quasi aus Versehen gegen dessen Bildschirm, der in tausend Scherben zersprang.

Die ROCKETS strömten hinter Scott durch die geöffnete Tür. Abgesehen von dem Bewusstlosen und dem Mann, der mit Scott rang, befanden sich sechs weitere Männer auf der Brücke. Viel mehr Leute, als sie gehofft hatten. Alle in zweckmäßigen, stumpfgrauen Raumfahreroveralls.

Nur zwei besaßen die Geistesgegenwart, nach ihren Waffen zu greifen. Alan und Laura schossen sie ohne Zögern nieder. In der Zwischenzeit überwältigte Scott seinen Gegner, indem er den Kopf des Mannes immer wieder brutal auf den Boden schlug, bis dieser die Augen verdrehte und ohnmächtig liegen blieb.

Scott rappelte sich auf, seine Maschinenpistole in der Hand. »Wer hat hier das Kommando?«

»Na ich«, sagte ein mürrischer Mann, der neben dem Kommandosessel stand.

Scott lud seine Maschinenpistole durch und jagte eine Salve in die Lehne des Sessels, die zerfetzt wurde. »Noch mal: Wer hat hier das Kommando?«

Die Miene des Mannes wurde noch mürrischer: »Na Sie.«

Vincent wartete ungeduldig. Das Einsatzteam befand sich bereits seit über einer Stunde auf dem feindlichen Schiff und noch immer gab es kein Lebenszeichen. Er tröstete sich mit dem Wissen, dass die Besatzung bereits irgendetwas getan hätte, wenn Sie die ROCKETS ausgeschaltet hätten. Trotzdem zehrte das Warten gehörig an seinen Nerven.

»Der Frachter«, meldete Ivanov plötzlich. »Er bewegt sich.«

»Welcher Kurs?«

»Auf uns zu.«

»Was?«

»Wir werden gerufen«, meldete der Kommunikationsoffizier.

»Durchstellen!«

Das Hologramm baute sich auf und zu Vincents unendlicher Erleichterung sah er sich unvermittelt Scott Fergusens Gesicht gegenüber. »Commodore«, begrüßte dieser den Flottenoffizier.

»Wie ist Ihr Status, Major?«

»Wir haben Quel Thai. Keine Verluste. Ein Verwundeter.«

»Ausgezeichnete Arbeit.«

»Danke, Commodore. Wir haben allerdings ein Problem. Wir haben das Schiff unter unsere Kontrolle gebracht und uns auf der Brücke verschanzt. Vor der Tür steht die halbe feindliche Besatzung und will zu uns herein, und die beiden anderen Frachter sind hinter uns her. Ich denke, sie würden uns eher zerstören, als zuzulassen, dass wir mit ihrer Geisel entkommen.«

»Einen Augenblick, Major.« Er wandte sich an seinen XO: »Können wir die ROCKETS unterstützen?«

»Nicht direkt«, erwiderte Ivanov. »Die beiden Frachter haben sich so positioniert, dass Fergusens Schiff sich zwischen uns und ihnen befindet. Würden wir das Feuer eröffnen, würden wir eher Fergusen und die ROCKETS treffen.«

»Optionen?«

»Die Wolverines sind immer noch im All, Sir.«

Vincent lächelte verstehend. »Gut, dann machen wir es so. - Major?«

»Ja?«

»Gehen Sie längsseits zu uns und bleiben Sie dann auf Kurs, wir schicken einige Marines auf ihr Schiff. Um die anderen beiden Frachter wird man sich kümmern.«

»Major Parducci?« Nigel Summers Stimme klang ruhig, trotzdem hörte Parducci einen bedrohlich drängenden Unterton heraus.

»Hier Parducci, Commander.«

»Zerstören Sie die beiden verfolgenden Frachter und eskortieren Sie anschließend das dritte Schiff zur *Lydia*. Ich wiederhole: Das führende Schiff ist unbedingt zu schützen.«

»Verstanden.« Sie schaltete um auf die allgemeine Befehlsfrequenz der Staffel. »Ihr habt es gehört, Jungs und Mädels. Waffen entsichern und Feuer frei, sobald ihr in Reichweite seid.«

Die zwölf Jäger der Wolverine-Staffel heizten ihre Schubdüsen auf und jagten auf das Frachter-Trio zu.

Das führende Schiff versuchte, in die Sicherheit der Geschütze der *Lydia* zu fliehen, doch die beiden Verfolger schienen etwas dagegen zu haben. Noch bevor Parducci und ihre Staffel in Feuerreichweite waren, eröffneten die Verfolger mit Energiewaffen das Feuer.

Der dritte Frachter mit den ROCKETS an Bord wurde mehrmals im Bereich des Antriebs getroffen. Die dahinterstehende Taktik war klar. Sollte es ihnen gelingen, den Antrieb auszuschalten, wäre das Schiff verloren. Die Frachter waren nach achtern nicht bewaffnet, sodass Fergusen und seine ROCKETS nichts anderes tun konnten als beten und den Beschuss aussitzen.

Parduccis Zielcomputer gab mit einem durchdringenden Warnton zu verstehen, dass ihr Jäger in Reichweite und das Ziel bereits erfasst war. Mit dem Zeigefinger presste sie den Knopf für die Bordwaffen durch. Die Waffen verursachten keinen Rückstoß und trafen perfekt ins Ziel.

Der führende Verfolger wurde durchgeschüttelt, als die Zwillingslaserkanonen des Zerberus an dessen Schilden zerrten. Die Energieschirme schillerten in allen Regenbogenfarben. Die übrigen Jäger ihres Kommandos schlossen sich dem Angriff an. Je sechs konzentrierten sich auf ein Schiff.

Schon sehr bald überstieg die einwirkende Energie die Möglichkeiten der Schiffe zur Abwehr - die Schilde brachen zusammen. Die Schiffe erwiderten das Feuer der Jäger, feuerten unterdessen jedoch weiter auf Fergusens Frachter.

Ein Treffer im Bereich einer Achtern-Frachtrampe löste eine Sekundärexplosion aus, die mehrere Brüche in die Außenhülle riss. Parducci hoffte, das Schiff würde dem Beschuss lange genug standhalten.

Das Abwehrfeuer der Frachter wurde immer dichter, je näher die Jäger ihren Zielen kamen. Da sie gezwungen waren, auf Kurs zu bleiben, um die Schiffe mit allem einzudecken, was sie hatten, blieben ihre Möglichkeiten auszuweichen limitiert.

Eines der Icons, das einen Zerberus symbolisierte, verschwand von ihrem Bildschirm, kurz darauf ein zweites. Wut ergriff von Parducci Besitz. Zwei ihrer Leute waren gefallen. Nein, nicht gefallen. Ermordet. Ermordet von fanatischen Terroristen.

Sie entsicherte ihre Raketen und presste dreimal auf den Auslöser. Unter ihren Tragflächen lösten sich drei Flugkörper, die sofort Peilung aufnahmen und auf den führenden Verfolger zurasten. Das Schiff begann verzweifelt mit einer Reihe Ausweichmanöver; diese waren jedoch zum Scheitern verurteilt. Die Raketen schlugen mittschiffs ein, etwas unterhalb des Punktes, an dem sich die Brücke befinden musste.

Das Schiff verlor explosionsartig den Großteil seines Sauerstoffs, so schnell, dass die Druckschotten nicht in der Lage waren, die beschädigten Teile des Schiffes vom Rest zu isolieren, bevor das Unglück seinen Lauf nahm. Parducci löste zwei weitere Raketen aus und schickte mehrere Lasersalven hinterher.

Ihre Raketen schlugen nur Sekunden vor denen ihrer Flügelfrau ein. Das Schiff schlingerte und brach aus. Beinahe alle Geschütze stellten das Feuer ein. Der Frachter war angeschlagen, allerdings noch nicht außer Gefecht. Parducci hatte nicht vor, den Gegner entkommen zu lassen. Sie verfügte noch über eine Rakete. Sie wartete, bis der Computer die Zielerfassung bestätigte. Die Rakete raste auf das Ziel zu wie ein von der Kette gelassener Jagdhund und schlug knapp neben dem Antrieb ein. Eine Sekundärexplosion zerriss das Heck des feindlichen Schiffes. Der Bug schien jedoch noch relativ intakt zu sein. Doch dann breiteten sich weitere Explosionen aus, die das Schiff in Millionen Trümmer verwandelten.

Parducci atmete erleichtert auf. Sie überprüfte ihre Anzeigen. Ihre Kameraden hatten den anderen Frachter erledigt. Das Schiff trieb manövrierunfähig im All und konnte geborgen werden. Der MAD würde an die Besatzung einige Fragen haben.

»Parducci an *Lydia*.«

»Wir hören, Major.«

»Auftrag ausgeführt. Feindliche Schiffe ausgeschaltet.« Ihre Stimme stockte für einen Moment. »Zwei Mann Verlust.«

Der Attentäter betrat das abgedunkelte Zimmer mit einem flauen Gefühl der Beklemmung in der Magengegend. Sein Kontaktmann und dessen Handlanger blieben hinter ihm zurück. Der Attentäter konnte sich des Gefühls nicht erwehren, dass die beiden nicht damit rechneten, ihn noch einmal wiederzusehen. Die Häme der zwei Fanatiker durchdrang ihre sorgsam neutralen Mienen problemlos und vermochte nicht, den Attentäter zu täuschen.

Die Tür schloss sich hinter ihm.

Der Attentäter kniff die Augen zusammen, um die Dunkelheit durchdringen zu können. Doch selbst als sich seine Augen an die Umgebung gewöhnt hatten, war die Gestalt, die ihm gegenüberstand, nicht mehr als ein undeutlicher Schemen.

»Bericht!«, verlangte die Gestalt. Ihre Stimme klang hart und in den Ohren des Attentäters seltsam forsch. Die Art und Weise, wie sie dieses eine Wort sagte, zeigte, dass die Zunge seines Gegenübers nicht dafür geschaffen war, ein menschliches Wort zu formen.

»Man hat den Meskalno befreit. Alle drei Schiffe sind verloren.«

»Der Verlust dieser Schiffe und ihrer Besatzungen ist unerheblich. Viel wichtiger ist die geglückte Befreiungsaktion. Das hätte nicht passieren dürfen und gefährdet unsere Pläne. Wir wollten Chaos. Nun sind sie sich einiger als jemals zuvor. Der Pakt, den die Menschen anstreben, rückt in greifbare Nähe.«

»Dessen bin ich mir bewusst.« Kalter Schweiß brach im Nacken des Attentäters aus. Die Wut seines Gegenübers ließ ihn frösteln. Insgeheim fragte er sich, ob die Häme seines Kontaktmannes gerechtfertigt war. Im Moment zweifelte er selbst daran, diese Zimmer je wieder lebend zu verlassen.

»Die Befreiung des Meskalno ist ein Ärgernis. Es bedeutet, wir müssen unsere Pläne wesentlich beschleunigen. Eigentlich wollten wir nicht öffentlich in Erscheinung treten, doch nun haben wir keine andere Wahl mehr.«

»Und das bedeutet?«

»Senden Sie das Signal. Rufen Sie die Flotte.«

Der Attentäter schluckte schwer. Das war in der Tat ein harter Schritt. Er zwang den Kloß in seinem Hals hinunter und schwieg. Jetzt zu widersprechen, könnte sich als tödlicher Fehler erweisen. Er machte sich bewusst, dass er lediglich ein Befehlsempfänger war. Sollte seine Meinung erwünscht sein, würde danach gefragt werden.

»Wie Sie befehlen. Wäre das alles?«

»Noch nicht ganz. Wer war für die Befreiungsaktion verantwortlich?«

»Soldaten der ROCKETS.«

»Nein, was ich meine, ist: Wer hat sie autorisiert? Wer kam überhaupt auf die Idee, auf der Rückseite der Sonne nach diesen Schiffen zu suchen.«

»Nogujama. Der MAD-Chef.«

»Nogujama.« Sein Gegenüber sprach das Wort langsam aus, als würde er jeden einzelnen Buchstaben kosten und dessen Geschmack bestimmen. »Ich kenne diesen Namen.«

»In der Tat. Er leitet schon seit Langem den MAD und war in den letzten Jahren für einige sehr schmerzhafte Niederlagen verantwortlich.«

»Ja, richtig. Daher kenne ich den Namen. Dieser Mensch ist viel zu scharfsinnig, viel zu gerissen. Er ist uns jetzt einmal zu oft in die Quere gekommen.«

»Wie lauten Ihre Anweisungen?«, fragte der Attentäter, erleichtert darüber, dass sich die Wut seines Gegenübers auf jemand anderen als ihn fokussierte.

Die Gestalt kam langsam näher, bis er nur wenige Zentimeter vor dem Attentäter stand. Mit Mühe widerstand dieser dem Drang zurückzuweichen, der beinahe übermächtig wurde. Er musste den Kopf in den Nacken legen, um seinem Gegenüber ins Gesicht sehen zu können.

»Töten Sie ihn«, sagte der Ruul. »Ich will, dass er stirbt.«

14

Konteradmiral Okuchi Nogujama war guter Laune. Er war sogar derart guter Laune, dass er entgegen seiner Gewohnheiten eine sanfte Melodie, die er noch aus seiner Kindheit kannte, leise vor sich hin pfiff. Dieses Verhalten war für den alten Admiral höchst ungewöhnlich; seine vier Leibwächter, die zwei Schritte hinter respektive vor ihm gingen, tauschten amüsierte Blicke aus.

Heute war ein guter Tag gewesen. Nicht nur, dass sie den Obersten Theokraten aus der Hand der Kinder der Zukunft hatten befreien können, was ihnen dessen Dankbarkeit eingebracht und sie ein gutes Stück vorwärts auf dem Weg zu einer fruchtbaren Einigung gebracht hatte. Sie hatten außerdem ein Rebellenschiff zerstört und zwei aufgebracht. Dadurch war es ihnen gelungen, ein wichtiges Sicherheitsleck zu schließen, durch das die menschlichen Anhänger der Ruul nun nie wieder würden schlüpfen können. Ja, er konnte mit Fug und Recht behaupten, dass es ein äußerst produktiver Tag gewesen war.

Eine leise, hartnäckige Stimme in seinem Hinterkopf unterbrach seine zufriedenen Gedankengänge. Der Tag wäre noch besser gewesen, wenn sie den Profikiller, den die Kinder der Zukunft eingeschleust hatten, endlich zur Strecke gebracht hätten. Es war der einzige Wermutstropfen. Dieser Kerl entpuppte sich als ungewöhnlich kompetent. Und Nogujama hatte etwas gegen Kompetenz, solange sie sich aufseiten des Gegners zeigte.

Etwa hundert Meter voraus kam endlich seine Unterkunft in Sicht: ein kleiner Bungalow am Rand des Sicherheitsbereichs, den der MAD und die ROCKETS um das Kongresszentrums gezogen hatten. Er hätte auch direkt innerhalb des Kongresszentrums in einem der hochgradig luxuriösen Hotels unterkommen können, so wie die meisten anderen Konferenzteilnehmer. Doch er liebte und kultivierte seine wenigen Momente der Abgeschiedenheit, die ihm in seinem stressigen Beruf blieben. Es verlieh ihm eine einzigartige Sichtweise, die ihn so gut in seinem Job machte.

Einer seiner Leibwächter deaktivierte das Sicherheitssystem und der Admiral schloss die Tür auf, während sich die vier Männer demonstrativ vor der Tür postierten, um jedem Eindringling den Zugang zu verwehren.

Nogujama nickte jedem der Männer zum Abschied zu und schloss die Tür hinter sich. Die Offiziere würden jetzt sechs Stunden wie Statuen vor der Tür stehen und trotzdem auf jedes Geräusch und jede potenzielle Gefahr achten. Und nach sechs Stunden würde die Ablösung kommen und dasselbe bis zum Morgen tun.

Coltor hatte ihn regelrecht angefleht, für die Dauer der Konferenz noch mehr Leibwächter postieren zu dürfen, doch Nogujama war strikt dagegen gewesen. Er wollte sich in seiner Freiheit nicht mehr als unbedingt notwendig einschränken lassen und er bezweifelte, dass die Kinder der Zukunft oder die Ruul es auf ihn absehen würden. Persönlich hielt er sich für viel zu unbedeutend, um einen solchen personellen, logistischen und materiellen Aufwand zu rechtfertigen.

Außerdem stand weniger als dreißig Meter von seinem Bungalow entfernt ein Infanteriezug auf Wache, um das Kongresszentrum auf dieser Seite abzuschirmen. Und im Abstand von jeweils zwanzig Metern um das Zentrum gab es Checkpoints, die von MAD-Offizieren besetzt waren und die jeden peinlich genau kontrollierten, der das Areal überhaupt betreten wollte. Auf jedem höher gelegenen Dach standen schwer bewaffnete Posten und Zwei-Mann-Scharfschützenteams. Er war hier so sicher, wie es nur irgend möglich war. Nogujama schmunzelte leicht. Manchmal könnte man den Eindruck gewinnen, Coltor sei *sein* Mentor und nicht umgekehrt. Es bestand auch nicht der kleinste Grund für mehr Leibwächter ...

Nogujama schnallte das Holster seiner Dienstwaffe mit einem erleichterten Stoßseufzer ab und legte es auf einen kleinen Beistelltisch neben der Wohnungstür. Mit der linken Hand knöpfte er die obersten zwei Knöpfe seiner Uniform auf, während er sich mit der anderen mehrere dicke Schweißtropfen von der Stirn wischte.

Es war ein anstrengender Tag gewesen, doch dass es so schweißtreibend geworden war, merkte er erst jetzt. Und so, wie die Dinge lagen, würde es morgen noch viel anstrengender werden. Die Verhandlungen erreichten einen kritischen Punkt, und war diese Hürde erst genommen, rückte eine Einigung in greifbare Nähe.

Nogujama schleppte sich ins Wohnzimmer. Seine Glieder fühlten sich wie Blei an. Er stützte sich müde auf dem Sofa ab, um ein paar Mal gut durchzuatmen. Im selben Moment erkannte er, dass etwas nicht stimmte.

Nogujama leitete seit geraumer Zeit den MAD und hatte dadurch schon so einiges erlebt. Das Ergebnis eines Lebens in ständiger Gefahr war die Entwicklung eines hoch entwickelten Instinkts für Todesgefahr. Und gerade jetzt meldete sich dieser mit brutaler Vehemenz zu Wort.

Instinktiv griff er an die Stelle, an der sich normalerweise sein Holster befand, doch im selben Moment erinnerte er sich, wo er seine Waffe zurückgelassen hatte. Langsam und vorsichtig, seine Umgebung im Auge behaltend, glitt er rückwärts zur Wohnungstür. Plötzlich fiel das Licht aus. Nogujama blieb schlagartig stehen. Ein zufälliger Stromausfall? Unwahrscheinlich.

Er wartete, bis sich seine Augen an die Dunkelheit, die ihn umgab, gewöhnt hatten. Es zeichneten sich nun schwache Umrisse ab: Stühle, ein Tisch, das Sofa. Trotz kurzzeitiger Desorientierung war er sich ziemlich sicher zu wissen, wo sich die Tür befand. Und Nogujama war sich ziemlich sicher, nicht allein zu sein. Das Gefühl, von unsichtbaren Augenpaaren beobachtet zu werden, wurde übermächtig. Trotzdem widerstand er dem Drang, zur Tür zu stürzen. Der evolutionär bedingte Kampf-oder-Flucht-Reflex, der den Menschen aus Zeiten anhing, in denen sie noch in Höhlen lebten, hätte sich in der jetzigen Situation als fatal erwiesen.

Warum schlugen sie nicht einfach zu und brachten es hinter sich? Und wo zur Hölle waren seine Leibwächter? Sie mussten doch inzwischen bemerkt haben, dass etwas nicht stimmte.

Nogujama hatte die Tür fast erreicht, da griffen sie ohne Vorwarnung an. Sie stürmten aus der Dunkelheit heran, so geschmeidig und zielsicher, dass der Admiral sofort wusste, sie waren mit Nachtsichtgeräten ausgestattet. Das wenige Licht brach sich auf etwas Metallischem und Nogujama glitt instinktiv nach links. Die Klinge, die auf sein Herz zielte, verfehlte ihn knapp und schlitzte ein Stück Stoff von seiner Uniform.

Nogujama vermochte weiter, nur schwache Umrisse zu erkennen, doch er war sich sicher, es mit mindestens drei Gegnern zu tun zu haben. Nogujama lachte humorlos auf. Sie schickten so viele Leute, um einen alten Mann zu erledigen. Das grenzte ja schon beinahe an ein Kompliment.

Er blockte den Hieb einer zweiten Klinge geschickt mit dem Unterarm ab, bekam das Handgelenk seines Gegners zu fassen und brach es mit einem einzigen festen Ruck. Der Mann schrie vor Schmerz schrill auf und ließ das Messer augenblicklich fallen.

Nogujama fischte es sich aus der Luft und parierte damit einen Messerangriff des ersten Angreifers.

Sie hätten vielleicht mehr schicken sollen.

Mit einer leichten Drehung des Handgelenks lenkte er die Klinge seitlich an sich vorbei und brachte seinen Gegner damit aus dem Gleichgewicht.

Als der Mann wie ein undeutlicher Schemen an ihm vorüberfiel, führte Nogujama einen gekonnten Hieb gegen die Stelle, an der sich die Halsschlagader befinden musste. Ein gurgelndes Geräusch und warme Flüssigkeit, die ihm ins Gesicht spritzte, belohnten seine Bemühungen.

Doch trotz seiner kämpferischen Leistungen wäre es nur eine Frage der Zeit, bis sie ihn zur Strecke brachten. Er war sich inzwischen sicher, es mit vier Männern - na ja, jetzt nur noch drei - zu tun zu haben. Doch die Dunkelheit konnte genauso gut noch zehn weitere enthalten. Er musste hier weg, und zwar schnell.

Nogujama ging rückwärts zur Haustür, wobei er beinahe über einen Beistelltisch gestolpert wäre.

Der Beistelltisch.

Er griff mit einer Hand nach hinten und zerrte mit entschlossenen Handgriffen seine Dienstwaffe aus dem Holster. Das erbeutete Messer steckte er sich in den Gürtel. Nur für alle Fälle. Mit der Laserpistole in der Hand, fühlte er sich jetzt schon bedeutend wohler und beileibe nicht mehr so verwundbar wie noch Sekunden zuvor.

Angestrengt bemühte er sich, die Dunkelheit mit den Augen zu durchdringen. Sie hielt seine Angreifer weiterhin vor ihm verborgen.

»Sie kommen hier nicht lebend raus«, zischte eine Stimme plötzlich. Sie troff vor Hass und jagte Nogujama einen Schauder über den Rücken.

»Wer sind Sie?«

»Dreimal dürfen Sie raten.«

»Die Kinder der Zukunft haben Sie geschickt?«

»Bingo!«

Nogujama versuchte, den Standort der fremden Stimme auszumachen, doch es gelang ihm nicht. Sie schien von überall und nirgends zu kommen. Die ihn umgebende Dunkelheit war dabei keine Hilfe.

»Warum die Messer? Warum haben Sie mich nicht einfach erschossen, als sie die Gelegenheit dazu hatten?«

»Des Vergnügens wegen.«

»Des Vergnügens?«

»Wir wollten Sie eigentlich schön langsam umbringen. Wir hätten nie mit diesem Widerstand gerechnet.«

»Ich nehme an, Ihr Auftrag ist nun nicht mehr so vergnüglich ...«

»Wirklich nicht, aber das spielt keine Rolle mehr. Sie sind ein toter Mann.«

»Da hab ich aber andere Pläne.«

Ein heiseres Lachen antwortete ihm. »Tut mir leid, aber auf Ihre Pläne werden wir keine Rücksicht nehmen.«

Etwas in der Stimme seines Gegners ließ ihn hellhörig werden und er warf sich nach rechts. Genau in diesem Moment knallten zwei Schüsse aus der Finsternis. Einer verfehlte ihn und schlug in die Wand hinter ihm ein. Der zweite traf ihn in die rechte Schulter. Sengender Schmerz durchzuckte Nogujamas Körper. Dreimal zog er den Abzug durch und Laserblitze zuckten durch den Raum. Jemand keuchte überrascht auf. Nogujama war sich klar, wenn er abhauen wollte, dann jetzt - oder nie.

Er rappelte sich mühsam auf, unterdrückte dabei den Schmerz in seiner Schulter und rannte zur Tür, so schnell er konnte. Noch in der Bewegung feuerte er mehrmals ungezielt nach hinten. Hoffnung, etwas zu treffen, hatte er nicht, doch die Schüsse würden seine Gegner vielleicht in Deckung zwingen und ihm kostbare Sekunden verschaffen.

Nogujama riss die Tür des Bungalows auf und blieb wie angewurzelt stehen. Vor ihm stand ein Mann. Sein Gegenüber war relativ klein, nur wenige Zentimeter größer als der Admiral selbst, sein Gesichtsausdruck neutral. Im Gegensatz zu den Männern im Haus versprühte der Neuankömmling keinen Hass. Der Mann hielt eine tödlich aussehende, kleinkalibrige Waffe in der Hand. Sie zielte auf Nogujamas Brust. Die Waffe knallte zweimal und schickte zwei Projektile in das Herz des Admirals.

Nogujama zuckte zusammen, mehr vor Überraschung denn vor Schmerz. So etwas wie Schmerz verspürte er kaum. Er wunderte sich nur, warum er so schnell schwächer wurde und weshalb der Boden auf ihn zuraste.

Der Attentäter betrachtete die Leiche des Admirals mit mildem, professionellem Respekt. Aus dem Bungalow traten sein Kontaktmann Karl und dessen Helfershelfer Mick, der sich mit schmerzverzerrtem Gesicht das offenbar gebrochene Handgelenk hielt.

»Gab's Probleme?«, fragte der Attentäter und machte sich nicht einmal die Mühe, seine Häme zu verbergen.

Der Kontaktmann spie einen dicken Speichelklumpen auf die Leiche des MAD-Chefs. Diese Geste ließ in ihm Abscheu und Verachtung für seine Auftraggeber aufsteigen. Der Attentäter verachtete die Kinder der Zukunft zutiefst. Der einzige Grund, dass er für sie arbeitete, war das enorm viele Geld, das sie ihm für seine Dienste zahlten. Mit ihrer Ideologie hatte er nichts gemein und fand das auch durchaus gut so.

Hätten sie nur ihn geschickt, um den alten Admiral zu eliminieren, er hätte die Sache erledigt - schnell, sauber, effizient. Stattdessen hatten sie ihn bei dieser Mission zu einem bloßen Zuschauer und Handlanger degradiert, der von der Ersatzbank aus zusehen musste. Aber das hatten sie jetzt davon. Sie sandten vier Männer, um einen alten Mann zu erledigen. Nun waren zwei tot, einer verletzt und er selbst hatte doch den Todesstoß anbringen müssen. So etwas passierte eben, wenn man Amateure beauftragte, die Arbeit eines Profis zu erledigen.

»Ich interpretiere das mal als ein Ja«, erklärte der Attentäter betont süffisant.

Karl warf ihm einen bitterbösen Blick zu, sagte jedoch nichts.

Der Mann mit dem gebrochenen Handgelenk holte mit dem Fuß aus, um der Leiche einen Tritt zu verpassen, doch der Attentäter ging dazwischen, bevor es so weit kommen konnte.

»Das reicht jetzt!«, zischte er den beiden Männern zu. »Hier wird es bald von MAD-Leuten und Soldaten wimmeln. Wir sollten verschwinden. Sofort!«

Der Kontaktmann nickte nur und quetschte sich am Attentäter vorbei, dicht gefolgt von seinem verletzten Kameraden. Der Attentäter warf dem toten Admiral einen letzten Blick zu und folgte seinen Auftraggebern schließlich. Vorbei an den vier toten Leibwächtern Nogujamas.

David war außer sich vor Wut.

Und da war er beileibe nicht der Einzige.

Nogujamas Bungalow summte wie ein aufgeschreckter Bienenschwarm. Dutzende Geheimdienstoffiziere schwärmten im Refugium des MAD-Chefs umher, um Spuren und Beweise zu sichern.

David stand über der Leiche eines Mannes in mittleren Jahren mit hoher Stirn und Dreitagebart. Nogujamas Laserpistole hatte ihm zwei Löcher in die Brust und eines direkt unterhalb des Adamsapfels in den Hals gebrannt. Unweit der ersten lag eine zweite Leiche, deren Hals mit einem Messer aufgeschlitzt worden war.

Der MAD-Chef war so gestorben, wie er gelebt hatte: kämpfend.

Nogujamas Leichnam lag in der Nähe der Eingangstür. Die Offiziere, die ihn gefunden hatten, hatten seinen Körper respektvoll mit einem Tuch abgedeckt. Die Ruul - oder vielmehr ihre menschlichen Speichelle-cker - hatten einen tödlichen Schlag gelandet und den MAD bis ins Mark erschüttert. Nogujama war für viele beim MAD mehr als nur ihr Vorgesetzter gewesen: ein Mentor, ihr Fels in der Brandung, ihre Vaterfigur, all das und noch viel mehr. Und nun war er tot. Dafür würden viele Stimmen Rache fordern.

Und David war eine von ihnen. Er wollte dafür Blut sehen, ebenso jeder einzelne MAD-Offizier sowie alle ROCKETS-Mitglieder. Sie alle waren von einem unstillbaren Verlangen erfüllt: die Mörder zur Strecke zu bringen.

Jonathan Clarke unterhielt sich gedämpft mit Alan Foulder und Scott Fergusen. Alle drei wirkten ebenso schockiert, wie er selbst sich fühlte. Jonathan verabschiedete sich von den beiden ROCKETS und gesellte sich zu David, der brütend vor sich hin starrte.

»Gibt es Neues?«, fragte David ohne wirklichen Enthusiasmus. Der Tod seines Freundes schien gleichzeitig das Leben aus ihm selbst gesaugt zu haben.

»Nicht wirklich«, erwiderte der andere MAD-Offizier. »Bis auf die zwei Leichen gibt es keine verwertbaren Spuren. Wir lassen ihre DNA und ihre Fingerabdrücke durch unsere Datenbank laufen, aber es wird noch etwas dauern, bis die Ergebnisse vorliegen.«

»Wir wissen doch jetzt schon, was dabei rauskommen wird. Entweder sind diese Typen bekannte Mitglieder der Kinder der Zukunft oder es sind Niemande, die nirgendwo jemals aufgefallen sind. Die Spur wird ins Leere führen. So wie immer.«

»Mag sein«, gab Jonathan ihm zögernd recht.

»Wie sind sie hereingekommen?«, flüsterte David vor sich hin. Dass er laut gesprochen hatte, bemerkte er erst, als Jonathan ihn mit einem großen Fragezeichen im Blick ansah. »Die Mörder haben hier in der Wohnung auf ihn gewartet«, erklärte David. »Nogujama war vollkommen ahnungslos, sonst wäre er nie in die Falle getappt. Das Sicherheitssystem in diesem Haus war bis ins kleinste Detail ausgefeilt. Es gibt im gesamten Kongresszentrum Checkpoints, an denen man sich ausweisen muss. Überall patrouillieren Soldaten, an praktisch jeder Ecke stehen bewaffnete Posten. Also - wie sind sie hier hereingekommen?«

Jonathan dachte einen Augenblick angestrengt nach. »Ein Insider also.«

David nickte. »Jemand hat sie mit allen Informationen versorgt, die sie brauchten, um hierher zu kommen. Er hat ihnen gesagt, wie sie Checkpoints und Patrouillen vermeiden und das Sicherheitssystem umgehen können. Und wer immer das war, ich will seinen Kopf auf einem Silbertablett.«

»Es gibt noch etwas an der ganzen Sache, das mir zu denken gibt.«

»Nämlich?«

»Die unterschiedlichen Vorgehensweisen. Nogujamas Angreifer hier drin waren mindestens zu dritt. Sie gingen sehr chaotisch vor, beinahe stümperhaft.«

»Und?«

»Ich bin mir sicher, dass Nogujamas vier Leibwächter von ein und demselben Angreifer getötet wurden, alle vier, von *einem* Mann. Sie wurden schnell und leise ausgeschaltet, in höchstem Maße professionell, noch bevor sie ihre Waffen ziehen konnten.«

»Unser unbekannter Attentäter.«

»Das meine ich auch.«

»Mit Nogujamas Tod sind die Kinder der Zukunft zu weit gegangen. Sie haben eine unsichtbare Grenze überschritten. Und allen voran dieser Kerl, der uns in Atem hält. Es wird Zeit, andere Saiten aufzuziehen. Ich werde nicht eher ruhen, bis die Kinder der Zukunft Geschichte sind. Hier auf MacAllister wird es enden. Ein für alle Mal.«

Das Landefeld bot normalerweise für zwölf Großraumtruppentransporter Platz, doch heute stand nur ein einzelnes Shuttle auf dem Gelände. Die Rampe seines Transportbereichs stand weit offen und wartete auf seine einzige Fracht.

Zu beiden Seiten war eine Doppelreihe von fünfzig Marines in Habachtstellung angetreten, gefolgt von einer weiteren Doppelreihe MAD-Offiziere. In der dadurch entstehenden Gasse, trugen sechs MAD-Offiziere Nogujamas Sarg auf das wartende Shuttle zu. Würdevolles Schweigen begleitete jeden Schritt der sechs Soldaten und in mehr als einem Auge glitzerten verräterische Tränen.

David, Jonathan und einige andere Offiziere, Diplomaten, Politiker und Würdenträger warteten in angemessener Entfernung. Die Soldaten salutierten, während die MAD-Offiziere den Sarg im Frachtraum verstauten. Die Zivilisten warteten mit vor dem Bauch verschränkten Händen. Einige senkten vor Respekt andächtig das Haupt.

Sogar die Delegationen der Sca'rith, Nerai, Til-Nara, Meskalno und Asalti waren erschienen, um dem Admiral die letzte Ehre zu erweisen. Und zur Abwechslung ließen sie ihre persönlichen Antipathien gegeneinander außen vor.

Auf den letzten Metern bevor der Trauerzug das Shuttle erreichte, begann eine Militärkapelle damit, einen Trauermarsch zu spielen. David war sich ziemlich sicher, dass Nogujama es gehasst hätte, auf diese Weise verabschiedet zu werden.

Als der Sarg zur Gänze im Bauch des Shuttles verschwunden war, ließ der Offizier, der die Ehrengarde befehligte, die versammelten Truppen abtreten. David war einer der wenigen, die noch blieben, bis das kleine Schiff abhob und Kurs auf den Orbit nahm. Er verfolgte die Flugbahn des Shuttles noch lange, nachdem es schon nicht mehr sichtbar war. Ein diskretes Räuspern ließ ihn aufmerken.

Als er sich umdrehte, stand Robert Bates hinter ihm, der ihn aus mitfühlenden Augen musterte. Der Meisterspion der Präsidentin trat ungewohnt unsicher einen Schritt näher.

»Es tut mir leid. Ich wollte Sie nicht stören.«

»Haben Sie nicht«, antwortete er knapp und kam nicht umhin, sich seine Frustration anmerken zu lassen. Der Mord an Nogujama war bereits drei Tage her und der MAD verfügte noch immer über keinerlei Kenntnisse. Weder über den Insider, der den Mördern erlaubt hatte, sich dem Geheimdienstchef so weit zu nähern, noch über die Mörder, die untergetaucht waren. Am liebsten hätte sich David selbst auf die Jagd gemacht. Es fehlte nicht mehr viel und er würde genau das tun.

»Wenn Sie damit fertig sind, sich zu verabschieden ...«, begann Bates.

»Ja?«

»Die Präsidentin möchte mit Ihnen sprechen.«

»Sofort?«

»Wenn es Ihnen recht ist?«

David nickte und ließ sich von Bates widerspruchslos zu einer Hovercar-Limousine führen, vor der mehrere SES-Agenten in ihrem maßgeschneiderten Anzug und mit Knopf im Ohr Wache standen.

Nogujamas Tod hatte ihn regelrecht betäubt und so wunderte er sich nicht über die ungewöhnliche Form, in der die Präsidentin ihn um ein Gespräch bat.

David stieg in den Wagen ein, Bates gesellte sich dazu und schloss die Tür hinter sich. Präsidentin Gabriele Tyler erwartete ihn bereits. Ihre kühlen, grünen Augen musterten ihn rätselhaft. Nicht zum ersten Mal fragte er sich, was hinter diesen geheimnisvollen Augen vor sich ging. Tyler hätte eine gute Pokerspielerin abgegeben. Nur äußerst selten spiegelten sich ihre Gedanken auf ihrem Gesicht wider. Das hätte sie zu einer wirklich *sehr* guten Pokerspielerin gemacht - oder zu einer wirklich sehr guten Politikerin.

»Mein Beileid«, begann sie das Gespräch ohne Einleitung. »Ich weiß, was Nogujama Ihnen bedeutet hat. Er hat uns allen viel bedeutet.«

»Danke«, erwiderte David schlicht.

Tyler musterte ihn weiterhin aufmerksam, als wartete sie auf eine bestimmte Reaktion. Als diese jedoch ausblieb, fuhr sie fort.

»Wie sehen Ihre Pläne jetzt aus?«

»Wie bitte?«

»Ihre weiteren Pläne. Wie sehen die aus?«

»Ich fürchte, ich kann Ihnen nicht folgen.«

»Dabei war die Frage doch ganz einfach.«

»Meine Pläne? Ich werde Nogujamas Mörder finden, und wenn ich dazu jeden Stein auf MacAllister umdrehen muss. Und anschließend werde ich die Kinder der Zukunft zerschlagen.«

Sie lächelte, als hätte sie diese Antwort erwartet. Vermutlich war das auch so. »Den zweiten Punkt finde ich gut und Sie erhalten dafür meine volle Unterstützung. Den ersten Punkt muss ich untersagen.«

»Das können Sie nicht.«

Sie hob überrascht eine Augenbraue. »Und ich dachte, in meiner Stellenbeschreibung steht irgendwo das Wort Präsidentin?!«

»Ich werde Nogujamas Mörder finden und zur Strecke bringen. Das ist alles, was jetzt zählt.«

»Oh nein! Was jetzt zählt, ist, die Verhandlungen zu einem erfolgreichen Abschluss zu bringen. Wir standen noch nie so kurz davor, eine einheitliche Front gegen die Ruul auf die Beine zu stellen.«

»Ich habe andere Prioritäten.«

»Diese sollten Sie noch einmal überdenken.« Sie reichte ihm eine schmucklose, kleine Schachtel. David nahm sie verwirrt entgegen und öffnete den Deckel. In der Schachtel befanden sich die Rangabzeichen eines Brigadier Generals.

»Sie bieten mir den Generalsrang an?«

»Wir bieten Ihnen die Leitung des MAD an«, erwiderte Tyler ausdruckslos. Nur das Glitzern ihrer Augen verriet ihre Aufregung. »Und vom Leiter des MAD erwarte ich ein gewisses Maß an Rationalität.«

Reflexartig schloss David die Schachtel und machte Anstalten, sie zurückzugeben. Doch Tyler schüttelte lediglich den Kopf. »Nogujama wollte es so. Er hat Sie als seinen Nachfolger vorgesehen. Dafür hatte er Sie von Anfang an ausgewählt und herangezogen. Wir hatten alle gehofft, dieser Fall läge noch weit in der Zukunft, doch es ist nun einmal anders gekommen.«

»Ich ... ich kann das nicht. Ich bin noch nicht so weit.«

»Nogujama war anderer Meinung und ich gebe viel auf das, was er dachte. Der Admiral hat Ihnen vertraut«, mischte sich Bates ein. »Er war sich sicher, dass Sie der Richtige für diesen Posten sind. Das ist ein großes Kompliment. Sie sollten ihn nicht nach seinem Tod noch Lügen strafen.«

»Aber ... ich habe mir ein anderes Ziel vorgenommen.«

»Ja, ich verstehe«, wisperte Tyler leise vor sich hin. »Nogujamas Mörder. Sie werden vielleicht feststellen, dass es nicht so einfach sein wird, sie aufzuspüren und für ihre Taten zu bestrafen.«

»Wie meinen Sie das?«

Tyler seufzte. »Die Kinder der Zukunft sind sehr erfahren darin unterzutauchen. Insbesondere einer von ihnen. Der Stachel in unserem Fleisch.«

»Der Attentäter«, zischte David mit vor Verbitterung vibrierender Stimme.

Bates nickte. »Er ist uns in der Vergangenheit bereits mehrfach aufgefallen. Allerdings ist er so gut, dass wir nichts über ihn wissen, schon gar nicht, wie er aussieht. Wenn Sie ihm zu sehr auf die Pelle rücken, könnten Sie genauso wie Nogujama enden, schneller, als Sie denken. Der Kerl ist ein Profi, ein eiskalter, gnadenloser Killer. Er ist schon lange in einem Geschäft tätig, in dem die meisten nicht lange überleben. Was sagt Ihnen das?«

»Dass er gut ist. Aber er ist nur ein Mensch. Menschen bluten und Menschen sterben. Er macht da keine Ausnahme.«

Tyler und Bates wechselten einen kurzen Blick, bevor sich die Präsidentin David wieder zuwandte. »Nogujama hat seinen Nachfolger gut gewählt, keine Frage. Aber ich befürchte trotzdem, ich kann den Leiter des MAD nicht auf eine Menschenjagd gehen lassen, zumal die sehr reale

Gefahr besteht, dass er nicht mehr zurückkommt. Sie haben nicht die geringste Ahnung, wie gut der Killer, auf den Sie es abgesehen haben, wirklich ist.«

»Wenn er tatsächlich so überragend ist, wie können wir ihn dann aufhalten? Wie hält man einen so guten Killer auf?«

Tyler und Bates wechselten einen weiteren Blick. Dieses Mal war es Bates, der fortfuhr: »Indem wir einen eigenen Killer losschicken. Ich glaube, es wird Zeit, dass Sie jemanden kennenlernen.«

15

Der Konferenzraum vibrierte förmlich vor unterdrückten Erwartungen und Hoffnungen. Quel Thai hatte sich nach den Strapazen seiner Gefangennahme und anschließenden Flucht bemerkenswert gut erholt und darauf bestanden, umgehend wieder an den Gesprächen teilzunehmen. Im Augenblick diskutierte er mit Sal'mon'dai über das Noorinor-Problem. Das Oberhaupt der Sca'rith schien tatsächlich nicht abgeneigt, den Meskalno das System zu verpachten und ihnen im Gegenzug die Bürde der Verteidigung zu überlassen. Verglichen mit den letzten Tagen gingen die Gespräche im Moment bemerkenswert glatt über die Bühne. Man könnte fast schon sagen, gesittet und zivilisiert.

Präsidentin Tyler, David Coltor, Agent Bates, Botschafter Pommeroy und sein Assistent Hahlbach nutzten die Gunst der Stunde, um sich etwas abseits zu halten. Die Delegierten kamen sich sichtlich näher und wirkten ernsthaft um eine Einigung bemüht. Sie bezogen sogar die Asalti in die Gespräche mit ein. Auch der Meskalno. »Vielleicht sollte ich mich doch dazusetzen und die ganze Sache etwas lenken«, meinte Pommeroy mit nachdenklichem Blick in Richtung der Delegierten.

»Lassen Sie sie«, meinte Präsidentin Tyler. »Vorerst haben wir getan, was wir konnten. Wir können nicht immer den Babysitter für sie spielen. Sie müssen den letzten Rest des Weges selbst schaffen.« Sie wandte sich David und Agent Bates zu. »Mich würde viel mehr interessieren, wie drei Schiffe der Kinder der Zukunft es zustande brachten, sich in das MacAllister-System einzuschleichen.«

David wechselte einen schnellen Blick mit Bates, der nur unmerklich nickte.

»Wir sind uns noch nicht sicher, haben aber eine gewisse Ahnung«, meinte David.

»Ich höre«, forderte Tyler ihn auf.

»Es gibt einen Verräter. Hier. Auf MacAllister.«

Bates nickte beifällig.

»Wir wissen doch schon längst, dass die Kinder hier auf MacAllister tätig sind«, meinte Hahlbach frustriert und kniff die Augen zusammen.

»Das haben wir nicht gemeint«, wies David ihn zurecht. »Es gibt einen Verräter, der relativ hoch in der Hierarchie steht.«

»Wie kommen Sie darauf?«

»Gesunder Menschenverstand«, gab David überzeugt zurück. Er zählte die einzelnen Punkte anhand seiner Finger auf. »Zuerst schleichen sich die Kinder der Zukunft auf MacAllister ein, was schon mal ein Kunststück ist, wenn man bedenkt, was wir für Ressourcen eingesetzt haben, um genau das zu verhindern. Dann schleusen sie auch noch eine große Anzahl Bodentruppen und vor allem Waffen und Ausrüstung hier ein, obwohl viele ihrer hohen Offiziere auf den Fahndungslisten stehen. Sie beauftragen einen Killer, um eine Bombe zu legen und uns dadurch zu zwingen, den Konferenzort zu wechseln. Anschließend starten sie einen Präzisionsangriff, der uns wie Amateure hat aussehen lassen, wobei sie nicht nur genau wissen, in welchem Hotel die Konferenz jetzt stattfindet, sondern sogar noch das genaue Stockwerk und den exakten Raum kennen.« David wechselte mit Bates einen weiteren Blick.

»Außerdem haben wir einen Leichten Kreuzer verloren, der zu dem Kommando gehörte, das die Systemgrenzen patrouillieren sollte. Wir gehen davon aus, dass die drei Schiffe der Kinder ihn zerstörten, als sie in das System eindrangen. An und für sich ist aber nicht das das Erschreckende, sondern die Tatsache, dass es geschah, ohne dass jemand Notiz davon nahm. Wir haben Logbuch und Computer der gekaperten feindlichen Schiffe gründlich durchsucht. Sie verfügte nicht nur über all unsere Kommunikationsprotokolle und konnten dadurch eine Entdeckung erfolgreich verhindern, die Kinder benutzten sogar alle gültigen Sicherheitscodes, die extra für die Konferenz eingeführt wurden. Die können sie nur von jemandem haben, der hoch in unserer Hierarchie steht und auch mit der Konferenz einiges zu tun hat. Nogujama hat das von Anfang an vermutet.«

Bates nickte erneut. »Der Verräter muss hier sein. Auf MacAllister.«

»Das ist wirklich beunruhigend«, meinte Tyler. »Wenn die Ruul aber von der Konferenz wissen – und davon ist auszugehen, wenn ihre menschlichen Verbündeten davon wissen –, warum greifen sie nicht einfach an und radieren uns aus? Eine bessere Gelegenheit bekommen sie nicht.«

David schnaubte. »Sie überlassen die Drecksarbeit mal wieder ihren menschlichen Handlangern.«

»Und? Was haben Sie jetzt vor?«, fragte Tyler.

David wechselte mit Bates einen amüsierten Blick. »Wie kommen Sie darauf, dass wir einen Plan haben?«

»Weil Sie hier sind und mir das alles bis in jede Kleinigkeit dargelegt haben. Hätten Sie keinen Plan, wären Sie jetzt dort draußen und würden den Verräter jagen. Sie beide haben etwas vor und Sie haben mir die Bedrohlichkeit der Situation so eindringlich geschildert, weil Sie Angst haben, ich würde Ihrem Plan nicht zustimmen. Stimmt's?«

»In der Tat«, meinte Bates. »David?«

»Die *Lydia* hat mehrere verschlüsselte Funksprüche aufgefangen, die von der Kolonie auf die feindlichen Schiffe hinter der Sonne gerichtet waren. Jemand hat die Satelliten rund um MacAllister dazu benutzt, das Signal zu verstecken und gleichzeitig zu verstärken.«

»Wir haben vor, einen Wurm in das Satellitennetz einzuspeisen. Sobald sich der Wurm verbreitet hat, müssen wir nur noch auf einen Knopf drücken und wir wissen, von wo die Nachrichten gesendet wurden und von wem. Sobald wir das entsprechende ComTerminal lokalisiert haben, ist es eine leichte Übung festzustellen, wer es zu den fraglichen Zeiten benutzt hat.«

Tyler fuhr sich nachdenklich über das ihr Kinn. »Das erscheint mir dann doch ein wenig ... drastisch.«

»Es ist die einzige Möglichkeit«, beharrte David.

»Ich weiß nicht ...«, sagte Tyler immer noch zweifelnd. »Das ist ein schwerer Einschnitt in die Bürgerrechte. Mit einem solchen Wurm könnte man die Zivilbevölkerung auf Schritt und Tritt überwachen. Die Verwicklungen und der Sturm der Entrüstung von Bürgerrechtsgruppen wären ...«

»Ja, ich weiß. Wir würden diese Methode nicht vorschlagen, wenn wir einen anderen Weg sehen würden. Leider gibt es keinen. Und manchmal müssen die Bürgerrechte vor Sicherheitsbedenken zurücktreten. Ich verspreche, wir werden den Wurm sofort zerstören und nie wieder einsetzen, sobald wir unser Ziel erreicht haben.«

»Das sagen Sie jetzt so einfach, aber wenn ich dem einmal Tür und Tor geöffnet habe, kann die Büchse der Pandora nie wieder geschlossen werden.«

»Ich bin mir auch nicht sicher, ob ich das wirklich gut finden soll«, meinte Pommeroy und legte dabei seine Stirn in Falten.

»Die Bevölkerung braucht davon nichts zu erfahren«, spann David den Faden weiter. »Wir handhaben das Problem in aller Stille.«

»Das ist ja noch besser«, begehrte Pommeroy auf. »Jetzt hintergehen wir schon unsere eigene Bevölkerung.«

»Es ist Krieg, Pommeroy«, erklärte David. »Und es ist unsere Pflicht, dafür zu sorgen, dass es am Ende noch eine Bevölkerung gibt, die sich über Einschnitte ihrer Bürgerrechte beklagen kann.«

»Trotzdem«, blieb Pommeroy stur. »Wollen wir wirklich so weit gehen?«

»Ich weiß«, mischte sich plötzlich sein Assistent Hahlbach ein, »das Thema hatten wir schon, aber ich will es trotzdem noch einmal ansprechen. Warum holen wir nicht die 9. Flotte zu Hilfe? Sie würde das ganze System auf links drehen und alle Kinder der Zukunft, die sich noch hier aufhalten, zerquetschen. Das wäre eine Sache weniger Tage, wenn überhaupt.«

»Wie Sie schon sagten, Hahlbach«, fuhr Pommeroy ihn an. »Das hatten wir schon. Ihr Vorschlag wurde zur Kenntnis genommen und abgelehnt.«

»Nicht so schnell«, sagte Tyler. »Vielleicht sollten wir noch einmal in Ruhe darüber nachdenken.«

»Bei allem Respekt, Frau Präsidentin«, erwiderte Bates. »Ein Abzug der 9. Flotte würde das Serena-System gefährlich entblößen.«

»Aber nur für wenige Tage, drei oder vier maximal.« Hahlbach Mundwinkel verzogen sich zu einer entschlossenen Maske. »Die zusätzlichen Schiffe und Truppen könnten die Lage hier unter Kontrolle bringen. Und Kontrolle ist genau das, was wir hier brauchen.«

»Das Letzte, was wir im Moment brauchen, sind mehr Soldaten«, hielt David dagegen. »Den Verräter ausfindig zu machen, hat oberste Priorität. Wir können den Gegner erst ausschalten, wenn wir dafür Sorgen, dass er nicht mehr aus unseren obersten Rängen mit Informationen versorgt wird.«

»Auch dabei könnte uns die Flotte unterstützen.«

David schüttelte vehement den Kopf. »Wir brauchen ein Skalpell, keinen Vorschlaghammer.«

»Bei allem Respekt, General, ich bin anderer Meinung.«

»Das ist uns inzwischen allen klar, Hahlbach«, meinte Pommeroy leicht verschmitzt. »Trotzdem denke ich, dass General Coltor recht hat. Mehr Soldaten würden die Situation nur verschlimmern, nicht verbessern.«

Tyler lauschte dem Wortwechsel gebannt.

Sie hörte sich sämtliche Argumente an, bevor sie sich erneut an David wandte. »Wie lange würde es dauern, den Wurm zu verbreiten?«

Pommeroy und Hahlbach wirkten beide über die Äußerung bestürzt. »Sie können doch nicht wirklich vorhaben ...«, begann Pommeroy, doch eine knappe Geste der Präsidentin brachte ihn schnell zum Schweigen.

»Also«, fragte sie erneut, »wie lange?«

»Etwa einen Tag, bis sich der Wurm verbreitet hat. Danach nur wenige Minuten, bis wir den Verräter identifizieren können.«

Sie dachte noch einen Augenblick nach, bevor sie entschlossen aufblickte. »Tun Sie es.«

Vincent schreckte von seiner Koje hoch, als plötzlich die Alarmsirenen durch die Korridore der *Lydia* gellten. Er fühlte sich, als hätte er sich gerade erst zur Ruhe begeben. Ein Blick auf den Chronometer seines Quartiers zeigte ihm, dass er lediglich eine Stunde geschlafen hatte.

Als er die Hand nach seinem Kommunikator ausstreckte, drang bereits die Stimme seines XO aus dem Lautsprecher an der Wand. »Commodore, auf die Brücke! Commodore, sofort auf die Brücke!«

Vincent sprang aus dem Bett und griff noch in der Luft nach der Uniform, die er über einem Stuhl fein säuberlich zusammengelegt hatte. Weniger als fünf Minuten später betrat er seine Kommandobrücke, während er noch dabei war, seine Uniform zuzuknöpfen.

»Bericht!«

»Wir haben den Kontakt zu den Wachschiffen an der Systemgrenze verloren«, antwortete Ivanov, während er hinter Lieutenant Karpov an der taktischen Station stand und diesem über die Schulter sah.

»Zu allen?«, fragte Vincent und ließ sich in seinen Kommandosessel sinken.

»Wir erhalten noch sporadische Meldungen von drei Leichten Kreuzern. Sie melden schwere Gefechte. Es ist immer wieder von einem Angreifer die Rede.«

»Angreifer? Noch mehr Kinder der Zukunft?«

Ivanov griff sich an sein Ohr, während er eine weitere Meldung erhielt. Abwesend sah er auf, während die Meldungen über sein Headset weiter auf ihn einprasselten. »Commodore, wir verlieren dort draußen unsere Augen und Ohren. Die fremden Schiffe zerstören das Satellitennetz.« Ivanov unterbrach sich selbst, während er weiter den schlechten Nachrichten lauschte.

Plötzlich erbleichte der XO sichtlich.

»Commander?«, fragte Vincent drängend. Der Mann gab mit keinem Muskelzucken zu erkennen, ob er seinen Kommandanten überhaupt verstand. »Vasili?«

Endlich sah Ivanov auf. »Ruulanische Schlachtträger an der Peripherie des Systems gesichtet.«

Vincent schluckte schwer. »Wie viele?«

»Mindestens zwanzig. Tendenz steigend.«

»Com, ich brauche eine Verbindung zur Kolonie. Sofort! Und geben Sie mir Admiral Coltor an Bord der *Kronos*.«

»Sind die Zahlen verlässlich?«, fragte Präsidentin Tyler in die Atmosphäre geschockter Stille hinein.

»So verlässlich, wie sie nur sein können«, erwiderte Vincent über Com. »Ohne Satelliten sind wir auf unsere Schiffssensoren beschränkt und die sind auf diese Entfernung eine Informationsquelle, die mit Vorsicht zu genießen ist. Aber nach dem, was uns an Daten vorliegt, sammeln sich derzeit etwas mehr als zweihundert Kriegsschiffe in der Peripherie des Systems. Wir zählen etwa dreißig bis vierzig Schlachtträger, die von Dutzenden kleinerer Schiffe begleitet werden, außerdem noch etwa vierzig bis achtzig Schiffe, die wir positiv als umgebaute Frachter identifiziert haben.«

»Die Kinder der Zukunft«, spie Tyler die Worte förmlich heraus. »Sie kommen also aus ihren Verstecken.«

»Um uns alle zur Hölle zu schicken«, meinte Botschafter Pommeroy. Sein Assistent verhielt sich ungewohnt schweigsam und blieb bewusst im Hintergrund. Tyler verschwendete jedoch kaum einen Gedanken an ihn. Zu viel stürzte im Moment auf sie alle ein. Die Ruul und ihre menschlichen Verbündeten starteten einen Großangriff auf das MacAllister-System und das Ziel dieser Operation war nur allzu offensichtlich.

»Wie ist unsere derzeitige Offensivkapazität?«

»Da wären zum einen die sieben Schiffe der Delegationseskorte. Ich habe alle Wachschiffe zurückgerufen, doch es war für die meisten zu spät. Von den vierundzwanzig Leichten Kreuzern existieren nur noch elf, alle mehr oder weniger angeschlagen. Die *Lydia* und die *Kronos* stellen aber unsere schwersten Aktivposten dar und die schaffen es nicht gegen die Übermacht, die man gegen uns auffährt. Nicht allein.«

»Ist das System bereits abgeriegelt?«

»Noch nicht ganz, aber das kann nicht mehr lange dauern. Falls wir uns aus dem System zurückziehen, müssen wir es sofort tun. Und ... bei allem Respekt, Frau Präsidentin ... ich will, dass Sie sofort Ihren Hintern auf die *Kronos* bringen und das System verlassen ... Ma'am.«

Tyler schmunzelte leicht angesichts der unverblümten Ausdrucksweise des Offiziers, wurde jedoch sofort wieder ernst. Der Angriff hätte zu keinem ungünstigeren Augenblick kommen können. Mit jeder Stunde, die verging, rückte eine Einigung in greifbare Nähe. Nur noch ein kleiner Ruck wäre nötig, doch wenn die Delegierten von dem ruulanischen Angriff erfuhren, würden sie das Weite suchen, so schnell sie konnten. Ein Abkommen wäre für immer unmöglich. Noch einmal würde man all diese Spezies nicht an einen Tisch bekommen. Wenn es ein Bündnis geben sollte, musste es jetzt beschlossen werden.

»Und was wird aus den ganzen Menschen auf MacAllister? Und den Asalti?«

»Falls wir uns zurückziehen, sind sie verloren«, meinte Vincent rundheraus. »Es gibt nichts, was wir für sie tun können.«

»Wir könnten bleiben und kämpfen.«

Schweigen antwortete, schließlich erwiderte Vincent: »Frau Präsidentin, ich verstehe Ihren Wunsch, aber wir können nicht gewinnen, nicht gegen eine solche Streitmacht.«

Tyler warf einen Blick in Richtung Delegierten, die immer noch diskutierten. Das Gesprächsthema hatte sich jedoch fort von dem Noorinor-System und hin zu den Problemen zwischen Til-Nara und Nerai verlagert. Ein Plan keimte in ihrem Geist, ein riskanter Plan – und wenn man es recht bedachte, ein moralisch zumindest zweifelhafter. Doch immerhin war es ein Plan.

»Dann brauchen wir mehr Schiffe«, meinte die Präsidentin entschlossen. »Stellen Sie Kontakt zu den Kommandanten der anderen Einheiten her und informieren Sie sie über die veränderte Lage. Ich sorge dafür, dass man uns unterstützt.«

Ohne auf eine Antwort zu warten, beendete sie die Verbindung. Pommeroy und Hahlbach wechselten einen ratlosen Blick, als die Präsidentin zurück an den Konferenztisch trat. Sie sagte kein Wort, blieb einfach wie eine Statue stehen. Sie versprühte eine ungeheure Präsenz, der sich keiner der Anwesenden zu entziehen vermochte. Nach und nach kamen alle Gespräch zur Ruhe und Tyler fand sich im Zentrum der allgemeinen Aufmerksamkeit wieder.

»Meine Herren, wie ich soeben erfahre, dringen derzeit starke ruulanische Verbände in das MacAllister-System ein.«

Schockiertes Schweigen breitete sich am Tisch aus, dann brach Tumult aus, als die Delegierten und sogar ihre Adjutanten, Sekretäre und Bürokraten durcheinanderredeten. Tyler ließ sie rund eine Minute gewähren und hob anschließend um Ruhe bittend die Hand.

»Die ruulanische Streitmacht ist groß genug, um die Verteidigung des Systems zu überwältigen, und sie werden von Schiffen unterstützt, die wir zweifelsfrei als Teil des militärischen Arms der Kinder der Zukunft identifiziert haben.«

Quel Thai sprang auf, gefolgt von Sal'mon'dai.

»Dann werde ich mit meinen Leuten umgehend auf mein Schiff zurückkehren«, erklärte der Meskalno. »Es tut mir sehr leid, aber wir sind nicht bereit, uns zum jetzigen Zeitpunkt auf eine Konfrontation mit den Ruul einzulassen. Wir gehen.« Seltsamerweise schien es ihm tatsächlich leid zu tun.

»Die Sca'rith gehen ebenfalls«, meinte Sal'mon'dai. »Ich bitte um Vergebung, Präsidentin Tyler, aber wir haben bereits zu viele Schiffe im Kampf gegen die Ruul verloren. Wir können es nicht riskieren, bei der Verteidigung eines terranischen Systems noch mehr zu verlieren. Es ... es tut mir aufrichtig leid.« Der Sca'rith neigte demütig den Kopf, bei den Sca'rith ein Zeichen der Scham.

Tyler überlegte sich die nächsten Worte sehr gut. Falls sie wirklich bereit war, diesen Weg zu gehen, gäbe es kein Zurück mehr. Und falls je herauskäme, was sie getan hatte, würde sich das Terranische Konglomerat am Ende nicht nur mit den Ruul im Krieg befinden. Doch es gab keinen anderen Weg. Es gab einfach keinen.

»Ich bin diejenige, die sie um Verzeihung bitten muss«, sagte sie ruhig und überlegte sich jedes einzelne Wort. »Doch die Ruul haben das System bereits abgeriegelt. Niemand kommt mehr heraus und niemand hinein. Ich befürchte, wir sitzen hier alle fest.«

»Wie hat sie denn das geschafft?«, fragte Vincent verwundert.

»Fragen Sie lieber nicht«, antwortete Botschafter Pommeroy. »Tatsache ist, dass sämtliche Delegierten ihre Schiffe zur Verteidigung des Systems zur Verfügung stellen. Informieren Sie Admiral Coltor über die Situation. Er übernimmt als ranghöchster Offizier das Kommando über die Verteidigung des MacAllister-Systems. Er soll umgehend aus den vorhandenen Schiffen eine schlagkräftige Kampfgruppe zusammenstellen und eine Erfolg versprechende Strategie ausarbeiten.«

»Verstanden, Herr Botschafter.«

Vincent beendete die Verbindung und warf seinem XO einen schrägen Blick zu. »Hättest du das erwartet?«

Ivanov schüttelte den Kopf. »Nie im Leben.«

Überall auf MacAllister schrillten die Alarmsirenen los. Zivilisten wurden angewiesen, soweit möglich, Schutzräume und Bunker aufzusuchen. Die Miliz rückte in voller Stärke aus, um TKA-Truppen und Marines auf dem ganzen Planeten und vor allem in und um Principal zu verstärken. Der Krieg hatte MacAllister erreicht.

Das MAD-Hauptquartier auf MacAllister entwickelte sich zum ruhenden Pol inmitten des Chaos. So gut wie jeder MAD-Offizier, der sich auf der Kolonie aufhielt, wurde gebraucht. Einige wurden zu Militäreinheiten transferiert, um als Berater zu fungieren, andere begaben sich in die militärische Kommandozentrale der Kolonie, um eingehende Daten sowie feindliche Taktiken zu analysieren und ihre Ergebnisse an die kämpfende Truppe weiterzugeben.

Eine der wenigen Ausnahmen war Jonathan Clarke. Er versuchte verzweifelt, Coltor zu kontaktieren, doch der General war unerreichbar. Darüber hinaus war Meredith von Bates zurückbeordert worden, um wieder ihren Platz als Personenschützerin der Präsidentin einzunehmen. Dies bedeutete, im Moment war er völlig auf sich allein gestellt, und das behagte ihm nicht. Er wollte sich angesichts einer bevorstehenden Invasion nützlich machen, wusste jedoch nicht wie. Im MAD-Hauptquartier waren vielleicht im Ganzen noch zwanzig oder dreißig Offiziere anwesend, die die Stellung hielten. Ihren Mienen nach wären sie im Augenblick auch lieber woanders.

In Ermangelung einer lohnenden Alternative entschied er, sich einer Kampfeinheit anzuschließen. Falls den Ruul tatsächlich die Landung auf MacAllister gelang - und es sah im Moment ganz danach aus -, würde jeder kampffähige Mann dringend gebraucht.

Er war gerade dabei, das Gebäude zu verlassen, als ihn ein Gefühl drohenden Unheils innehalten ließ. Was genau ihn veranlasste, sich umzudrehen, wusste er selbst nicht zu sagen. Vielleicht war es sein Instinkt, vielleicht hatte auch seine Erfahrung ihn auf einer unterbewussten Ebene alarmiert. Tatsache war, *dass* er sich umdrehte - und gerade noch einen

Mann in einer weißen Flottenuniform erhaschte, der das MAD-Hauptquartier betrat. Es war Colin Grey - und er war nicht allein. In seiner Begleitung waren die beiden Offiziere der Kinder der Zukunft, mit denen er zuvor das Lagerhaus verlassen hatte. Beide trugen TKA-Uniformen.

Der Schweinehund hatte vielleicht Nerven! Er betrat eines der wichtigsten militärischen Gebäude des Planeten, als wäre nichts geschehen. Niemand hielt ihn auf. Wieso auch? Offiziell galt er weder als Verräter noch als Krimineller. Dass er zwei gesuchten Verbrechern Zugang verschaffte, war das Tüpfelchen auf dem i.

Grey wechselte einige Worte mit der Türwache. Diese winkte das Trio schnell hindurch. Grey hätte sich keinen besseren Zeitpunkt aussuchen können. Das MAD-Hauptquartier war so gut wie leer, alle waren nervös und aufgeregt wegen des ruulanischen Angriffs und niemand konnte damit rechnen, dass jemand hier eindrang, nicht jetzt und schon gar keine Menschen.

Jonathan eilte ihm hinterher. Er wollte ihn auf keinen Fall noch einmal entkommen lassen. Beinahe hätte er seinem ersten Impuls nachgegeben und Alarm geschlagen. Colin Grey in Ketten zu sehen, wäre das allemal wert gewesen. Doch Jonathan verfolgte höhere Ziele. Er wollte wissen, was den Verräter in das MAD-Hauptquartier führte. Immerhin stellte dies für den Mann ein unkalkulierbares Risiko dar.

Er folgte dem Trio vorsichtig die Treppe hoch in den ersten Stock. Sie steuerten offenbar das Büro eines hochrangigen Offiziers an. Die Männer verschwanden ohne Umschweife im Büro. Jonathan streifte das Namensschild neben der Tür mit einem flüchtigen Blick. Den Namen kannte er nicht.

Angestrengt beobachtete er durch das Fenster, wie sich Grey an dem Computer zu schaffen machte. Der Mann steckte einen Datenstick in die Vertiefung an der Seite des Computers. Sie wollten irgendwelche Daten herunterladen.

Jonathan konnte das nicht zulassen. Er musste etwas tun. Der MAD-Offizier sah sich eilig um - niemand in Reichweite. Nun bereute er es, keine Hilfe gerufen zu haben. Also gab es keinen anderen Weg, als selbst einzugreifen.

Er zog seine Dienstwaffe, lud sie durch und öffnete die Tür. Das Trio sah überrascht auf. Einer war so geistesgegenwärtig, nach seiner Waffe zu greifen, zögerte jedoch, als der Lauf von Jonathans Pistole in seine Richtung schwenkte.

»Keine Bewegung!«, herrschte Jonathan sie an. Der Mann hob langsam seine Hände.

»Wenn Sie wüssten, wie sehr ich mich darauf gefreut habe, Grey«, sagte Jonathan und konnte sich ein Gefühl des Triumphs nicht verkneifen.

»Das geht Sie absolut nichts an, Clarke«, erwiderte Grey. Der Mann wirkte nicht im Mindesten beunruhigt. »Wenn Sie klug sind, drehen Sie sich schnell um und verschwinden wieder.«

Jonathan kniff die Augen zusammen. »Sie kennen mich?«

»Denken Sie, es wäre mir entgangen, dass Sie Erkundigungen über mich eingeholt haben? Wie gesagt, Sie sollten jetzt besser gehen.«

»Das hätten Sie wohl gerne«, spottete Jonathan. »Die Hände schön hoch. Ich denke, Coltor wird einige Fragen an Sie und Ihre Freunde haben, und es wird mir ein Vergnügen sein, Ihrem Verhör beizuwohnen.«

In diesem Moment ging alles rasend schnell. Einer der Männer griff sich an die Hüfte und zog in einer fließenden Bewegung seine Waffe. Jonathan warf sich zur Seite. Ein Schuss knallte und traf den Mann in der Brust. Der Aufprall warf ihn gegen die nächste Wand.

Sein Partner hatte bereits die eigene Waffe gezogen und feuerte. Der Schuss verfehlte Jonathans Kopf nur um Millimeter, sodass er glaubte, den Luftzug der Kugel zu spüren. Sein Arm schwenkte herum und sein Zeigefinger zuckte zweimal. Zwei Kugeln trafen den Mann in Kopf und Brust und er brach tot zusammen.

Jonathan rappelte sich auf, um Grey zu stellen, doch der Verräter hatte den kurzen Schusswechsel genutzt, sich umgedreht und war durch das Fenster gesprungen.

Jonathan eilte zu dem zerbrochenen Fenster. Er bekam noch mit, wie Grey sich abrollte und aufsprang. Der Mann verdrehte sich dabei jedoch versehentlich sein Knie. Humpelnd rannte er um die nächste Ecke. Jonathan jagte ihm noch drei Kugeln hinterher, verfehlte Grey aber.

Frustriert rammte er seine Waffe zurück in sein Holster. Der MAD-Offizier wandte sich dem Computer zu und gab einige kurze Befehle über die Tastatur ein. Wenn er Grey schon nicht erwischt hatte, dann wollte er wenigstens wissen, an welche Informationen dieser zu kommen versucht hatte.

Zahlen, Daten und Wortfetzen rollten über den Bildschirm, das meiste davon unverständliches Kauderwelsch. Grey hatte einen schweren Fehler begangen. Er hatte auf die Daten ohne notwendigen Sicherheitscode zugegriffen. Dies löste ein Zerhackerprogramm aus, das die gewünschten

Daten vernichtete. Die Zerstörung war jedoch nicht vollständig. Grey hatte offenbar versucht, dies zu verhindern und einiges zu retten. Greys Bemühungen zeitigten jedoch nur mäßigen Erfolg. Es war nicht viel übrig, mit dem man etwas anfangen konnte. Ein Begriff fiel Jonathan jedoch ins Auge. Er konnte damit zwar auch nicht viel anfangen, es klang allerdings äußerst wichtig - und mysteriös.

Operation Atlas.

16

David wünschte, Nogujama hätte das noch erleben dürfen. Die heutigen Ereignisse, so erschreckend sie auch waren, hatten tatsächlich dazu geführt, dass sich zur Abwechslung mal alle einig waren und an einem Strang zogen. Leider war letztendlich die Bedrohung einer systemweiten Invasion dazu notwendig gewesen.

Er rieb sich müde die Nasenwurzel mit Daumen und Zeigefinger. Es war wirklich ein anstrengender Tag gewesen. Und der morgige würde noch anstrengender werden. Das System bereitete sich derzeit darauf vor, eine Invasionsflotte abzuwehren, von der niemand wusste, wie stark sie genau war oder über welche Mittel sie verfügte. David stand auf und beobachtete vom Fenster seiner Hotelsuite das Lichtermeer des Kongresszentrums unter ihm. Vom achten Stock hatte er einen fantastischen Ausblick. Kolonnen an Hover-Trucks strömten in das Gebiet und brachten Truppen und Ausrüstung, um die Delegationen im Bedarfsfall zu verteidigen. Der Raumhafen glich inzwischen einer Festung. Wie lange sie allerdings durchzuhalten imstande waren ... nun, das stand in den Sternen. Sozusagen.

Plötzlich fiel das Licht aus. David erstarrte für eine Schrecksekunde und bewegte sich dann seitlich vom Fenster weg. Durch das von draußen einfallende Licht wäre er eine zu gute Zielscheibe gewesen. Was ging hier vor? Waren Nogujamas Mörder etwa zurückgekehrt, um dem MAD vollends den Kopf abzuschlagen? Das war gar nicht so abwegig. Durchaus möglich, dass man ihn als Nogujamas Nachfolger jetzt ebenfalls als große Bedrohung einstufte, als eine Bedrohung, die beseitigt werden musste.

David öffnete den Mund, um nach seinen Leibwächtern zu rufen, die gehorsam vor der Tür standen. Der Gedanke an Nogujamas Leibwächter, die abgeschlachtet vor der Türschwelle des Admirals lagen, hielt ihn zurück. Vielleicht unterschrieb er ihr Todesurteil, wenn er nach ihnen rief. Vielleicht waren sie auch schon tot.

Unter seinen Schreibtisch befand sich ein Alarmknopf. Für den Fall der Fälle. Dieser Knopf alarmierte nicht nur seine Leibwächter, sondern jeden MAD-Offizier, Marine und TKA-Soldaten, der sich im Gebäude aufhielt. Jeder Attentäter würde von dieser erdrückenden Übermacht überwältigt werden.

Er tastete mit der rechten Hand langsam nach dem Holster an seiner Hüfte und öffnete den Verschluss. Der Griff seiner Dienstwaffe fühlte sich beruhigend an. Falls sie tatsächlich hier waren, um ihn zu töten, würde sie eine böse Überraschung erleben. Fast wünschte er sich, sie wären tatsächlich so dumm, es zu versuchen. Langsam und vorsichtig arbeitete er sich auf seinen Schreibtisch zu, immer die ihn umgebende Dunkelheit im Auge behaltend.

»Bitte tun Sie das nicht«, sprach ihn plötzlich eine Stimme aus der Dunkelheit an. »Wenn Sie den Knopf betätigen, würde das lediglich unsere Unterhaltung beenden. Außerdem bin ich nicht hier, um Ihnen etwas zu tun.«

»Dann kommen Sie ans Fenster, damit ich sehen kann, mit wem ich es zu tun habe.«

»Damit Sie mich abknallen? Nein, danke. Ich verspüre nicht den Wunsch, mein Leben wegzuwerfen.«

»Den Strom abzustellen und sich hier einzuschleichen, fördert aber nicht unbedingt gegenseitiges Vertrauen.«

»Schon, aber das war leider notwendig. Ich wollte, dass wir ungestört reden können, und ich möchte nicht mitten im Gespräch durch Ihre Sicherheitsleute gestört werden. Und die sicherste Methode, dies zu bewerkstelligen, war, einen Stromausfall zu simulieren.«

David fluchte innerlich. Falls es stimmte, was die gesichtslose Stimme da andeutete, dann war nicht nur das Licht betroffen, sondern sämtliche Alarm- und Sicherheitssysteme waren ausgefallen. Es hatte also gar keinen Sinn, nach dem Alarmknopf zu suchen. Der Kerl wusste, was er da tat.

»Aber wie gesagt, ich bin nicht hier, um Ihnen etwas zu tun. Im Gegenteil: Ich bin hier, um mich Ihnen vorzustellen. Für meinen möglicherweise etwas theatralischen Auftritt möchte ich mich bereits an dieser Stelle entschuldigen, aber in meinem Geschäft ist Anonymität alles.«

»Wer sind Sie?«

»Ich wurde Ihnen bereits angekündigt. Präsidentin Tyler und Bates waren der Meinung, es wäre an der Zeit, dass wir uns kennenlernen. Sie dürfen mich Hektor nennen.«

»Ich nehme an, es wäre naiv zu glauben, es handele sich dabei um Ihren richtigen Namen.«

Ein heiseres Kichern antwortete ihm, aus dem ehrliche Heiterkeit sprach.

»In der Tat.«

David versuchte, sich ein Bild von dem Gesicht zu machen, das zu so einer Stimme passen könnte. Der Mann klang kultiviert, sogar gebildet. Nach kurzer Zeit gab er seine Bemühungen auf.

»Es ist nicht leicht, sich auszumalen, wie mein Gesicht wohl aussehen könnte, oder?« Der Mann hatte Davids Gedanken erraten.

»Sie sind sehr scharfsinnig.«

»Eine weitere Notwendigkeit in meinem Beruf.«

»Und dieser Beruf wäre?«

Der Mann zögerte. »Sagen wir mal so, ich bin eine Art Problemlöser. Ich schaffe Hindernisse aus dem Weg.«

Ein eiskalter Schauder durchfuhr Davids Rückgrat. »Sie sind ein Auftragskiller.«

Wieder dieses Zögern. »Nun sind *Sie* sehr scharfsinnig.«

»Der MAD unterhält keine Auftragskiller.«

»Jetzt klingen Sie wirklich ein wenig naiv.«

»Nogujama hätte das niemals gebilligt.«

»Oh, Nogujama wusste es nicht nur. Es gibt lediglich drei Menschen, auf deren direkte Anweisung ich eingesetzt werden darf: der Leiter des MAD, Bates und die Präsidentin höchstpersönlich. Und Nogujama war nun mal sehr lange Leiter des MAD. Wie könnte er also nicht davon gewusst haben?«

»Sie sind ein Lügner.«

»Jetzt kommen Sie schon, David. Ich darf Sie doch David nennen, nicht wahr?« Es schwang erneut ehrliche Belustigung in seiner Stimme mit. »Glauben Sie allen Ernstes, dass ein Krieg nur auf den Schlachtfeldern geführt wird? Manchmal wird der Krieg hinter den Kulissen mit weit mehr Brutalität und Rücksichtslosigkeit geführt. Nogujama wusste das und er wusste, dass harte Zeiten manchmal ein hartes Vorgehen benötigen. Er war ... ein guter Mann.«

Die Belustigung schwand aus der Stimme seines Gegenübers und wurde ersetzt durch etwas anderes. Durch ... Trauer.

»Sie mochten Nogujama.«

»Natürlich. Er war mehr als mein Auftraggeber. Er war mein Freund. Ich könnte auch Ihr Freund sein.«

»Ich kann einfach nicht glauben, was Sie da andeuten.«

»Falls es Sie tröstet, Nogujama hat mich nie leichtfertig eingesetzt. Für seine Entscheidungen legte der Admiral höchste moralische Erwägungen an.«

»Und trotzdem hat er einen Auftragskiller losgeschickt.«

»Würde es Sie überraschen, wenn ich Ihnen jetzt sage, dass ich vermutlich mehr Soldaten das Leben gerettet habe als alle Kriegsschiffe und Panzer, die unser Militär besitzt? Ich habe Kriegsgewinnler aus dem Verkehr gezogen, die sich am Krieg bereichert haben, indem sie Rüstungsgüter auf dem Schwarzmarkt verscherbeln wollten, Waffen und Ausrüstung, die an der Front gefehlt hätten. Ich habe Banker ausgeschaltet, die mit den Kindern der Zukunft sympathisierten und deren Konten verwaltet haben.«

»Wenn man all dies wusste, warum hat man sie nicht verhaftet und vor Gericht gestellt?«

»Weil es peinlich für die Regierung gewesen wäre. Es ist besser, manche Leute still und leise aus dem Verkehr zu ziehen, anstatt sich die Blöße eines offiziellen Prozesses zu geben und alles ins Licht der Medien zu zerren. Außerdem standen einige der Leute, um die ich mich gekümmert habe, in der Öffentlichkeit. Dass es sich dabei um Verräter handelte, durfte nicht bekannt werden. Es hätte unser Militär und die Bevölkerung demoralisiert. Es hätte die Moral untergraben und weitere Verräter auf den Plan gerufen. Um die Ruul zu besiegen, ist es wichtig, dass alle unsere Kriegsanstrengungen uneingeschränkt unterstützen.«

»Das kommt mir alles so ... so ...«

»Falsch vor?«, beendete Hektor den Satz.

»Ja.«

»Ich sage Ihnen jetzt mal etwas. Ich habe eine Frau und zwei wundervolle Kinder, die nichts von meinem wahren Beruf ahnen. Sie denken, ich gehe einer ganz normalen Tätigkeit nach, die mich ab und zu zwingt, auf Geschäftsreisen zu gehen. Wenn ich also nach einem erfolgreichen Auftrag wieder nach Hause komme, küsse ich meine liebende Frau, frage meine Kinder, wie es in der Schule war, esse mit meiner Familie zu Abend, gehe ins Bett und schlafe wie ein Baby. Und wissen Sie auch warum? Ich habe zwei Worte für Sie: absolute Überzeugung. Ich bin fest davon überzeugt, dass das, was ich tue, richtig ist. Denn wenn ich meinen Job schlecht mache oder ihn überhaupt nicht mache, was dann? Dann würde unsere Zukunft ganz schön düster aussehen. Und viele, viele Menschen müssten sterben, die ansonsten weiterleben dürften.

Auf dem Schlachtfeld, auf dem ich kämpfe, gibt es keine Orden, keine Beförderungen; es gibt keine Ehrungen, und wenn man wirklich gut ist, wird niemand je wissen, dass man überhaupt da war. Aber die Arbeit, die ich tue, ist überaus wichtig für das Überleben der Menschheit.«

»Und daran glauben Sie?«

»Ja, daran glaube ich.«

David dachte über Hektors Worte nach und beobachtete dabei die Menschen, die sich unten auf den Straßen auf den bevorstehenden Kampf vorbereiteten.

»Was geht Ihnen gerade durch den Kopf?«

»Ich denke darüber nach, dass ich immer der Meinung war, für uns würden höhere moralische Standards gelten. Wir wären die Guten, die Ruul die Bösen. Punkt.«

»Im Prinzip ist das auch so, aber das Universum kann sich den Luxus von schwarz und weiß nicht leisten. Meistens ist das Universum einfach grau. Sehen Sie es von mal dieser Seite: Die Ruul wollen uns auslöschen. Das klingt für mich sogar sehr böse. Und wir haben das Recht, alles Erdenkliche zu tun, um das Überleben unserer Spezies zu sichern.«

»Ich weiß nicht ...«

»Denken Sie darüber nach«, bot Hektor ihm an. »Präsidentin Tyler und Agent Bates legen die Entscheidung, mich einzusetzen - oder eben nicht -, ganz in Ihre Hände. Falls Sie sich gegen mich entscheiden, hören Sie nie wieder von mir. Auf Ihrem Schreibtisch liegt ein Zettel mit einer Telefonnummer. Die Nummer führt zu meinem Konto, das ich bei einem Auftragsdienst unterhalte, der auf so ziemlich allen Kolonien Niederlassungen hat. Ich höre die Nachrichten per Fernabfrage regelmäßig ab. Sie sind jetzt einer von drei Menschen, die diese Nummer überhaupt besitzen.«

»Ich werde es mir durch den Kopf gehen lassen.«

»Tun Sie das. Zwei Dinge möchte ich aber noch loswerden. Nogujama hielt große Stücke auf Sie, und gerade Ihre idealistische Haltung macht sie zu einem so guten Nachfolger als MAD-Chef. Sie würden sich die Entscheidung nicht leicht machen, mich von der Leine zu lassen.«

»Und was ist der zweite Punkt?«

Die Gestalt trat plötzlich aus den Schatten, sodass David einen flüchtigen Eindruck von seinem Gegenüber bekam.

Der Mann war durchschnittlich groß, mit zurückweichendem Haaransatz und Brille. Sein markantestes Merkmal waren seine Augen.

Eines war grün, das andere grau.

»Wenn Sie sich für mich entscheiden, wird es mein erster Auftrag sein, Nogujamas Mörder zur Strecke zu bringen.« Bei Hektors nächsten Worten griff eine kalte Klaue des Grauens nach Davids Herz. »Wer auch immer für Nogujamas Tod verantwortlich ist, sie werden sich noch wünschen, ihm kein Haar gekrümmt zu haben.«

David spürte die Wahrheit in jedem Buchstaben von Hektors Ausführungen. Fast hätte er Mitleid mit Nogujamas Mördern bekommen, doch das Bild von Nogujamas Leiche drängte sich ungewollt vor sein inneres Auge und er wusste, die Mörder seines Mentors würden nur ihr verdientes Schicksal ereilen. Der Mann trat zurück in die Schatten. Das Licht ging genauso unvermittelt an, wie es ausgegangen war. Bei der plötzlichen Helligkeit, kniff David die Augen reflexartig zusammen und sah sich verwirrt in seinem Appartement um. Er war allein. Sein geheimnisvoller Gast war verschwunden, ohne einen Laut von sich gegeben zu haben. Und auf Davids Schreibtisch lag ein zerknitterter Zettel mit einer Telefonnummer.

David saß die ganze Nacht an seinem Schreibtisch, um über das vergangene Gespräch nachzudenken. Zu behaupten, der Besuch wäre interessant gewesen, traf die Sache nicht ganz genau. Er hatte einige Dinge erfahren, darunter solche, die er eigentlich gar nicht hätte erfahren wollen.

Der MAD unterhielt einen Auftragskiller. Das war an und für sich schon eine Neuigkeit, die es zu verdauen galt.

Einen Auftragskiller!

Er ließ das Wort in Gedanken immer wieder ausklingen, um seinen Geschmack zu prüfen, doch es blieb etwas, gegen das er sich zutiefst wehrte. Einen Killer loszuschicken, um jemanden ohne Gerichtsverfahren praktisch hinzurichten, stand gegen alles, was seiner Meinung nach ein Rechtssystem ausmachte.

Und trotzdem hatten einige von Hektors Argumenten etwas für sich. Das war ja das Gefährliche, die Schlüssigkeit seiner Ausführungen. Was wäre, wenn er sich gegen Hektor entschied und die Ruul in einigen Jahren mit ihren Kriegsschiffen vor der Erde standen und in den Ruinen der menschlichen Städte den Menschen die Kapitulation aufzwangen? Würde er dann nicht alles dafür geben, die Zeit noch einmal zurückzudrehen, um Hektor einzusetzen und möglicherweise - möglicherweise - das Schicksal der Menschheit abwenden zu können?

Hatte er das Recht, Hektor nicht einzusetzen und dafür Hunderte, vielleicht Tausende von Soldaten und Zivilisten dem Tod zu überantworten. Nur aufgrund seiner eigenen moralischen Bedenken?

Aber machten gerade moralische Bedanken nicht den Unterschied zwischen Gut und Böse aus? Es war ein Teufelskreis. Seine Erwägungen drehten sich immer wieder um dieselben Argumente, ohne dass er einer Lösung auch nur nahe kam.

Vor dem Fenster seines Appartements ging bereits die Sonne auf. Der Morgen graute. Er hatte die ganze Nacht über die Problematik, vor der er stand, nachgedacht und war nicht zur Ruhe gekommen.

Wieder trat das Bild von Nogujamas Leiche vor sein inneres Auge und Hektors Worte kamen ihm wieder in den Sinn. Sein Blick streifte den Zettel mit der Telefonnummer.

Nach einem letzten, kurzen Zögern nahm er den Hörer seines Telefons ab.

17

Die *Kronos* bildete das Zentrum der Formation, mit der *Lydia* an ihrer Seite. Admiral Elias Coltor stellte die ihm zur Verfügung stehenden Schiffe in einer lockeren Abwehrlinie auf. Die terranischen Schiffe dominierten dabei die linke Flanke der Formation, Til-Nara und Nerai die rechte. Die sechs leichten und schnellen Sca'rith-Kreuzer würden als schnelle Eingreiftruppe fungieren und angreifen, wo Not am Mann war. Das einzige schwere Sca'rith-Schlachtschiff im System bezog über dem Nordpol Position, wo es alles beschießen konnte, was versuchte, in die Atmosphäre der Nordhalbkugel einzudringen. Die Schiffe der Meskalno hingegen nahmen ihre Stellung in der Nähe von Neu-Asalti ein, zusammen mit den wenigen verbliebenen Asalti-Schiffen im System. Nur für den Fall, dass der Gegner umschwenken und die neue Heimatwelt der Asalti bedrohen würde.

Vincent starrte wie gebannt auf das taktische Hologramm. Die Anzahl der durch rote Symbole dargestellten Feindschiffe hatte sich sogar noch erhöht; sie betrug jetzt locker vierhundert Schiffe. Etwa achtzig bis hundert davon waren umgebaute Frachtschiffe der Kinder der Zukunft. Diese Schiffe machten ihm geringe Sorgen. Ihr Bedrohungspotenzial für gut geführte terranische Kriegsschiffe war als minimal eingestuft. Die rulanische Flotte hingegen stand auf einem ganz anderen Blatt. Sie reichte allemal aus, ihre Verteidigung binnen kürzester Zeit zu überwältigen.

Die feindliche Flotte tummelte sich in der Peripherie des Systems, hauptsächlich zwischen dem vierten und fünften sowie zwischen dem fünften und sechsten Planeten. Dies schien ihre Hauptstreitmacht zu sein. Die übrigen Schiffe dienten offenbar nur dazu, das System abzuriegeln. Die Verteidiger, die sich auf die MacAllister-Kolonie und Neu-Asalti konzentrierten, steckten definitiv in der Patsche. Sie waren praktisch eingekesselt. Selbst wenn sie gewollt hätten, konnten sie das System nicht mehr verlassen. Jeder Weg zu einem der Sprungpunkte in der Nähe der Nullgrenzen war versperrt.

Vincent rieb sich nachdenklich über das Kinn. Die Ruul hatten sich bisher außergewöhnlich ruhig verhalten. Dies entsprach normalerweise nicht ihrer Kampfweise. Sie griffen üblicherweise sofort an, sobald sie ein Zielsystem erreicht hatten.

Worauf warteten sie nur?

Kerrelak'estar-noro, unumstrittener Kriegsmeister der ruulanischen Stämme, stapfte von Vorfreude erfüllt über die Brücke des ruulanischen Schlachtträgers *Teraa'a'khan*. Der Name bedeutete in die Sprache der Menschen übersetzt so viel wie *Herrscher der Sterne*. Es war einer der Gründe, warum Kerrelak ausgerechnet dieses Schiff als Flaggschiff für diese Kampfoperation ausgesucht hatte. Er empfand den Namen als positives Omen.

Auf der Brücke des Schlachtträgers herrschte erwartungsvolles Schweigen. Nur die Sklaven an den Konsolen gaben hin und wieder kurze klickende Geräusche wieder, wenn sie die Systeme des Schiffes bedienten. Die Offiziere des Schlachtträgers, einschließlich des Captains, machten ihm respektvoll Platz, sobald er vorüberging. Der Plan, den er verfolgte, war nicht bei allen Ältesten und Patriarchen auf Gegenliebe gestoßen, doch selbst die Gegner seines Vorhabens zollten dem Wagemut Respekt, den er an den Tag legte. Ein Stoß so weit hinter die Linien ihres Gegners - solchen Mut bewunderten die Ruul. Und wenn er tatsächlich Erfolg hatte, würden sie ihn noch mehr bewundern.

Er warf einen Blick durch das Fenster ins Weltall. Die Kolonie und Neu-Asalti waren nur kleine Punkte am tiefschwarzen Horizont, die Schiffe der Verteidiger nicht mehr als Sandkörner.

Neu-Asalti.

Dieser Name brannte wie ein alles verzehrendes Feuer in seinen Eingeweiden. Dieses Volk sollte eigentlich bereits nicht mehr existieren und doch waren sie hier, vermehrten sich und gediehen prächtig. Die Anwesenheit der Asalti im MacAllister-System war einer der Gründe, weshalb er sich so auf die bevorstehende Mission gefreut hatte. Heute wurde eine Rechnung beglichen, die schon viel zu lange offen stand. Heute würde er sich für erlittene Schmach rächen. Aber das war nur das Sahnehäubchen. Dieser Tag würde den Verlauf des Krieges maßgeblich ändern.

Doch zuvor erlaubte er sich erst einmal etwas Genugtuung.

»Schickt die Jäger los«, befahl er.

»Commodore«, meldete sich Ivanov plötzlich. »Schwere Angriffswelle aus Reapern im Anflug.«

Vincent war sofort hellwach. »Welches Ziel?«

»Mein Gott!«, hauchte Ivanov. »Sie halten genau auf Neu-Asalti zu.«

Die Asalti waren nicht mehr das pazifistische Völkchen, das die Menschen aus ihrem umkämpften Heimatsystem gerettet hatten. Vor allem die Jüngeren akzeptierten inzwischen Gewalt als eine Notwendigkeit des Krieges, falls sie je wieder zurück ins Asalti-System wollten. Trotzdem waren sie noch längst nicht so wehrhaft wie die Menschen oder Til-Nara.

Als die ruulanischen Jäger in die Atmosphäre von Neu-Asalti eindrangen, schrillten die Alarmsirenen durch alle drei Städte auf der Oberfläche. Die Asalti hatten sich lange auf diesen Tag vorbereitet. Alle Zivilisten, die nicht mit Verteidigungsaufgaben betraut waren, strömten in die unterirdischen Schutzräume, während die Streitmacht der Asalti ihre Posten einnahm. Es lief bei Weitem nicht so geordnet und diszipliniert ab, wie es auf einer menschlichen Welt gewesen wäre. Trotzdem waren die Asalti überraschend schnell zur Abwehr bereit.

Bei der Planung eines möglichen Angriffs war den Asalti ihr Erfindungsreichtum und ihre Fähigkeiten als Wissenschaftler zugute gekommen. Daher verzichteten sie - im Gegensatz zu terranischen Städten - komplett auf Flakabwehr zugunsten von Luftabwehrlasersystemen. Die Reichweite der Laserbatterien betrug fast zwanzig Kilometer, wobei sich die Energie natürlich mit fortschreitender Entfernung immer mehr zerstreute und bei maximaler Ausdehnung nur noch bedingt effektiv wirkte.

Der Oberbefehlshaber der planetaren Verteidigung, Rudelführer Marus, fand sich im Kontrollzentrum der Hauptstadt Suru ein, kaum dass die ersten Alarmsignale durch die Straßen gellten.

Auf dem Hologrammsystem, das die Menschen installiert hatten, beobachtete er angespannt, wie die erste ruulanische Jägerwelle in die obere Atmosphäre eindrang. Marus gehörte zu den wenigen Überlebenden der ruulanischen Invasion seiner Heimatwelt, und der Anblick weckte unheilvolle Erinnerungen an vergangene Tage. In den ersten Stunden der Invasion hatte er seine komplette Familie verloren. Doch heute würde es anders laufen. Heute würden die Asalti nicht wie die Lämmer zur Schlachtbank geführt. Heute würden sie sich zur Wehr setzen. Er wartete geduldig, bis die ruulanischen Jäger tiefer in die Atmosphäre eindrangen. Marus verkniff sich ein Lächeln und auch sonst jedwede Gefühlsregung. Heute würden Lebewesen getötet. Das war kein Grund zur Freude, egal unter welchen Bedingungen das Töten auch stattfand.

»Feuer!«, befahl er.

Die Lasersysteme der Asalti eröffneten das Feuer. Aus versteckten Geschützstellungen, die selbst mit Sensoren kaum auszumachen waren, geschweige denn mit bloßem Auge, überzogen sie den Himmel über der neuen Heimatwelt der Asalti mit blutrotem Licht.

Die Ruul, von derart heftigem Widerstand zunächst geschockt, wurden zu Dutzenden vom Himmel gefegt. Wo auch immer ein Reaper einen Strahl berührte, zerbarst der Jäger in brennende Trümmer.

Die Ruul jedoch stellten sich schnell auf die veränderte Sachlage ein. Viele der wendigen Jäger wichen dem Abwehrfeuer geschickt aus und strebten der Oberfläche entgegen.

Das Laserfeuer nahm zu, je weiter die Ruul sich der Stadt näherten.

Weitere Ruul fielen vom Himmel. Wrackteile regneten brennend auf die Oberfläche herab.

Schließlich kamen die Reaper auf Reichweite ihrer eigenen Waffen heran - und das Schlachten begann.

Marus spürte jede Explosion und jede Erschütterung in seinen dürren Beinen, als die Ruul über die Dächer von Suru hinwegfegten. Der Bunker, in dem er sich befand, erbebte jedes Mal, wenn die Ruul ihre Waffen abfeuerten, und er wusste, bei jeder Explosion endeten Asalti-Leben.

Im Gefecht auf kurze Distanz waren die Lasersysteme der Asalti weniger effektiv, da die Reaper zu schnell vorbei waren, um die Batterien effektiv ausrichten zu können. Die einzige Methode bestand in Dauerfeuer in so viele Richtungen wie möglich, um die Ruul zu zwingen, hektische Ausweichmanöver zu fliegen - und auf Glückstreffer zu hoffen.

Innerhalb kürzester Zeit lagen ganze Stadtviertel in Schutt und Asche oder brannten lichterloh. Rauchschwaden zogen sich träge in den Himmel oder verwirbelten, sobald ein Reaper hindurchflog. Die Ruul kannten keinerlei Zurückhaltung.

Und die Asalti wehrten sich mit dem Mut der Verzweiflung.

Der Andruck presste Major Laura Parducci in den Pilotensitz, als ihr Zerberus-Jäger die obere Atmosphäre von Neu-Asalti durchstieß. Hinter ihr formierten sich fast zweihundert Jäger der *Lydia* zu einem Angriffskeil.

»Achtung! Achtung! Bodenverteidigung von Neu-Asalti. Hier spricht Major Laura Parducci von der *TKS Lydia*. Bitte Feuer einstellen. Befinden uns im Anflug auf den Feind.«

Sie drosselte ihren Antrieb leicht und wartete auf eine Antwort. Diese erfolgte prompt. Es antwortete eine erleichtert klingende Stimme: »Hier Rudelführer Marus. Feuer wird eingestellt. Ich bin froh, dass Sie hier sind, Major.«

»Wir helfen Ihnen, so gut wir können, Rudelführer.« Sie wechselte auf die allgemeine Befehlsfrequenz. »Wolverine eins an alle: Macht sie fertig.«

Ratsmitglied Saran ließ sich schwer auf einen Stuhl sinken. Seine Hände zitterten dermaßen stark, dass ihm die Nachricht, die er gerade erhalten hatte, entglitt und auf den Boden fiel. Mansu legte tröstend die Hand auf seine Schulter, bevor er sich den über ihm aufragenden Menschen zuwandte.

»Der Angriff dauert derzeit noch an«, erklärte er, »aber wir gehen bisher von mindestens fünftausend Opfern aus.«

»Wären die Jäger der *Lydia* nicht zu Hilfe geeilt, wäre die Zahl der Opfer noch ungleich höher«, ergänzte Saran mit brüchiger Stimme. »Und so beginnt alles von Neuem.«

»Ganz so ist es nicht, Ratsmitglied«, sagte Tyler. Die Präsidentin wirkte ebenso schockiert über den brutalen Angriff wie alle anderen. Vor allem entbehrte der Sturm auf Neu-Asalti jeder Logik. Aus militärischer Sicht war der Angriff sogar beinahe schon dumm. Er zerstreute die Kräfte der Ruul und erlaubte es den Jägern der *Lydia*, die technologisch unterlegenen Reaper auszudünnen. Sinnvoller wäre es gewesen, erst die größte Bedrohung innerhalb des Systems auszuschalten, doch daran schienen die Ruul zumindest vorerst nicht interessiert zu sein, ein überaus seltsames Verhalten.

»Die Asalti sind nicht mehr das hilflose Volk, das sie einst waren«, fuhr Tyler fort und machte sich gleichzeitig bewusst, dass ihre Worte in jeder Hinsicht unzureichend waren. Im Gegenteil rissen sie sogar alte Wunden auf. Die Augen des alten Asalti füllten sich mit Tränen, er antwortete jedoch nichts. Ihre Worte hatten ihn unabsichtlich an alte düstere Zeiten erinnert - und daran, was die Asalti verloren hatten. Pazifismus war eine kulturelle Eigenart der Asalti, und dass die Asalti nun eigenes Militär besaßen, stellte immer noch ein kollektives Trauma für diese Spezies dar.

Mansu bemühte sich weiterhin, Saran über dessen Trauer und Verzweiflung hinwegzutrösten, der Erfolg blieb jedoch aus. Er ließ den Blick wandern, sah von einem zum anderen.

»Ich werde mich sofort auf mein Schiff begeben und das Kommando über die Verteidigung Neu-Asaltis übernehmen.«

Tyler wollte im ersten Augenblick widersprechen, besann sich jedoch eines anderen. Den Asalti zu bitten, auf MacAllister zu bleiben, wäre nicht fair. Die Asalti hatten bereits einmal eine Heimat verloren. Verständlicherweise wollten sie, dass es nie wieder dazu kam.

»Viel Glück«, sagte sie deshalb und nickte dem Asalti-Offizier zu.

»Ich komme mit«, sagte Saran plötzlich. Er stand, die überraschten Blicke der anderen ignorierend, von seinem Platz auf. »Ich werde zwar nicht kämpfen, aber vielleicht kann ich auf andere Weise helfen.«

Mansu berührte den Asalti-Politiker an der Schulter. Neuer Respekt trat in seine Augen. »Dann werden wir unsere neue Welt gemeinsam schützen, jeder auf seine Weise.«

Tyler sah den beiden Asalti nach, als diese aus dem Raum eilten.

»Tapfere kleine Bande«, meinte sie voller Hochachtung.

»Wollen wir hoffen, dass Tapferkeit ausreicht«, meinte Pommeroy.

Tyler warf ihm einen abschätzigen Blick zu. »Wenn Tapferkeit nicht mehr ausreicht, ist es wirklich weit mit uns gekommen.«

»Ihre Gefühle in allen Ehren, aber Waffen entscheiden Kriege.«

»Nein«, widersprach Scott Fergusen und trat ungefragt näher. »Soldaten entscheiden Kriege.«

Pommeroy runzelte die Stirn und Tyler überkam für einen Moment der Verdacht, der Mann unterdrücke eine wütende Entgegnung. Doch Pommeroys Miene glättete sich schnell wieder und die Präsidentin vermutete, sie habe es sich wohl nur eingebildet.

»Beinahe hätte ich ihm angeboten, Ihre ROCKETS und Foulders Team als Verstärkung nach Neu-Asalti zu schicken.«

Scott wechselte einen schnellen Blick mit Alan Foulder, der in der Nähe der Tür mit seinem Team Posten bezogen hatte und schmunzelte. »Diesem Befehl wären wir nicht gefolgt ... Ma'am.«

»Sie hätten den Befehl Ihrer Präsidentin verweigert?« Tyler zog überrascht eine Augenbraue hoch.

»In diesem speziellen Fall – ja. Wir sind hier, um *Sie* zu schützen. *Das* ist unsere Aufgabe. Nichts anderes. Ich habe große Sympathie für die Asalti, aber wie Sie schon sagten, sie sind nicht mehr das wehrlose Volk, das sie einst waren. Und ich konnte mich bereits früher selbst davon überzeugen, dass sie sehr hart sein können, wenn sie ums Überleben kämpfen. Falls die Slugs tatsächlich so dumm sind, Truppen auf Neu-Asalti zu landen, dann geschieht ihnen das ganz recht. Man könnte fast Mitleid mit ihnen haben. Sie wissen gar nicht, worauf sie sich einlassen.«

Laura Parducci brauste in ihrem Zerberus-Jäger dicht über die Oberfläche von Suru davon. Ihr Zielerfassungssystem piepte bestätigend. Sie löste die Geschütze in den Tragflächen aus und zerblies den Reaper vor ihr mit einer einzigen Salve.

Fast zeitgleich fielen ein Zerberus und zwei Arrows vom Himmel, zu Fall gebracht von ruulanischen Jägern. Stephanie Harper löste an ihrer Seite die Bordwaffen ihrer Maschine aus und rächte zumindest einen der gefallenen Piloten, indem sie seinen Mörder vom Himmel fegte.

Ein Trio Reaper tauchte über ihnen auf und eröffnete augenblicklich das Feuer. Parduccis Schilde schillerten, als die ruulanischen Geschosse darauf einschlugen. Der Energieschirm hielt, doch auf der Statusanzeige ihres Jägers fiel die Energieanzeige auf unter zehn Prozent. Sie flog ein hastiges Ausweichmanöver, um die Verfolger abzuschütteln. Harper blieb die ganze Zeit über dicht an ihrem Heck.

Der Luftkampf über der Heimat der Asalti entwickelte sich immer mehr zu Dutzenden und Hunderten von Einzelgefechten.

Die Piloten der *Lydia* schlugen sich überaus tapfer. Ihr fliegerisches Können gepaart mit den Fähigkeiten der Zerberusse war eine harte Nuss für die Ruul. Die Verluste des Gegners stiegen mit jeder Minute. Den Slugs hingegen kam ihre zahlenmäßige Überlegenheit zugute. Die terranischen Jäger verzeichneten bereits Verluste von knapp zwanzig Prozent, Tendenz steigend.

Die Wolverines bestanden bereits selbst nur noch aus sieben Maschinen. Wenn nicht bald etwas geschah, würden die Ruul sie überwältigen.

Kerrelak beobachtete voller Genuss auf einem Bildschirm den Angriff auf Neu-Asalti und er konnte sich ein freudiges Lachen nicht verkneifen. Falls das Kriegsglück ihm heute gewogen war, würde er die Arbeit, die er vor so vielen Jahren begonnen hatte, beenden. Dies war zwar nicht offizieller Teil der Operation, doch Kerrelak war durchaus bereit, dies als Bonus zu betrachten. Mit seiner Niederlage im Asalti-System hatte sein Niedergang begonnen.

Heute ist Zahltag. Seine Lippen verzogen sich zu einem noch gehässigeren Lächeln.

»Mein Herr?«, sprach ihn der Captain seines Flaggschiffes an. Sein Name war Veral'nar-nedai.

Kerrelak brachte seine Miene zur Räson und sah auf. »Was gibt es?«

»Einige feindliche Schiffe rücken gegen Neu-Asalti vor und nehmen eine Verteidigungsposition im Orbit ein.«

»Ist das so?«, fragte Kerrelak. »Das werden meine Asalti-Freunde sein, die herbeieilen, ihre Welt zu beschützen.« Er lachte erneut. »Großartig. Dann werden wir jetzt losschlagen. Gib den Befehl zum Angriff.«

Zwischenspiel 1

Auf dem Planeten breitete sich Panik aus. Obwohl ein allgemeines Startverbot verhängt worden war, weigerten sich einige Kapitäne ziviler Schiffe, sich daran zu halten. Sie wussten ganz genau, dass es auf dem Planeten nicht genug Soldaten und im System nicht genug Schiffe gab, um das Verbot wirkungsvoll durchzusetzen. Alle waren mit wichtigeren Aufgaben beschäftigt. Sollten einzelne Kapitäne tatsächlich so verrückt sein, zu starten und ihr Glück zu versuchen, dann sollte es eben so sein.

Also machten sie ihre Schiffe startklar und bereiteten sich darauf vor, die Blockade der Invasionsflotte zu durchbrechen. Einige verkauften sogar Tickets für ihre Schiffe an alle jene, die bereit waren, zu horrenden Preisen eine Passage aus dem System zu erstehen, so gering die Chance auf ein Entkommen auch war.

Dass sich ruulanische Schiffe im System befanden, hatte rasend schnell die Runde gemacht und viele Menschen waren schier wahnsinnig vor Angst. Alle wussten, was geschehen würde, sollten die Slugs das System übernehmen. Sie alle kannten die Horrorgeschichten über die Slugs und ihre halborganische Technologie. Niemand wollte so enden.

Logik und Verstand wurden ersetzt durch Egoismus und Brutalität. Der Andrang an den Schiffen, die bereit waren, den Versuch des Durchbruchs zu wagen, war hoch.

Eines dieser Schiffe war die *Lavierré's Pride*.

Ein hochtrabender Name für einen altersschwachen Frachter, der offenbar nur von Rost, Spucke und frommen Wünschen zusammengehalten wurde. Trotzdem drängten sich verzweifelte Menschen um die Gangway, um einen der wenigen begehrten Plätze zu ergattern. Und Captain Lavierré verdiente sich eine goldene Nase.

Eine der Personen, die unbedingt vom Planeten runterwollte, war ein besonders brutales Exemplar der Spezies Mensch. Er arbeitete sich unter Einsatz seiner Ellbogen durch die Menge und es war ihm völlig egal, wen er dabei umstieß. Alte, Frauen, Kinder - Hauptsache, er kam voran.

Das Einzige, worum er sich kümmerte, war sein verletztes Handgelenk. Das war stark bandagiert und geschient. Er hielt schützend seine andere Hand davor, während er mit seinen Ellbogen nach allem stieß, was ihm auch nur entfernt in die Quere kam.

Mick, der kleine Handlanger Karls, war zu dem Schluss gelangt, dass Feigheit der bessere Teil der Tapferkeit war. Seine Zeit bei den Kindern der Zukunft war aufregend und recht einträglich gewesen, doch im Nachhinein betrachtete er den Mord an Nogujama als schwerwiegenden Fehler. Schlafende Hunde sollte man besser nicht wecken, aber genau das hatten sie getan. Der MAD würde nicht ruhen, bis auch die letzten Kinder der Zukunft gefasst oder tot waren, und Mick wollte möglichst weit weg sein, wenn sie die Verstecke der Kinder ausfindig machten. Dass er sich aus dem Staub machte, hatte er niemandem erzählt. Nicht einmal Karl - und das war gut so. Sonst hätte er vermutlich schon eine Kugel im Kopf.

Beim Captain angekommen, hielt er diesem ein Bündel Geldscheine unter die Nase, worauf er lediglich durchgewunken wurde. Erst als er die Gangway erreichte und die rettende Öffnung der Luke nur wenige Meter vor sich sah, gestattete er sich, einen Moment zu verschnaufen.

Mick wollte den Planeten unbedingt verlassen, wenn auch aus anderen Gründen als die übrigen Menschen, die hinter ihm zurückblieben. Falls man ihn erwischte - und er zweifelte inzwischen nicht mehr daran, dass die Sicherheitskräfte bereits den Planeten auf der Suche nach Kindern der Zukunft auf links drehten -, würde man ihn ohne viel Federlesens an die Wand stellen.

Plötzlich drängte sich jemand an ihm vorbei und rempelte ihn rüde an. Mick wollte sich auf die übliche Art und Weise unter Einsatz seiner Ellbogen zur Wehr setzen, doch der Stoß ging überraschenderweise ins Leere und er verlor das Gleichgewicht. Gleichzeitig spürte er einen weiteren Stoß im Rückgrat, der ihn vollends taumeln ließ.

Verzweifelt suchte er Halt, doch seine Finger griffen lediglich nach Luft. Das Letzte, was er sah, bevor er mit dem Kopf voran acht Meter tief auf den Asphalt stürzte, war das Gesicht eines Mannes, der ihn mit eiskalten Augen und einem berechnenden Lächeln im Gesicht musterte. Der Mann besaß zwei unterschiedliche Augenfarben. Eines war grün, das andere grau.

Wie der Mann, der von der Gangway stürzte, zu Tode kam, wurde nie aufgeklärt. Es wurde allgemein angenommen, dass es sich um einen durch das Gedränge entstandenen Unfall handelte. Captain Lavierré verspürte ohnehin kein großes Interesse an einer umfassenden Aufklärung.

Der Captain zuckte lediglich die Achseln und war insgeheim froh, dass der Unglückliche seine Passage bereits im Voraus bezahlt hatte.

18

»Feindliche Angriffswelle rückt gegen uns vor, Commodore«, berichtete Ivanov ruhiger, als es der Situation angemessen war.

Vincent war dankbar für die gelassene Präsenz seines Ersten Offiziers. Es ermunterte die übrigen Brückenoffiziere, sich ebenfalls professionell zu verhalten.

»Wie viele? Welcher Kurs?«

»Direkt auf uns. Etwa hundert Schiffe.« Ivanov stutzte und überflog ein weiteres Mal, die Meldungen, die er auf sein Datenterminal erhielt. »Seltsam.«

»Was?«

»Es scheint sich in der Mehrzahl um umgebaute Frachter zu handeln. Nur minimale Unterstützung durch ruulanische Schiffe. Das ist in jeder Hinsicht unlogisch.«

»Schlachtträger?«

»Drei.«

Nun verstand Vincent die Verwirrung seines XO. Warum sollten die Ruul so dumm sein? Dort draußen sammelte sich eine Flotte, die zehnmal so stark war. Warum sollte irgendein Kommandant nur einen Bruchteil seiner Kräfte ins Gefecht schicken?

»Vielleicht nur ein Sondierungsangriff«, meinte Ivanov wenig überzeugt. »Sie testen möglicherweise noch unsere Stärke.«

»Ja, vielleicht. Wie dem auch sei, wir müssen dem Angriff begegnen. Benachrichtigen Sie das Flaggschiff.« Er wandte sich um. »CAG, alle verbliebenen Jäger und Bomber starten. Wir müssen einen Abwehrschild vor der Flotte aufbauen.«

»Aye«, bestätigte der CAG der *Lydia*. Weniger als sechs Minuten später spuckte der breite Bug des Schlachtträgers Welle um Welle an Jägern und Bombern aus. Vincent erwog für einen Moment – wirklich nur für einen Moment –, die Jäger zurückzurufen, die er ausgeschickt hatte, um bei der Verteidigung von Neu-Asalti zu helfen, doch dies hätte bedeutet, ihre Verbündeten sich selbst zu überlassen, und dazu war er nicht bereit, zumindest noch nicht.

»Geben Sie mir die Aufstellung der feindlichen Welle«, ordnete er an. Vor seinem Kommandosessel baute sich praktisch ohne Verzögerung das taktische Hologramm auf. Eigene Einheiten wurden in Grün, Verbündete in Gelb und feindliche Einheiten in bedrohlichem Rot dargestellt. Ivanovs Einschätzung stimmte. Die feindliche Aufstellung entbehrte tatsächlich jeder militärischen Logik. Die Angriffswelle bestand aus etwa siebzig Schiffen der Rebellen, umgebauten Frachtern der Kinder der Zukunft. Sie wurden nur von etwa dreißig ruulanischen Schiffen begleitet, hauptsächlich Typ-8-Kreuzer. Die Symbole der drei Schlachtträger hoben sich deutlich aus der Mitte der Formation hervor. Sie stellten die einzige Bedrohung dar und mussten schnellstmöglich eliminiert werden.

Die sieben Schiffe der Asalti, die noch im System verblieben waren, positionierten sich in der Nähe ihrer Heimatwelt, um mit gezielten Schüssen ihrer Bordkanonen die Flut feindlicher Reaper, die ihre Welt belagerten, auszudünnen. Zwischen Asalti und Til-Nara standen etwas verloren die Meskalno. Man merkte schnell, dass es sich bei ihnen zwar um kampf-, doch nicht um kriegserprobte Besatzungen handelte.

Sie mochten sehr versiert darin sein, ihre Handelsrouten gegen einfallende Sca'rith zu verteidigen, doch eine militärische Situation zu erkennen und zu analysieren, überstieg ihre Fähigkeiten bei Weitem. In einer solchen Position waren sie extrem verwundbar. Sie befanden sich zu weit von allen verbündeten Einheiten entfernt, um im Bedarfsfall Hilfe erwarten oder leisten zu können.

Admiral Coltor erkannte die exponierte Lage der Meskalno ebenfalls und beorderte sie näher zu den Asalti. Vincent haderte etwas mit der Entscheidung. Er verstand zwar den Beweggrund des Admirals - die Asalti konnten jede Hilfe gebrauchen, die sie bekommen konnten -, doch die erhebliche Feuerkraft der Meskalno-Schiffe hätte auch ihrer Kampflinie gutgetan. Das war jedoch die Problematik jeder Verteidigung eines stationären Ziels gegen eine gut bewaffnete mobile Truppe: Es gab zu viele Punkte, die geschützt werden mussten, und meistens zu wenige Schiffe und Truppen, um ausreichend Schutz zu gewährleisten.

Vincent zuckte die Achseln. Eigentlich spielte es auch keine große Rolle. Die Ruul und ihre menschlichen Verbündeten verfügten über genügend Schiffe, um bequem beide Ziele angreifen und durch ihre bloße Übermacht niederwalzen zu können. Was ihn zum vorliegenden Problem zurückbrachte. Die Hauptstreitmacht der Slugs wartete außerhalb des Schwerkraftfeldes des Systems. Kein Kommandeur entsandte weniger

Truppen, als er befehligte, in ein schweres Gefecht, jedenfalls nicht ohne guten Grund. Ivanov hatte vielleicht recht und sie testeten erst die Verteidigung. Dass die Mehrzahl der angreifenden Schiffe aus umgebauten Frachtern bestand, stützte diese These noch. Die Ruul schonten ihre eigenen Einheiten und verheizten lieber die Rebellenschiffe. Vincent hätte es an deren Stelle ebenso gehandhabt. Trotzdem fühlte er in jeder Faser seines Körpers, dass dies nicht die ganze Wahrheit sein konnte. Seine Erfahrung sagte ihm, es steckte noch etwas anderes dahinter.

»Feindliche Einheiten in zweiunddreißig Minuten in Reichweite«, meldete Ivanov. Auf der Brücke der *Lydia* herrschte inzwischen angespanntes Schweigen. Jedes Mitglied der Brückencrew konzentrierte sich ganz auf seine Aufgaben, um nicht über die Möglichkeit des baldigen Todes nachdenken zu müssen.

»Noch zwanzig Minuten.«

»Mündungsklappen öffnen. Zielvektoren an die Flak-Besatzungen übermitteln. Flächenbeschuss auf Admiral Coltors Befehl hin.«

»Aye-aye, Sir.«

»Zwölf Minuten.«

Diesen Teil einer Schlacht hasste Vincent am meisten: das Warten auf den Paukenschlag, das Warten auf das Eintreffen der ersten feindlichen Geschosse, die Meldungen der Schäden, die Meldungen über erste Opfer. Er fragte sich, wie viele Mitglieder seine Besatzung den heutigen Tag wohl überleben würden. Würde er ihn überleben? Oder Ivanov? Vincent schob den ungewollten Gedanken beiseite. So etwas lenkte nur ab. Und Ablenkungen brachten den Tod.

»Maximale Gefechtsentfernung erreicht, Sir«, meldete Ivanov eifrig.

Vincent warf der ComStation einen ungeduldigen Blick zu. »Nachrichten von der *Kronos*?«

»Nein, Sir.«

»Verdammt, worauf wartet der Kerl nur?«, flüsterte Vincent, sodass nur Ivanov ihn hören konnte. Sein XO zuckte lediglich ratlos mit den Schultern.

Die feindliche Angriffswelle rückte unbeirrt näher. Nicht nur das, sie teilte sich sogar auf. Die Hälfte der feindlichen Schiffe rückte gegen Neu-Asalti vor. Vincent knirschte mit den Zähnen. Er hoffte, die Asalti und Meskalno würden dem Angriff standhalten können.

Endlich drehte sich der Lieutenant an der ComStation um. »Feuerbefehl vom Flaggschiff. Feuern nach eigenem Ermessen freigegeben.«

Na endlich ..., dachte Vincent erleichtert.

»Feuer!«

Die terranischen Schiffe eröffneten aus allen Rohren das Feuer. Nur Sekunden später spien die Torpedorohre der ruulanischen Schiffe und Rebelleneinheiten eine tödliche Salve aus.

»Schilde auf Maximum. Auf Aufprall vorbereiten!«

Die Flakbatterien eröffneten das Feuer und legten eine Wand aus explodierendem Metall zwischen die Flotte und die anfliegenden Torpedos.

Etwa die Hälfte der feindlichen Flugkörper wurden zerstört und zerplatzten in grellen Explosionen inmitten der Schwärze des Alls. Die übrigen jedoch kamen durch und hämmerten brutal auf die verbündeten Schiffe ein. Die Hauptlast des Angriffs trugen die terranischen Einheiten, allen voran die *Lydia* und die *Kronos*.

Das Deck unter Vincents Füßen bäumte sich mit schockierender Plötzlichkeit auf, sodass er für einen Augenblick das Gefühl hatte, in seinem Sessel zu schweben. Die Sicherheitsgurte schnitten schmerzhaft in sein Fleisch. So unvermittelt der Augenblick gekommen war, so unvermittelt endete er auch wieder. Vincent wurde regelrecht in seinen Sessel zurückgeschleudert.

Warnsirenen und rote Lichter wetteiferten miteinander um die Aufmerksamkeit der Besatzung, die alle Hände voll zu tun hatte, die Schadensmeldungen zu verarbeiten. Wie aus weiter Ferne vernahm Vincent das stakkatohafte Wummern der Flakbatterien, die immer noch die einkommenden Schwärme feindlicher Flugkörper ausdünnten. Die ruulanischen Schiffe und ihre menschlichen Verbündeten feuerten Salve um Salve auf die kleine Anzahl Verteidiger. Sie konzentrierten sich bei ihrem Beschuss beinahe ausnahmslos auf die *Lydia* und die *Kronos*. Ihr Ziel war offensichtlich: Die Slugs wollten die größten Bedrohungen ausschalten.

»Torpedodeck?«, schrie Vincent in die interne Kommunikation. »Dauerfeuer auf die ruulanischen Schiffe. Erledigt so viele wie möglich. Auf die Schlachtträger konzentrieren.«

Vincent überflog das flimmernde Bild seines taktischen Hologramms. Ihre Salve hatte bedauerlicherweise weniger Schaden angerichtet, als er gehofft hatte. Acht Frachter der Kinder der Zukunft waren zerstört, ein Dutzend weiterer schwer beschädigt. Die Ruul hatten fünf Kreuzer verloren, etwa doppelt so viele waren zum Teil schwer beschädigt. Die Schlachtträger hatten zwar den Großteil des terranischen Beschusses auf sich gezogen, doch Vincents Hoffnung war nicht erfüllt worden. Keiner der großen Pötte war in nennenswertem Umfang beschädigt oder gar ausgeschaltet worden.

»Schadensbericht!«, verlangte Vincent atemlos.

Ivanov eilte herbei, wobei er ein Stück Stoff auf eine heftig blutende Platzwunde über seinem rechten Auge presste.

»Hüllenbrüche auf drei Decks«, las Ivanov die einkommenden Berichte von seinem tragbaren Datenterminal ab. »Betroffene Decks sind versiegelt. Zwanzig Prozent der Energiewaffen auf der Steuerbordseite sind zerstört oder zumindest in Mitleidenschaft gezogen. Schadenskontrollmannschaften sind auf dem Weg. Der Chief meint, er bekommt vielleicht die Hälfte davon wieder online, aber das dauert seine Zeit.«

Vincent nickte. Er hörte die Litanei der Schäden mit einem Ohr, während seine Aufmerksamkeit den Hologrammen der anderen Schiffe seines Kommandos galt. Sie hatten kein Schiff verloren, was einem Wunder gleichkam, aber mehrere Hologramme leuchteten in Unheil verkündendem Rot, was schwere Schäden andeutete.

Die Til-Nara hatten jedoch einen Schlachtkreuzer verloren – und die Sca'rith zwei ihrer leichten Kreuzer.

Die *Kronos* war noch gut in Schuss. Ihre Panzerung und Schilde waren extrem stark und dafür ausgelegt, auch schwersten Beschuss zu überstehen.

Die feindliche Angriffswelle rückte unbeirrt näher. Die Schiffe wurden umschwärmt von Hunderten von Jägern. Wie ein wütender Insektenschwarm, der nur darauf wartete, über sie herzufallen.

Die Til-Nara und Nerai schleusten ihre Dragonfly-Jäger aus. Die funktionellen kleinen Ein-Mann-Maschinen schlossen sich den Zerberus- und Arrow-Jägern ihrer menschlichen Verbündeten an, bereit, einen Abwehrschirm vor der Flotte aufzubauen, sobald das Torpedogefecht endete und der Nahkampf begann.

Vincent fragte sich, wie lange selbst die *Kronos* dem standzuhalten vermochte, was dort draußen auf sie lauerte und nach ihrer Vernichtung trachtete.

Kerrelak bemerkte gar nicht, wie der Kommandant seines Flaggschiffs näher trat, so versunken und fasziniert war er von der Schlacht, die im MacAllister-System tobte. Der Mann räusperte sich verhalten.

»Mein Herr?«, sprach er Kerrelak respektvoll an.

»Was ist?«, fragte Kerrelak ungeduldig darauf wartend, sich erneut mit der Vernichtung seines verhassten Gegners und seiner Rache beschäftigen zu können.

»Unser Jägerangriff gegen Neu-Asalti ist gescheitert. Unsere Piloten sind auf dem Rückzug.«

Kerrelak drehte sich ungläubig um. »Rückzug?«

Veral reckte unbehaglich den Hals. Kerrelak hatte Offiziere schon für weitaus bessere Nachrichten hinrichten lassen. »Der Widerstand stellte sich als ungemein ... hartnäckig heraus. Außerdem erhielten die Asalti Verstärkung durch Jagdgeschwader der nestral'avac.«

»Dann schick Verstärkung. Schick so viele Jäger wie nötig. Schick meinetwegen auch mehr Schiffe. Ich will, dass der Widerstand gebrochen wird. Dieser Planet soll zu ihrem Grab werden.« Kerrelak drehte sich wieder zu dem Bildschirm um, der die Schlacht um MacAllister übertrug. »Diese Spezies hätte schon vor langer, langer Zeit ausgerottet werden müssen.«

»Mein Herr«, begann der Kommandant erneut, falls überhaupt möglich, noch zögerlicher als zuvor.

»Ja?«

»Darf ich Euch daran erinnern, dass uns die Jäger und Schiffe, die wir nach Neu-Asalti schicken werden, beim Angriff aus MacAllister fehlen werden? Unsere Jägerkapazitäten hier im System sind enorm begrenzt – und die feindliche Abwehr ist ... effizient.«

»Unwichtig. Ich will, dass Neu-Asalti zerstört wird. Der Planet soll unbewohnbar werden. Schmelzt die Oberfläche ein, wenn es sein muss, aber vernichtet die Asalti.«

Veral verneigte sich tief und machte Anstalten, sich zu entfernen, als ein Ruf Kerrelaks ihn zurückhielt.

»Und Kommandant?«

»Ja, Herr?«

»Störe mich nur noch, wenn es unabdingbar ist. Ich will die Vernichtung dieses Systems voll auskosten. Auf diesen Moment habe ich viel zu lange warten müssen.«

»Ja, Herr«, erwiderte der Kommandant und machte sich eiligst aus dem Staub, froh darüber, zumindest zeitweise aus Kerrelaks düsterer Gegenwart zu entkommen.

Zwei der drei ruulanischen Schlachtträger schlossen sich zusammen und nahmen einen Til-Nara-Schlachtkreuzer in die Zange. Das insektoide

Schiff wehrte sich mit der für die Til-Nara berühmten ruhigen und professionellen Effizienz. Selbst als ihr Schiff um sie herum in Stücke gerissen wurde und auseinanderfiel, feuerten sie noch immer ihre ungelenkten Waffen in alle Richtungen ab. Die Stacheln durchstießen dank ihrer kinetischen Eigenenergie problemlos Schutzschilde und Panzerung feindlicher Schiffe.

Dabei agierten sie ungewöhnlich schlau. Sie ignorierten die ruulanischen Schlachtträger, unter deren Beschuss sie standen, und konzentrierten sich vielmehr darauf, die große Anzahl kleinerer Schiffe auszudünnen, über die der Feind verfügte. Schiffe, die sich schnell und leicht eliminieren ließen. Auf diese Weise schossen die Til-Nara acht Frachtschiffe und vier Typ-8-Kreuzer zusammen und verwandelten einen alten ruulanischen Träger in eine sich ausbreitende Trümmerwolke. Zu guter Letzt gelang es ihnen sogar, einen der Schlachtträger auszuschalten. Sie perforierten die Schiffshülle mit ihren Geschossen, bis aus einer Vielzahl von Brüchen die Atmosphäre ins All entwich. Das Schiff endete als manövrierunfähiges, zerschmolzenes Stück Metall im Weltall.

Der Preis, den sie dafür bezahlten, war jedoch sehr hoch. Sie verloren selbst einen Träger, zwei Schlachtkreuzer und einen Zerstörer. Dragonfly-Jäger stürmten herbei, um die Ruul von ihrer Beute abzulenken, und wurden zu Dutzenden abgeschossen. Zwischen den Flotten zerplatzten unzählige kleine Sonnen, als die Geschütze der ruulanischen Schiffe die kleinen Objekte unter gezieltes Feuer nahmen.

Zeitweise sah es so aus, als würden die Ruul die letzten beiden Til-Nara-Schiffe einkesseln und vom Hauptkampfverband abschneiden. Da stürmten jedoch mehrere Nerai-Schiffe herbei und verhinderten es. Unterstützt wurden sie von drei leichten, schnellen Kreuzern der Sca'rith, die mit schier unfassbarer Manövrierfähigkeit und Geschwindigkeit zwischen den kämpfenden Giganten umherschwirrten und Hunderte kleiner Nadelstiche ausführten, ohne jedoch selbst getroffen zu werden. Die Energiewaffen der Sca'rith sandten kleine Impulse gegen die feindlichen Schiffe. Jeder für sich beinahe wirkungslos, doch die Feuerrate der Sca'rith-Waffen konnte man nur beeindruckend nennen und in ihrer Häufigkeit entfaltete der Beschuss seine enorme Wirkung.

Die elf Leichten Kreuzer, die vom Wachgeschwader des MacAllister-Systems noch übrig waren, schlossen sich dem Angriff an. Sie kombinierten ihre Feuerkraft und konzentrierten sich auf einige wenige Ziele, um sie zu überwältigen. Die Typ-8-Kreuzer der Ruul stellten sich der Herausforderung. Die Schlacht wogte mehrere Minuten hin und her, ohne dass ein eindeutiger Sieger auszumachen war. Die Ruul verloren neun Schiffe, die terranischen Kreuzer fünf.

Schließlich entschieden die Ruul, es wäre genug, zogen sich zurück, um sich neu zu formieren, und gaben den beiden überlebenden Til-Nara-Schiffen Gelegenheit, zu den Nerai-Schiffen aufzuschließen.

Vincent schüttelte ungläubig den Kopf. Wenn er das nicht selbst gesehen hätte, würde er es nicht glauben. Die Nerai hatten den Til-Nara geholfen und so deren sichere Vernichtung verhindert. Ein gemeinsamer Feind einte offenbar.

»Lieutenant Karpov«, befahl Ivanov. »Konzentrieren Sie das Feuer auf die Schiffe, die achtern angreifen.«

»Aye, Commander«, bestätigte der Waffenoffizier. Kurz darauf eröffneten mehrere Heckbatterien der *Lydia* das Feuer und zerstörten drei Frachtschiffe der Kinder der Zukunft, die es auf den Antrieb des Schlachtträgers abgesehen hatten. Die im Vergleich zu dem gewaltigen, neunhundert Meter langen Schlachtträger hoffnungslos unterbewaffneten Schiffe zerplatzten bereits bei der geringsten Berührung mit den Energiestrahlen des Kriegsschiffes. Ihre Trümmerstücke wirbelten in alle Richtungen davon. Wo sie auf Schutzschilde trafen, erzeugten sie ein kurzes elektrisches Aufflammen, bevor sie verdampften.

Vincent warf einen weiteren Blick auf das taktische Hologramm. Der Hauptanteil der feindlichen Flotte hatte sich immer noch nicht von der Stelle gerührt. Er fragte sich, worauf sie warteten. Inzwischen mussten sie doch einen deutlichen Eindruck von den Möglichkeiten der Verteidiger haben. Es ergab keinen Sinn, dass sie sich derart zurückhielten. Außerdem passte es nicht in das Verhaltensmuster der Slugs. Vincent überlegte angestrengt. Was hatten die Ruul nur vor?

Parducci strich fast zärtlich über den Auslöser ihrer Bordwaffen und ein weiterer ruulanischer Jäger zerbarst in tausend Trümmer unter der feurigen Liebkosung ihrer Laserwaffen.

Anhand ihres HUD und des Zielerfassungscomputers überprüfte sie den Status ihrer Staffel und die aktuelle Lage. Als sie realisierte, dass sich keine unmittelbare Bedrohung in ihrer Nähe befand, gönnte sie sich einen Moment Ruhe und atmete mehrmals tief durch.

Ihre treue Flügelfrau Stephanie Harper klebte wie immer an ihrem Heck - wie ein hilfreicher, schützender Schatten. Von ihrer Staffel waren nur noch sechs Symbole übrig, Stephanie und sie selbst eingeschlossen. Alle wiesen mehr oder weniger ernste Blessuren auf.

Die ruulanischen Reaper gewannen schnell an Höhe und flohen in die obere Atmosphäre. Die terranischen Piloten ließen sie gewähren, froh über die unerwartete Atempause. Einige Strahlen und Energieimpulse aus der Asalti-Luftabwehr folgten den Ruul, jedoch bedeutend weniger als noch zu Beginn der Schlacht.

Parducci warf einen Blick aus dem Cockpit. Die Stadt unter ihr wies beträchtliche Schäden auf. Es würde sie nicht wundern, wenn ein ansehnlicher Prozentsatz der Luftabwehr dauerhaft ausgeschaltet war. Aufgrund der enormen Grundfläche der Stadt hatten sich die terranischen Piloten während der Luftschlacht entschieden, vor allem das Zentrum von Suru zu verteidigen. Die äußeren Stadtviertel hatten sie der Luftabwehr der Asalti überlassen. All ihre Bemühungen schienen jedoch vergebens. Große Teile der Stadt standen in Flammen. Aus ihrer erhöhten Position konnte sie die Feuerlöschtrupps der Asalti erkennen, die die kurze Feuerpause nutzten, um die größten Brände in den Griff zu bekommen.

»Major«, sagte plötzlich ihre Flügelfrau über HelmCom. Parducci hörte die Anspannung in der Stimme ihrer Freundin und war sofort alarmiert.

»Ja?«

»Über uns.«

Parduccis Blick flog nach oben. Zuerst war sie nicht in der Lage, etwas zu erkennen, doch dann verdunkelte ein bedrohlicher Schatten die Sonne. Aus einem wurden zwei, dann drei, vier – schließlich waren es mehr als ein halbes Dutzend. Hunderte kleiner Objekte umschwärmten sie.

Ruulanische Typ-8-Kreuzer mit Jägerunterstützung.

Sie schaltete um auf einen offenen Kanal, auf dem alle Piloten der *Lydia* ihre Worte vernehmen würden. »Der Tanz geht weiter, Leute. Stellt euch auf ungebetene Gäste ein.«

Mansu betrat die Brücke seines Flaggschiffes in dem Moment, als die ruulanischen Schiffe in die obere Atmosphäre von Neu-Asalti eintraten. Die *Stern der Freiheit* stellte das modernste Schiffe der Asalti-Flotte dar. Aus diesem Grund hatte Mansu es zu seinem Kommandostand erkoren. Ratsmitglied Saran war mit einem Shuttle auf dem Weg nach Suru. Mansu warf einen ungeduldigen Blick in Richtung des Chronometers an der

Wand. Wenn alles nach Plan verlaufen war, sollte er schon fast am Boden sein.

Das wichtige Regierungsmitglied lediglich in einem ungeschützten Shuttle auf den Planeten zu schicken, war Mansu ganz und gar nicht recht gewesen, doch Saran war ein Asalti alter Schule und der Aufenthalt auf einem Kriegsschiff stellte für seine Psyche eine intolerable Belastung dar. Außerdem war der Mann der Meinung, auf Neu-Asalti nützlicher sein zu können. Insgeheim stimmte Mansu dieser Einschätzung zu. An der Bord der *Stern der Freiheit* wäre er tatsächlich nur im Weg gewesen.

»Bericht!«, verlangte er und setzte sich auf den Kommandosessel. Die Sitzgelegenheiten und Kontrollen des Schweren Kreuzers der Sioux-Klasse waren auf Asalti-Verhältnisse angepasst worden, damit die kleinen Wesen mit dem Kreuzer und den anderen Schiffen, die ihnen die Menschen freundlicherweise überlassen hatten, zurechtkamen.

»Sechs ruulanische Kreuzer greifen den Planeten an. Typ-8-Klasse. Sie werden von Hunderten von Jägern eskortiert«, meldete sein XO. Der Name des Offiziers war Xerex, ein Asalti, dessen Fell gesundes Braun und Blau aufwies, was ihn als noch relativ junges Exemplar seiner Spezies kennzeichnete.

»Wie ist der Status der terranischen Jäger in der Atmosphäre?«

»Schwer zu sagen. Die Energieentladungen von so viel Waffenfeuer machen einen Einsatz der Sensoren schwierig, wir schätzen jedoch, dass sich ihre Verluste auf vielleicht dreißig bis vierzig Prozent belaufen. Tendenz steigend.«

Mansu überlegte. Dies war die erste Raumschlacht, in die er verwickelt wurde, und ausgerechnet er hatte das Kommando inne. Seiner Brückenbesatzung mussten ähnliche Gedanken durch den Kopf gehen. Die meisten hatten noch nie ein wirkliches Gefecht erlebt. Sie alle waren von den Menschen natürlich geschult worden, hatten Kampfszenarien sowohl in der Theorie als auch anhand von Simulationen durchgespielt, doch dies hier war etwas völlig anderes. Dies hier war Krieg. Nur die wenigsten Asalti hatten jemals eine Schlacht erlebt. Die Mitglieder seiner Brückenbesatzung warfen sich gegenseitig unsichere Blicke zu. Sie wussten nicht so recht, was sie nun tun sollten.

Sie erwarteten Führung.

Von ihm.

Mansu straffte seine kleine, gedrungen wirkende Gestalt. Diesen Planeten würden die Ruul nicht bekommen. Dieses Mal würde es anders laufen. Bilder seines Sohnes Lesta liefen vor seinem inneren Auge ab. Der Junge war bereits seit Jahren tot, gefallen bei der Verteidigung seiner Heimatwelt. Im Gedenken an sein Opfer würde Mansu *diese* Welt beschützen.

»Signal an die Meskalno«, befahl er mit fester Stimme. »Sie sollen ihre Schiffe näher an unsere heranbringen. Steuermann, auf Angriffskurs zu den ruulanischen Schiffen gehen. Unser Geschwader soll uns folgen.«

Der Kommunikationsoffizier drehte sich um. »Rudelführer, die Meskalno weigern sich, sich dem Angriff anzuschließen. Sie fragen, warum sie sich uns unterordnen sollen.«

»Teilen Sie ihnen mit, dass wir jetzt den Feind angreifen - und wenn sie nicht allein zwischen den Frontlinien zurückbleiben wollen, sollten sie sich besser unserer Führung anvertrauen.« Mansu zögerte. »Und sagen Sie ihnen noch etwas: Dies ist jetzt genauso gut ihr Krieg.«

Die ruulanischen Jäger stürmten Welle um Welle heran, so viele, dass ihre Anzahl endlos wirkte - endlos und erdrückend.

Parducci riss den Steuerknüppel ihres Zerberus-Raumüberlegenheitsjägers herum und entging nur um Haaresbreite einer Salve aus den Bordwaffen zweier Reaper, die sich dort kreuzten, wo ihr Jäger gerade noch geflogen war.

Stephanie Harpers Tragflächen spien Feuer und zerbliesen einen der Angreifer, bevor dieser auch nur in der Lage war zu reagieren.

»Nach rechts ausbrechen!«, drang plötzlich eine Warnung Stephanies zu ihr durch. Parducci reagierte instinktiv und steuerte in eine halsbrecherische Kurve, die ihr das Leben rettete, als feindliche Geschosse an ihrem Cockpit vorbeizischten. Eines hinterließ sogar eine Brandspur auf dem Panzerglas ihrer Kanzel.

Parducci ging auf Gegenkurs und jagte hinter den Jägern her, die sie angegriffen hatten. Sie wartete gerade lange genug, dass der Zielerfassungscomputer eine positive Identifizierung bestätigen konnte, bevor sie ihre Bordwaffen auslöste. Zwei Reaper lösten sich buchstäblich direkt vor ihrem Bug auf, ein dritter nur wenige Sekunden später.

»Gut geschossen«, lobte ihre Flügelfrau enthusiastisch. »Aber da kommen noch mehr. Auf acht Uhr hoch.«

Parducci sah nach oben. Harper hatte recht. Der Ansturm der Ruul schien kein Ende nehmen zu wollen. »Achtung an alle! Hier Wolverine eins. Wir ziehen uns Richtung Planetenoberfläche zurück. Hier oben werden wir bald überrannt. Vielleicht können uns die Asalti dort unten etwas Feuerschutz geben.«

Lediglich eine Hoffnung, und wenn man bedachte, in welchem Zustand sich Suru befand, eine, die wohl nicht erfüllt werden konnte. Trotzdem hatten sie kaum eine andere Wahl. Es hieß, entweder hier die Stellung halten und sterben oder tiefer gehen und noch ein wenig länger durchhalten.

Noch während sie sprach, zogen sich einzelne Geschwader Richtung Suru zurück. Viele wiesen deutliche Lücken in ihrer Aufstellung auf. Die Verluste, die sie erlitten hatten, waren schlimm. Sollten sie nicht bald Verstärkung erhalten oder die Ruul abziehen, würden sie abgeschlachtet werden.

Parducci gab Vollschub und zog ihre Maschine hart nach unten, Harper folgte ihr dichtauf. Die Ruul schwärmten in der Atmosphäre in Gruppen zu fünf aus. Einige verfolgten die fliehenden terranischen Jäger, andere nutzten die nachlassende Verteidigung und begannen umgehend damit, die Stadt zu beschießen. Abwehrfeuer aus einigen versteckten Stellungen antwortete dem ruulanischen Beschuss. Die Abwehr war jedoch bei Weitem nicht mehr so dicht wie noch zu Beginn der Schlacht.

Die ruulanischen Kreuzer schlossen sich dem Angriff an. Ihre Schiffsbatterien brannten breite Schneisen in die Hauptstadt von Neu-Asalti.

Energieimpulse aus ruulanischen Bordwaffen folgten den terranischen Jägern. Die Zerberusse flogen wilde Ausweichmanöver. Plötzlich gellte ein panikerfüllter Schrei aus ihrem Helm.

»Boss …!«

»Stephanie!«

Ein Zerberus-Jäger stürzte brennend an ihr vorbei. Die Maschine geriet ins Trudeln. Als der Jäger sie passierte, bemerkte sie ihre Freundin und Flügelfrau, die sie mit schreckgeweiteten Augen musterte. Für einen Moment schien die Zeit still zu stehen – bevor sie mit brutaler Geschwindigkeit weiterlief. Aus einem Reflex heraus streckte Parducci die Hand aus, als könne sie den Absturz Harpers dadurch irgendwie verhindern. Doch es gab nichts, was sie dagegen zu unternehmen vermochte. Harpers Maschine stürzte ab. Brandspuren verunstalteten ihr Heck. Der Antrieb des Zerberus war nur noch eine rauchende Ruine.

Harpers Maschine geriet außer Sicht; Parducci hatte nur noch ihre Instrumente, um sie zu verfolgen. Der Jäger verlor schnell an Höhe, bis sein Symbol auf Bodenniveau mit schockierender Plötzlichkeit erlosch.

Eiseskälte griff nach Parduccis Herz und sie schluchzte unkontrolliert. Harper war seit über zehn Jahren mit ihr geflogen. Schon während der Jupiterschlacht im Jahre 2135, eine lange Zeit - und nun war sie tot.

Parducci zwang sich dazu, den Blick vom Bildschirm zu nehmen. Ihr Geschwader brauchte sie. Zum Trauern war später noch Zeit. Sie zog ihre Maschine in einen halsbrecherischen Sturzflug, um den verfolgenden Reapern zu entkommen. Falls sie es bis zur Stadt schaffte, hatte sie eine echte Chance.

Sie hatte beinahe die relative Sicherheit der Straßenschluchten von Suru erreicht. Beinahe. Harpers Tod hatte sie nur für Sekunden abgelenkt, doch Sekunden entschieden im Luftkampf über Leben und Tod, Sieg oder Niederlage.

Ein Trio Reaper hatte sich unbemerkt hinter sie gesetzt und feuerte nun aus allen Rohren. Parducci flog ein letztes verzweifeltes Ausweichmanöver, doch die Slugs zielten auf Antrieb und Tragflächen. Die Antriebsdüse versagte jaulend den Dienst und die rechte Tragfläche wurde von dem Beschuss regelrecht perforiert. Ihr Zerberus ging in freien Fall über. Das Letzte, was sie sah, waren die Häuser von Suru, die vor ihrem Kanzeldach immer größer wurden.

Die Batterien der *Stern der Freiheit* nahmen den Typ-8-Kreuzer aufs Korn, den Mansu für das Führungsschiff des feindlichen Angriffs hielt. Die leistungsstarken Energiewaffen durchschlugen die Schutzschilde des Feindschiffes bereits nach einigen wenigen Salven und begannen schließlich damit, das Schiff fein säuberlich in seine Einzelteile zu zerlegen. Die Trümmerstücke regneten zur Planetenoberfläche hinab. Die schweren 5-Zoll-Batterien des Kriegsschiffes schnitten innerhalb weniger Augenblicke noch zwei weitere ruulanische Kreuzer in Stücke, die sich im Schatten des feindlichen Führungsschiffes angenähert hatten. Die ruulanische Technik hatte sich in den letzten Jahren signifikant weiterentwickelt, doch ein Schwerer Kreuzer der Sioux-Klasse stellte immer noch einen überragenden Gegner dar.

Die Meskalno schlossen sich inzwischen - wenn auch widerwillig - dem Angriff an.

Meskalno-Schiffe verfügten nicht über Torpedos oder ähnliche Lenkwaffen. Ihre Bewaffnung bestand aus Energiewaffen, die kugelförmige blaue Geschosse abfeuerten. Die Meskalno verstanden, sie mit tödlicher Präzision einzusetzen, und waren in der Lage, die Intensität ihrer Waffen einzustellen, je nachdem, welche Ziele sie gerade bekämpften. Auf diese Weise sparten sie Energie für die schwereren Gefechte.

Während die Asalti-Kriegsschiffe sich den ruulanischen Kreuzern widmeten, feuerten die Meskalno-Schiffe in schneller Folge in die Atmosphäre von Neu-Asalti, ihre Geschosse nur als schemenhafte Gebilde erkennbar.

Dutzende ruulanischer Jäger zerplatzten, sobald sie in Berührung mit dieser neuen Bedrohung kamen. Auf diese Weise dünnten die Meskalno die Flut an Slug-Jägern aus, die in die Atmosphäre eindrangen. Das Blatt wendete sich.

Vincent beobachtete auf seinem taktischen Hologramm, wie die Asalti nacheinander drei Slug-Kreuzer in Trümmern schossen und sich dann so positionierten, dass die ruulanische Jägerwelle ihre Flak-Batterien passieren musste, um den Planeten zu erreichen. Zusammen mit den Meskalno-Schiffen errichteten sie auf diese Art eine Todeszone für die Angreifer und verschafften dem Planeten die dringend benötigte Atempause.

Vielleicht war die Konferenz doch eine gute Idee, überlegte Vincent. *Die Stärken und Schwächen unserer potenziellen Verbündeten ergänzen sich hervorragend.*

Die *Lydia* lieferte sich unterdessen ein Duell mit einem der ruulanischen Schlachtträger, und das gegnerische Schiff erwies sich als ungemein harte Nuss. Die feindliche Streitmacht hatte die Linie der Verteidiger an drei Stellen durchbrochen und die Schlacht in eine Verkettung von einzelnen Gefechten verwandelt, bei der es schwer war, den Überblick zu behalten. Die Sca'rith hatten bereits einen weiteren Kreuzer verloren, die Nerai einen Schlachtkreuzer und einen Schweren Kreuzer.

Der terranische Zerstörer *Violent* feuerte aus seinen Energiewaffen auf einen umgebauten Frachter und tranchierte diesen wie einen Truthahn. Die Raketenbatterien des Zerstörers ließen Geschosse wie tödlichen Regen auf eine ruulanische Fregatte und einen Zerstörer prasseln. Die Projektile durchschlugen die Panzerung der Fregatte, als wäre sie nicht vorhanden, und explodierten im Inneren. Sekundärexplosionen ließen die Panzerung an mehreren Stellen aufplatzen, bis das Schiff dem Druck nicht mehr standhielt und in Stücke gerissen wurde. Der Zerstörer hatte indessen mehr Glück. Seine Schilde und Panzerung retteten ihn lange genug, um schwer beschädigt in die Sicherheit eines Trios Schwerer Kreuzer zu flüchten, die sich sogleich auf die *Violent* einschossen.

Der Zerstörer erzitterte unter dem unbarmherzigen Beschuss. Der Captain der *Violent* versuchte noch, sein Schiff in Sicherheit zu bringen, doch ein weiterer Kreuzer schnitt ihm den Fluchtweg ab und schloss sich dem Angriff an. Die *Violent* hatte dem nichts entgegenzusetzen und wurde mit brutaler Effizienz in Stücke geschossen. Zwei Leichte Kreuzer des MacAllister-Wachgeschwaders, die dem Zerstörer zu Hilfe eilen wollten, erlitten dasselbe Schicksal.

»Lieutenant Karpov«, befahl Vincent. »Alle Energiewaffen an Backbord auf den Schlachtträger ausrichten. Machen Sie sich feuerbereit.«

»Aye, Sir«, bestätigte der Offizier.

»Lieutenant Mendez, bringen Sie uns näher an den Schlachtträger heran. Verschaffen Sie dem Lieutenant eine günstige Schussposition.«

»Verstanden, Sir.«

Der weibliche Lieutenant hantierte hektisch an den Kontrollen und die *Lydia* setzte sich schwerfällig in Bewegung. Der Schlachtträger legte sich leicht auf die Steuerbordseite, um dem feindlichen Schiff seine Backbordbatterien zuzuwenden. Der Schlachtträger nahm noch deutlich an Fahrt auf, als er seine Masseträgheit überwand.

Vincent wartete, bis der feindliche Schlachtträger beinahe längsseits zur *Lydia* lag.

»Feuer!«

Die mächtigen Geschütze der *Lydia* spien Feuer gegen die Flanke des gegnerischen Schiffes. 5- und 3-Zoll-Batterien strichen über die Panzerung des feindlichen Schlachtträgers und brachen sie auf. Flammen stießen aus geborstener Panzerung und zerstörten Geschützstellungen fast einen Kilometer ins All hinaus, bevor das Vakuum sie erstickte.

Das ruulanische Schiff blieb seinem Kontrahenten allerdings nichts schuldig und erwiderte den Beschuss in schneller Folge. Die *Lydia* verlor fast ein ganzes Deck an den feindlichen Schlachtträger, als die Strahlen des Slug-Schiffes eine breite Schneise in die Flanke des terranischen Schlachtträgers brannten.

»Deck neun abschotten«, befahl Vincent und bemühte sich, nicht daran zu denken, wie viele Menschen er gerade zum Tode verurteilt hatte, indem er sie in einem Deck einschloss, das zum Vakuum hin offen stand. Es war eine harte Entscheidung, doch er musste sie treffen. Entweder Deck neun opfern oder riskieren, das ganze Schiff zu verlieren.

Beide Schiffe tauschten weiterhin gewaltige Breitseiten aus. Auch wenn das Slug-Schiff Treffer erzielte, erwies sich der Beschuss der *Lydia* als bei Weitem effektiver. Die Geschütze des terranischen Schlachtträgers schossen gezielt Waffenstellungen und Kommunikationsanlagen zusammen und verwandelten die Oberfläche des ruulanischen Schiffes in eine vernarbte Kraterlandschaft.

Trotzdem weigerte sich das Feindschiff aufzugeben. Es rollte sich um die eigene Achse, um der *Lydia* die noch kaum beschädigte Steuerbordbreitseite zuzuwenden.

Das ruulanische Schiff erschauerte jedoch mitten in der Bewegung, als heftiger Beschuss seine Hülle an mehreren Stellen aufriss. Vincent überflog seine taktischen Anzeigen und hätte vor Freude am liebsten gejauchzt. Die *Kronos* hatte sich mehrerer Gegner entledigt und näherte sich nun von der anderen Seite. Sie nahm das gegnerische Schiff mit ihrer gut bestückten Breitseite ins Kreuzfeuer.

»Dauerfeuer!«, schrie Vincent. »Den Schlachtträger holen wir uns.«

Die Geschütze der *Lydia* spien ohne Unterlass Megajoule an Energie gegen das ruulanische Schiff und perforierten die Hülle vom Bug bis zum Heck. Die *Kronos* vervollständigte den Grad der Vernichtung durch hemmungslosen Einsatz der eigenen Waffen. Die Besatzung des ruulanischen Schlachtträgers wusste nicht mehr, gegen welchen Gegner sie ihre Waffen zuerst einsetzen sollte. Das Abwehrfeuer wurde merklich schwächer. Bis die Außenhülle nicht mehr standhielt – sie brach auf, eine Explosionswelle raste durch das Schiff und löschte auf einen Schlag das aus, was von der Besatzung noch übrig war. Der Schlachtträger blieb als zertrümmerte und leblose Hülle zurück.

»Ein Ruf von der *Kronos*«, berichtete der ComOffizier.

»Stellen Sie durch«, befahl Vincent erleichtert.

Vor ihm erschien das durchsichtige Abbild Admiral Elias Coltors, der ihm aufmunternd zulächelte. »Das war verdammt gute Arbeit«, honorierte der Admiral.

»Danke, Sir. Wie steht die Schlacht?«

»Wir sind nur noch mit Aufräumen beschäftigt«, meinte Coltor. »Die Frachtschiffe der Kinder sind – soweit sie überlebt haben – auf dem Rückzug. Die Ruul sind ebenfalls geschlagen. Soweit ich das beurteilen kann, haben die Asalti die Lage bei ihrer neuen Heimatwelt ebenfalls unter Kontrolle.«

»Dann haben wir es geschafft?«

Coltor zuckte mit den Achseln. »Vorerst. Vergessen Sie nicht, die Ruul haben den Großteil ihrer Flotte noch nicht eingesetzt.«

»Ja«, sinnierte Vincent. »Das ist seltsam. Worauf warten die Slugs nur?«

»Keine Ahnung. Aber ich befürchte, das werden wir schon sehr bald herausfinden. Am besten wir ziehen unsere Kräfte zusammen, bevor sie wieder angreifen. Wir sollten den Rückzug des Gegners nutzen, um uns neu zu formieren.«

»Verstanden, Admiral. *Lydia* Ende.«

»Lieutenant Mendez, Sie haben den Admiral gehört. Bringen Sie uns näher an die *Kronos*.«

»Aye, Sir.«

Die *Lydia* setzte sich langsam in Bewegung und nahm eine Flankenposition nahe der *Kronos* ein. Vincent nutzte die Zeit, um sich einen Überblick über ihre Verluste zu verschaffen, die tatsächlich beträchtlich waren. Er fragte sich, wie lange sie dem Druck noch würden standhalten können. Sie benötigten dringend einen Funken Hoffnung.

»Unsere Streitkräfte sind auf dem Rückzug«, berichtete Veral. Der Kommandant von Kerrelaks Flaggschiff trat nervös von einem Fuß auf den anderen.

Kerrelak schwieg lange Zeit, bevor er antwortete: »Und der Angriff auf Neu-Asalti?«

»Wurde abgewehrt.« Falls überhaupt möglich, wurde der Offizier noch nervöser und schluckte schwer.

»Dann schicken wir jetzt die nächste Welle.«

»Herr?«

»Schick die nächste Welle«, befahl Kerrelak ungehalten. »Sofort!«

19

Die *Kronos* hatte beinahe ein Drittel ihrer Torpedobewaffnung eingebüßt, doch so makaber es schien, sie war von all ihren Schiffen noch am besten in Schuss, mit Ausnahme des Sca'rith-Schlachtschiffes, das, unbeeindruckt von den Kämpfen, über dem Nordpol der Kolonie seine Position hielt.

Vincent überprüfte die Schadens- und Verlustberichte seiner Einheiten. Es sah nicht gut aus. Die *Lydia* verlor inzwischen keinen Sauerstoff mehr, da die Schadenskontrollmannschaften die zahlreich entstandenen Mikrorisse behelfsmäßig abgedichtet hatten. Das war allerdings auch die einzige gute Nachricht. Vier Decks waren immer noch durch Trümmer vom Rest des Schiffes abgeschnitten, die Feuerleitung durch mehrere Kurzschlüsse im Moment unzuverlässig und die Munitionsaufzüge für die Raketenbatterien beschädigt und dadurch nur bedingt einsatzfähig. Bei einem kurzen Schlagabtausch wäre dies kein Problem. Bei einem längeren Gefecht mit einem starken Gegner jedoch konnte sich vor allem der Schaden an den Munitionsaufzügen als tödliches Handicap erweisen.

Die Besatzung des Schweren Kreuzers der Night-Klasse *TKS Potemkin* wurde durch interne Feuer in Atem gehalten. Die Feuer drohten Antrieb und Reaktor zu erreichen. Sollte dies geschehen, wäre das Schiff verloren. Der andere Night-Kreuzer, die *TKS Las Vegas*, verfügte nur noch über einen Bruchteil seiner ursprünglichen Feuerkraft. Außerdem musste ein Teil seiner Besatzung auf die *Kronos* evakuiert werden, da die Lebenserhaltung beeinträchtigt und nicht mehr in der Lage war, das komplette Schiff mit ausreichend Sauerstoff zu versorgen.

Der Schwere Kreuzer *Thunderbolt* hatte sich während des Gefechts mit einem der ruulanischen Schlachtträger angelegt und die entsprechende Quittung kassiert. Die Panzerung war mit Kratern und verschmorten Geschützstellungen übersät, die Schutzschilde irreparabel beschädigt. Dass der Zerstörer *Aggressive* überhaupt noch als kampffähig durchging, grenzte an ein Wunder, wenn man die Liste der Schäden betrachtete.

An die vier überlebenden Leichten Kreuzer des MacAllister-Wachgeschwaders wollte Vincent gar nicht denken. Sie alle wiesen schwerste

Schäden auf. Leichte Kreuzer waren nicht dafür gedacht, in ein solches Inferno aus Geschützfeuer geschickt zu werden, jedenfalls nicht ohne erheblich schwerere Unterstützung, als ihnen im Augenblick zur Verfügung stand.

»Commodore?«

Als Ivanov näher trat, bemerkte Vincent, dass dieser seinen linken Fuß nachzog. Augenblicklich überkamen ihn Schuldgefühle, weil er seinen XO noch nicht einmal nach dessen Befinden gefragt hatte.

»Alles in Ordnung?« Der Commodore der *TKS Lydia* wies auf das offenbar verletzte Bein.

Ivanov tat die Verletzung mit einem Achselzucken ab. »Hab schon Schlimmeres erlebt.«

Vincent nickte müde. Erschöpfung machte sich unter der ganzen Crew bemerkbar. Er selbst war ebenfalls nicht davor gefeit. Wer bis jetzt noch auf den Beinen stand, klammerte sich mental mühsam an seine Pflichten, um nicht umzukippen.

»Sicher haben Sie das«, lächelte Vincent. »Neuigkeiten?«

Ivanov schüttelte den Kopf. »Unsere Einheiten sind noch dabei, sich neu zu formieren. Vielleicht sollten wir in Erwägung ziehen ...«

Ein durchdringender Alarmton unterbrach die Ausführungen seines XO. Ivanov eilte sofort zur taktischen Station und beachtete nicht einmal die Schmerzen seines verletzten Beins.

Der XO der *Lydia* überflog die einkommenden Daten und sah schließlich mit aschfahlem Gesicht auf.

»Feindliche Angriffswelle im Anflug.«

»Wie viele?«

»Mindestens sechzig Schiffe.«

Vincent schluckte schwer, bevor er seine Gestalt straffte.

»Alle Mann auf Gefechtsstation!«

»Auf welchem Kurs?«, verlangte Mansu zu wissen.

»Die eine Hälfte nimmt Kurs auf MacAllister, die andere auf Neu-Asalti«, antwortete Xerex hektisch. Der junge Asalti hielt sich verhältnismäßig gut, wenn man bedachte, dass er seinen Posten noch nicht lange innehatte. Wie bei den meisten seines Volkes war dies auch für Xerex das erste Gefecht. Mansu behielt den jungen Offizier, so gut es ging, im Auge, um im Notfall hilfreich eingreifen zu können. Die Asalti verfügten zwar inzwischen seit einigen Jahren über Militär, neigten aber immer noch dazu, an Bord von Kriegsschiffen ein wenig in Panik zu geraten. Dieses Verhaltensmuster war bereits während zahlreicher Übungen zutage getreten.

Die Asalti hatten zwar bereits früher über Schiffe verfügt, doch die *Stern der Freiheit* allein wäre schon in der Lage gewesen, die frühere Asalti-Flotte komplett zu vernichten. Ein solches Waffenarsenal zu kontrollieren, machte die Asalti ... nervös.

»Warnen Sie die Bodenverteidigung«, ordnete Mansu an. »Sagen Sie ihnen, wir werden so viele wie möglich beschäftigen, einige Schiffe werden es aber trotzdem in die Atmosphäre schaffen.«

Kerrelak beobachtete, wie seine Streitmacht gegen die Verteidiger vorrückte. Die Schiffe des Gegners waren nun nicht mehr bloße Stecknadelköpfe im All; inzwischen waren deutliche Konturen und bei den größeren Pötten sogar Deckaufbauten erkennbar.

»Hat sich unser Spion bereits gemeldet? Haben die Menschen endlich den Notruf abgesetzt?«, fragte Kerrelak, ohne sich umzusehen.

»Nein, mein Herr«, antwortete der Kommandant des Flaggschiffs.

Kerrelak schnaubte verärgert. »Dann geben wir ihnen einen Grund für einen Hilferuf. Bereitet die Landung der Bodentruppen vor. Schlachtet ab, was sich uns in den Weg stellt.«

Die erste ruulanische Salve erwischte die *Lydia* und ihre Begleitflotte frontal. Die Flak-Besatzungen arbeiteten ohne Unterlass. Die Männer und Frauen gaben am laufenden Band Anflugvektoren und Gefechtswerte anfliegender Torpedos in ihre Zielerfassungscomputer ein. Die Batterien verschossen Salve um Salve. Torpedo um Torpedo wurde aus dem All gefegt. Und trotzdem war es nicht genug.

Die Lichter auf der Brücke der *Lydia* erloschen für eine Sekunde, bevor die Notbeleuchtung übernahm und die Brücke in diffuses, bläuliches Licht tauchte, nur unterbrochen von den roten Leuchten einkommender Schadensmeldungen.

»Reparaturmannschaften nach Deck drei«, befahl Vincent. Auf diesem Deck waren mehrere Feuer ausgebrochen, die außer Kontrolle zu geraten drohten. Stichflammen schlugen aus den Torpedorohren des Schlachtträgers, als dieser das Feuer erwiderte. Vincent beachtete das taktische Hologramm mit einem Auge gerade lange genug, um das Symbol eines ruulanischen Zerstörers und eines Typ-8-Kreuzers verlöschen zu sehen. Noch in demselben Augenblick nach deren Zerstörung widmete er sich wieder anderen Aufgaben. Es gab zu viel, was seine Aufmerksamkeit erforderte.

Die Besatzung des Schweren Kreuzers *TKS Potemkin* verlor schließlich den Kampf gegen die Flammen. Das Schiff wurde durch die internen Feuer förmlich auseinandergerissen.

Die *Las Vegas* und die *Thunderbolt* schossen in Gemeinschaftsarbeit ein halbes Dutzend Kampfschiffe der Rebellen zusammen. Als Krönung setzten sie noch zwei ruulanische Kreuzer außer Gefecht; diese wurden zwar nicht zerstört, waren jedoch für die Dauer des Kampfes ausgeschaltet.

Die ruulanische Flotte preschte unter Höchstgeschwindigkeit näher, sodass bei diesem Schlagabtausch relativ wenig Zeit für ein ausgedehntes Torpedogefecht blieb. Die Ruul schienen wild entschlossen, so schnell wie möglich in den Nahkampf überzugehen. Sie führten praktisch das Äquivalent eines Kavallerieangriffs.

Die Asalti erwiesen sich als grandiose Schützen an ihren Batterien. Sie allein vernichteten acht feindliche Schiffe, wobei sie im Gegenzug lediglich drei verloren. Die Meskalno und Sca'rith, deren Schiffe hauptsächlich auf Nahkampf ausgelegt waren, hielten sich noch sorgsam zurück. Die Nerai und die überlebenden Til-Nara-Schiffe setzten ihre Bewaffnung dazu ein, die Dichte an Geschossen auszudünnen, die der Feind auf sie abfeuerte.

Die Ruul drangen auf die Verteidigungslinien rund um die MacAllister-Kolonie und Neu-Asalti ein. Sie bremsten lediglich knapp vor der Flotte ab, um nicht mit den Schiffen der Verteidiger zu kollidieren. Trotzdem zwangen sie durch ihr Manöver Admiral Coltor, die verbündete Flotte ausschwärmen zu lassen, um zu verhindern, dass der Ansturm der Ruul zu einem katastrophalen Kamikazeangriff mutierte.

Die Ruul hatten ihr Ziel erreicht. Die Verteidigungslinie war auf breiter Front durchbrochen.

Die Steuerbordbreitseite der *Kronos* spie zwei feurige Energielanzen gegen die Flanke eines ruulanischen Schlachtträgers. Der Angriff schnitt das feindliche Schiff auf halber Länge auf. Heißer Dampf und Sauerstoff brach aus den Bruchstellen ins All, bis es der ruulanischen Besatzung gelang, die Lecks abzudichten.

Zwischen den kämpfenden Giganten lieferten sich die Jäger beider Parteien erbitterte Duelle. Zerberusse vergingen im gegnerischen Feuer ebenso wie die Dragonfly-Jäger der Til-Nara und Nerai. Dutzende Explosionen blühten wie kleine Blumen in der Schwärze des Alls auf.

Paarweise angreifende Reaper gerieten immer wieder in die Schusslinie von Flak-Batterien und wurden beiseitegefegt. Terranische Arrow-Abfangjäger, die von Zerberus-Jägern unterstützt wurden, boten sich den Reapern als Ziele an und verlockten deren Piloten zu tödlichen Fehlern.

Die Meskalno verloren zwei Schiffe durch einen ruulanischen Schlachtträger. Das kampfstarke feindliche Schiff schüttelte den Beschuss aus den Waffen der Meskalno-Schiffe unbeeindruckt ab, während es die Schiffe der insektenähnlichen Wesen mit chirurgischer Präzision auseinandernahm.

Die Ruul griffen MacAllister und Neu-Asalti mit fast derselben Stärke an. Ihre Flotte umfasste acht Schlachtträger, einen ganzen Haufen kleinerer Begleitschiffe und natürlich die umgebauten Frachter ihrer menschlichen Verbündeten. Trotzdem sammelten sich jenseits der Systemgrenzen immer noch weitere ruulanische Schiffe - mindestens dreihundert. Wieder einmal griffen die Ruul nicht mit ganzer Stärke an, sondern führten einzelne Vorstöße. Vincent blieb keine Zeit, sich darüber zu wundern, denn drei ruulanische Kreuzer nahmen die *Lydia* ins Kreuzfeuer.

Der Schlachtträger bockte unter dem brutalen Beschuss, die ohnehin schon geschwächten Schilde wurden bereits nach der dritten Salve durchbrochen. Wie durch ein Wunder hielt jedoch die Panzerung, sodass sich der Schaden in Grenzen hielt.

»Frontlaser Feuer!«, befahl Vincent mit heiserer Stimme.

Die 5-Zoll-Laser über dem Bug der *Lydia* sandten drei Energiespitzen gegen einen der Kreuzer. Sie spießten das feindliche Schiff auf, suchten und fanden eine Lücke in den Schilden und brannten die Panzerung des Slug-Kreuzers weg. Davonwirbelnde Panzerplatten erkalteten sofort. Die Energie fraß sich tief in die Eingeweide des Typ-8-Kreuzers und verdampfte auf seinem Weg Instrumente, Konsolen und Besatzungsmitglieder gleichermaßen. Die Energiestrahlen traten knapp über der Antriebssektion des Schiffes wieder ins Freie. Etwa zur selben Zeit stellte der Kreuzer das Feuer ein.

Der Kommandant des anderen Kreuzers war wohl der Meinung, dass Feigheit der bessere Teil der Tapferkeit war, und zog sein Schiff hinter einen Schlachtträger zurück, um sich in Sicherheit zu bringen.

Vincent lehnte sich erschöpft in seinem Kommandosessel zurück. Schweiß brannte ihm in den Augen und er wischte die Tropfen ungeduldig beiseite.

»Lieutenant Karpov, suchen Sie uns ein neues Ziel.«

An Zielen herrscht ja derzeit kein Mangel, dachte der Kommandant der *Lydia* angestrengt.

»Commodore«, brach es plötzlich aufgeregt aus Ivanov heraus.

»Ja?«

»Die Ruul starten Mantas von ihren Schlachtträgern. Sie landen Truppen.«

»Auf MacAllister oder Neu-Asalti?«

»Auf beiden.«

Vincent zoomte auf seinem taktischen Hologramm sofort einen der Schlachtträger heran. Von dessen Bug löste sich ein Pulk kleiner Objekte, zu groß und langsam, als dass es sich um Jäger hätte handeln können. Sobald die Objekte ihre Mutterschiffe verließen, strebten sie der Planetenoberfläche entgegen, eskortiert von etlichen ruulanischen Jägern.

»Gott steh uns bei!«, hauchte er.

In Major Laura Parduccis Hirn setzte sich nur langsam die Erkenntnis durch, dass sie noch lebte. Sie schlug die Augen auf und Wellen des Schmerzes hämmerten durch ihren Kopf. Das war an und für sich keine schlechte Sache. Soviel sie wusste, empfanden Tote keine Kopfschmerzen.

Ihre Sicht klärte sich nur langsam. Zuerst sah sie alles verschwommen, was sie auf den harten Schlag zurückführte, den sie erlitten hatte, als ihr Jäger sich in die Oberfläche von Neu-Asalti gebohrt hatte. Dann jedoch nahm sie endlich Konturen in ihrer Umgebung wahr und schließlich gewann ihr Umfeld deutlich an Substanz.

Ihr Jäger hatte sich mit der Spitze voran in ein Gebäude gebohrt, das bereits zuvor durch feindlichen Bombardement heftig gelitten hatte. Was von dem Gebäude noch übrig gewesen war, hatte das Geschoss, ihr ehemaliger Zerberus-Jäger, in eine Schutthalde verwandelt. Beim Absturz waren dessen beide Tragflächen abgerissen. Ausgehend vom Zustand ihres Jägers konnte sie von Glück reden, noch am Leben zu sein.

Erinnerungen an die letzten Sekunden des Luftkampfes überfluteten sie. Die ruulanischen Reaper, wie sie über den Himmel schwärmten und alles mit ihrer Überzahl zu ersticken drohten – und Stephanie Harpers Tod, eingezwängt in einen metallenen Sarg, der unaufhaltsam Richtung Planetenoberfläche trudelte. Trauer drohte ihre Glieder zu lähmen. Sie hoffte, dass Stephanie zu dem Zeitpunkt bereits tot gewesen war. Der Gedanke, dass ihre Freundin den ganzen Sturz bewusst miterlebt hatte, war einfach zu grausam.

Einen Augenblick lang erwog sie die Möglichkeit, dass ihre Flügelfrau den Absturz vielleicht überlebt hatte. Genau wie sie. Parducci schüttelte den Kopf. Nein, undenkbar. Es gab einen wichtigen Unterschied zwischen beiden Vorfällen. Harper war in knapp zehn Kilometer Höhe geflogen, als man sie abschoss, während Parducci das Kunststück fertiggebracht hatte, dem Boden wesentlich näher zu kommen, bevor diese Mistkerle sie erwischt hatten. Harper war tot. Das stand außer Frage.

Zum Trauern war aber später noch Zeit. Nun musste sie hier raus. Mit beiden Händen stemmte sie sich gegen die zersplitterten Überreste des Kanzeldaches. Unter Stöhnen und Ächzen gelang es ihr, das Cockpit weit genug zu öffnen, um hinauskriechen zu können.

Sie kniete sich neben dem Wrack ihres Jägers auf den Boden und zog die Handfeuerwaffe, die sie ständig bei sich trug. Viele Piloten belächelten ihre Angewohnheit, sogar im Cockpit eine Waffe zu tragen. Sie fragte sich, ob sie es weiterhin belächeln würden, sollte sie diesen Tag überleben.

Ein Überschnallknall erregte ihre Aufmerksamkeit. Verwirrt sah sie nach oben. Ein weiterer erklang, gefolgt von noch einem und noch einem. Sie kniff die Augen zusammen. Hoch am Himmel von Neu-Asalti wurde etwas sichtbar. Ein kleiner Punkt zunächst, doch er wurde schnell größer. Es war ein Manta. Und hinter diesem kamen weitere in Sicht.

»Oh nein!«

Das übergroße Sca'rith-Schlachtschiff über dem Nordpol eröffnete aus seinen Batterien das Feuer, sobald die Mantas und ihr Jagdschutz in Reichweite kamen. Die Energiewaffen der Sca'rith sandten in schneller Folge zarte, kaum sichtbare Impulse gegen die feindliche Invasionsflotte.

Das Schlachtschiff fegte ein halbes Dutzend Mantas vom Himmel, bevor sie in der Lage waren, in die Atmosphäre von MacAllister einzudringen. Reaper stürmten herbei, um das Schlachtschiff abzulenken. Sie überschütteten die glitzernde Oberfläche des Schlachtschiffes mit Energie und Geschossen. Explosionen blühten an mehreren Stellen auf. Einige stammten von Reapern, die von den Geschützen des Schiffes in Stücke gerissen wurden.

Zwei Leichte Kreuzer der Sca'rith eilten herbei, um ihr Flaggschiff zu unterstützen, doch schon bald sahen sich alle drei Schiffe einer ruulanischen Übermacht gegenüber. Die Besatzung des Schlachtschiffes hatte alle Hände voll damit zu tun, sich gegen den Angriff zu verteidigen, sodass eine große Anzahl Mantas ungehindert in die Atmosphäre von MacAllister eindringen konnte.

»Frau Präsidentin, ich schlage vor, wir bringen Sie an einen sicheren Ort«, meinte Agent Bates, während die ersten Mantas bereits auf den Straßen der Kolonie aufsetzten, um ihre tödliche Last zu entladen.

SES-Agenten unter der Führung von Meredith Sorenson hielten sich hinter der Präsidentin zur Verfügung, bereit, ihren Schützling mit ihrem Leben zu verteidigen. Die Überbleibsel der beiden ROCKETS-Teams hatten sich auf Befehl Tylers den Verteidigern des Kongresszentrums angeschlossen. Jeder Mann und jede Frau wurden gebraucht.

Botschafter Pommeroy und sein Assistent hielten sich etwas abseits und unterhielten sich gedämpft. Obwohl sie sich zwei Stockwerke unter den Straßen der Kolonie aufhielten, bebte der Boden mit jeder Explosion.

Auf dem taktischen Hologramm des planetaren Verteidigungskommandos beobachtete Präsidentin Gabriele Tyler, wie ruulanische Kriegertrupps und Kaitars ausschwärmten. Trotz des vermeintlichen Chaos zeichnete sich ein Muster in ihren Bewegungen ab. Sie schnitten das Kongresszentrum von der Außenwelt ab.

Fahrbare Luftabwehrkanonen und Raketenlafetten der Miliz und TKA feuerten Salve um Salve in den Himmel. Reaper und Mantas stürzten brennend vom Himmel.

Einem Manta riss der stachelförmige Schwanz samt Heck ab und die Maschine trudelte unkontrolliert zwischen die Hochhäuser, wobei aus seinem Heck ruulanische Krieger regneten.

Drei Reaper stürzten falkengleich hinab und überschütteten die Straßen mit Feuer aus ihren Bordwaffen. Eine Raketenlafette wurde getroffen und verging in einer Funken sprühenden Explosion. Die Besatzung des Fahrzeugs - soweit sie nicht sofort getötet wurde - taumelte schreiend als brennende Fackeln davon, bis sie von ihren Leiden erlöst wurde.

Die Verteidigungslinien von TKA und Marines gleichermaßen lösten sich buchstäblich vor ihren Augen auf. Einzelne Truppenteile zogen sich ungeordnet zurück, um sich neu zu formieren. Offiziere versuchten, Ordnung in das Chaos zu bringen. Präsidentin Tyler musste hilflos mit ansehen, wie es ruulanischen Truppen gelang, mehrere Landezonen zu sichern, eine davon auf dem Raumhafen von Principal, der immer noch verbissen verteidigt wurde.

Cherokee-Panzer der TKA und Goliath-Panzer der Miliz stellten sich dem Strom der einfallenden Invasoren und lieferten sich einen heftigen Schusswechsel mit einigen Feuersalamandern. Kurzzeitig gelang es ihnen sogar, den Gegner zurückzudrängen. Um ein Haar hätten sie die ruulanische Landezone auf dem Raumhafen zerschlagen. Doch dann erhielt der Gegner weitere Verstärkung, die den terranischen Truppen den Rückzug aufzwang. Die menschlichen Verteidiger ließen mehr als fünfzehn brennende Panzer zurück. Doch auch mindestens zwei Dutzend Feuersalamander begleiteten sie ins Jenseits.

»Und wo sollte das sein, Bobby?«, fragte die Präsidentin und schlug verzweifelt die Augen nieder.

»Deckung!«, brüllte Scott und zog den Kopf ein, als Geschosse aus Blitzschleudern über ihm den Putz aus der Wand rissen. Feiner weißer Staub rieselte auf ihn herab und er schüttelte den Kopf, um das ekelhafte Zeug loszuwerden.

Alan hob sein Sturmgewehr und sandte einen Salve die Straße hinab. Er traf einen Slug und der feindliche Krieger wurde gegen die nächste Wand geschleudert. Der Ruul rutschte daran entlang auf den Boden und hinterließ dabei eine blauviolette Blutspur.

Die ROCKETS hatten sich entlang einer Verteidigungslinie gemeinsam mit einigen Milizionären und TKA-Soldaten verschanzt. Als Barrikade diente alles, was sie finden konnten. Hovercar-Wracks, einige Kampffahrzeuge der Verteidigungskräfte von MacAllister, Möbel und Einrichtungsgegenstände der Hotels und umliegenden Wohnhäuser sowie Sandsäcke. Der Schutz war nur unzureichend, doch alles, was sich in der kurzen Zeit auf die Beine stellen ließ.

Außer den ROCKETS duckten sich noch etwa zweihundert TKA-Soldaten und vielleicht doppelt so viele Milizionäre hinter der Barrikade. Jede Straße, die ins Kongresszentrum (oder hinaus) führte, war auf diese Weise blockiert. Wie wirkungsvoll sich diese Verteidigungslinie gegen eine ausgewachsene ruulanische Invasion erweisen würde, musste sich allerdings erst noch zeigen.

Als weiteres Problem stellte sich die Kommunikation heraus. Die Ruul setzten Störsender ein und die Funkgeräte, die sie besaßen, durchdrangen die Störungen gerade weit genug, um den nächsten Verteidigungscheckpoint ein paar Hundert Meter weiter zu erreichen. Das war schon alles.

Was außerhalb des Sicherheitsbereiches vor sich ging, blieb ein Mysterium. Und die Flotte im Orbit erreichen zu wollen, war utopisch.

Scott war sich ziemlich sicher, dass die Truppen, die Principal verteidigten, alles Menschenmögliche unternehmen würden, um den ruulanischen Belagerungsring um das Kongresszentrum zu brechen. Die Frage war nur, ob sie für dieses Unterfangen stark genug waren. Mit jeder Minute, die verging, landeten mehr Mantas.

Die Slugs sammelten sich noch, doch ihr erster ernsthafter Vorstoß würde nicht mehr lange auf sich warten lassen. Bisher hatten sie es nur mit vereinzelten Stoßtrupps und Sondierungsangriffen zu tun gehabt.

Laura Barron kroch mit gesenktem Kopf zu ihnen herüber. Scott bemühte sich, seine Erleichterung über ihren Anblick nicht anmerken zu lassen. Alan bemerkte es dennoch und grinste ihn über das ganze Gesicht breit an.

»Und?«, fragte Scott. »Wie sieht's auf der anderen Seite aus?«

Seine Stellvertreterin schüttelte den Kopf. »Nicht gut. Die Slugs haben den Raumhafen eingenommen. Die TKA konnte ihn nicht halten. Es waren einfach zu viele. Sie haben schwere Verluste erlitten.«

Scott fluchte unterdrückt. Alan sah missmutig auf. »Damit haben die Slugs jetzt ein Areal unter Kontrolle, das sich mit relativ wenig Aufwand verteidigen lässt und wo ihre Mantas gefahrlos aufsetzen können, sobald sie die Orbital- und Luftverteidigung überwunden haben. Sind ja tolle Nachrichten.«

Scott lud seine Waffe durch. »Wenigstens können wir heute behaupten, wir hätten unseren Sold redlich verdient.«

Alan wechselte einen amüsierten Blick mit Jakob Olafsson. Der Kommandosoldat trug seinen verletzten Arm immer noch in einer Schlinge. Man hatte ihn jedoch nicht davon überzeugen können, während der Schlacht auf der Ersatzbank zu bleiben.

»Ja, falls wir überleben.«

Die Slugs landeten ihre Mantas auf mindestens einem halben Dutzend Plätzen in ganz Suru verteilt. Die planetare Hauptstadt von Neu-Asalti stand unter massivem Beschuss, nicht nur durch tieffliegende Reaper, sondern auch durch mehrere Kriegsschiffe, die entweder in den Orbit einschwenkten oder sogar in die obere Atmosphäre eindrangen. Wie es in den anderen Städten sein mochte, wollte Laura Parducci gar nicht wissen. Suru jedenfalls stand kurz vor dem Fall.

Ihre Handfeuerwaffe kam ihr lächerlich unzureichend vor, wenn man bedachte, dass die Stadt von mehreren Tausend Ruul angegriffen wurde. In und um Suru waren zwei Regimenter der Asalti-Infanterie stationiert. Trotz ihrer (durch das Terranische Konglomerat gelieferten) hervorragenden Bewaffnung und Ausrüstung, würden sie sich gegen die Slugs nicht lange halten können.

Beißender, öliger Qualm aus Hunderten von Feuern wehte durch die Straßen und ließ das Atmen zur Qual werden. Der Rauch brannte in Lungen und Augen. Sie riss sich einen Fetzen aus ihrer ohnehin arg mitgenommenen Pilotenmontur und band es sich um Mund und Nase. Das Atmen fiel ihr immer noch schwer, doch zumindest filterte der Stoff den Sauerstoff weit genug, dass sie sich zügig fortbewegen konnte, ohne längere Pausen einlegen zu müssen.

Sie schloss sich einer vorbeieilenden Truppe Asalti an. Die Soldaten trugen Sturmgewehre, die auf dem Design des M8P5 basierten, des etwas veralteten Standard-Sturmgewehrs der Marines und TKA. Für die Asalti waren jedoch der Lauf verlängert und der Kolben verkürzt worden, damit die kleinwüchsigen Wesen damit umgehen konnten. Feuerkraft und -geschwindigkeit blieben jedoch erhalten, was den Konstrukteuren sehr wichtig gewesen war.

Die Asalti strebten einem heftigen Feuergefecht entgegen, das um ein unscheinbares, aber wehrhaftes Gebäude in der Nähe des Stadtzentrums geführt wurde. Die Ruul hatten es sehr richtig als einen der militärischen Kommandoposten von Neu-Asalti identifiziert und kämpften nun um seine Einnahme. Die Asalti leisteten erbitterten Widerstand.

Der Boden zwischen Angreifern und Verteidigern war mit den Überresten von zwei Eroberungsversuchen der Ruul übersät. Tote und verwundete Slugs und Asalti bedeckten die Erde. Das Blut vermischte sich zu einer ekelhaften Schmiere von unidentifizierbarer Farbe, die jeden unachtsamen Schritt zum gefährlichen Wagnis werden ließ.

Parducci nahm das Gewehr eines gefallenen Asalti auf. Die Waffe war eindeutig nicht für ihre Hände gebaut und fühlte sich seltsam unhandlich an, doch sie war auf jeden Fall wirkungsvoller als ihre alte Neunmillimeter. Mit fachkundigen, präzisen Bewegungen prüfte sie das Magazin der Waffe. Es war halb voll. Sie bückte sich und durchsuchte die Leiche des Asalti. Ihre Bemühungen förderten drei weitere Magazine sowie einen Gürtel mit zwei Splittergranaten zutage. So bewaffnet, fühlte sie sich bereits bedeutend wohler.

Es kam Bewegung in die Schlachtreihen, als die Ruul einen weiteren Angriff starteten. Aus zwei Seitengassen strömten ruulanische Kriegertrupps. Sie trieben eine Meute Kaitars vor sich her.

Den Angreifern schlug augenblicklich heftiges Feuer entgegen. Die Asalti schlugen mit allem zu, was sie hatten. Granaten flogen in hohem Bogen aus den Fenstern und Schießscharten und über hastig aufgestapelte Barrikaden. Explosionen türmten sich zwischen den Slugs und Kaitars auf. Ruulanische Krieger und ihre Schoßtiere wurden in Stücke gerissen, als die Splittergranaten ihre ganze Zerstörungskraft entfalteten. Der Angriff kam jedoch nur für Sekunden ins Stocken, dann gaben die nachfolgenden Ruul dem Ansturm neuen Schwung.

Parducci duckte sich hinter einige Sandsäcke. Die Asalti, die diese Stellung einst gehalten hatten, lagen tot zu ihren Füßen. Die Pilotin legte das erbeutete Gewehr an und schoss.

Einer der führenden Kaitars wurde in eine seiner Vorderpfoten getroffen, heulte gequält auf und überschlug sich mehrmals. Parducci feuerte einfach weiter. Dabei legte sie es gar nicht einmal so sehr aufs Töten an, sondern eher darauf, die vorderen Ruul und Kaitars zu Fall zu bringen, um irgendwie den Ansturm zumindest zu verlangsamen.

Die Kaitars wiesen einige Schwachstellen in ihrem Körperbau auf, die ein geübter Schütze durchaus ausnutzen konnte. Parducci zählte sich zwar nicht zu den besten Schützen (immerhin gehörte sie nicht der Infanterie an), war aber doch gut genug, um ein paar wesentliche Treffer anzubringen. Mehrere Kaitars stürzten. Einige erhoben sich wieder, doch sie zogen ihre Pfoten nach oder humpelten.

Parducci schoss einem besonders großen Tier geradewegs in den Kopf. Der Kaitar stürzte, erhob sich allerdings gleich darauf wieder. Das Tier blutete aus einer bösen Kopfwunde, schien aber ansonsten weiterhin kampffähig.

Besonders dicker Schädelknochen, rief sich Parducci in Erinnerung und schalt sich in Gedanken eine Närrin. *Nie auf den Kopf schießen. Unter keinen Umständen.*

Sie feuerte eine weitere Salve und traf dasselbe Tier knapp unter dem weichen Bauch. Das Vieh heulte vor Schmerzen auf. Eine von einem Asalti geworfene Granate beendete sein Leben - und auch das von den drei Ruul direkt hinter dem Tier.

Die Flut der Ruul ebbte langsam ab und die Überlebenden des Angriffs zogen sich wieder in die Sicherheit der eigenen Stellungen zurück, wo sie ihre Wunden leckten und sich darauf beschränkten, mit den Asalti Salven auszutauschen.

Parducci spähte über die Barrikade. Sie schätzte, der Angriff hatte etwa einem Drittel der verteidigenden Asalti das Leben gekostet. Wenn nicht bald Verstärkung eintraf, wäre zumindest diese Schlacht verloren. Sie lud ein neues Magazin nach und wartete angespannt auf den nächsten Angriff.

»Lieutenant Karpov, schalten Sie diesen verdammten Kreuzer aus.«

»Aye, Sir.«

Zwei Mittschiffsgeschütze der Lydia spuckten Feuer. Der feindliche Kreuzer flog ein Ausweichmanöver, das einen der Schüsse knapp an Steuerbord vorbeigehen ließ. Der zweite jedoch saß und brannte eine tiefe Spur in die Unterseite des feindlichen Schiffes. Mehrere Waffenstellungen des Gegners gingen verloren, doch Vincents Hoffnung, der Angriff würde die Panzerung durchschlagen, erfüllte sich nicht. Stattdessen erwiderte der ruulanische Kreuzer - unterstützt von zwei Rebellenschiffen - das Feuer. Die *Lydia* erzitterte, blieb aber stoisch auf Kurs, nicht bereit, klein beizugeben.

»Lieutenant Mendez, bringen Sie uns näher ran. Mal sehen, wie ihnen einige unserer Raketen im Rachen schmecken.«

Mansu beobachtete besorgt die Entwicklung der Schlacht. Bodentruppen waren auf beiden bewohnten Planeten gelandet. Das Sca'rith-Schlachtschiff war in ernsten Schwierigkeiten. Die Meskalno verloren ständig an Boden. Es bestand die sehr reale Gefahr, dass es den Slugs gelang, einen Keil zwischen Asalti und Meskalno zu treiben. Auch die übrige verbündete Flotte erlitt schwerste Verluste. Man musste kein militärisches Genie sein, um zu erkennen, dass sie kurz davorstanden, überwältigt zu werden.

Zwei ruulanische Kreuzer nahmen die *Stern der Freiheit* unter Beschuss. Die Brücke des Asalti-Schiffes erbebte mit jedem Treffer. In diesem Moment traf Mansu eine lebenswichtige Entscheidung. Es wurde Zeit, eine allerletzte Trumpfkarte auszuspielen - solange sie noch die Möglichkeit dazu hatten.

»ComOffizier? Schicken Sie folgende Meldung auf einem Breitbandkanal ab: JETZT!«

Die *Kronos* setzte ihre schweren 5-Zoll-Batterien mit Bedacht, aber äußerst wirkungsvoll ein. Anstatt alles in Reichweite mit Dauerfeuer zu belegen, was viele terranische Kommandeure bevorzugten, um einen Gegner mit bloßer Feuerkraft zu überwältigen, feuerten die Batterien des Schlachtschiffes einzelne gezielte Salven.

Drei Rebellenschiffe und zwei ruulanische Kreuzer vergingen in vernichtenden Explosionen, als sich Schwachstellen ihrer Panzerung unter der tödlichen Liebkosung des Großkampfschiffes auflösten.

Eine Salve aus den Buggeschützen der *Lydia* verwandelte eines der Rebellenschiffe in eine Wolke heißen Gases. Eine Raketensalve verheerte die Oberfläche eines weiteren Typ-8-Kreuzers und brach endlich durch dessen Panzerung. Sekundärexplosionen pflanzten sich durch das Schiff fort und rissen die Panzerung vom Bug bis zum Heck auf. Das malträtierte Schiff stellte das Feuer ein. Vincent wäre sehr überrascht gewesen, falls noch jemand an Bord am Leben wäre.

Der Zerstörer *Aggressive* sowie die Kreuzer *Thunderbolt* und *Las Vegas* rückten gemeinsam gegen einen der ruulanischen Schlachtträger vor. Die Batterien des feindlichen Schiffes schossen die *Aggressive* zusammen, bevor das Schiff evakuiert werden konnte. Der Zerstörer explodierte und strahlte für einen Moment heller als die Sonne.

»Verdammt!«, fluchte Vincent. »Feuer auf dieses Schiff konzentrieren.«

Die *Lydia* schloss sich dem Angriff an und vereinte ihre Feuerkraft mit den beiden Kreuzern. Gemeinsam zwangen sie das Slug-Schiff langsam, aber sicher in die Knie. Waffenstellungen der Backbord-Breitseite wurden mit beeindruckender Präzision zerstrahlt und verschmorten unter dem unbarmherzigen Beschuss.

Auf seinem taktischen Hologramm erkannte Vincent, dass auf dem Startdeck des feindlichen Schiffes bereits mehrere Feuer hell loderten und um sich griffen.

Na also. Der wird keine Jäger mehr starten.

Die *Thunderbolt* feuerte eine ganze Breitseite Raketen ab. Nur Sekunden nach deren Einschlag stieß eine Stichflamme fast fünf Kilometer weit ins All, die fast die ganze Steuerbordseite verzehrte. Die Salve musste ein Munitionslager getroffen haben. Die *Las Vegas* nahm die Backbordseite unter Beschuss, mit ähnlich verheerendem Erfolg. Der Kampf war bereits gewonnen, doch die *Lydia* wollte ihren Beitrag leisten und feuerte aus allen Rohren eine allerletzte Salve ab, die dem Schiff den Rest gab.

Kerrelak fluchte vor sich hin. Der Kampf verlief weit schlechter, als er ursprünglich geplant hatte. Mit derart heftigem Widerstand hatte er nicht gerechnet. Auch dass hier Schiffe mehrerer Völker auf diese Weise effizient miteinander gegen die Ruul operierten, überraschte ihn, gelinde gesagt.

Vor seinen Augen wurden einer seiner Schlachtträger und eine ganze Reihe seiner Begleitschiffe vernichtet. Die Helligkeit der Explosion ließ ihn blinzelnd den Blick abwenden. Er musste dem Kampf eine neue Wende geben. Unbedingt. Seine schwierigsten Gegner waren dieser terranische Schlachtträger und sein Begleiter, das Shark-Klasse-Schlachtschiff. Dieses schien dem Flottenkommandeur zu unterstehen. Leider widerstand es bisher hartnäckig allen Versuchen, es auszuschalten. Wer immer dort das Kommando führte, war ein Meister seines Fachs.

Kerrelak lächelte bösartig. Wenn er es nicht von außen knacken konnte, dann vielleicht von innen.

»Veral?«, rief er seinen Untergebenen zu sich.

»Commodore?«

»Ich sehe es, Commander.«

Vincent konnte nicht glauben, was er da sah. Soeben hatte sich ein halbes Dutzend Mantas von ihrem Hauptgeschwader gelöst und sich der *Kronos* genähert. Die Flak-Batterien des Schlachtschiffes schossen zwei ab, doch die übrigen vier setzten sich auf der Außenhülle fest, bevor irgendjemand etwas dagegen unternehmen konnte. Vincent musste kein Hellseher sein, um zu wissen, was dort drüben vor sich ging.

»Sie entern das Flaggschiff.«

»Wir müssen etwas dagegen tun«, wetterte Ivanov.

»Nichts können wir dagegen tun.« Vincent überlegte fieberhaft.

Zumindest nicht von hier aus.

»Vasili, informieren Sie Major Tagawa. Sie soll ihr Bataillon bereit machen. Sie gehen auf die *Kronos* rüber.«

Major Minoki Tagawa stürmte in den Abflugbereich des ALPHA-Startdecks der *Lydia*. Ihre Einheit – das 1. Bataillon des 221. Marine-Regiments – hatte sich bereits vollzählig und in voller Kampfausrüstung versammelt. Die Männer und Frauen standen in gespannter Erwartung stramm, als sie näher trat. Im Hintergrund bemerkte sie, wie die fünf Stingrays der *Lydia* inzwischen startklar gemacht wurden.

DiCarlo hatte sie vorab über ihren Auftrag informiert: zur *Kronos* übersetzen, den Gegner stellen und eine feindliche Übernahme des Flaggschiffes um jeden Preis verhindern. Eine Enteraktion stellte an und für sich schon unter gewöhnlichen Bedingungen eine Herausforderung dar. Während einer ausgewachsenen Raumschlacht grenzte sie an ein Glücksspiel.

Sie baute sich vor den Soldaten auf und begann, mit volltönender Stimme zu sprechen: »Marines, einige von euch werden vielleicht schon wissen, was man von uns erwartet. Das Flaggschiff wurde geentert.« Sie verzog die Mundwinkel zum Anflug eines Lächelns. »Und man schickt die Besten, um die Kastanien aus dem Feuer zu holen.« Ihre Bemerkung löste allgemeines Gelächter aus, das die Anspannung aus den Mienen und der Haltung der angetretenen Soldaten vertrieb. Das hatte Minoki damit auch erreichen wollen.

»Die *Kronos* hat kein Landedeck, das groß genug für einen Stingray ist«, fuhr sie fort. »Also bleibt uns nichts anderes übrig, als es den Mantas gleichzutun und uns durch die Außenhülle zu schneiden. Wir entern unser eigenes Flaggschiff.« Wiederum löste ihr Scherz Gelächter aus, auch wenn es diesmal verhaltener klang.

»Kompanieführer, ihr habt eure Angriffspunkte bereits auf euren Computern. Haltet immer Kontakt untereinander und helft euch gegenseitig, falls eine Einheit in Schwierigkeiten gerät. Wir wissen nicht, wie viele Ruul sich inzwischen an Bord der *Kronos* aufhalten, und das Flaggschiff verfügt nur über eine begrenzte Anzahl Marines. Aus diesem Grund können wir auch nicht mit Sicherheit sagen, welche Teile des Schiffes die Slugs bereits kontrollieren.« Sie sah sich auffordernd um. »Noch Fragen?«

Niemand antwortete.

»Also gut. Dann bemannt die Stingrays ... und viel Glück.«

Die Marines nahmen – falls überhaupt möglich – noch strenger Haltung an, bevor sich die Formation auflöste und die Soldaten sich um ihre Kompanieführer sammelten, von denen jeder seine Einheit zu einem der Stingrays führte. Minoki schloss sich Kompanie Alpha an und bestieg das ihr zugedachte Sturmschiff mit einem leisen Gebet auf den Lippen.

Die Lage wurde langsam unübersichtlich. Die ruulanische Streitmacht verzettelte sich zusehends in Dutzende Einzelgefechte mit der verbündeten Flotte. Die Asalti und Meskalno wurden mit jeder Minute mehr von Neu-Asalti abgedrängt, die *Kronos* hatte das Feuer fast vollständig eingestellt, was darauf hinwies, dass es den Ruul gelungen war, zumindest einige Waffenstellungen aus dem Inneren des Schiffes heraus auszuschalten, und die ruulanischen Truppen auf beiden Planeten gewannen zusehends an Boden.

Und noch immer sammelten sich Hunderte feindlicher Schiffe an den Grenzen des Systems und machten keinerlei Anstalten, in den Kampf einzugreifen. Vincent schüttelte den Kopf. Im Grunde machte es auch keinen Unterschied. Wie die Dinge lagen, würden sie in den nächsten Stunden überwältigt werden. Das Letzte, was sie gebrauchen konnten, waren ruulanische Verstärkungen.

Eine weitere Gruppe Schiffe tauchte hinter Neu-Asalti auf. Vincent zoomte die Schiffe sofort heran. Es waren knapp vierzig Einheiten, ihren Sensorechos nach verschiedene Typen und Schiffsklassen. Sie sendeten kein IFF-Signal, doch dort hinten gab es keine verbündeten Einheiten. Es konnten eigentlich nur Ruul oder Kinder der Zukunft sein.

Wo kommen die denn auf einmal her?

Mit einer zusätzlichen Unterstützung in solcher Stärke wäre Neu-Asalti verloren. Vincent wünschte sich, er hätte wenigstens noch ein Dutzend Schiffe, die er den Asalti als Verstärkung hätte schicken können. So aber blieb ihm nichts anderes übrig, als der Katastrophe ins Auge zu blicken.

Die Schiffe eröffneten das Feuer. Eine Breitseite von fast dreihundert Torpedos löste sich aus ihren Rohren. Es mussten Ruul sein. Keine Rebellenflotte hätte mit ihren umgebauten Frachtern eine solche Beschussdichte aufbieten können.

Dann riss er die Augen vor Überraschung weit auf.

Die Breitseite pflügte eine vernichtende Schneise in die feindliche Formation, die Neu-Asalti belagerte. Neun feindliche Schiffe wurden augenblicklich vernichtet, zehn oder zwölf weitere schwer beschädigt. Der Angriff überraschte den Feind mindestens ebenso wie Vincent. Der Beschuss war von achtern erfolgt, die Schilde der meisten feindlichen Schiffe hingegen waren am Bug konzentriert, in Richtung der Asalti- und Meskalno-Schiffe.

Eine weitere Salve löste sich von den Neuankömmlingen und viele der bereits beschädigten Schiffe hörten buchstäblich von einem Augenblick zu nächsten auf zu existieren. Im selben Moment strahlten die angreifenden Schiffe ihre IFF-Codes ab.

Vincent warf seinem XO einen ungläubigen Blick zu.

»Es ist die Flotte der Asalti.«

Tyler fühlte sich nicht weniger überrumpelt als Vincent DiCarlo. Sie sah von dem Holotank auf und warf einen Blick in die Runde. Ihr entging keineswegs, dass David Coltor ein wenig schuldbewusst dreinblickte.

»Was haben Sie getan, David?«, fragte sie nicht ohne Sympathie in der Stimme.

»Ich habe mit Mansu eine ... nun ja, sagen wir mal ... separate Vereinbarung getroffen. Wir haben uns beide nicht wohl dabei gefühlt, die Asalti-Flotte für die Dauer der Konferenz aus dem System zu verbannen.«

»Also ...?«

»Also haben wir sie nur zum Schein weggeschickt. Die Flotte hat sich die ganze Zeit unter absoluter Funkstille in der Atmosphäre des Gasriesen versteckt.«

»Hatten Sie vor, mir das irgendwann zu beichten?«

David räusperte sich verlegen und lächelte verschmitzt.

»Das genügt mir schon als Antwort.«

»Ich frage mich nur, was Sie dazu bewogen hat, so zu handeln.«

David zuckte die Achseln. »Sagen wir einfach, ich hatte so ein Gefühl, dass wir sie brauchen würden.« Er warf einen Blick auf das taktische Hologramm, in dem die Schlacht eine entscheidende Wende nahm. »Und ich hatte recht.«

Kerrelak brüllte vor Wut.

Die Ankunft der Asalti-Flotte kam gänzlich unerwartet – und änderte alles. Seine Schiffe hatten Mühe, sich auf die veränderte Situation einzustellen. Plötzlich fanden sie sich zwischen zwei feindlichen Verbänden wieder und ihre Vernichtung schien unausweichlich. Eine tödliche Lage. Soweit Kerrelak das beurteilen konnte, gab es nur einen Ausweg.

»Veral? Befehlen Sie den Rückzug zur Systemgrenze. Wir werden uns dort sammeln und neu formieren. Diese Runde geht an die Asalti.«

Vor allem die letzten Worte schmeckten wie Asche in seinem Mund.

»Aber, Herr, was ist mir unseren Truppen auf dem feindlichen Schlachtschiff? Und unseren Bodentruppen? Ohne Unterstützung durch Jäger oder Kriegsschiffe sind sie ...«

»Ich weiß. Aber wir haben keine andere Wahl oder sie vernichten uns. Unsere einzige Chance ist ein schneller Rückzug und die Hoffnung, dass der Feind uns nicht zur Systemgrenze verfolgt. In diesem Fall ist unser ganzer Plan gescheitert. Unsere Bodentruppen müssen eben einige Tage alleine aushalten. Und jetzt ... befiehl endlich den Rückzug, bevor sie uns den Weg abschneiden.«

Zwischenspiel 2

Hektor sah sich in dem Versteck aufmerksam um. Seinen geschulten Sinnen entging nicht die kleinste Kleinigkeit. Diesen Unterschlupf zu finden, war gar nicht so einfach gewesen. Umso befriedigender war es, nun hier zu stehen, um seinen Auftrag voranzutreiben.

Der Raum stank nach abgestandener Luft und menschlichen Ausdünstungen. Hektor rümpfte angewidert die Nase. Das Versteck war - ausgehend von den vorhandenen Schlafmöglichkeiten - für acht Personen ausgelegt. Doch lediglich drei der groben Matratzen wirkten benutzt. Hier war er richtig. Dies war der Ort, an dem Nogujamas Mörder gewohnt hatten. Von hier war das Mordkomplott geplant und ausgeführt worden.

Wie passend, dachte er. *Ein Rattennest für ein paar Ratten.*

Hektor bemerkte einige Schnapsflaschen auf einem kleinen Tisch. Drei waren leer, eine weitere etwa zur Hälfte gefüllt. Er nahm die Flasche in die Hand und betrachtete den Aufkleber des Herstellers. Ein billiger Fusel. Etwas anderes hatte er hier auch nicht erwartet. Hektor lächelte leicht. Jemand hier schien alkoholischen Genüssen nicht abgeneigt zu sein.

Hektor schraubte den Verschluss auf und öffnete seinen Mantel. Aus einer Innentasche entnahm er ein Röhrchen mit einer klaren Flüssigkeit. Vorsichtig tröpfelte er ein wenig davon in die Flasche, schraubte sie anschließend wieder zu und stellte sie auf genau dieselbe Art wieder auf den Tisch wie er sie vorgefunden hatte.

Anschließend verließ er das Versteck und zog die Tür hinter sich ins Schloss. Nichts verriet, dass sich in dem Raum ein Unbefugter aufgehalten hatte.

Karl, der Kontaktmann des Attentäters, war in Sorge, sogar in größter Sorge. Vom Attentäter hatte er bereits eine besorgniserregend lange Zeit nichts mehr gehört. Das legte den Schluss nahe, dass dieser untergetaucht war. Keine dumme Entscheidung, wie er insgeheim einräumen musste. MAD-Offiziere und Soldaten durchsuchten die ganze Stadt nach verborgenen Terrorzellen der Kinder der Zukunft. Und es war nur eine Frage der Zeit, bis sie auch auf ihn stießen.

Es war sein Glück, dass ihre Ressourcen durch die bedrohliche Flotte im System im Moment größtenteils gebunden waren, doch sollte sich dieser Zustand ändern, würden sie alle Hebel in Bewegung setzen und alle Mittel, die ihnen zur Verfügung standen, einsetzen, um auch die letzten Kinder der Zukunft zur Strecke zu bringen.

Wer konnte und die finanziellen Möglichkeiten besaß, versuchte, den Planeten so schnell wie möglich zu verlassen. Nur die fanatischsten Anhänger der Organisation harrten weiterhin auf MacAllister aus.

Der Kontaktmann gehörte nicht zu ihnen. Allerdings war es auch nicht ungefährlich, den Planeten zu verlassen. Zum einen waren da die ruulanische Flotte und die Rebellenschiffe, die jedes Schiff zerstörten, das sie erwischen konnten. Leider konnte er die Schiffe der Kinder der Zukunft nicht erreichen. Dies hätte vieles vereinfacht und er hätte sich von ihnen einfach aufnehmen lassen können, sobald er den Planeten verließ. Doch auch diese Möglichkeit stand ihm nicht zur Verfügung.

Das wäre was. Von den eigenen Verbündeten abgeschossen, dachte er mürrisch.

Zum anderen beschlich ihn das unangenehme Gefühl, dass ihm jemand seit fast einem Tag folgte. Es gab keine präzisen Anhaltspunkte für seinen Verdacht, nur ein vages Gefühl der Bedrohung, das sich jedes Mal einstellte, wenn er sein Versteck verließ. Diesen Unterschlupf teilte er sich normalerweise mit sieben weiteren Kindern der Zukunft, von denen jedoch alle unterwegs waren. Er war sich sicher, nicht mehr hier zu sein, wenn sie zurückkehrten.

Vor Kurzem war sein kleiner Handlanger Mick gestorben, als dieser versucht hatte, mithilfe eines alten Frachters den Planeten zu verlassen. Mick war von der Gangway in den Tod gestürzt. Ausgerechnet der Mann, der zusammen mit ihm das Attentat auf Nogujama überlebt hatte. Der Kontaktmann glaubte nicht an Zufälle – an solche schon gar nicht.

Es wurde Zeit zu verschwinden. Er stürmte in das Loch, das sich hochtrabend Schlafzimmer nannte, und stopfte alle Kleider, die er in zwei Minuten zusammenraffen konnte, in eine Reisetasche.

Auf dem Weg zur Tür fiel sein Blick auf eine angebrochene Flasche Cognac. Unsicher sah er zur Wohnungstür und zurück zur Flasche.

»Einen mit auf den Weg«, sagte er, öffnete die Flasche und goss sich ein großzügiges Glas ein.

Noch während er trank, stellte sich wieder dieses seltsame Gefühl nahenden Unheils ein.

Seltsam, dachte er, *schmeckt irgendwie ...*

Noch bevor er den Gedanken zu Ende gedacht hatte, fiel das immer noch halb volle Glas aus seinen kraftlos gewordenen Fingern. Er rang verzweifelt nach Luft. Vergeblich. Sein Hals schien wie zugeschnürt. Der Kontaktmann griff sich an die Kehle. Seine Finger bohrten sich in sein Fleisch, doch nichts half. Seine Atemwege blieben verschlossen.

Die Augen des Kontaktmanns traten aus den Höhlen hervor und er verdrehte die Pupillen, bis nur noch das Weiße zu erkennen war. Mit einem letzten Röcheln brach er zusammen.

20

Vor allem die Situation auf MacAllister blieb auch am nächsten Tag noch unübersichtlich. Die ruulanischen Bodentruppen kontrollierten den Raumhafen sowie einige Viertel der planetaren Hauptstadt Principal einschließlich eines ansehnlichen Teils des Kongresszentrums, während die terranischen Truppen das Kongresszentrum selbst sowie alle Gebiete rund um die ruulanisch besetzten Teile kontrollierten.

Die Ruul waren nicht stark genug, aus dem Kessel auszubrechen, und die terranischen Truppen nicht stark genug, erfolgreich in den Kessel einzudringen. Das Endergebnis war eine Pattsituation, mit der keine Seite wirklich zufrieden war.

Auch die Lage auf Neu-Asalti blieb unverändert angespannt. Suru stand weiterhin unter Belagerung, wand sich im eisernen Griff ruulanischer Krieger. Nur gab es im Augenblick nichts, was man für den Planeten und die Bevölkerung tun konnte. Die Stingrays der *Lydia* hingen an der Außenhülle der *Kronos* und man hatte keine Transportkapazitäten, um Truppen von MacAllister auf den Nachbarplaneten überzusetzen, selbst dann nicht, wenn man dort Truppen zum Entsatz der bedrängten Asalti hätte entbehren können.

Die Jäger der *Lydia* flogen pausenlos Entlastungsangriffe und warfen Tonnen an Bomben über identifizierten ruulanischen Stellungen ab. Aber auch diese Maßnahmen blieben weitestgehend ergebnislos, da die Ruul ziemlich schnell die Schwachstelle in diesen Aktionen erkannten. Sie gingen soweit möglich in Nahkämpfe mit den Asalti über, was effektive Luftangriffe letztendlich so gut wie unmöglich machte, wollte man die eigenen Verbündeten nicht gefährden.

Das Einzige, was die Kampfpause wirklich nützlich machte, war eine Umgruppierung der verbündeten Flotte, um die entstandenen Lücken zu schließen. Jedoch machte sich niemand wirklich Illusionen über die Fähigkeiten der Flotte, den nächsten Vorstoß des Gegners abzuwehren. Es wäre nur noch eine Frage der Zeit, bis die Slugs die eigenen Linien vollständig durchbrachen. Dann würden sie einfach weitere Truppen auf beiden Planeten landen und die Sache zu Ende bringen.

David kämpfte mit den Tränen und bemerkte kaum, wie Bates mitfühlend die Hand auf seine Schulter legte.

»Es muss doch irgendetwas geben, das wir tun können«, meinte David müde.

»Nicht im Moment, nein. Aber die *Kronos* ist ein gutes Schiff mit einer guten Crew. Außerdem hat DiCarlo seine Marines zur Unterstützung geschickt. Ihrem Vater passiert nichts.«

David sah auf und hoffte, seine Verzweiflung wäre nicht zu offensichtlich. »Ich weiß aus eigener Erfahrung, wie die Ruul an Bord eines Schiffes Amok laufen können. Glauben Sie mir, ich habe zwar meine Schwierigkeiten mit meinem Vater, aber ich will nicht, dass ein ruulanisches Schwert sein Leben beendet.«

Bates lächelte leicht. David erkannte die Mimik sofort als das, was sie war: der halbherzige Versuch, Zuversicht auszustrahlen. Leider misslang er Bates völlig, doch David war schon dankbar für seine Bemühungen – und sein Mitgefühl.

Bates wurde schlagartig wieder ernst. »Ich weiß, ich verlange sehr viel von Ihnen, aber wir müssen uns auf die Aufgabe konzentrieren, die vor uns liegt. Wir können für Admiral Coltor nichts tun. Auch wenn es hart klingt: Was dort oben passieren wird, wird passieren. Wir hier unten haben einen Verräter auszuschalten.« Bates sah sich verschwörerisch um. »Und wenn ich mich nicht sehr irre, ist er im selben Raum wie wir.«

David folgte Bates' Blick. Der Raum war voller Offiziere, Diplomaten und Politiker. Tyler unterhielt sich gedämpft mit einem General der Miliz, den David nicht kannte. Pommeroy und Hahlbach standen in gedrückter Stimmung etwas abseits und beobachteten angespannt den Holotank, auf dem Bilder der immer noch stattfindenden Straßenkämpfe abliefen. Der Meskalno Quel Thai und der Sca'rith Sal'mon'dai standen in der Nähe des Ausgangs zusammen und unterhielten sich ebenfalls gedämpft. Die beiden Anführer waren vor wenigen Minuten von ihren Schiffen eingetroffen, um sich über die aktuelle Lage auf MacAllister selbst ein Bild zu machen. Es war für David befremdlich, die beiden so einhellig nebeneinanderstehen zu sehen. Wenigstens stritten sie mal nicht.

»Sie glauben, es ist einer der Anwesenden?«

»Würde mich nicht wundern.«

Bates hatte recht. Die Wahrscheinlichkeit, dass es einer von ihnen war, lag tatsächlich recht hoch. Sein Blick streifte erneut die beiden Delegierten. Unbewusst zog er eine Augenbraue hoch, als ihm ein unwillkommener Gedanke kam. Selbst einer der Delegierten kam als Verräter und Informant der Ruul in Betracht. Kaum jemand war ganz unverdächtig.

»Wie lange noch, bis die Vorbereitungen mit dem Computerwurm abgeschlossen sind?«

»Meine Leute sind so weit«, erwiderte Bates nicht ohne einen Anflug von Stolz in der Stimme. »Wir können jederzeit beginnen.«

»Ausgezeichnet.«

Entweder verfügte Präsidentin Tyler über ein außergewöhnlich gutes Gehör oder sie wollte dieses Thema ohnehin anschneiden. Wie dem auch sei, sie drehte sich genau in diesem Moment um und nickte Bates fragend zu.

»Bobby?«

Dieses eine Wort genügte Bates als Aufforderung. Er neigte verstehend den Kopf. »Wie ich General Coltor gerade mitgeteilt habe, sind wir so weit. Der Computerwurm ist im Satellitennetz installiert und verbreitet sich gerade. Wir müssen nur noch auf einen Knopf drücken und einige Minuten später wissen wir, wer den Ruul die Nachrichten schickt.«

»Sehr schön. Dann bringen wir dieses leidige Thema endlich zum Abschluss.«

»Verzeihung?«, meinte plötzlich eine schüchterne Stimme. Die Anwesenden drehten sich alle zu Hahlbach um. »Eine Sache wäre da noch.«

»Was denn, Hahlbach?«, meinte Tyler auffordernd.

Hahlbach sah sich unschlüssig zu Pommeroy um, der nur missbilligend den Kopf schüttelte. »Das hatten wir schon, Frank. Die Präsidentin hat ihre Entscheidung getroffen.«

»Die Dinge spitzen sich aber zu«, hielt Hahlbach verdrossen dagegen.

»Worum geht's denn?«, fragte Tyler ungeduldig.

»Um die 9. Flotte«, antwortete Pommeroy, bevor sein Assistent antworten konnte. »Mein ungestümer junger Freund hier«, er deutete auf Hahlbach, »ist immer noch der Meinung, wir sollten sie zu Hilfe rufen.«

»Das ist nur vernünftig«, meinte Hahlbach. »Da draußen«, er deutete auf das Hologramm, »sammeln sich Hunderte ruulanischer Schiffe. Bisher haben sie nur einen Bruchteil ihrer Kräfte eingesetzt, um gegen uns vorzugehen. Das wird nicht ewig so andauern. Die 9. Flotte könnte innerhalb eines Tages von Serena hier sein und die Sache beenden. Ansonsten werden uns die Ruul überrennen.« Hahlbachs Stimme nahm einen leicht flehenden Tonfall an. »Wir brauchen Hilfe.«

»Ja ... die Ruul«, meinte Tyler nachdenklich. »Ist mir auch schon aufgefallen, dass sie nie ihre ganze Stärke gegen uns ausspielen.« Sie sah zu Hahlbach auf. »Vielleicht haben Sie recht. Vielleicht hätten wir schon längst Hilfe von Serena anfordern sollen. Falls wir zu lange gewartet haben, ist das ganz allein meine Schuld – und ich nehme die volle Verantwortung hierfür auf mich, sobald das alles vorbei ist.«

Sie streifte Bates und David mit einem Blick. »Was meinen Sie zwei dazu?«

Bates zuckte mit den Schultern. »In einem Punkt hat Hahlbach recht. Militärisch können wir hier keinen Sieg erringen. Nicht ohne Hilfe.«

»Was würde es schon schaden, Hilfe zu rufen? Die 9. Flotte könnte spätestens in zwei oder drei Tagen wieder zurück im Serena-System sein. Die Gefahr für unsere Frontlinie wäre minimal.«

Tyler nickte zustimmend. »Also gut.« Sie wandte sich an den Milizgeneral zu ihrer Linken. »Schicken Sie eine Nachricht nach Serena und fordern Sie Unterstützung durch die dortige Flotte an. Es hat keinen Sinn, länger zu warten.«

Der Offizier nickte und zog sich in Richtung der ComStation zurück. Tyler wandte sich erneut an Bates. »Und jetzt starten wir die Computersuche. Ich will den Verräter ausgeschaltet haben.«

Bates nickte und gab einem SES-Agenten an einer Computerkonsole mit einer knappen Geste zu verstehen, er solle beginnen.

Alle waren so auf die Vorgänge konzentriert, dass sie nicht bemerkten, wie sich einer der Anwesenden heimlich davonstahl.

Admiral Elias Coltor war praktisch auf der Brücke seines eigenen Schiffes gefangen. Marines arbeiteten unter Hochdruck daran, die Kommandobrücke gegen einen Angriff zu sichern. Es gab nur einen Zugang zum Kommandoturm, und der wurde verbarrikadiert und mit schweren Waffen versehen. Die Geschützstellung sollte die ruulanischen Eindringlinge von Dummheiten abhalten, doch Admiral Coltor bezweifelte, dass sie sich auch daran halten würden.

Auf seinem Display beobachtete er die Fortschritte des Feindes. Sie kontrollierten bereits mehrere Ebenen, einschließlich des Torpedodecks. Außerdem hatten sie es irgendwie geschafft, einen Teil der Energiebewaffnung zu neutralisieren. Gott allein wusste, wie ihnen das gelungen war. Die Besatzung stellte sich den Slugs mit allem entgegen, was ihr zur Verfügung stand, doch die Shark-Klasse war kein Schlachtträger. Sie führten nur ein kleines Marinekontingent mit sich, gerade mal zwei Kompanien. Glücklicherweise schienen die Slugs mehr daran interessiert, möglichst schnell die Brücke zu erreichen, als die Besatzung zu massakrieren, sodass sie größere Gruppen seiner Besatzung, die sich in einzelnen Korridoren verschanzten, einfach ignorierten. Zum Glück. Hätten die Ruul anders gehandelt, hätten sie die *Kronos* in ein Grab verwandeln können. Die Verluste unter der Besatzung waren auch so schon hoch genug.

Das Knattern automatischer Waffen und das bockende Wummern eines schweren Maschinengewehrs drangen plötzlich unangenehm durch die Luft. Die Slugs trafen auf die Verteidiger der Kommandobrücke. Auf seinem Display verfolgte Admiral Coltor die Symbole, die DiCarlos Marines kennzeichneten. Sie waren noch mehrere Decks entfernt, näherten sich jedoch schnell.

Beeilt euch, beschwor er sie in Gedanken, *damit noch jemand da ist, den ihr retten könnt.*

Laura Parducci verband die Brandwunde an ihrer Hüfte notdürftig mit einer Notfallausrüstung, die sie aus einer zerstörten Asalti-Stellung geborgen hatte. Sie zog den provisorischen Verband, so eng sie konnte. Schmerz durchzuckte ihren Körper und sie japste unterdrückt.

Die Lage auf Neu-Asalti spitzte sich mit jeder Stunde mehr zu. Die ruulanischen Kriegsschiffe waren verschwunden - zerstört oder vertrieben. Dass die *Lydia* aber inzwischen keine Bodentruppen gelandet hatte, verstörte sie, gelinde gesagt - und es verhieß nichts Gutes. Unter normalen Umständen müsste es in und um Suru inzwischen von terranischen Marines wimmeln. Es gab nur wenig, was das Ausbleiben der Truppen zu erklären vermochte. Und nichts davon war besonders beruhigend. Die einzige Erklärung war, dass die Truppen anderweitig benötigt wurden.

Seit ihrer Bruchlandung hatte sie mehrmals versucht, Kontakt zu Asalti-Truppen aufzunehmen, war jedoch jedes Mal gescheitert. Die Asalti schlugen sich tapfer, um nicht zu sagen hervorragend, doch die Ruul waren ihnen in praktisch jeder Hinsicht überlegen und trieben die Verteidiger aus jeder Stellung.

Der Kommandoposten, bei dessen Verteidigung sie geholfen hatte, war bereits vor Stunden gefallen. Parducci hatte sich tiefer in die Stadt geflüchtet, als die Ruul das Gebäude gestürmt hatten. Die Schreie der Asalti, die den ruulanischen Schwertern zum Opfer fielen, würden sie noch in ihren Albträumen heimsuchen.

Terranische Jäger hatten anfangs noch Angriffe gestartet, um die Ruul auf Abstand zu halten, inzwischen waren diese jedoch so in die Asalti verkeilt, dass jeder Angriff zum unkalkulierbaren Risiko wurde. Die Zerberusse und Arrows zogen nun hoch über der Stadt ihre Bahnen, dazu verdammt, hilflose Zeugen des Schlachtens unter ihnen zu sein.

Parducci warf einen verzweifelten Blick gen Himmel, als eine weitere Zerberus-Staffel vorüberzog. So nah und doch so fern. Sie wünschte, sie hätte sich irgendwie bemerkbar machen oder mit den Piloten Kontakt aufnehmen können. Binnen einer Stunde wäre ein Bergungsschiff vor Ort, das sie zurück zur *Lydia* hätte bringen können.

Niedergeschlagen zuckte sie die Achseln. Es hatte keinen Sinn, sich über etwas den Kopf zu zerbrechen, das man nicht ändern konnte. Falls ihre Seite die Schlacht gewann, würde man sie finden und zurück zur Flotte bringen. Und falls nicht ... nun ... dann spielte das alles ohnehin keine Rolle mehr.

Lärm aus einer der Gassen vor ihr ließ sie schlagartig innehalten. Gutturale, abgehackte Laute identifizierte sie augenblicklich als ruulanische Sprache. Parducci sah sich hektisch nach einem Versteck um.

Sie hielt sich links der Hauptstraße und schlich sich in die Trümmer eines ausgebrannten Wohnhauses. Das erbeutete Asalti-Gewehr drückte sie wie einen Schatz an den eigenen Körper.

Sie zog ihre Neunmillimeter aus dem Holster, prüfte das Magazin und legte die Waffe griffbereit neben sich auf den Boden. In geduckter Haltung wartete sie.

Eine kleine Gruppe Asalti stürmte aus der Gasse. Es waren elf oder zwölf. Die meisten waren unbewaffnet, doch bei einigen schien es sich um Soldaten zu handeln. Die Gruppe rannte quer über die Straße. Geschosse aus ruulanischen Blitzschleudern fauchten über ihre Köpfe hinweg.

Eines der Geschosse brannte sich durch den Rücken eines Asalti. Der Mann heulte vor Schmerz schrill auf und stürzte. Dünner Qualm stieg von seinem Fell rund um die Wunde auf.

Parducci zog sich tiefer in ihr Versteck zurück. Die Asalti bemerkten, dass sie keine Chance auf Entkommen hatten, und stürmten in ein anderes Gebäude - wenig mehr als eine Ruine - auf der anderen Straßenseite.

Die Asalti-Soldaten postierten sich an den zerstörten Fenstern. Aus der Gasse stürmte eine ruulanische Kriegergruppe. Es waren nur sechs, doch sie hatte Ruul schon des Öfteren im Kampf beobachten müssen.

Sie würden vollauf ausreichen, die Asalti niederzumachen.

Die Ruul waren so auf ihre fliehende Beute konzentriert, dass sie die Pilotin in ihrem Versteck gar nicht bemerkten. Die Ruul eröffneten das Feuer und zwangen die Asalti in Deckung. Vereinzeltes Gewehrfeuer antwortete dem Beschuss. Ein Ruul fiel. Im Gegenzug starben beinahe zeitgleich zwei Asalti.

Die Ruul verfielen regelrecht in Raserei und deckten das Gebäude mit Salven aus ihren Blitzschleudern ein. Selbst auf diese Entfernung bemerkte sie die rot lackierten Krallen.

Sie schluckte schwer. Die Wildheit und der Fanatismus der Erel'kai waren legendär - und gefürchtet, selbst unter terranischen Jägerpiloten. Es kursierten Gerüchte, dass abgeschossene Piloten, die von ruulanischen Elitekrieger aufgegriffen wurden, zu Tode gefoltert wurden, und zwar über Tage hinweg. Derartige Gerüchte gab es natürlich in jedem Krieg und über jeden Feind, doch Parducci verspürte nicht den Wunsch, diese Gerüchte auf ihren Wahrheitsgehalt hin zu prüfen.

Die Asalti wagten sich mehrmals leicht aus der Deckung, um das Feuer zu erwidern, zogen sich jedoch jedes Mal wieder zurück. Die Ruul schossen aus allen Rohren und näherten sich arrogant und hochnäsig dem behelfsmäßigen Unterschlupf der in die Ecke gedrängten Asalti.

Eine hastige Gewehrsalve aus dem Gebäude streckte einen Ruul nieder. Parducci schnaubte belustigt. Die Asalti schlugen sich nicht schlecht und verkauften ihre Haut so teuer wie möglich. Einer der Asalti-Soldaten wagte sich zu weit aus der Deckung und wurde in einem unachtsamen Moment an der Hüfte getroffen. Der Farbe seines Fells nach war er noch sehr jung. Der Asalti brüllte vor Schmerz und Angst und versuchte, wieder zurück in Deckung zu kriechen.

Die Ruul feixten und scherzten angesichts seiner Bemühungen. Ihre Haltung drückte tiefste Verachtung für die Asalti aus, besonders für den Verletzten. Der Asalti-Soldat schrie herzzerreißend um Hilfe, doch seine Kameraden trauten sich nicht aus der zweifelhaften Sicherheit ihres Verstecks.

Die Ruul kamen langsam näher, so nahe, dass ihre massigen Körper Schatten auf den am Boden liegenden Asalti warfen. Parducci hielt vor Anspannung den Atem an. Die Slugs unterhielten sich in ihrer harschen, harten Sprache miteinander. Sie verstand kein Wort, doch die Mimik und Gestik ließ ohnehin keinen Zweifel an ihren Absichten. Die drei Krieger hatten nicht vor, den Asalti schnell zu töten.

So einfach würden sie es ihm nicht machen.

Parducci sah sich aufmerksam nach einem Fluchtweg um, der sie vom Ort des Geschehens wegbringen würde, ohne dass die Ruul auf sie aufmerksam würden. Mit viel Glück würden einige Trümmer und Mauerreste ihren Abgang lange genug verbergen, um dieses Grauen hinter sich zu lassen. Es gab nichts, was sie für den Asalti tun konnte. Sie war Jägerpilotin, kein Infanterist. Selbst die meisten Infanteristen, die sie kannte, würden sich hier nicht einmischen.

Zumindest versuchte sie, sich das einzureden.

Es half jedoch nicht, die Stimme ihres Gewissens zum Schweigen zu bringen, das ihr ständig einzureden versuchte, sie solle ihr Gewehr ergreifen und die drei Ruul endlich zum Schweigen bringen.

Parducci wollte sich gerade auf den Weg machen, als etwas geschah, mit dem sie nicht gerechnet hatte - und die Ruul auch nicht.

Ein Asalti trat aus den Trümmern und ging unbewaffnet, ohne Hast und ohne bedrohlich zu wirken, auf die drei Ruul und den verletzten Asalti zu. Er war schon sehr alt, doch er strahlte eine unbestreitbare Präsenz und Selbstbewusstsein aus. Ihn umgab eine Aura, der sich Parducci nicht zu entziehen vermochte, den unsicheren Blicken, die sich die Ruul zuwarfen, nach zu urteilen, die Erel'kai-Krieger auch nicht.

Der Asalti schritt zu dem Verletzten und reichte ihm beide Hände, die dieser dankbar ergriff. Der alte Asalti half dem Verletzten auf. Zwar wirkte der Verwundete etwas wacklig auf den Beinen, hielt sich jedoch krampfhaft aufrecht.

Immer noch ohne Hast drehte sich der Asalti um und schlenderte zurück ins Gebäude, während er den Verletzten stützte, der an seiner Seite humpelte.

Einer der Ruul schüttelte plötzlich die Starre ab, die alle ergriffen hatte, die Zeuge dieses Ereignisses wurden. Er brüllte seine Wut heraus und richtete seine Blitzschleuder auf den Rücken des Asalti.

Parducci handelt rein instinktiv. Später vermochte sie nicht zu sagen, was sie zu ihrer Tat bewogen hatte, und sie gab gern zu, hätte sie sich die Zeit genommen, darüber nachzudenken, so hätte sie vermutlich anders gehandelt.

Doch sie dachte nicht nach. Der Mut des Asalti hatte sie tief beeindruckt und an ihre eigenen Pflichten erinnert. Dies war immer noch ihr Krieg - und ihr Feind. Sie erhob sich aus ihrer Deckung und richtete das erbeutete Asalti-Gewehr in einer flüssigen Bewegung auf die Slugs.

Einer der Ruul bemerkte die Bewegung und wirbelte auf dem Absatz herum. Parducci jedoch nahm nur den Ruul wahr, der auf den Asalti zielte. Infanteristen nannten das oft den *Tunnelblick*. Sie hatte schon oft davon gehört, sich jedoch immer gewundert, wie es zu so einem Phänomen kommen konnte. Nun erfuhr sie es am eigenen Leib.

Sie feuerte eine kurze Salve in den Rücken des Erel'kai. Der Ruul schrie auf - gleichermaßen vor Überraschung wie vor Schmerz. Noch im Fallen drückte er den Auslöser seiner Blitzschleuder und eine Entladung traf den alten Asalti im Rücken. Dieser fiel ohne einen einzigen Laut. Der Verletzte warf sich augenblicklich schützend auf seinen Retter.

Erst jetzt nahm sie die beiden anderen Ruul wieder wahr. Sie bewegte sich nach rechts. Ein Kugelblitz verfehlte sie nur um wenige Zentimeter. Eine zweite Entladung streifte ihren Arm und sandte Wellen des Schmerzes durch ihren Körper. Der Gestank verbrannten Fleisches drang ihr unangenehm in die Nase.

Parducci zog ein weiteres Mal am Abzug und die Brust des Ruul, der auf sie geschossen hatte, verwandelte sich in Matsch. Sie schwenkte die Waffe zum letzten Gegner herum. Dieser bewegte sich jedoch mit übermenschlicher Schnelligkeit. Ihre Salve schlug dort durch die Luft, wo er eben noch gestanden hatte. Er hob seine Blitzschleuder. Sie zielte genau auf ihr Gesicht.

Gewehrfeuer knatterte und der Ruul verzog vor Schmerz das Gesicht, als sein Körper von mehreren Einschlägen herumgewirbelt wurde. Die Blitzschleuder entglitt seinen kraftlosen Fingern. Er stürzte gegen eine Mauer, rutschte daran zu Boden und bewegte sich nicht mehr.

Zwei Asalti standen in einem zerschmetterten Fensterrahmen, die Waffen noch im Anschlag, die Gesichter von Wut und Trauer verzerrt.

Parducci nickte ihnen dankbar zu und stürzte ihre eigene Wunde ignorierend zu dem gefallenen Asalti. Der Verwundete kniete neben ihn und war gerade dabei, den leblosen Körper vorsichtig umzudrehen.

Laura ließ sich auf beide Knie nieder und kramte in ihren Taschen nach den Resten der medizinischen Ausrüstung, die sie geborgen hatte. Verzweifelt förderte sie ihre Ausbeute zutage. Es war nicht viel. Ein wenig Verbandmaterial und eine Notfallspritze mit Schmerzmittel. Allerdings hatte sie nicht die geringste Ahnung, welche Wirkung das Mittel auf einen Asalti haben würde.

Der Asalti öffnete die Augen. Seine Pupillen wirkten seltsam glasig. Er schien sie kaum wahrzunehmen.

»Ich ... ich weiß nicht, was ich für Sie tun kann«, flüsterte Parducci mit kaum verhohlener Panik in der Stimme.

Doch der Asalti lächelte lediglich. »Ist schon gut«, sagte er. »Ist schon gut.« Dann schloss er seine Augen für immer.

Der verwundete Asalti an ihrer Seite schluchzte leise. Seine eigene Wunde schien vergessen angesichts des Toten. Die überlebenden Asalti der Gruppe gesellten sich zu ihnen, die Köpfe andächtig gesenkt. Einige bewegten stumm die Lippen und sie vermutete, dass sie beteten - zu wem auch immer Asalti beten mochten.

»Er hat mich gerettet«, sagte der Verwundete plötzlich und sah zu ihr auf, die Augen von Schuldgefühlen und Tränen verschleiert. Mitfühlend legte sie einen Arm um seine Schultern. Das Fell des Asalti fühlte sich hart und struppig an, gar nicht so flauschig, wie sie immer gedacht hatte. Gleichzeitig wunderte sie sich über sich selbst, dass sie so etwas in diesem Moment überhaupt bemerkte.

»Wie war sein Name?«, fragte sie.

»Saran«, sagte der verwundete Asalti. »Sein Name war Saran. Und in gewisser Weise, war er der Beste von uns.«

Alan Foulder schreckte aus seinem unruhigen Dösen hoch und spähte über die Barrikade. Scott Fergusen bemerkte die Bewegung und kroch an seine Seite.

»Hast du was gehört?«

»Weiß nicht«, meinte Alan wortkarg. »Irgendetwas geht da vor.«

Die beiden ROCKETS beobachteten mehrere Minuten lang die Straße, ohne dass sich irgendetwas rührte. Selbst die Ruul ließen sich nicht blicken.

Plötzlich hallte ein Donnergrollen durch die Luft, so stark, dass Scott unwillkürlich zum Himmel blickte, in der Erwartung, Gewitterwolken zu sehen. Der Himmel jedoch war von tiefem Blau. Nicht eine Wolke war zu sehen.

Alan stieß Scotts Schulter an und deutete nach Süden. Über den Gebäuden türmte sich ein dünner Rauchfaden auf. Auf seiner höchsten Position hielt er für einen Sekundenbruchteil inne und kehrte schließlich seine Richtung um.

»Artillerie!«, schrie Alan und stieß Scott hinter einen Cherokee-Panzer.

Eine Erschütterung ließ den Kommandobunker in seinen Grundfesten erbeben. Präsidentin Tyler hielt sich nur mit Mühe aufrecht. In der Decke erschienen schmale Risse. Nicht viele, doch allein der Umstand, *dass* sie existierten, war ein Grund zur Sorge. Normalerweise vermochte nichts, so schnell einen Bunker zu knacken.

David Coltor eilte zum Holotank und ließ eine Funkverbindung zu den Truppen öffnen, die das Areal verteidigten. Zu seiner Überraschung war es Alan Foulder, der antwortete.

»Bericht!«, forderte David ruhig.

»Slug-Artillerie. Sie haben eine Stellung etwa zwei Klicks südlich unserer Position errichtet.«

David schnaubte. »Mitten im ruulanisch besetzten Territorium der Stadt.«

»Ja. Ich schätze, dass ein Gebiet von mindestens zwölf Quadratkilometern in ihrer Schussweite liegt ...«

»... und damit ebenso alle befreundeten Stellungen«, beendete David den Satz.

»Wir sitzen hier wie auf dem Präsentierteller«, stimmte Alan zu. »Die hocken bequem und sicher in ihren Stellungen und bomben uns zurück in die Steinzeit.« Die Funkverbindung ließ kaum Rückschlüsse auf seine Emotionen zu, doch der Kommandosoldat wirkte unruhig und gepresst. Es lag nicht in seiner Natur, darauf zu warten, während Artilleriegeschosse seine Position in Staub verwandelten.

»Sammeln Sie Ihre beiden Teams«, ordnete David an, »und schalten Sie diese Geschützstellung aus. Augenblicklich!«

»Verstanden.« David musste Alans Gesicht nicht sehen, um zu erkennen, dass dieser lächelte, als er den Befehl bestätigte.

Alan berührte sein Headset knapp über dem Ohr und beendete die Verbindung zu Coltor.

»Was hat er gesagt?«, fragte Scott, während er die Flugbahn der Artilleriegranaten verfolgte.

»Was denkst du?«, meinte Alan schmunzelnd. Die Heiterkeit des anderen ROCKETS-Teamführers wirkte unter den gegebenen Umständen seltsam fehl am Platz, doch Scott kannte seinen Kameraden inzwischen gut genug, um zu wissen, was diese Gefühlsregung bedeutete.

Er aktivierte sein eigenes Headset. »Laura? Bring unser Team her und sag auch Alans Leuten Bescheid. Wir machen einen kleinen Ausflug.«

Bevor seine Stellvertreterin antworten konnte, deaktivierte er die ComVerbindung wieder.

Scott griff nach seinem Gewehr und stand auf. »Haben wir einen Plan?«

Alan lächelte lediglich und lud ein frisches Magazin in sein Sturmgewehr. »Hatten wir den je?«

Major Minoki Tagawa führte ihre Truppen tief in die Eingeweide der *Kronos*. Ihr scharfer Blick wanderte umher. Welche Teile des Schlachtschiffes sie auch betraten, überall herrschten die gleichen Verhältnisse. Die Spuren des Abwehrkampfes der Besatzung waren allgegenwärtig. Tote Marines und Ruul bedeckten den Boden. Auf ihrem Weg passierten sie mehrere von den Ruul überrannte Verteidigungscheckpoints. Schwere MGs standen verlassen hinter hastig aufgeschichteten Barrikaden.

»Hier ist die *Lydia*«, drang plötzlich DiCarlos Stimme aus ihrem HelmCom. »Berichten Sie, Major.«

»Wir sind etwa vier Decks unterhalb der Brücke, Commodore. Bisher nur mäßiger Widerstand. Die Ruul, die bisher überlebt haben, sammeln sich wohl weiter oben. In einigen isolierten Ebenen und Sektionen haben wir Überlebende gefunden. Sie brauchen dringend medizinische Versorgung.«

»Verstanden. Wir schicken einige Sanitäts-Shuttles rüber, sobald die Situation sicher genug ist. Gibt es Neuigkeiten von Admiral Coltor?«

»Negativ, Commodore. Alle Kommunikationsversuche sind bisher gescheitert.«

»Glauben Sie«, DiCarlos Stimme wurde merklich leiser, »die Brücke ist bereits gefallen?«

Minoki dachte angestrengt nach. »Unwahrscheinlich«, beschied sie schließlich. »Wenn das so wäre, hätten wir die ganze Bande inzwischen schon auf dem Hals.«

»In Ordnung, Major. Machen Sie weiter und halten Sie mich auf dem Laufenden.«

»Aye, Sir.« Sie beendete die Verbindung mit einem flauen Gefühl im Magen. Sie hoffte, DiCarlo gerade nicht angelogen zu haben.

21

Der Verräter bewegte sich mit leidenschaftsloser Eleganz. Der Gang war nur spärlich beleuchtet. Am Ende befand sich eine mit Eisen verstärkte Tür, hinter der sich sein Ziel befand: die Zentrale, von der aus das den Planeten umspannende Satellitennetz kontrolliert und gelenkt wurde. Hier wurde der Computerwurm eingespeist - und hier würde das Ergebnis ausgespuckt, sobald der Wurm seine Arbeit beendet hatte. Das durfte er nicht gestatten.

Er steckte die Hand in die Tasche und wog den Sprengsatz darin abwägend mit seinen Fingern. Die Bombe war nur klein, würde in dem beengten Raum jedoch ihre volle Wirkung entfalten. Es würde keine Überlebenden geben, niemanden, der darüber reden konnte, wer dies getan hatte - und keine Ergebnisse, wer den Ruul geholfen hatte. Und das war gut so.

Es standen keine Wachen vor dem Raum. Sie waren nicht nötig. Man konnte den Raum nur über diesen einen Zugang betreten und Zugang wurde nur nach Eingabe eines Prioritätscodes gewährt, der wöchentlich geändert wurde und den nur wenige kannten.

Ein kaltes Lächeln zog seine Mundwinkel nach oben. Wie gut, dass er sich den Code bereits vor einigen Tagen besorgt hatte. Bereits vor langer Zeit hatte er gelernt, dass es nie schaden konnte, auf alle Eventualitäten vorbereitet zu sein. In dem Raum selbst würde es allerdings von bewaffneten Wachen nur so wimmeln. Er durfte also keine Zeit verlieren. Auch nur das geringste Zögern könnte sich als tödlich erweisen.

Selbstbewusst ging er auf die Tür zu. Sobald sie offen stand, musste alles furchtbar schnell gehen. Er würde den Sprengsatz aktivieren, werfen, die Türe wieder schließen und die Beine in die Hand nehmen.

Problem erledigt.

Dass er dabei Dutzende unschuldiger Menschen umbrachte - nicht nur Militärangehörige, sondern auch eine Vielzahl ziviler Angestellter -, kümmerte ihn wenig. Dinge wie Skrupel oder Moral hatte er bereits vor Langem abgelegt.

Er tippte den zehnstelligen Code in das Bedienfeld ein.

Mit Mühe widerstand er dem Drang, sich umzusehen. Das Gefühl, jemand würde ihm über die Schulter blicken, war überwältigend.

Der Verräter zögerte, bevor er die letzte Ziffer des Codes eingab. Seine Finger suchten erneut nach der Bombe und er spürte die Plastikabdeckung, die den Auslöser verbarg. Vor Erwartung schwitzend, gab er die letzte Ziffer ein.

Nichts geschah.

Der Verräter riss die Augen auf. Da stimmte etwas nicht. Die Tür hätte sich nun öffnen müssen. Da stimmte etwas ganz und gar nicht.

Der Verräter ging zwei Schritte zurück und wollte sich gerade davonmachen, als das Licht im Korridor schlagartig heller wurde.

Er wirbelte auf dem Absatz herum. Vor Schreck nahm er den Finger vom Auslöser der Bombe.

Hinter ihm standen ein Dutzend MAD- und SES-Agenten, David Coltor und Bobby Bates. Die Agenten legten die Waffen an. Der Verräter rührte sich keinen Millimeter vom Fleck, um sie nicht unnötig zu provozieren.

David Coltor ging einen Schritt auf ihn zu, wobei er peinlich genau darauf achtete, nicht in die Schusslinie der Agenten zu treten.

Er musterte den Verräter von oben bis unten. »Suchen Sie etwas Bestimmtes«, die nächsten Worte spuckte er förmlich angewidert aus, »Botschafter Pommeroy?«

Botschafter George Pommeroy entspannte sich sichtlich, wobei seine linke Hand wie zufällig in der Nähe seiner Jackentasche verweilte.

David hob mahnend den Zeigefinger. »Das würde ich nicht tun an Ihrer Stelle. Falls Sie nach der Bombe greifen, haben die Männer und Frauen hinter mir den Befehl, sofort zu schießen.«

Pommeroys Blick huschten zu den Personen hinter Coltor. Einige von ihnen schienen tatsächlich nur auf das geringste Fehlverhalten seinerseits zu warten.

Für einen Augenblick erwog er die Möglichkeit, ihnen den Gefallen zu tun. Es wäre ein leichter Ausweg aus einer ohnehin ausweglosen Situation gewesen. Doch er entschied sich anders.

Mit einem herablassenden Lächeln auf den Lippen hob er langsam die Hände mit den Handflächen nach außen, sodass alle sehen konnten, dass er unbewaffnet war.

David runzelte enttäuscht die Stirn. »Schade.«

»Wussten Sie, dass ich es bin?«, fragte Pommeroy, während zwei SES-Agenten hinter ihn traten und ihm grob die Hände auf den Rücken fesselten. Einer der Männer durchsuchte ihn nach Waffen und nahm ihm den Sprengsatz ab.

»Dieses ganze Schmierentheater wäre nicht notwendig gewesen, wenn ich es gewusst hätte«, erwiderte David. »Als wir aber entdeckten, dass sich jemand den Code für das Satellitenkontrollzentrum beschafft hat, entschieden wir uns für diesen Plan, um die Identität des Verräters aufzudecken.«

Bei dieser Bemerkung entgleiste Pommeroys Miene. »Es gibt keinen Computerwurm«, brach es anklagend aus ihm heraus.

»Natürlich nicht«, entgegnete David. »Dachten Sie wirklich, wir würden so weit gehen? Wir wollten lediglich den Verräter zu einem Fehler verleiten und enttarnen.« David neigte leicht den Kopf. »Komisch, ich hätte nie an Sie dabei gedacht.«

»So kann man sich irren«, meinte Pommeroy sarkastisch und versuchte, sich nicht anmerken zu lassen, dass die Handfesseln ihm die Blutzufuhr zu den Fingern abschnitten. Diese Genugtuung wollte er seinen Häschern nicht lassen.

»Warum, Pommeroy? Warum haben Sie das getan?«

Pommeroy zuckte lediglich mit den Achseln.

Bates trat neben den Gefangenen. »Weil es ihm befohlen wurde. Von seinen Herren.«

Pommeroys Augen zuckten in Bates' Richtung.

»Das wurde mir gerade klar«, nickte Bates. »Nur die Kinder und die Ruul würden von ihrem Verrat profitieren.«

»Jetzt werden einige Dinge klarer«, fuhr David fort. »Wir wissen schon seit einiger Zeit, dass der Verräter, der die Sklavenhändler mit den Patrouillenrouten der Marine versorgt, das letzte überlebende Gründungsmitglied der Kinder der Zukunft ist. Sie sind das also. Da ist uns ja ein richtig dicker Fisch ins Netz gegangen.«

Pommeroy zwang sich eisern, sich seine Überraschung nicht anmerken zu lassen, doch es misslang. Sein Gesichtsausdruck musste ihn verraten haben.

David schnaubte belustigt. »Nogujamas Plan hat am Ende doch funktioniert. Er wollte die letzten Kinder der Zukunft nach MacAllister locken, um die ganze Organisation mit einem Schlag auszuschalten. Er wusste auch, dass das letzte Gründungsmitglied, das uns bisher durch die

Lappen gegangen ist, ein hohes Tier in unserer eigenen Hierarchie ist. Er wusste nur nicht, wer es war. Nogujama wollte Sie unbedingt erwischen, Pommeroy.«

»Nur dass ich ihn zuerst erwischt habe«, höhnte der ehemalige Botschafter.

Davids Augen verengten sich. Der Anblick löste bei Pommeroy ein gemeines Kichern aus. »Ich habe seinen Mördern den Zugang zu seinem Quartier erst ermöglicht, Coltor. Der große Nogujama wurde von mir persönlich zu Fall gebracht.«

David packte Pommeroy am Kragen und drückte ihm die Kehle zu. Pommeroy japste nach Luft. Seine Augen traten halb aus den Höhlen.

Bates legte mitfühlend die Hand auf Davids Schulter.

»Nicht, David. Das ist er nicht wert. Er will, dass Sie das tun. Lassen Sie ihn los.«

Bates' Worte durchdrangen nur langsam den roten Schleier, der sich um Davids Geist gelegt hatte. Er bezwang seinen Hass und löste zögerlich seine zu Krallen geformten Hände von Pommeroys Hemd.

Der Mann sackte in sich zusammen und sog gierig Sauerstoff in seine Lungen. Beinahe wäre er in sich zusammengefallen, doch die beiden SES-Agenten packten ihn und hielten ihn gegen seinen Willen auf den Beinen.

Pommeroy funkelte David triumphierend an. »Sie sind ein Feigling. Sie hätten es hinter sich bringen sollen, als Sie die Gelegenheit hatten.«

»Das merke ich mir fürs nächste Mal«, hielt David mit sorgsam neutraler Miene dagegen.

Bates wies mit einem Kopfnicken den Gang hinab. »Schafft mir das Stück Dreck aus den Augen.«

Die beiden SES-Agenten stießen den Gefangenen vor sich her.

Bates sah ihnen hinterher, bis sie außer Sicht waren. »Ein Problem erledigt«, meinte der SES-Agent.

»Nur noch ein paar Tausend übrig«, erwiderte David.

Scott wechselte einen schnellen Blick mit Laura, die hinter ihm durch die Trümmer kroch und schließlich zu seiner Linken Position bezog. Das restliche Team – Esteban, Nancy, Natascha und Nadrim – verteilte sich zu seiner Rechten im Abstand von jeweils zwei Metern.

Sie hatten sich in einem zerbombten Gebäude nicht weit von der ruulanischen Stellung verschanzt. Von seinem derzeitigen Standort aus bekam Scott einen ziemlich guten Eindruck davon, womit sie es zu tun hatten.

Die Ruul hatten ihre Geschützstellung inmitten eines ehemaligen Parks eingerichtet. Wo früher einmal Grün- und Blautöne dominiert hatten, wirkte jetzt alles schwarz und verbrannt. Der Ort wimmelte nur so von Slugs. Mindestens zweihundertfünfzig hielten die Stellung. Die Geschütze der Ruul standen auf jeweils sechs Beinen. Die Chassis selbst wirkten gedrungen, beinahe schon kompakt, doch jedes der Geschütze besaß drei Läufe, die in spitzem Winkel in den Himmel ragten. Die Slugs verfügten - soweit Scott dies zu erkennen vermochte - über sechs derartige Geschütze.

Er aktivierte sein Headset.

»Alan?«

»Wir sind auf Position.«

Scott spähte in die Richtung des Gebäudes, in dem Alans Team Posten beziehen sollte. Ein kurzer Lichtblitz, als sich das Sonnenlicht auf etwas Glitzerndem spiegelte. Das verabredete Zeichen. Scott lächelte erleichtert.

»Gab's Probleme?«

»Keine, die wir nicht lösen konnten.«

Die Geschütze auf dem Platz röhrten erneut. Alle achtzehn Geschützläufe spien Rauch- und Flammenzungen aus. Der Lärm dröhnte schmerzhaft in den Ohren. Die ROCKETS hielten sich mit verzerrten Gesichtern die Ohren zu.

Als der Lärm langsam abebbte, meldete sich Alan erneut. »Die Dinger morden, während wir zusehen. Wenn wir etwas unternehmen wollen, müssen wir es jetzt tun.«

Die Geschützmannschaften der Ruul luden die Kanonen routiniert und effizient nach.

Es würde nur dreißig bis vierzig Sekunden dauern, bis sie erneut feuerten, maximal vielleicht eine Minute.

»Vorschläge?«, meinte Scott.

»Warte einen Moment und bleib auf Empfang.«

Alan beendete die Funkverbindung und widmete seine ganze Aufmerksamkeit den beiden Ruul, die um die Ecke schlenderten. Die zwei hatten sein Team noch nicht bemerkt. Sie führten Geräte bei sich, die stark an Ferngläser erinnerten. Als sie sich an ein Fenster stellten und in die Ferne spähten, wurde ihm auch sehr schnell klar, welche Funktion die beiden Slugs ausfüllten.

Artilleriebeobachter, schoss es ihm durch den Kopf. *Sie geben den Geschützmannschaften Koordinaten für ihren Beschuss durch. Na, das wollen wir doch gleich mal unterbinden.*

Alan bedeutete seinem Team per Handzeichen zurückzubleiben und näherte sich geräuschlos den ahnungslosen Ruul. Er war den beiden Kriegern so nahe, dass er nur die Hand ausstrecken musste, um sie zu berühren. Einer der Ruul schien plötzlich seine Nähe zu spüren. Der Slug drehte sich verwirrt um.

Alan reagierte blitzschnell. Er schnellte aus der Hocke in die Höhe und schlug dem ersten Slug mit der Handkante gegen den Hals. Bei den Ruul war dies eine äußerst empfindliche Stelle. Der Slug taumelte und spuckte Blut.

Der zweite Ruul zog in einer fließenden Bewegung sein Schwert und schlug nach Alans Kopf. Dieser bewegte sich jedoch geschmeidig in die entgegengesetzte Richtung, zog sein Kampfmesser aus dem Gürtel und zog es seinem Gegner über den Hals. Der Ruul ließ das Schwert fallen und griff sich verzweifelt an die Kehle, aus der das Blut nun in hellen Fontänen schoss. Alan gab ihm einen letzten Stoß, der den Ruul aus dem Fenster beförderte. Ruul waren äußerst robuste Wesen, doch auch sie überlebten keinen Sturz aus dem siebten Stockwerk. Der erste Ruul bewegte sich noch schwach. Aus seinem Mund drangen gurgelnde Geräusche. Alan beendete sein Leben mit einem gezielten Stich ins Herz. Zufrieden öffnete er erneut die Funkverbindung zu Scott.

»Bin wieder da«, meldete Alan und Scott bemühte sich, sich seine Erleichterung nicht anmerken zu lassen.

»Was war los?«

»Nichts weiter. Nur eine unbedeutende Störung.«

»Also?«, fragte Scott, ohne weiter auf die Natur dieser Störung einzugehen. »Ist dir inzwischen eingefallen, was wir tun?«

»Doch. Warum fordern wir nicht einfach einen Orbitalschlag von einem der Schiffe an? Jetzt sind wir schließlich im Besitz der genauen Koordinaten.«

»Würde ich wirklich nur ungern tun. Die Stadt ist voller Zivilisten und selbst ein chirurgischer Präzisionsschlag würde eine große Anzahl unserer eigener Bürger umbringen.«

»Welche Alternativen hätten wir sonst?«

Scott holte sein Fernglas hervor und begutachtete die feindliche Stellung ganz genau. Er fand sehr schnell, wonach er suchte.

»Alan, was hältst du von der Munition, die die Ruul in der Nähe ihrer Geschütze aufstapeln? Das müsste doch eigentlich reichen.«

»Nicht schlecht«, honorierte Alan. »Aber es wird nicht leicht, nahe genug heranzukommen.«

»Es ist doch nie leicht«, antwortete Scott. »Deswegen holt man für solche Sachen ja uns.«

In diesem Moment feuerten die Geschütze erneut.

Die beiden SES-Agenten führten den gefesselten Pommeroy durch mehrere unterirdische Gänge. Zweifellos würde dieser Spaziergang in einer ungemütlichen und sehr kleinen Zelle enden.

Doch der ehemalige Botschafter hatte nicht vor, es so weit kommen zu lassen.

Die beiden SES-Agenten, die ihn flankierten, waren zwar gut ausgebildet, aber arrogant und sorglos. Sie hielten ihn für wehrlos. Nichts könnte weiter von der Wahrheit entfernt sein.

Seine Hände waren mit Kabelbindern auf den Rücken gebunden, doch bereits seit seiner Gefangennahme arbeitete er unter Hochdruck daran, sich von ihnen zu befreien.

Schon vor Jahren hatte er sich in die Haut unterhalb des linken Handgelenks chirurgisch ein Messer implantieren lassen. Die Klinge war an seinem Knochen befestigt und konnte über einen einfachen Druck mit dem kleinen Finger auf den Handballen ausgefahren werden. Die Klinge war bereit. Er wartete nur noch auf den richtigen Augenblick.

Einer der Männer hätte ständig hinter ihm gehen und ihn im Auge behalten sollen. Dass ihn die beiden flankierten, stellte einen schwerwiegenden Fehler dar, einen tödlichen Fehler. Pommeroy war sich sicher, dass Bates dieser Fehler nicht unterlaufen wäre. Er fletschte gehässig die Zähne. Nur gut, dass der Oberguru des SES nicht anwesend war.

Eine weitere Explosion erschütterte das Gebäude über ihnen. Die Vibrationen setzten sich bis ins Tunnelsystem fort. Der Boden bockte unter ihnen. Die beiden SES-Agenten wankten. Das Licht setzte aus, nur für wenige Sekunden, doch das genügte.

Jetzt!, dachte Pommeroy. Er ließ die Klinge ausfahren und durchtrennte die Kabelbinder mit einer schnellen Bewegung. Die beiden SES-Agenten rappelten sich mühsam auf. Pommeroy trat dem ersten mit der Fußspitze unter das Kinn. Blut spritzte aus dem Mund des Mannes. Die Klinge senkte sich in die Kehle des Mannes und er ging gurgelnd zu Boden, während er an seinem eigenen Blut erstickte.

Der zweite griff nach seiner Waffe, doch mit einem Satz war Pommeroy über ihm und stach mit der Klinge seitlich unter dem Ohr nach oben.

Das Messer fand zielgerichtet die weiche Stelle und das Stilett drang ohne Mühe durch das Gewebe bis ins Gehirn seines Opfers. Der Körper des SES-Agenten erschlaffte.

Pommeroy nahm die Waffe des Toten an sich und sah sich in beide Richtungen um. Niemand hatte das Geschehen beobachtet. Das war gut. Er hätte zwar keinerlei Skrupel gehabt, etwaige Zeugen ebenfalls umzubringen, doch das alles hätte ihn nur unnötig aufgehalten.

Er lächelte zufrieden. Er war wieder frei.

Nun musste er es nur noch schaffen, den Planeten zu verlassen.

Kerrelak ging auf der Brücke seines Flaggschiffes unruhig auf und ab. Die Versuchung, den letzten Angriff zu befehlen, war groß. Trotzdem hielt er sich zurück und wartete mit mehr Geduld, als er normalerweise aufbrachte, auf die dringend erwartete Nachricht.

Der Kommandant seines Flaggschiffes trat näher und schlug sich als Gruß mit den Krallen auf die schuppige Brust.

»Herr.«

»Was ist?«

»Wir haben soeben Nachricht erhalten. Die Menschen haben Hilfe angefordert.«

Kerrelak hielt schlagartig inne und musterte seinen Untergebenen – dann fing er an schallend zu lachen. »Großartig! Na endlich!«

Veral nickte und bleckte seine Zähne zur Karikatur eines Lächelns. »Dein Plan hat funktioniert. Ich gratuliere, Herr.«

»Nicht so gut, wie ich gedacht hatte. Das dauerte viel zu lange, aber was soll's?«, sagte Kerrelak immer noch lächelnd. »Schick die Nachrichten los, die ich vorbereitet habe.«

Der Offizier nickte. »Es wird geschehen, wie du es wünscht. Und danach nehmen wir Kurs auf die Heimat.«

Kerrelaks Kopf fuhr hoch. Alle Anzeichen von Heiterkeit waren wie weggewischt. »Nein, noch nicht.«

»Aber ... aber wir haben unsere Aufgabe erfüllt. Es gibt keinen Grund, noch mehr unserer Krieger zu opfern. Außerdem sind menschliche Verstärkungen auf dem Weg. Wir sollten schnellstens hier weg.«

»Noch nicht«, wiederholte Kerrelak und sah durch das Fenster auf den Punkt, der den Planeten Neu-Asalti darstellte. »Ich will meine Rache. Und ich werde sie bekommen.«

Sich der ruulanischen Geschützstellung zu nähern, erwies sich als deutlich schwieriger als anfangs gedacht. Die Slugs waren zahlreich und wachsam. Für einen direkten Angriff waren die ROCKETS nicht stark genug, allerdings lag die Stärke der ROCKETS ohnehin eher im verdeckten Vorgehen und der Improvisation.

Scotts Team näherte sich der Stellung über Umwegen. Sie umgingen ruulanische Wachposten, wo immer es möglich war. Alans Team hingegen hatte eine andere Aufgabe.

»Wir sind auf Position«, meldete Scott schließlich, als sie sich der feindlichen Stellung bis auf hundert Meter genähert hatten.

»Gut«, erwiderte Alan leise über Funk. »Dann beginnen wir jetzt mit dem Ablenkungsmanöver.«

Von der anderen Seite des Parks hallten plötzlich Schüsse und das Fauchen von Lasern herüber. Kurz darauf antwortete das beständige Knistern von Blitzschleudern dem Beschuss.

Die Ruul schrien sich gegenseitig Befehle zu und mehrere Trupps eilten in die Richtung des Kampflärms. Die Geschützmannschaften ließen sich vom geschäftigen Treiben ihrer Kameraden nicht ablenken und luden frische Geschosse in die Ladevorrichtungen der Batterien.

In der Nähe der Stellung standen vielleicht noch zwei oder drei Dutzend Slugs. Zwar immer noch eine ganze Menge für sein dezimiertes Team, doch sie wollten lediglich die Munition in die Luft jagen und sich nicht auf ein längeres Feuergefecht einstellen.

Die ROCKETS kannten sich einander lange genug, um sich lediglich mit knappen Handzeichen und Gesten zu verständigen. Verbale Befehle beschränkten sie auf ein absolutes Minimum.

Scott gab mit einem Nicken den Angriffsbefehl. Die sechs ROCKETS überwanden ihre Deckung mit einem Satz. Scott zog den Abzug seines Sturmgewehrs durch und jagte eine Salve in eine Gruppe Kanoniere. Er mähte sie mit einem Feuerstoß nieder.

Sein Team folgte seinem Beispiel.

Der Angriffsplan war natürlich äußerst riskant, aber Scott hoffte, dass die weiter entfernt stehenden Ruul das Feuergefecht in dem ganzen Gefechtslärm, den Alan und seine Leute veranstalteten, erst viel zu spät – wenn überhaupt – bemerken würden.

Vor ihm tauchte unvermittelt ein Ruul auf. Der hünenhafte Krieger schlug mit einem dieser hässlichen Schwerter nach Scotts Kopf. Die Klinge der Waffe war schartig vom vielen Gebrauch und er wollte lieber gar nicht wissen, wie viele menschliche Schädel diese Waffe bereits geknackt hatte.

Scott wich seitlich aus. Der Ruul war bereits viel zu nahe, um noch feuern zu können. Der ROCKETS-Teamleiter schwang den Lauf mit dem Bajonett herum und parierte gekonnt den nächsten Hieb.

»Scott!«, rief Laura besorgt von irgendwo rechts von ihm.

»Ich komme schon klar«, antwortete er, ohne den Blick von seinem Gegner zu nehmen. »Lasst euch meinetwegen nicht aufhalten. Platziert die Granaten.«

Der Ruul verstärkte den Druck und keifte etwas in seiner Sprache. Scotts Übersetzungsimplantat war nicht in der Lage, alles zu übersetzen, sondern nur einzelne Sprachfetzen. Er verstand *Ich*, *Haut* und *lebendig*. Man musste beim besten Willen kein Genie sein, um sich den Rest ausmalen zu können. Einem ruulanischen Krieger im Nahkampf Kraft gegen Kraft entgegenzusetzen, war keine gute Idee, also ließ sich Scott rücklings fallen und rollte sich über die linke Schulter nach hinten ab.

Der Ruul, durch die unerwartete Aktion plötzlich aus dem Gleichgewicht gebracht, stolperte vor. Scott riss blitzschnell sein Bajonett hoch und schlitzte den Slug vom Bauch bis zum Hals auf. Der Ruul brüllte vor Pein auf und versuchte, seine hervorquellenden Eingeweide mit den Händen im Körper zu halten.

»Laura?«

»Granaten sind platziert«, meldete sich seine Stellvertreterin. »Nichts wie weg.«

Eine weitere Aufforderung war unnötig. Scott drehte sich auf dem Absatz um und machte, dass er wegkam. Im Sprint öffnete er eine Verbindung zu Alans Team.

»Granaten sind platziert. Wir verschwinden.«

»Verstanden. Wir ziehen uns ebenfalls zurück.«

Scott hechtete über die nächste Mauer – gerade noch rechtzeitig. Hinter ihm explodierten mehrere Phosphorgranaten inmitten der ruulanischen Artilleriemunition. Der ehemalige Park verwandelte sich in eine Flammenhölle, die die Ruul verzehrte und zu Asche verbrannte. Die Geschütze verschmolzen zu einem wertlosen Schlackehaufen, der für niemanden mehr eine Gefahr darstellen würde.

Der Phosphor und die daraus resultierenden Feuer der Sekundärexplosionen brannten mit alles versengender Hitze. Scott spürte sie sogar noch hinter der Mauer, die er sich als Deckung auserkoren hatte.

Mit müdem Blick musterte er sein Team. Laura und Nancy hielten Esteban im Arm, während die Sanitäterin notdürftig eine üble Bauchwunde versorgte. Der Pilot der Einheit hatte offenbar ebenfalls Bekanntschaft mit einem ruulanischen Schwert gemacht. Esteban stöhnte und wand sich vor Schmerzen.

»Kommt er durch?«, fragte er besorgt.

»Wenn er schnell in ein Krankenhaus kommt, ja«, antwortete Nancy ohne aufzublicken.

Scott sah sich unter seinen Leuten aufmerksam um. Einer fehlte. Er warf Laura einen fragenden Blick zu. »Nadrim?«

Laura sah auf und als Antwort schüttelte sie lediglich den Kopf.

Die Schlacht um das MacAllister-System spitzte sich erneut zu. Tyler und die höheren Offiziere des Systems standen um den Holotank, als Bobby Bates und David Coltor hereinstürmten.

Tyler sah neugierig auf. »Und?«

»Pommeroy war der Verräter. Er wurde verhaftet.«

Tyler fluchte unterdrückt, widmete sich jedoch gleich wieder der Katastrophe, die sich vor ihren Augen abspielte.

»Wie sieht es aus?«, fragte David, während er Hahlbach mit einem mitfühlenden Blick streifte. Pommeroys Assistent schien wie betäubt von der Nachricht, dass ausgerechnet sein Vorgesetzter ein Verräter sein sollte.

»Nicht gut«, erwiderte Tyler. »Auf MacAllister kriegen wir die Situation so langsam in den Griff. Die ROCKETS haben soeben eine feindliche Geschützstellung ausgehoben und von den anderen Kontinenten trafen vor knapp einer halben Stunde Verstärkungen aus Miliz- und TKA-Truppen ein. Es ist nur eine Frage der Zeit, bis wir den Raumhafen zurückerobert haben. Von Neu-Asalti wissen wir leider noch nichts. Wir können nur hoffen, dass sie dort durchhalten.«

»Das hört sich doch alles in allem nicht schlecht an«, meinte David.

»Ja«, erwiderte die Präsidentin. »Wenn das nur alles wäre.«

David stellte sich neben sie, um sich die Bilder auf dem Holotank ebenfalls anzusehen. Als er realisierte, was sie so beunruhigte, pfiff er leise durch die Vorderzähne.

»Genau«, sagte sie. »Die feindliche Flotte rückt wieder gegen uns vor, und wenn nicht bald ein Wunder geschieht, werden wir sie diesmal nicht aufhalten können.«

Der Attentäter kniete sich neben die Leiche seines Kontaktmannes und hob die leere Schnapsflasche mit Daumen und Zeigefinger hoch. Vorsichtig schnüffelte er daran. Er nahm einen eigenartigen, leicht chemischen Geruch in den Resten der Flüssigkeit und dem Flaschenhals wahr. Angewidert warf er die Flasche beiseite. Sie zersprang in Hunderte Scherben, als sie auf dem Boden auftraf.

Mit einem nicht geringen Maß an Amüsement betrachtete er Karls Leichnam. Die Hände des Mannes hatten sich noch im Tode in seinen Hals verkrallt, die Augenlider standen weit offen, die Augäpfel schienen aus den Höhlen treten zu wollen. Der Mann war keines leichten Todes gestorben. Wer auch immer den Alkohol vergiftet hatte, verstand sich auf zwei Dinge: seine Falle auszulegen, ohne eine Spur zu hinterlassen, und eine Botschaft zu hinterlassen. Karls Tod war ohne Zweifel als Botschaft gemeint. Auf Anhieb fielen ihm ein Dutzend Gifte ein, die den Mann schnell, sauber und in einem Bruchteil der Zeit ins Jenseits befördert hätte. Falls der unbekannte Mörder so gut war, wie es den Anschein hatte, mussten sie ihm zweifellos bekannt sein.

Stattdessen hatte er sich jedoch mit Absicht für ein besonders quälendes Gift entschieden. Der Attentäter zweifelte nicht daran, dass Karls Tod als Vergeltung für Nogujama zu verstehen war. Micks Tod kurze Zeit zuvor stieß in dieselbe Kerbe.

Der Attentäter zuckte die Achseln. Sein Kontrahent hatte ihm Mühe und Arbeit erspart, denn diese beiden losen Enden musste nun nicht mehr abgeschnitten werden. Dennoch beunruhigten ihn die Ereignisse.

Dass dieser Kerl den Unterschlupf gefunden hatte, bewies seine Fertigkeiten, vor allem wenn man die kurze Zeitspanne seit Nogujamas Tod bedachte. Und das bedeutete, dass *er* nun ganz oben auf der Abschussliste seines geheimnisvollen Kollegen stand. Das war der Teil seiner Überlegungen, der ihm am meisten Kopfzerbrechen bereitete.

Der Attentäter sah sich aufmerksam in dem Unterschlupf um. Nichts deutete darauf hin, dass auch ihm selbst hier eine Falle gestellt werden sollte. Trotzdem vermochte er nicht, das Gefühl drohenden Unheils abzuschütteln, das ihn mit einem Mal erfasste.

Zum ersten Mal, seit er in dieser Branche arbeitete, fühlte er Unsicherheit in sich aufsteigen. Zum ersten Mal stand er einem Gegner gegenüber, der über die gleichen Kenntnisse, die gleichen Fähigkeiten und vor allem die gleiche Zielstrebigkeit verfügte.

Der Attentäter sah sich ein letztes Mal um und verließ den Unterschlupf eilig in dem Wissen, dass er ihn nie wieder betreten würde.

22

»Commander«, befahl Vincent, »rufen Sie die Mannschaft auf Gefechtsstation. Sieht aus, als meinen es die Ruul dieses Mal todernst.«

»Aye-aye, Sir.«

Sekunden später dröhnten die Alarmsirenen durch die Korridore und Quartiere des Schlachtträgers. Besatzungsmitglieder, die sich erst vor Kurzem hingelegt hatten, torkelten schlaftrunken und erschöpft aus ihren Kojen, um sich zu den ihnen zugewiesenen Kampfstationen zu begeben.

»Ich brauche Aufstellung und Stärke«, ordnete Vincent an, während er bereits sein taktisches Hologramm aufrief. Es gab immer noch keine Nachrichten von der *Kronos*. Das Schlachtschiff würde ihnen im bevorstehenden Kampf spürbar fehlen. Doch selbst wenn man das Schlachtschiff in die Rechnung mit einbezog, gab es kaum Chancen auf etwas, das man auch nur entfernt als Sieg bezeichnen konnte.

»Ich speise die Daten ein«, erwiderte Ivanov und hackte auf sein tragbares Datenterminal ein.

Hologramme, die die feindlichen Schiffe darstellten, erschienen auf dem Display. Neben jedem Symbol erschienen Zahlenkolonnen, die Typ, Klasse, Masse und Beschleunigungswerte angaben. Die bloße Anzahl der Symbole ließ Vincents Herz für einen Moment aussetzen.

»Eine Verbindung zur Oberfläche«, befahl er. »Geben Sie mir die Präsidentin.«

David stand neben Tyler, als sie Vincents Ruf entgegennahm.

»Ja, Commodore«, sagte die Präsidentin in dem vergeblichen Versuch, Ruhe auszustrahlen.

»Der Feind rückt mit mindestens zweihundert Schiffen gegen uns vor.«

David bemerkte, wie Tyler einen Kloß im Hals herunterschluckte. »Wie stehen unsere Chancen?«

»Zwischen richtig mies und nicht vorhanden«, antwortete DiCarlo lapidar.

»Neues von der *Kronos*?«

David merkte auf, als das Schiff seines Vaters erwähnt wurde, doch die Antwort ließ ihn niedergeschlagen den Kopf senken.

»Nein, nichts.«

DiCarlo schwieg einen Augenblick, bevor er weitersprach. »Es gibt aber auch Positives.«

Tyler verzog zynisch das Gesicht. »Für Positives bin ich immer zu haben. Reden Sie schon.«

»Die erste Angriffswelle besteht ausschließlich aus umgebauten Frachtern der Kinder der Zukunft. Die Ruul halten sich offenbar immer noch zurück. Erst die zweite Welle besteht aus ruulanischen Schiffen. Was mich wundert, es sind viel weniger Schiffe, als sie eigentlich einsetzen könnten. Schon wieder.«

»Wie viele?«

»Vielleicht siebzig.«

»Das sind immer noch ausreichend, um uns in unserem derzeitigen Zustand fertigzumachen. Selbst nach der Verstärkung durch die Asalti-Flotte.«

»Ja, aber wenigstens halten wir dadurch ein klein wenig länger durch und verschaffen der Serena-Flotte Zeit, uns zu Hilfe zu kommen.«

Tyler nickte, doch sie besann sich, dass DiCarlo sie ja nicht sehen konnte. »Stimmt«, sagte sie schließlich. »Tun Sie Ihr Bestes, Commodore. Wir vertrauen auf Sie und Ihre Leute.«

David konnte sich gut vorstellen, was die Präsidentin in diesem Augenblick dachte. Dieser Satz sollte die Männer und Frauen, die in diesem Moment kämpften und ihr Leben ließen, motivieren, trotzdem war er ungenügend. Leider war es alles an Motivation, was sie geben konnte.

»Verstanden. DiCarlo Ende.«

Die Verbindung brach ab. David fragte sich, ob er den Mann je wiedersehen würde.

Er musterte die Sensoraufzeichnungen. Am Rande des Systems standen immer noch Hunderte feindlicher Schiffe, doch die Ruul setzten nur einen Bruchteil ihrer Kräfte für den Vorstoß ins System ein. Dieser Umstand war für ihn ein Quell des Unmuts und der Verwunderung. Möglich, dass die Ruul der Meinung waren, diese Schiffe noch zu brauchen. Vielleicht schickten sie deshalb ihre menschlichen Verbündeten vor, damit diese die Verteidigung des Systems sturmreif schossen und so eigene Schiffe und Leben geschont wurden. Trotzdem sah diese Zurückhaltung den Ruul ganz und gar nicht ähnlich.

Die Tür des Bunkers ging auf und ein zerzaust aussehender Jonathan Clarke stürmte herein. Der Mann wirkte - gelinde gesagt - schwer durch den Wind.

David warf ihm einen ungläubigen Blick zu. »Wo kommen Sie denn her? Ich hatte mir schon Sorgen gemacht.«

Im Vorübergehen nickte Jonathan Meredith Sorenson zu. Die SES-Agentin stand mit drei ihrer Kollegen hinter der Präsidentin. Wie hilfreiche Schutzengel. David bemerkte, wie die Agentin zurücknickte und ihre Augen einen sanften Ausdruck annahmen.

Na toll, dachte David bei sich, *noch mehr Verwicklungen.*

Jonathan kam neben David zum Stehen. »General, wir müssen uns dringend unterhalten.«

»Kann das nicht warten? Falls Sie es noch nicht gemerkt haben, wir stehen am Rande einer systemweiten Invasion.«

»Ich fürchte, das kann nicht warten.«

David packte Jonathan am Kragen und zog ihn in eine etwas entfernte Ecke des Bunkers. »Was ist denn?«

»Colin Grey.«

»Was ist mit ihm?«

»Ich fürchte, er ist untergetaucht.«

David schnaubte leicht verärgert. »Ich habe jetzt wirklich andere Probleme, Clarke. Außerdem habe ich Ihnen klar und deutlich gesagt, dass Colin Grey *nicht* Ihr Problem ist.«

»Er ist unser aller Problem. Der Kerl ist in das MAD-Hauptquartier eingebrochen und hat versucht, auf sensible Daten zuzugreifen, auf etwas, das sich *Operation Atlas* nennt.«

Bei dieser Eröffnung stutzte David Coltor zusehends und seine Stirn legte sich in tiefe Sorgenfalten.

»Sagt Ihnen das etwas, Sir?«

»Nein, nicht dass ich wüsste.«

Jonathan glaubte ihm keinen Augenblick. Der Mann verbarg etwas. Andererseits war er nun das Oberhaupt des MAD und damit per se schon Geheimnisträger. Es gab vermutlich haufenweise Geheimnisse, die dieser Mann nun hütete und von denen Jonathan nichts wissen durfte, und er akzeptierte dies. Was er allerdings nicht akzeptieren konnte, war der Umstand, dass Coltor die Gefahr, die von Grey ausging, derart leicht abtat.

»Wir müssen Grey finden und ausschalten.«

»Sie sagten, er habe *versucht*, auf diese Daten zuzugreifen. Er hat es also nicht geschafft?«

»Nein, glücklicherweise konnte ich dies erfolgreich verhindern. Ich bin ihm gefolgt und konnte ihn sogar kurzzeitig stellen, aber er ist mir entwischt. Er wird mit Sicherheit versuchen, den Planeten zu verlassen.«

»Schon möglich, doch es gibt im Moment nichts, was wir dagegen tun können.«

»Aber, General ...«

»Lassen Sie es gut sein, Clarke«, fiel ihm David unwirsch ins Wort. Deutlich ruhiger fuhr er fort: »Sie haben Ihren Job gemacht und Sie haben ihn gut gemacht, doch überlassen Sie die Sache jetzt mir. Verstanden?«

»Ja, Sir. Verstanden.« Jonathan bemühte sich, seine Frustration zu verbergen, doch er war sich sicher, Coltor bemerkte sie.

David zwinkerte ihm noch einmal aufmunternd zu - es war alles an Trost, was er im Augenblick bieten konnte - und ließ Jonathan wieder allein. Er wollte wieder zurück zur Präsidentin am Holotank, um den Verlauf der Schlacht zu verfolgen, als sein Blick zufällig auf Frank Hahlbach fiel.

Der Mann hatte die ganze Zeit wie ein Häufchen Elend in der Ecke gesessen, offenbar vom Verrat seines Vorgesetzten in den Grundfesten erschüttert. Doch nun stand er auf, mit mehr Stolz und Selbstvertrauen, als er je in Haltung und Mimik des Mannes gesehen hatte. Hahlbach legte mit betont langsamen Bewegungen sein Jackett ab, löste seine Krawatte und öffnete die obersten zwei Knöpfe seines Hemds.

Dieses Verhalten kam David so irreal vor, dass er verwirrt innehielt und den Mann beobachtete. Dieser schien von Davids Interesse nichts zu bemerken.

Stattdessen zog er etwas aus der Hosentasche. David riss überrascht die Augen auf.

»GRANATE!«, rief er.

Die SES-Agenten hinter der Präsidentin bewegten sich bereits, noch bevor David das Wort ganz ausgesprochen hatte. Die vier Agenten - allen voran Meredith Sorenson - warfen sich auf Tyler und zogen sie unter dem Holotank in Deckung.

Zwei TKA-Soldaten an der Tür reagierten im selben Moment und brachten ihre Waffen in Anschlag.

Doch es war längst zu spät.

Hahlbach zog den Stift der Granate heraus und warf den Sprengkörper mitten in den Raum. Noch bevor sie den höchsten Punkt ihres Fluges erreicht hatte, hechtete Hahlbach in die entgegengesetzte Richtung und warf sich flach auf den Boden.

David sprang ebenfalls, doch in Hahlbachs Richtung.

Die Granate explodierte, als David den Mann beinahe erreicht hatte. In der Enge des Bunkers entfaltete sie ihre ganze, verheerende Wirkung.

Die Explosion schüttelte den Bunker durch. Staub rieselte von der Decke und die durch den Artilleriebeschuss entstandenen Risse verbreiterten sich besorgniserregend. Die beiden TKA-Soldaten an der Tür wurden durch die Explosion zu Hackfleisch verarbeitet, ebenso zwei Miliz-Generäle sowie ein TKA- und ein Marine-General. Zwei SES-Agenten wurden von der Druckwelle gegen die Wände geschleudert. Sie rührten sich nicht mehr.

Wer nicht getötet wurde, blieb bewusstlos oder zumindest nicht ganz bei Sinnen liegen. David erging es da nicht anders. Seine Ohren klingelten; Geräusche nahm er nur als dumpfe Laute am Rande seines Hörvermögens wahr. Sein unsteter Blick wanderte umher. Tyler lag halb bewusstlos unter dem Holotank, ebenso wie Jonathan in der Ecke. Meredith Sorenson rappelte sich mühsam auf. Aus einem ihrer Ohren floss Blut. Die SES-Agentin griff nach ihrer Waffe, doch sie war nicht in der Lage, anständig zu zielen. Nur mit Mühe vermochte sie, sich auf den Beinen zu halten.

David bemühte sich ebenfalls um Klarheit. Er versuchte, auf die Beine zu kommen, doch seine Gliedmaßen versagten ihm den Dienst. Seine Knie fühlten sich wie Wackelpudding an. Frank Hahlbach stand ungerührt auf.

Davids Blick klärte sich. Dem Mann steckte etwas in den Ohren. Der Schweinehund hatte sich ausreichend vor den Auswirkungen einer Granate in solch beengten Räumlichkeiten geschützt.

Meredith feuerte einen Schuss ab. Er ging weit daneben und prallte irgendwo hinter David von der massiven Metallwand ab. Hahlbach ging ohne Hast auf Meredith zu, zog eine Waffe aus dem Hosenbund und schoss ihr ungerührt zweimal in die Brust.

Die SES-Agentin kippte nach hinten um, wobei ihr die Waffe entglitt. Hahlbach grinste höhnisch. Er richtete die Waffe auf die immer noch bewusstlose Präsidentin.

»NEIN!«, schrie David.

Mit aller Kraft drückte er seinen malträtierten Körper hoch und katapultierte sich selbst, halb schlitternd, über den Boden.

Hahlbach drehte sich verwirrt um. David wirbelte seinen Rumpf herum und trat Hahlbach die Füße unter dem Körper weg. Der Mann schlug schwer neben David auf den Boden. Mit einem Schwinger schlug David die Waffe des Mannes beiseite. Sie flog davon, weit außerhalb von Hahlbachs Reichweite.

Doch der Mann war noch lange nicht geschlagen. Behände sprang er wieder auf die Beine. David versuchte, es ihm nachzumachen, scheiterte aber kläglich. Langsam nahm er wieder klare Geräusche wahr und so hörte er Hahlbachs dumpfe Flüche.

Ein Tritt in Davids linke Seite ließ den MAD-Chef schmerzhaft die Luft einsaugen. Ein weiterer Tritt und er griff sich an die schmerzenden Rippen.

»Kannst du nicht endlich sterben, du verdammtes Arschloch?«, fluchte Hahlbach wütend. »Wir haben so viel unternommen, um dich auszuschalten. Kannst du nicht endlich mal tun, was von dir erwartet wird und einfach zur Hölle fahren?«

Ein weiterer Tritt folgte.

Etwas in Davids Seite knackte und im selben Moment, fiel ihm das Atmen schwer. Eine Rippe war zumindest angeknackst. Er stöhnte. Grund genug für Hahlbach, gackernd zu lachen.

»Was ist denn, oh du großer Geheimagent? Tut's weh? Hast wohl zu lange hinter dem Schreibtisch gesessen? Hast nichts mehr drauf, was? Du Fossil.«

David spannte jeden Muskel in seinem Körper an. Er musste etwas tun. Augenblicklich. Nicht um seinetwillen. Wegen der Präsidentin. Sobald Hahlbach mit ihm fertig war, würde er sich Tyler vornehmen. Das durfte nicht geschehen.

Hahlbach hob den Fuß, um Davids Gesicht zu zertrümmern. Der Fuß fuhr mit brachialer Gewalt herab. Doch David hatte eine hervorragende Ausbildung genossen, er war motiviert und auf den Angriff vorbereitet.

Sein Kopf ruckte zur Seite und er packte Hahlbachs Fuß mit beiden Händen, gleichzeitig drehte er seine Handgelenke. Sein Gegner geriet aus dem Gleichgewicht. Mit rudernden Armen versuchte Hahlbach, auf den Füßen zu bleiben, doch David ließ ihm hierzu keine Gelegenheit. Der Mann stürzte schwer, wollte jedoch gleich wieder auf die Beine.

David rollte sich blitzschnell auf dessen Rücken und schlang den rechten Arm um Hahlbachs Kehlkopf und Kinn. Der Mann zappelte in eisernen Griff des MAD-Generals. David legte den linken Arm beinahe zärtlich auf den Nacken seines Gegners.

»Nein!«, quiekte Hahlbach in Panik.

»Oh, doch ...!«, flüsterte David in Hahlbachs Ohr und riss dessen Kopf ruckartig nach rechts. Das Knacken von Hahlbachs brechendem Genick klang seltsam laut in Davids Ohren. Der Mann erschlaffte augenblicklich.

David rollte von seinem Gegner und bemühte sich, wieder zu Atem zu kommen. Er warf der Leiche neben sich einen letzten verächtlichen Blick zu.

»Fossil vielleicht, aber für dich reicht's noch, Arschloch.«

Die *Lydia* feuerte eine Breitseite auf ein feindliches Geschwader ab und fegte gleich drei Rebellenfrachter aus dem Weltraum. Die umgebauten Schiffe der Kinder der Zukunft waren der verbündeten Flotte in jeder Hinsicht unterlegen, doch sie griffen immer weiter an. Es schien ihnen gleichgültig zu sein, ob sie dabei umkamen.

Jeder Treffer, den sie anbrachten, schwächte Schutzschilde, schmolz Panzerung weg und brachte die nachrückenden Ruul ihrem Sieg einen weiteren Schritt näher. In seinem ganzen Leben hatte Vincent noch nie ein solch hohes Maß an Fanatismus erlebt.

Die Schlacht verlief in derart hohem Tempo, dass Vincent kaum in der Lage war, ihm zu folgen. Der Hauptverband der ruulanischen Schiffe näherte sich Neu-Asalti, wo sich Meskalno und Asalti zur Abwehr formierten.

Die Kinder der Zukunft hingegen konzentrierten sich voll und ganz auf die Schiffe, die MacAllister verteidigten. Mit Unterstützung von etwa zwei Dutzend ruulanischen Kreuzern und vier Schlachtträgern. Unter gewöhnlichen Umständen keine unüberwindbare Streitmacht, doch im desolaten Zustand der Verteidiger mehr als ausreichend, um sie gehörig unter Druck zu setzen.

»Mister Karpov. Ich benötige einen soliden Treffer auf den Schlachtträger an Steuerbord ... und halten sie uns diese Rebellenschiffe etwas vom Leib.«

»Aye, Commodore«, erwiderte der Offizier, ohne den Blick von seinen Instrumenten zu nehmen. Rücken und Arme seiner Uniform waren von Schweiß getränkt, was der ungeheuren Anspannung und Konzentration Karpovs zuzurechnen war.

Karpov gab die Anweisung an die Geschützmannschaften weiter und versorgte sie mit nützlichen Details zu den feindlichen Schiffen wie Schwächen in Schilden und Panzerung sowie Anflugvektoren.

Die Geschütze der *Lydia* spien Lanzen aus purer Energie gegen ein Rebellenschiff an Backbord und perforierten den Rumpf vom Bug bis zum Heck. Das unglückselige Schiff drehte sich um die eigene Achse, wobei es aus einem schweren Hüllenbruch direkt über der Antriebssektion fast den gesamten Sauerstoff an Bord verlor. Wie durch ein Wunder blieb die Hülle intakt, doch das Schiff driftete manövrier- und kampfunfähig davon.

Die 5-Zoll-Laser mittschiffs schnitten durch einen ruulanischen Typ-8-Kreuzer und zerteilten ihn in zwei annähernd gleich große Teile. Ein ruulanischer Zerstörer hatte Glück im Unglück. 3- und 1-Zoll-Laser der *Lydia* ließen seine Schutzschilde kollabieren und trennten einen Teil der Aufbauten sauber vom Rumpf, dennoch brachte das Schiff noch genügend Energie auf, um aus der Reichweite des viel größeren Schiffs zu flüchten.

Zeitgleich spien die Torpedorohre des terranischen Schlachtträgers eine Breitseite gegen seinen ruulanischen Pendant. Dieser hatte bereits durch ein Duell mit mehreren Leichten Kreuzern einiges seiner Flak-Bewaffnung eingebüßt. Die übrigen Flakbatterien brachten etwa ein Drittel der Salve der *Lydia* zur Detonation, die übrigen Torpedos kamen jedoch durch. Die Geschosse hämmerten brutal auf Bug und Backbordseite des feindlichen Schlachtträgers ein. Das ruulanische Schiff schlingerte leicht nach Steuerbord, die Besatzung bekam ihre Probleme jedoch in den Griff und die Fluglage des Schlachtträgers stabilisierte sich.

Vincent fluchte unterdrückt vor sich hin.

Der Gegenangriff aus Lasern der Backbord-Breitseite schnitt durch zwei Leichte Kreuzer des MacAllister-Wachgeschwaders. Einer der Kreuzer wurde sauber entlang der Mitte in zwei Teile geschnitten. Aus der Bruchstelle strömte Atmosphäre und riss Besatzungsmitglieder ins All.

Der zweite Kreuzer hatte indes ein wenig mehr Glück. Die Bugsektion wurde knapp unterhalb der Brücke getroffen und an mehreren Stellen perforiert. Der Captain des Kreuzers besaß noch die Geistesgegenwart, die Abschottung der Antriebssektion des Kreuzers zu befehlen, bevor auch die Brücke zum Vakuum hin geöffnet wurde. Dies rettete etwa achtzig Besatzungsmitgliedern das Leben, die nun dazu verdammt waren, auf das Ende der Schlacht und eine baldige Rettung zu hoffen.

Der Bug des ruulanischen Schlachtträgers spie eine Torpedosalve gegen die *Lydia*. Die Flak-Besatzungen des terranischen Schlachtträgers reagierten augenblicklich und brachten mehr als die Hälfte der Geschosse in sicherer Entfernung zur Explosion.

Diejenigen, die durchkamen, richteten jedoch verheerenden Schaden an. Die *Lydia* bockte unaufhörlich und Vincent hatte mehrmals den Eindruck, der Boden würde ihm unter dem Kommandosessel weggezogen. Das Metall der Brücke quietschte protestierend.

»Schadensbericht!«, verlangte er, sobald das Universum endlich aufhörte, sich um ihn zu drehen.

»Feuer auf dem ALPHA-Startdeck, Bug-Torpedobewaffnung nur noch zu vierzig Prozent einsatzfähig, Raketenbewaffnung an Bug und Steuerbord nur noch zu zwanzig Prozent einsatzfähig.« Ivanov spulte die Schäden mit der Emotionslosigkeit eines Arztes herunter, der einem Patienten eine schlechte Nachricht überbrachte.

»Lieutenant Mendez, bringen Sie uns auf Backbord längsseits an den Feind heran. Wir müssen die beschädigte Seite vom Gegner abwenden.«

Und außerdem müssen wir so dicht ran, dass sie ihre Torpedos nicht mehr einsetzen können, dachte Vincent. *Sonst erledigen die uns.*

Vincents Gedanken überschlugen sich. Die beiden Kreuzer *Thunderbolt* und *Las Vegas* lieferten sich bereits ein Breitseitenduell mit einem weiteren ruulanischen Schlachtträger. Die Nerai und Til-Nara wehrten sich verzweifelt gegen den Angriff der beiden anderen ruulanischen Schlachtträger und deren Geleitschutz aus Typ-8-Kreuzern. Das übergroße Sca'rith-Schlachtschiff sandte Salve um Salve gegen ein Geschwader menschlicher Rebellenschiffe. Die Kreuzer der Sca'rith gaben ihrem Flaggschiff, so gut es ging, Deckung, doch ihre Lage wurde immer verzweifelter.

Die Jäger und Bomber der *Lydia* waren über das ganze Schlachtfeld verteilt und kämpften einen aussichtslosen Kampf. Inmitten dieses Chaos driftete die *Kronos* unbehelligt umher. Es schien, als würden die Ruul das Schiff absichtlich ignorieren. Ein Shark-Klasse-Schlachtschiff intakt zu erobern, stellte für die Slugs eine beachtliche Kriegsbeute dar. Vincent hoffte, dass Minoki und ihre Marines die Übernahme des Schiffes würden verhindern können. Die Geschütze der *Kronos* schwiegen beharrlich, was darauf hindeutete, dass die Ruul es inzwischen irgendwie geschafft hatten, die Feuerleitung komplett außer Kraft zu setzen. Nur hin und wieder spie eines der Geschütze eine Flammenzunge gegen ein vorüberfliegendes gegnerisches Kriegsschiff. Offenbar wurden einige Batterien noch von Hand bemannt, doch diese wenigen Geschütze würden gegen den Gegner auf die Dauer auch nichts ausrichten.

Vincents Blick richtete sich auf Neu-Asalti. Die Schlacht dort war von seiner Warte aus nur als gelegentliches Aufblitzen zu erkennen. Er hoffte, die Asalti und Meskalno schlugen sich besser als sie.

Mansu musste von der Brücke der *Stern der Freiheit* aus hilflos mit ansehen, wie ein Kreuzer der Sioux-Klasse und zwei Zerstörer, die ihm hatten helfen wollen, zerschlagen und zerbrochen in die Atmosphäre des Planeten unter ihnen abdrifteten. Der Schlachtträger, der die beiden Schiffe soeben erledigt hatte, rückte siegessicher näher, als könne ihn nichts aufhalten.

Die *Stern der Freiheit* schlug mit einer Breitseite gegen die Begleitschiffe des Schlachtträgers zurück, um zumindest die Reihen des Gegners auszudünnen. Ein Typ-8-Kreuzer wurde in drei fast gleich große Teile geschnitten, ein Zerstörer erlitt eine explosive Dekompression seines kompletten Waffendecks und ein älterer ruulanischer Träger verlor durch den Beschuss mehrere Energiegeneratoren, was nicht nur zum Kollaps der Schutzschilde führte, sondern auch zum Verlust sämtlicher Energie für die Waffen.

Der Schlachtträger schlug erneut mit seinem beträchtlichen Waffenarsenal zu und ein Meskalno-Schiff verwandelte sich von einer Sekunde zur nächsten in eine Wolke superheißen Gases. Das Flaggschiff der Meskalno rückte vor und überzog den Rumpf des ruulanischen Schlachtträgers mit einem Hagel aus Energiegeschossen, die Waffenstellungen und Kommunikationsanlagen abrissen.

Die Antwort des Schlachtträgers riss mehrere Deckaufbauten des Meskalno-Flaggschiffes ab und brachte es in ernste Bedrängnis. Selbst bei oberflächlicher Betrachtung war offensichtlich, dass das Meskalno-Schiff dem viel größeren Kontrahenten nichts entgegenzusetzen hatte und diesen Schlagabtausch nur verlieren konnte.

»Waffenoffizier, eine weitere Salve für den Schlachtträger vorbereiten. Wir müssen ihn von den Meskalno ablenken.«

»Verstanden, Rudelführer«, bestätigte der Waffenoffizier. Der Asalti hantierte an seinen Instrumenten herum und sagte schließlich:

»Salve bereit.«
»Feuer!«

Kerrelaks muskulöse Beine hielten ihn selbst dann noch aufrecht, als die Salve des Asalti-Kreuzers die Schilde seines Flaggschiffes durchstießen und auf dem Startdeck des Schlachtträgers Chaos, Feuer und Tod verbreiteten.

Trotz ungewöhnlich hoher Verluste verlief der Angriff bis jetzt überaus zufriedenstellend. Die Asalti-Flotte war um mehr als ein Drittel zusammengeschmolzen und die wenigen überlebenden Meskalno-Schiffe waren auf dem Rückzug. Nur noch wenige gute Treffer und das Meskalno-Flaggschiff wäre Geschichte gewesen. Doch der Kreuzer, den seine Offiziere als das Kommandoschiff der Asalti identifiziert hatten, kam ihm in die Quere. Der Angriff wurde mit einer Wildheit durchgeführt, die er den kleinen pelzigen Wesen nicht zugetraut hätte.

Fast ein Dutzend Schiffe schlossen sich dem Angriff auf sein Flaggschiff an in dem vergeblichen Versuch, ihn in die Knie zu zwingen. Er fletschte kampflustig die Zähne. Das würde ihnen nicht gelingen. Er würde ihnen zeigen, wie falsch sie mit ihrem Widerstand lagen.

»Kommandant? Richten Sie alle verfügbaren Geschütze auf den Planeten. Feuern Sie, sobald Sie bereit sind.«

23

David sah den Technikern dabei zu, wie sie sich damit abmühten, den demolierten Holotank zumindest halbwegs wieder instand zu setzen. Hahlbachs Granate hatte ganze Arbeit geleistet. Eigentlich müssten sie alle tot sein. Wie dem auch sei, sein Schutzengel hatte heute Überstunden geleistet. Und der Schutzengel der Präsidentin auch.

Die Frau ging nervös auf und ab, unruhig darauf wartend, dass die Techniker den Holotank reparierten und sie wieder das Zepter in die Hand nehmen konnte. David empfand Hochachtung für diese Frau. Nichts schien sie aus der Fassung bringen zu können, selbst nach dieser Tragödie. Beinahe hätte ein einzelner Mann es geschafft, die militärische Führung der MacAllister-Kolonie und die zivile sowie geheimdienstliche Führung des gesamten Konglomerats auf einen Schlag auszuschalten.

David verfluchte im Stillen seine Sorglosigkeit. Nach Pommeroys Enttarnung war er einfach zu unbedacht mit der Situation umgegangen. Dieser Fehler durfte ihm nie wieder passieren.

Jonathan Clarke saß still und apathisch auf dem Boden in der Nähe der Todesopfer, die Hahlbachs Anschlag gefordert hatte. Man hatte sie notdürftig mit weißen Tüchern abgedeckt, bis man Zeit und Energie fand, sie wegzubringen. Eines der Leichentücher bedeckte Meredith Sorenson. David schüttelte mitfühlend den Kopf.

Und so fordert der Krieg weitere Opfer. Wie viele Freunde und geliebte Menschen hat ein jeder von uns schon verloren? Ich denke, niemand kann die Zahl auch nur ansatzweise schätzen.

Bobby Bates stand dicht neben der Präsidentin und ließ seinen Schützling keinen Augenblick aus den Augen. Mit einem blutigen Tuch bedeckte er die Platzwunde an der Stirn, wo ihn die Druckwelle gegen die Wand geschleudert hatte. Bates ließ mit keinem Muskelzucken erkennen, ob ihm der Tod seiner Leute an die Nieren ging, doch David kannte den Mann lange genug, um zu wissen, was in dem SES-Agenten vor sich ging. Jemand würde für den Tod der SES-Agenten büßen, sobald Bates Zeit und Muße fand, sich der Aufgabe zu widmen.

»Wir sind so weit«, sagte plötzlich einer der Techniker.

Tyler stand augenblicklich am notdürftig wieder instand gesetzten Holotank, Bates und David nur Sekundenbruchteile später. Selbst Jonathan raffte sich aus seiner Schockstarre auf und gesellte sich zu ihnen. Fast drei Stunden waren sie von der Schlacht abgeschnitten gewesen und alle befürchteten das Schlimmste. Doch die Wahrheit sah sogar noch sehr viel schlimmer aus.

Nach der Zerstörung der Artilleriestellung schienen die terranischen Truppen, die Principal verteidigten, (unter Führung der ROCKETS) die Lage langsam in den Griff zu bekommen. Der Kessel, den die Ruul um das Kongresszentrum gelegt hatten, war an mehreren Stellen durchbrochen worden und auch der Raumhafen befand sich inzwischen zum größten Teil wieder in den Händen befreundeter Einheiten. Dies stellte aber auch die einzige gute Nachricht dar.

Der Abwehrkampf im Orbit um MacAllister uferte zu einem Kampf ums Überleben aus. Die verbündete Flotte hatte schwere Verluste erlitten und wehrte sich verzweifelt gegen eine erdrückende Übermacht feindlicher Schiffe. Die *Kronos* war noch immer nicht von ruulanischen Kriegern gesäubert und Admiral Coltors Befinden weiter unklar.

Die Asalti verteidigten mit Unterstützung der Meskalno ihre neue Heimatwelt, und obwohl sie dem Gegner dabei herbe Verluste zufügten, schien ein Ausgang des Kampfes zugunsten der Ruul beinahe sicher. Einer der ruulanischen Schlachtträger bewegte sich träge tiefer in die obere Atmosphäre und bereitete offenbar ein planetares Bombardement vor. Die Asalti und Meskalno wirkten nicht, als könnten sie das noch verhindern.

Tyler sog scharf die Luft ein. Das MacAllister-System stand am Rande einer umfassenden Niederlage. Und falls MacAllister fiel, würden nicht allein die Asalti ausgelöscht, die Ruul würden darüber hinaus die Führungen all ihrer Kriegsgegner eliminiert haben, was die Front ins Chaos stürzen würde. Die Ruul würden als Sieger aus diesem Chaos hervorgehen. Was bei der Planung niemand für möglich gehalten hätte, trat nun ein: Im MacAllister-System entschied sich das Schicksal einer ganzen Galaxis.

»Commander Ivanov, rufen Sie so viele Skull-Bomber wie möglich zu unserer Unterstützung. Wir brauchen unbedingt mehr Feuerschutz.«

Vincent schaute immer wieder auf den Schiffschronometer. Wie lange würde es wohl noch dauern, bis die Flotte von Serena eintraf? Eine Stunde? Eventuell weniger? Er hoffte es zumindest. Falls sie viel länger benötigten, würde nämlich niemand mehr da sein, den zu retten sich lohnen würde.

»Der Schlachtträger, Rudelführer!«, schrie Xerex.

Der XO des Asalti-Flaggschiffes betrachtete gebannt das feindliche Schiff, das sich tiefer in die Atmosphäre schob.

»Ich sehe es, Xerex.« Mansu hätte es nie für möglich gehalten, dass ein so großes Schiff so dicht über einen Planeten fliegen konnte. Normalerweise hätte es bereits Anzeichen von Materialermüdung zeigen müssen. Andere Schiffe wären längst zerbrochen.

Von der Asalti-Flotte waren noch knapp zwanzig einsatzfähige Schiffe übrig. Die übrigen waren zerstört oder zusammengeschossen und auf dem Rückzug. Die Meskalno waren ebenfalls keine große Hilfe mehr. Ihr Flaggschiff eingeschlossen, nannten die Meskalno noch drei Schiffe ihr Eigen.

Der Schlachtträger bereitete ein groß angelegtes Bombardement vor und dieses Schiff verfügte über genügend Feuerkraft, um das, was nach den Bodenkämpfen noch von Neu-Asalti übrig war, zu entvölkern.

»Steuermann. Alle Energie auf die Schubdüsen und die Schilde. Bringen Sie uns unter den Schlachtträger. Und weisen Sie alle Schiffe an, unserem Beispiel zu folgen, die dazu noch in der Lage sind.«

Betäubtes Schweigen antwortete ihm. Jedem der anwesenden Offiziere war klar, dass der letzte Befehl einem Todesurteil gleichkam. Sowohl Xerex als auch der Steuermann musterten Mansu mit großen Augen. Dieser erwiderte die Blicke seiner Untergebenen jedoch gelassen.

Nach einem Augenblick, der sich endlos anfühlte, nickte der Steuermann ergeben. »Zu Befehl, Rudelführer. Kurs liegt an.«

Kerrelak beobachtete fasziniert, wie die Reibungshitze die Schilde seines Flaggschiffes rot färbte.

»Herr?«

»Ja?«

»Wir sind beinahe in Schussposition. Ich wage es nicht, sehr viel tiefer zu gehen. Die Schiffshülle könnte brechen.«

»Schade. Ich hatte gehofft, einen besseren Ausblick auf die Zerstörung der Asalti zu bekommen. Na ja, wie dem auch sei. Feuer!«

Mansu hielt sich an den Lehnen seines Kommandosessels fest, als die *Stern der Freiheit* tiefer in die Atmosphäre eintauchte. Etwa ein Dutzend Schiffe folgten dem Flaggschiff. Die übrigen lenkten die ruulanischen Schiffe ab, die den Schlachtträger beschützten.

»Feindliche Batterien richten sich auf die Oberfläche aus«, meldete der Waffenoffizier.

»Feuern Sie auf alle Ziele, die sich anbieten, und egal was passiert, bringen Sie uns unbedingt unter diesen Schlachtträger.«

»Herr?«

»Was?«

»Eine Gruppe Asalti-Schiffe versucht, unter uns zu kommen. Es ist offenbar ihr Ziel, ihre Heimatwelt mit ihren Schiffen vor unserem Beschuss abzuschirmen.«

Kerrelak lachte lauthals. »Das ist ja besser, als ich gedacht hatte. Sollen Sie es ruhig versuchen. Der Traum der Asalti von der neuen Heimat endet heute.«

Die Batterien des ruulanischen Schlachtträgers eröffneten in dem Moment das Feuer, als die Asalti-Schiffe unter ihm hindurchtauchten. Die *Stern der Freiheit* verlor beinahe sofort drei ihrer 5er-Hauptlaserbatterien auf den oberen Deckaufbauten. Ein Asalti-Zerstörer wurde von dem gewaltigen Beschuss buchstäblich pulverisiert. Eine Fregatte und ein Leichter Kreuzer erlitten schwere Schäden und drehten ab, als aus ihren Antriebssektionen dichter, schwarzer Rauch quoll.

»Nicht aufhören!«, brüllte Mansu. »Weiterfeuern!«

Die oberen 5- und 3-Zoll-Batterien durchstießen an zwei Stellen die Schutzschilde des Schlachtträgers und rissen tiefe Furchen in die Bauchpanzerung, ohne jedoch ins sensible Innenleben des Kriegsschiffes vorstoßen zu können.

Die Antwort des Schlachtträgers ließ einen Asalti-Kreuzer in mehrere Stücke bersten. Eine weitere Salve wischte die Schilde der *Stern der Freiheit* beiseite und zertrümmerte vier Waffenstellungen. Den Asalti lief mit alarmierender Geschwindigkeit die Zeit davon.

Auf der Brücke des Asalti-Kriegsschiffes brachen mehrere Feuer aus. Der Raum füllte sich beunruhigend schnell mit dichtem Qualm, der das Atmen erschwerte. Ein weiterer Treffer schlug in die Panzerung der Kommandobrücke ein und sandte einen Schwall scharfkantiger Trümmerstücke als tödliche Schrapnelle durch die Luft. Der Waffenoffizier wurde gleich mehrfach in Oberkörper und Hals getroffen. Er war auf der Stelle tot.

Xerex zog ihn aus dem Sitz und zwängte sich selbst in die taktische Station. Mit schnellen Fingern löste er alle verbliebenen dem Slug-Schiff zugewandten Waffen aus. Sie richteten einigen Schaden an, würden aber bei Weitem nicht ausreichen, den Gegner zu stoppen.

Der Schlachtträger sank noch ein wenig tiefer. Der Bauch des Kriegsschiffes füllte nun das gesamte Brückenfenster aus. Mansu schloss in Erwartung des letzten Schlagabtausches die Augen. Wenigstens musste er nicht die Zerstörung seiner neuen Heimatwelt mit ansehen.

Er wartete angespannt.

Doch nichts geschah.

Verwirrt öffnete er die Augen. Explosionen überschütteten Bauch und Flanke des ruulanischen Kriegsschiffes. Der Schlachtträger schüttelte sich wie ein waidwundes Tier. Laser- und Flak-Batterien wurden von der Oberfläche des Schlachtträgers gebrannt und hinterließen lediglich eine verbrannte, pockennarbige Oberfläche.

Xerex wandte sich zu seinem Kommandeur um. »Es sind die Meskalno. Sie greifen den Schlachtträger wieder an.«

Mansu seufzte erleichtert. »Alle Batterien ausrichten und Feuer. Es ist noch nicht vorbei.«

Die *Lydia* wehrte sich gegen ein Trio Rebellenschiffe und zwei ruulanische Typ-8-Kreuzer. So langsam ging ihnen die Munition für die Raketenwerfer und die Flak-Batterien aus und die Flut der Gegner nahm einfach kein Ende.

Ein Quartett Skull-Bomber brauste dicht über die Oberfläche der *Lydia* auf die beiden Typ-8-Kreuzer zu. Die Piloten warteten länger, als Vincent es an deren Stelle getan hätte, und klinkten schließlich ihre Torpedolast aus. Die Geschosse bohrten sich tief in die bereits geschwächte Panzerung der beiden ruulanischen Schiffe und riss die Kreuzer in imposanten Feuerbällen auseinander.

Die 5-Zoll-Batterien der *Lydia* setzten zweien der drei Rebellenschiffe ein Ende. Das dritte suchte sein Heil lieber in der Flucht, anstatt sich mit einem ausgewachsenen Schlachtträger anzulegen.

Ivanov überflog plötzlich Daten auf seinem tragbaren Terminal. »Sir? Wir erhalten soeben seltsame Anzeigen von der Systemgrenze.«

»Welcher Art?«, wisperte Vincent heiser. Das Brüllen von Befehlen den ganzen Tag hatte seiner Stimme die Kraft geraubt.

»Irgendetwas geht da vor.«

»Etwas genauer, wenn's geht.«

Ivanov zögerte, als weitere Daten eintrafen, doch schließlich sah er mit leuchtenden Augen auf. »Hyperraumereignisse. Eine Menge. IFF-Kennung bestätigt Ankunft verbündeter Einheiten. Die 9. Flotte. Sie ist endlich da.«

Das wurde auch langsam Zeit.

»Eine Verbindung zum Flaggschiff herstellen.«

Die Brücke des ruulanischen Flaggschiffes glich einem Schlachtfeld. Der letzte Treffer aus den Meskalno-Batterien hatte die Panzerung aufgerissen und gleichermaßen Sklaven wie ruulanische Offiziere niedergemäht. Kerrelak erhob sich mit zitternden Beinen.

Er tastete nach seiner Stirn. Als er die Krallen zurückzog, klebte Blut daran. Veral eilte herbei. Er presste den rechten Arm eng an den eigenen Körper. Die Hand war in unnatürlichem Winkel verdreht.

»Herr? Terranische Einheiten sind im System. Viele. Wir müssen hier weg. Sofort!«

»Nein!«, brüllte Kerrelak voller Wut. »NEIN! Die Asalti werden mir diesmal nicht entkommen.«

»Wenn wir uns nicht zurückziehen, werden die Menschen uns vernichten. Das ist es nicht wert.«

Kerrelak wirbelte herum. »Elender Feigling. Ich werde dich eigenhändig töten, wenn du nicht gehorchst.«

Der Offizier musterte Kerrelak gelassen. »Wir müssen uns zurückziehen«, betonte er erneut. »Und genau das werde ich befehlen. Euer Plan war erfolgreich. Das muss euch für den Augenblick genügen. Es wird andere Tage und andere Schlachten geben. Ihr könnt mich meinetwegen hinrichten, doch die Verantwortung meinem Schiff und meiner Besatzung gegenüber zwingt mich dazu, das Gefecht jetzt abzubrechen.«

Kerrelak funkelte den Mann einen Augenblick lang an, schließlich senkte er den Blick.

»Und was noch?«

»Wir rufen auch die Schiffe zurück, die MacAllister angreifen. Mit viel Glück können wir den terranischen Schiffen ausweichen und in den Hyperraum entkommen, bevor es ihnen gelingt, uns abzufangen.«

»Einverstanden«, gab Kerrelak sich geschlagen.

»Was soll mit unseren menschlichen Verbündeten geschehen?«

Kerrelak schnaubte verächtlich. »Mit den sogenannten Kindern der Zukunft? Überlass sie der Gnade der Menschen. Sie haben ihren Zweck erfüllt. Wir brauchen sie nicht länger.«

»Die ruulanische Flotte bricht den Kampf auf breiter Front ab«, rief Ivanov triumphierend aus. Tatsächlich zogen sich sämtliche ruulanischen Einheiten aus dem Gefecht zurück. Sie nahmen einen Kurs, der sie in einer elliptischen Bahn um die Sonne führen würde. Falls ihnen das Glück hold war, würden sie damit der 9. Flotte sogar entkommen. Der Rückzug der Ruul erfolgte sehr zur Überraschung der etwa dreißig Rebellenschiffe, die zurückblieben und sich plötzlich allein im Gefecht mit einer Reihe Kriegsschiffe wiederfanden, die für deren Verrat auch nicht das kleinste bisschen Verständnis aufbrachten.

Eines wunderte Vincent trotzdem. Warum zogen sich die Ruul fluchtartig zurück? Am Rande des Systems standen immer noch Hunderte von Schiffen. Die Schlacht konnte sich durchaus noch einige Zeit hinziehen.

Auf seinem taktischen Hologramm beobachtete Vincent, wie die 9. Flotte sich formierte und Fahrt aufnahm.

»Verbindung zum Flaggschiff steht, Commodore.«

Das Hologramm eines adretten Vizeadmirals baute sich auf. Der Mann war in den Fünfzigern und trug einen sorgsam kultivierten Oberlippen- und Kinnbart zur Schau.

»Hier spricht Vizeadmiral Dekruski an Bord des Schlachtschiffes *Dragon*. Mit wem spreche ich?«

»Commodore Vincent DiCarlo an Bord des Schlachtträgers *Lydia*. Ich bin verdammt froh, dass Sie da sind, Admiral.«

Das Abbild des Admirals nickte ihm freundlich zu. »Also, Commodore, wo ist die ruulanische Flotte, die wir bekämpfen sollen? Meine Schiffe orten lediglich zwei Dutzend Slug-Schiffe, die aus dem System fliehen.«

Vincent warf einen schnellen Blick auf die taktische Anzeige. »Admiral? Ich verstehe nicht. Sie müssten sie eigentlich schon sehen.«

»Tut mir leid, aber hier draußen ist nichts.«

Die Symbole von terranischen und ruulanischen Schiffen näherten sich weiter an. »Admiral«, drängte Vincent. »Sie rammen ja einige der gegnerischen Schiffe schon fast ...«

»Commodore, Sie irren sich. Hier draußen ist keine Flotte. Nichts, was wir bekämpfen könnten.«

Die Symbole der 9. Flotte näherten sich weiter - und flogen mitten durch die Symbole, die die ruulanische Flotte symbolisierten.

Was zum ...?

»Warten Sie einen Augenblick, Commodore.« Das Bild Dekruskis verschwand, nur um Sekunden später zurückzukehren. »Es gibt hier draußen keine Flotte, DiCarlo. Hier fliegen nur ein paar Hundert kleine Drohnen herum. Sie strahlen anscheinend eine gefälschte Energiesignatur aus.«

»Commodore«, sprach Ivanov ihn fragend an, »was bedeutet das? Wo sind die ruulanischen Schiffe?«

»Sie waren nie dort. Man hat uns getäuscht. Aus irgendeinem Grund wollten die Ruul, dass ihre Flotte weitaus größer erscheint, als es tatsächlich der Fall war.«

»Sir?«, meldete sich ComOffizier Vestoccio zu Wort. »Eines der Rebellenschiffe ruft uns. Sie bitten um Ihre Bedingungen für eine mögliche Kapitulation.«

Vincent schnaubte. »Plötzlich wollen sie reden, was? Na gut. Stellen Sie ihn durch. Wenigstens ist dieser Teil des Krieges vorbei.«

Zwischenspiel 3

Der Attentäter legte ein ungewöhnlich hohes Maß an Hast an den Tag. Das Pflaster wurde ihm langsam viel zu heiß. Die Invasion des MacAllister-Systems war gescheitert. Das war allerdings auch kein großer Verlust und leicht zu verschmerzen. Seine wahren Auftraggeber, die Ruul, hatten eine mögliche Niederlage in ihre Überlegungen mit einbezogen. Ein Sieg auf diesem Kriegsschauplatz wäre zwar schön gewesen, war aber nicht zwangsläufig wichtig. Sollte die sogenannte Koalition doch ihren kleinen Triumph genießen. Es war der Sieg, mit dem die Koalition den Krieg verlieren würde. Vielleicht nicht heute oder morgen, aber doch in absehbarer Zeit. Sie wussten es nur noch nicht.

Vom heutigen Tag an waren die Kinder der Zukunft Geschichte, endgültig und unwiederbringlich, und das war gut so. Fanatiker waren zwar gute und treue Kunden, aber seelisch leicht labil und man konnte ihnen im Endeffekt nicht trauen. Die Ruul hatten ihn noch nie hintergangen und nun, da der Krieg wieder in vollem Gange war und sich sogar ausweiten würde, warteten noch viele lukrative Aufträge auf ihn. Die Ruul waren in der Wahl ihrer Mittel nicht gerade zimperlich und darüber hinaus finanziell liquide und pünktliche Zahler. Das machte sie zu gern gesehenen Kunden. Doch falls er in den Genuss weiterer Aufträge der Ruul kommen wollte, musste er zuerst noch von MacAllister verschwinden. Es war dumm von den Kindern der Zukunft, so viele ihrer verbliebenen Ressourcen auf MacAllister zu konzentrieren. Nun, da die Ruul geflohen waren und die überlebenden Rebellenschiffe kapitulierten, würde der MAD das System abriegeln und die Kinder der Zukunft bis auf den letzten Mann und die letzte Frau zur Strecke bringen.

Und wenn die Hetzjagd begann, wollte der Attentäter unbedingt woanders sein und die Show lieber aus angemessener Entfernung genießen. Den Kindern und ihrer verschrobenen Ideologie, die nur wenig mit der Realität gemein hatte, weinte er keine Träne nach. Sie verdienten ihr Schicksal.

Soweit dem Attentäter bekannt war, hatte das letzte hochrangige Mitglied der Kinder das System bereits verlassen und war somit – zumindest vorübergehend – dem Zugriff des MAD entkommen. Durchaus möglich, dass der Kerl sogar auf Dauer überleben würde. Er war überaus clever in solchen Dingen.

Der Attentäter steuerte eines der Hotels an, in denen er für einige Tage ein Zimmer bewohnte. Für die Dauer eines Auftrags mietete er sich unter einem halben Dutzend Namen in einem halben Dutzend Hotels ein. Manchmal mietete er sich sogar mehrere Zimmer in ein und demselben Hotel, nur unter verschiedenen Namen und verschiedenen Tarnidentitäten. Und in jedem Zimmer stand ein Koffer mit mehreren Pässen, Bargeld und allem, was man sonst noch so brauchte, um einen Planeten zu verlassen.

Diese Vorgehensweise gehörte zu seinen Sicherheitsvorkehrungen, die ihm in der Vergangenheit bereits gute Dienste geleistet hatten. Immerhin war er noch am Leben, was an und für sich schon ein Beweis für die Logik seines Verhaltens war.

Das Hotel, das er ansteuerte, gehörte zu den besten und teuersten von ganz MacAllister. Normalerweise hätte er sich für seine Flucht eines der kleineren ausgesucht. Vielleicht ein etwas heruntergekommenes am Stadtrand, doch diesmal steuerte er ganz bewusst dieses an.

In diesem Hotelzimmer befand sich außer seinen Fluchtutensilien noch ein Computer, auf dem einige Daten gespeichert waren, die er unbedingt löschen musste, bevor er dem Planeten den Rücken zukehrte.

Als er die Lobby des Hotels betrat, bemühte er sich um Fassung und ging betont langsam. Hastige Leute fielen auf, etwas, das er tunlichst vermeiden wollte.

Er ließ sich an der Rezeption den Schlüssel zu seinem Zimmer geben und nahm einen Aufzug in den dritten Stock. Vor seinem Zimmer angekommen, steckte er die Hand unter sein Jackett. Seine Finger tasteten nach dem Griff der Projektilwaffe.

Es gab viele Menschen heutzutage, die Laserwaffen bevorzugten, doch nicht er. In dieser Hinsicht war er eher nostalgisch veranlagt. Projektilwaffen hatten ihn noch nie im Stich gelassen und warum etwas ändern, das sich bewährt hatte?

Er ließ die Tür nach innen aufschwingen und sah sich aufmerksam um. Sein scharfer Blick nahm jede Einzelheit der Einrichtung in Sekundenschnelle auf. Er nickte zufrieden und trat ein. Alles war an seinem Platz. Er war sich sicher, dass in seiner Abwesenheit niemand das Zimmer betreten hatte. Sogar der kleine Hocker stand noch genau an der

Stelle hinter der Tür, an den er ihn zurückgelassen hatte. Wäre jemand in das Zimmer gekommen, hätte diese Person mit Sicherheit dem Hocker keine Beachtung geschenkt und ihn entweder aus Versehen beiseitegeschoben oder umgestoßen.

Ohne Umschweife ging er in das Schlafzimmer und holte zwei Koffer unter dem Bett hervor. Einen ließ er ungeöffnet liegen; den Verschluss des anderen ließ er aufschnappen und holte einen kleinen Computer hervor.

Mit kundigen Fingern aktivierte er ihn und gab das Passwort ein. Falls ein nichtautorisierter Benutzer versuchen würde, den Computer zu knacken, würde der eingebaute Mechanismus die Platinen der Festplatte sofort schmelzen und könnten die Daten nicht mehr rekonstruiert werden.

Diese Überlegungen spielten für ihn im Moment aber nur eine untergeordnete Rolle, da er ohnehin vorhatte, sämtliche gespeicherten Daten zu löschen. Er wollte gerade mit der Arbeit beginnen, als er einen Stich im Nacken fühlte. In der ersten Schocksekunde hielt er den Schmerz für einen Insektenstich und geistesabwesend kratzte er sich an der Stelle.

Doch dann bemerkte er, wie seine Finger taub wurden. Das Gefühl kroch seinen Arm hoch, erreichte seinen Körper. Seine Knie fühlten sich wie Wackelpudding an und er sank auf den edlen Teppichboden. Er zitterte nun am ganzen Körper. Eine Eiseskälte kroch in jede Pore. Kalter Schweiß brach auf seiner Stirn aus. Die Sicht verschwamm vor seinen Augen. Wie durch einen Schleier entdeckte er eine Person, die das Zimmer betrat. Es war ein Mann. So viel konnte er noch erkennen. Das Gesicht war für ihn jedoch nur eine Masse ineinanderfließender Farben.

Die Gestalt beugte sich über den eingeschalteten Computer und schnalzte zufrieden mit der Zunge.

»Vielen Dank«, sagte eine Stimme, die aus weiter Ferne zu kommen schien. »Ich war mir nicht sicher, was passieren würde, wenn ich versuche, an den Inhalt der Festplatte zu kommen.«

Die Gestalt beugte sich tiefer, rief einige Dateien auf und studierte diese. Der Attentäter hatte inzwischen jegliche Kontrolle über seinen Körper verloren. Seine Sicht wurde von Minute zu Minute eingeschränkter.

»Interessant«, fuhr die Gestalt fort, während sie eine Datei nach der anderen aufrief. »Das ist ja wirklich sehr interessant. Ihre Daten werden außerordentlich hilfreich sein.«

Die Gestalt klappte den Computer zusammen und klemmte ihn sich unter den Arm. Abschließend beugte er sich zum Attentäter hinunter und griff ihm in den Nacken. Als der Mann die Hand wieder zurückzog, hielt er einen kleinen Pfeil in den Fingern.

In die Falle gegangen wie ein Anfänger, schalt er sich selbst.

»Gehen Sie nicht zu hart mit sich ins Gericht«, sagte die undeutliche Gestalt, als hätte sie seine Gedanken erraten. »Falls es Sie tröstet, Sie waren ein wirklich würdiger Gegner. Es wird nicht mehr lange dauern, mein Freund.« Die Gestalt sah auf die Uhr. »Vielleicht noch drei Minuten.«

Der Mann stand wieder auf und drehte sich um. Er zögerte, als würde er über irgendetwas nachdenken. Schließlich wandte er sich ein letztes Mal dem Attentäter zu. Als er erneut sprach, war seine Stimme durchzogen von einer stählernen Härte, beinahe hasserfüllt, die dem Attentäter selbst in seinem jetzigen Zustand, Schauder der Angst über den Nacken jagte.

»General Coltor lässt schön grüßen.« Mit diesen Worten verließ die Gestalt das Hotelzimmer und ließ den sterbenden Attentäter zurück. Dieser brachte gerade noch die Kraft auf, leise zu schluchzen.

24

Die Schlacht um das MacAllister-System war gerade mal drei Tage vorbei und schon bereiteten sich die ersten Delegationen mit den Resten ihrer Schiffe auf die Abreise vor.

David streckte seinen völlig übermüdeten Körper, um seine Muskeln zu entspannen. Weniger als zwanzig Minuten nachdem die 9. Flotte eingetroffen war, hatten die Reste der Kinder der Zukunft bedingungslos kapituliert.

Angesichts einer überwältigenden Übermacht, die nur darauf wartete, dass die Verräter und Rebellen einen Fehler machten, war die Entscheidung nur vernünftig.

Es war das Ende für die Organisation, die es sich zum Ziel gesetzt hatte, die Ruul mit allen erdenklichen Mitteln zu unterstützen. Die Kinder der Zukunft waren ausgelöscht.

Nur Pommeroy war es irgendwie gelungen, sich abzusetzen. Er war auf dem gesamten Planeten nicht auffindbar. Um ihn würde man sich kümmern müssen, damit er diese Organisation von Fanatikern nicht wiederbelebte. Von gefangenen Rebellen hatten sie erfahren, dass der Mann tatsächlich das letzte überlebende Gründungsmitglied der Kinder war. Mehr noch, es stand nun außer Frage, dass Pommeroy es gewesen war, der die Sklavenhändler mit den Routen und Patrouillenplänen der Flotte versorgt hatte, um deren Überfälle zu ermöglichen. Der Mann war überaus gefährlich. Es war ihm ohne Weiteres zuzutrauen, dass er nicht so einfach aufgeben würde.

Mansus Flaggschiff war nach der Schlacht kaum noch flugfähig, doch der zähe kleine Asalti schaffte es noch, das Schiff ins nächste Dock auf der anderen Seite von MacAllister zu steuern. Die Marines der 9. Flotte halfen anschließend beim Aufräumen und der Sicherung von MacAllister und Neu-Asalti.

Davids Herz machte einen gewaltigen Satz, als er von der Rettung Major Laura Parduccis hörte. Die Pilotin hatte einiges durchgemacht, würde aber so schnell wie möglich wieder in einem Cockpit sitzen, da war sich David ziemlich sicher.

Sarans Tod hingegen war eine Tragödie und nicht nur für die Asalti ein schwerer Schlag. Ohne das diplomatische Geschick des Ratsmitglieds wäre die Konferenz in den Kinderschuhen stecken geblieben.

David schlenderte durch das, was von den Gärten des Kongresszentrums nach den Kämpfen noch übrig war, zu dem Mann in der Uniform eines Admirals, der auf ihn wartete.

Elias Coltor lächelte erfreut, als er seinen Sohn musterte. Den rechten Arm trug der Admiral in einer Schlinge. Der Arm war an zwei Stellen gebrochen. David dankte im Stillen, dass Minoki Tagawas Marines die Brücke der *Kronos* rechtzeitig erreicht hatten, bevor die Ruul ihre Arbeit an der Besatzung beenden konnten. Aber es war verdammt knapp gewesen.

»Schön, dich zu sehen, David«, begrüßte sein Vater ihn.

»Schön, *dich* noch zu sehen. Ich bin froh, dass es dir den Umständen entsprechend gut geht.«

»Ja«, stimmte Elias Coltor zu. »Hätte auch anders ausgehen können.«

»Allerdings.«

Davids Vater blickte nach Osten in Richtung des Raumhafens, als eine ganze Reihe von Shuttles abhoben.

»Ihr habt es also geschafft ...«

»Ja. Das Abkommen ist unterzeichnet. Ab sofort stehen die Ruul einer vereinten Front gegenüber und nicht mehr einzelnen Gegnern. Das Leben wird für die Ruul von nun an viel komplizierter.«

»Gut. Sehr gut.« Die Lippen des Admirals verzogen sich zu einem schmalen Lächeln. »Selbst die Meskalno haben unterzeichnet?«

David erwiderte das ehrliche Lächeln. »Selbst die. Anscheinend hat die Brutalität, mit der die Ruul angegriffen haben, einiges damit zu tun, dass Quel Thai seine Meinung geändert hat. Er hat sich sogar mit Sal'mon'dai über einige strittige Systeme geeinigt.«

»Und was sieht das Abkommen vor?«

»Zunächst einmal lediglich den Austausch von Informationen und geheimdienstlichen Erkenntnissen, in einer späteren Phase den Austausch von Militärberatern und auch Ressourcen und Rohstoffen. Und im Endeffekt ... ja, im Endeffekt gegenseitigen militärischen Beistand.« David kicherte. »Quel Thai hat sogar eingewilligt, dass wir einige seiner Transporter für Nachschublieferungen und Truppentransporte mieten könnten. Zu günstigen Konditionen, wie er uns zugesichert hat.«

»Der Meskalno wird sich nie ändern«, lachte Davids Vater.

Der Admiral wurde jedoch schnell ernst. »Und wie steht es um uns? Wie stehen wir zueinander?«

David musterte seinen Vater lange, bevor er antwortete: »Sag du es mir.«

Der Admiral schnaubte. »Ich glaube immer noch, dass du eine vielversprechende Karriere weggeworfen hast.«

»Aber?«

»Aber ich glaube inzwischen, dass du dort bist, wo du etwas bewirken kannst. Du bist dort, wo du gebraucht wirst.«

»Danke ... Dad.«

Davids Vater schluckte schwer. »Das Verhältnis zwischen uns wird wohl nie einfach, oder?«

»Das ist das Schicksal zwischen Vätern und Söhnen.«

»So wird es wohl sein.«

David bemerkte, wie sich eine kleine Gruppe Personen näherte, die in einigem Abstand stehen blieb, um seinem Vater und ihm ein wenig Privatsphäre zu gönnen.

»Würdest du mich bitte entschuldigen?«

»Na klar. Ich muss ohnehin auf die *Kronos* zurück und den Stand der Reparaturen beaufsichtigen.«

»Sehen wir uns noch, bevor du aufbrichst?«

»Na klar.«

Die beiden Männer umarmten sich herzlich und David hatte das Gefühl, seit Vater behandle ihn zum ersten Mal wie einen Gleichgestellten.

Der Admiral löste sich von seinem Sohn und zwinkerte ihm zum Abschied noch einmal zu.

David gesellte sich zu der kleinen Gruppe. Es handelte sich um Präsidentin Tyler, Jonathan Clarke, Agent Bobby Bates und Vizeadmiral Dekruski. Er nickte jedem der Anwesenden freundlich zu.

»Er ist weg«, begann Jonathan ohne Umschweife.

»Wer? Pommeroy?«

»Nein. Grey. Er ist irgendwie vom Planeten gekommen. Vermutlich mit dem Aas Pommeroy.«

»Nicht zu ändern«, erwiderte David schlicht.

»Ist das alles? Der Kerl ist ein Verräter. Wer weiß, was für Schaden er noch anrichten wird?«

»Falls dem so ist, können wir im Augenblick nichts dagegen unternehmen. Für heute haben wir gewonnen, nur das zählt. Den Ruul ist die

Einnahme des MacAllister-Systems nicht gelungen und das Abkommen wurde unterzeichnet. Sieg auf der ganzen Linie.«

»Ich kann es leider nicht ganz so optimistisch sehen«, erwiderte Jonathan und wich bewusst Davids Blick aus.

Seit Meredith Sorensons Tod war Clarke nicht mehr derselbe. Ihr Tod hatte ihn schwer getroffen. Schlimmer noch, er begann, sich auf Colin Grey als bevorzugtes Hassobjekt einzuschießen. Für Clarke wurde Grey ein Symbol für all die Entscheidungen, die zum Tod der SES-Agentin geführt hatten. David hoffte, dass das nicht zum Problem werden würde. Es war der Allgemeinheit immer noch unbekannt, wie Frank Hahlbach es geschafft hatte, sowohl eine Granate als auch eine Waffe so dicht in die Nähe der Präsidentin zu schmuggeln, dass ihm fast ein erfolgreicher Anschlag geglückt wäre.

Für Jonathan stand fest, dass Colin Grey seine Hände mit im Spiel gehabt haben musste. Nur David und Bates wussten, dass Grey mit diesem speziellen Vorkommnis nichts zu tun hatte.

Vor zwei Tagen hatte Hektor ihm einen Besuch abgestattet und berichtet, dass er nicht nur den Profikiller der Kinder der Zukunft ausgeschaltet, sondern auch noch einen Computer mit wichtigen Informationen erbeutet hatte. Diese Informationen ermöglichten es MAD und SES, die komplette Infrastruktur der Kinder der Zukunft - soweit sie überhaupt noch existierten - auszuheben. Außerdem konnten sie eine Reihe von Informanten und Sympathisanten aus dem Verkehr ziehen. Einige von ihnen waren für die Sicherheit des Kommandobunkers und des Kongresszentrums verantwortlich gewesen. Im Verbund hatten sie Hahlbachs Gaunerstück ermöglicht.

Ein weiterer Sieg für die Guten.

An der ganzen Sache gab es jedoch einen Haken, der David weiterhin Kopfzerbrechen bereitete.

Operation Atlas.

In Nogujamas und seinen Plänen war es nicht vorgesehen gewesen, dass Jonathan von diesem Begriff Kenntnis erlangte. Das konnte eine ohnehin schon schwierige Situation nur noch verschlimmern. So wie er den MAD-Offizier kannte, würde er so lange bohren, bis er Grey gefasst hatte oder erfuhr, um was es bei *Operation Atlas* ging.

Oder beides.

Er würde Jonathan Clarke gut im Auge behalten müssen, damit dieser nichts tat, was seine Pläne gefährden würde.

»Bleibt noch die Sache mit den Sensordrohnen«, sagte Dekruski plötzlich.

»Ja, darüber denke ich auch die ganze Zeit nach«, meinte David. »Die Ruul haben ziemlich viel auf sich genommen, um ihre Stärke weit größer erscheinen zu lassen, als sie tatsächlich war.«

Ein Ordonnanzoffizier näherte sich eilig, salutierte vor der Gruppe und übergab David eine Nachricht. Bevor er zu dem Mann etwas sagen konnte, entfernte sich dieser jedoch bereits wieder.

David faltete verwirrt den Zettel auseinander. Als er die Worte las, bekam er das Gefühl, den Boden unter den Füßen zu verlieren. Aschfahl blickte er auf.

»Mein Gott!«

»Was ist?«, hauchte Bates, erschüttert über die Reaktion Davids.

David schluckte schwer. »Die Ruul haben auf breiter Front die Fortress-Linie angegriffen.« Er warf Dekruski einen schnellen Blick zu. »Mit Schwerpunkt auf Serena. Ohne die 9. Flotte waren die Verteidigungsstreitkräfte nicht stark genug, dem Angriff standzuhalten. Die Ruul haben die Orbitalverteidigung innerhalb eines Tages durchbrochen.«

David sah von einem zum anderen. Jedem der Anwesenden war klar, was die nächsten Worte für sie alle bedeuteten.

»Die Ruul sind auf der Oberfläche von Serena gelandet und haben einen Brückenkopf errichtet.«

Epilog

Der Stripschuppen war eine der übelsten und heruntergekommensten Adressen auf den Philippinen. Im Rotlichtbezirk von Manila gelegen, traute sich nur her, wer besonders mutig war oder schlicht und ergreifend nichts mehr zu verlieren hatte.

Auf kleinen Podesten und an Stangen tanzten junge Frauen und gaben ihre nahezu unbekleideten Körper den gierigen Blicken lichtscheuen Gesindels preis. Hin und wieder verschwand ein besonders zahlungskräftiger Kunde mit einem Mädchen in einem der hinteren Séparées, um es für sich tanzen zu lassen oder Dienste anderer Art in Anspruch zu nehmen.

Das diffuse Licht der spärlichen Deckenbeleuchtung vermittelte den Eindruck von Diskretion, der natürlich nur eine Illusion war. Trotzdem rief die Atmosphäre den durchaus erwünschten Effekt hervor, hier alle Arten von kriminellen Geschäften zum Abschluss bringen zu können.

In Vorkriegszeiten waren hier ab und zu Razzien durchgeführt worden, die die Unterwelt in diesem Teil der Erde zumindest gelegentlich ausdünnten. Diese Zeiten waren jedoch lange her und die Konzentration der bewaffneten Staatsmacht war ganz und gar auf das Gewinnen des Krieges gerichtet.

Der Mann, der allein an einem der Tische saß, machte nach außen hin nicht den Eindruck, der örtlichen Unterwelt anzugehören. Sein Anzug war zu teuer, um als Kleinkrimineller durchzugehen, jedoch nicht so teuer, dass man ihn für einen verdeckten Ermittler der Polizei halten würde. Dieser Effekt war durchaus beabsichtigt. Es hielt ihm die Horden kleiner Banden und Verbrecher vom Leib, die sich darauf spezialisiert hatten, unachtsame Touristen und Besucher Manilas in den engen Gassen der Stadt zu überfallen, auszurauben und in ihrem eigenen Blut liegen zu lassen. Eines solchen Überfalls hätte sich dieser unscheinbar wirkende Mann durchaus erwehren können, jedoch wäre dies seiner eigentlichen Mission abträglich und eine unnötige Ablenkung gewesen.

Einem wirklich aufmerksamen Beobachter wäre in der Tat aufgefallen, dass das Interesse des Mannes weder den leicht bekleideten Mädchen galt, die sich lasziv zum Takt der Musik bewegten, noch einem der vielfach möglichen illegalen Geschäfte, die hier getätigt wurden.

Vielmehr beobachtete er einen anderen Mann, der sich an der Bar unterhielt. Immer wenn er einen Schluck aus seinem mit einem Schirmchen verzierten Cocktail trank, schielte er aus dem Augenwinkel zu diesem hinüber. Tatsächlich tat er nur so, als würde er trinken. Der Cocktail diente lediglich seiner Tarnung und erlaubte es ihm, das Ziel seines Interesses keinen Augenblick aus den Augen zu lassen.

Die Gestalt des ehemaligen Botschafters Pommeroy hatte kaum noch Ähnlichkeit mit dem Menschen, der er einst gewesen war. Verschwunden war die adrette, gepflegte Erscheinung des Diplomaten und war von einer abgerissenen, unrasierten Karikatur seiner Selbst ersetzt worden.

Der Mann, den man in Geheimdienstkreisen nur unter dem Namen Hektor kannte, verzog seine Lippen zu einer Fratze des Abscheus. Er brachte seine Gesichtszüge jedoch augenblicklich wieder unter Kontrolle. So etwas war kontraproduktiv und würde nur seine Mission erschweren.

Zur Erde zu fliehen und sich dort zu verstecken, war wirklich, wirklich dumm gewesen. Hätte Pommeroy sich auf einer der anderen menschlichen Welten versteckt, wäre es ihm möglicherweise gelungen, sich geraume Zeit seinem Zugriff zu entziehen. Selbstredend wäre er nicht dauerhaft entkommen. Doch sein Leben hätte sich in beträchtlichem Maße verlängert. Möglicherweise war Pommeroy der Ansicht, sich auf der Erde, praktisch unter der Nase seiner Verfolger, zu verstecken, wäre ein Geniestreich. Tatsächlich spielte er hier auf Hektors ureigenstem Spielfeld. In einem Spiel, das Hektor bis zur Perfektion beherrschte und bereits sehr lange spielte - und das Unachtsamkeit schnell, gründlich und äußerst nachhaltig bestrafte.

Langsam und ohne Hast, um keine unnötige Aufmerksamkeit auf sich zu ziehen, zog er ein kleines Gerät von der Größe eines Taschenrechners aus der Jackentasche. In Wahrheit handelte es sich um ein sehr leistungsfähiges Kommunikationsgerät, das über einen Direktlink mit einem Kommunikationssatelliten im Orbit verbunden war.

Hektor tippte nur einige wenige Worte in die Tastatur ein.

Zielperson ausgemacht! Anweisungen?

Er lehnte sich zurück und sah einer der Tänzerinnen zu, die bereits den halben Abend versuchte, ihn auf sich aufmerksam zu machen.

Der Kommunikationssatellit schickte das Signal ohne nennenswerte Verzögerung an seinen Bestimmungsort. Hektor brauchte nur zwei Minuten zu warten, dann ertönte ein zartes Pfeifsignal und zeigte damit eine eintreffende Nachricht an. Als er sie las, verzog sich sein Mund zu einem erfreuten Lächeln.

Liquidieren!

Keinen Augenblick zu früh. Pommeroy verabschiedete sich von seinem Gesprächspartner und steuerte den Ausgang an. Hektor stand ohne jegliche Eile auf, bezahlte seinen Cocktail, wobei er der Kellnerin ein großzügiges Trinkgeld hinterließ, und folgte dem ehemaligen Botschafter. Im Vorbeigehen steckte er der jungen Tänzerin noch eine Geldnote in ihr Bikinihöschen. Als er das Etablissement verließ und Pommeroy in die dunklen, verwinkelten Gassen von Manila folgte, summte er vergnügt ein Lied vor sich hin.

Brigadier General David Coltor saß in Nogujamas Büro - nein, jetzt war es *seines* - hinter dem Schreibtisch im Hauptquartier der Streitkräfte in San Francisco und studierte die ersten eintreffenden Kampfberichte von Serena. Vizeadmiral Pavel Dekruski war mit der 9. Flotte umgehend nach Eintreffen der katastrophalen Nachrichten ins Serena-System zurückgekehrt. Seitdem lieferte er sich mit den Ruul eine erbitterte Schlacht um die Kolonie. Doch trotz aller Anstrengungen verloren die Verteidiger von Serena zusehends an Boden gegen die ruulanischen Verbände, die in das System eingefallen waren.

Das Konglomerat und die Til-Nara eisten an Truppen und Schiffen los, was ihnen möglich war, und setzten die Verstärkungen schnellstmöglich nach Serena in Marsch, doch es sah nicht gut aus. Die Ruul machten recht beeindruckende Fortschritte. Ihr Brückenkopf hatte sich als äußerst effektiv erwiesen und die ruulanischen Truppen hatten sich weiter ins Landesinnere vorgearbeitet. Dabei war es ihnen gelungen, mehrere Verteidigungsstellungen von TKA und Miliz zu überrennen und einige Siedlungen und kleinere Städte einzunehmen. Inzwischen kontrollierten sie den größten Teil des kleineren Kontinents.

Beide Seiten pumpten wie verrückt Schiffe, Nachschub und Truppen ins System und der Kampf würde noch eine ganze Weile keine echte Entscheidung bringen, doch wenn nicht bald ein Wunder geschah - und David hatte vor langer Zeit aufgehört, an Wunder zu glauben -, dann würde Serena innerhalb der nächsten Monate fallen. Und was danach folgte, das wusste Gott allein. Doch trotz aller Fehlschläge und Verluste kam David nicht umhin, der taktischen Brillanz und Finesse des Gegners Respekt zu zollen. All die Vorgänge im MacAllister-System, die Anschläge, die Angriffe, ja selbst die Entführung des Delegierten Quel Thai, hatten nur den einen Zweck verfolgt: die Konferenz aus dem Gleichgewicht zu bringen und die Delegierten abzulenken und zu verunsichern. Damit man keine andere Wahl mehr haben würde, als die 9. Flotte zu Hilfe zu rufen, um das System und die Diplomaten zu beschützen, und somit Serenas Verteidigung maßgeblich zu schwächen. Pommeroys und Hahlbachs Aufgabe hatte von Anfang an darin bestanden, die örtlichen Behörden zum Eingreifen der 9. Flotte zu bewegen. Gerade wegen Hahlbachs schon penetranter Bitte, die 9. Flotte zu Hilfe zu rufen, hatte David ihn als Verschwörer ziemlich bald ausgeschlossen. Dabei hatte gerade das zum Kern des ruulanischen Planes gehört.

Als dies nicht funktionierte, gingen die Slugs und ihre menschlichen Verbündeten einen drastischeren Weg und setzten alles auf eine Karte, indem sie einen fiktiven Großangriff auf MacAllister führten - und die Präsidentin glaubte schließlich, keine andere Wahl zu haben, als die 9. Flotte doch zu Hilfe zu rufen.

Es war ein guter Plan. Und er hatte leider zu gut funktioniert. Gut möglich, dass sie gerade den Ruul den Sieg direkt in die Hände gespielt hatten. Auch die Skrupellosigkeit der Ruul überraschte ihn zutiefst. Als ihre menschlichen Verbündeten ihren Daseinszweck erfüllt hatten, waren sie von ihren ruulanischen Herren gnadenlos im Stich gelassen worden.

Sein Computer zeigte mit einem knappen Pfeifton eine einkommende Nachricht an. David legte schnell die Berichte beiseite, um sie auf seinen Bildschirm aufzurufen. Sie bestand nur aus einem einzigen Wort.

Erledigt!

David grunzte zufrieden. Morgen früh würde die örtliche Polizei in Manila eine im Fluss treibende Leiche vorfinden, der man die Kehle durchgeschnitten hatte. Der Mann würde keine Wertsachen bei sich tragen und alle Bemühungen, ihn zu identifizieren, würden fehlschlagen. Die Polizei würde letzten Ende zu dem Schluss gelangen, dass der Mann Opfer eines Raubüberfalls geworden war, und ihn in einem der Massengräber außerhalb der Stadt unter dem Namen John Doe beisetzen.

Fall abgeschlossen.

In mehr als einer Hinsicht.

Das war es dann also mit den Kindern der Zukunft. Sie waren Geschichte, für immer. Ihre Anführer waren tot, ihre Streitkräfte aufgerieben oder in Gefangenschaft, ihre Organisationsstruktur zerstört. Und ohne die Unterstützung der Kinder würden die Sklavenhändler bald folgen. Bereits jetzt hatten Flotte und Marines einige schwere Schläge gegen die Sklavenhändler gelandet, alles ermöglicht von den Informationen, die Hektor auf der Festplatte des Attentäters gefunden hatte.

David Gedanken wanderten zu Colin Grey und dessen plötzlichem Verschwinden. Seine Mundwinkel wanderten zu einem knappen Lächeln nach oben. Den würden sie sicher schon sehr bald wiedersehen. So viel stand für ihn felsenfest.

David erhob sich von seinem Stuhl und ging zu der kleinen, gut bestückten Bar am anderen Ende seines Büros. Trotz seiner eher abstinenten Grundhaltung nahm er diesmal ein Sektglas und goss mehrere Schluck eines recht teuren Champagners hinein. Sein Blick streifte das Bild Konteradmiral Okuchi Nogujamas an der Wand. Der Trauerflor, der um die Ecke drapiert war, stellte eine schmerzhafte Erinnerung an den Verlust dar, den sie alle erlitten hatten.

David hob das Glas in Richtung des Abbilds zum stillen Salut.

Ruhe in Frieden, alter Freund, prostete er dem Bild Nogujamas in Gedanken zu. *Ruhe in Frieden.*

Terranische Fregatte der PUMA - Klasse
SCUTRA
SHIPYARDS
Torpedorohr (Bugsektion)
250m Länge / Crew 200 / 1 Torpedorohr / 2 x 1,5 Zoll-Laserbatterien
2 x 3Zoll-Laserbatterien / 4 x Flakbatterien
created by Allan J. Stark

Terranischer Schwerer Kreuzer - SIOUX Klasse

PAINE UNLIMITED SHIPYARDS

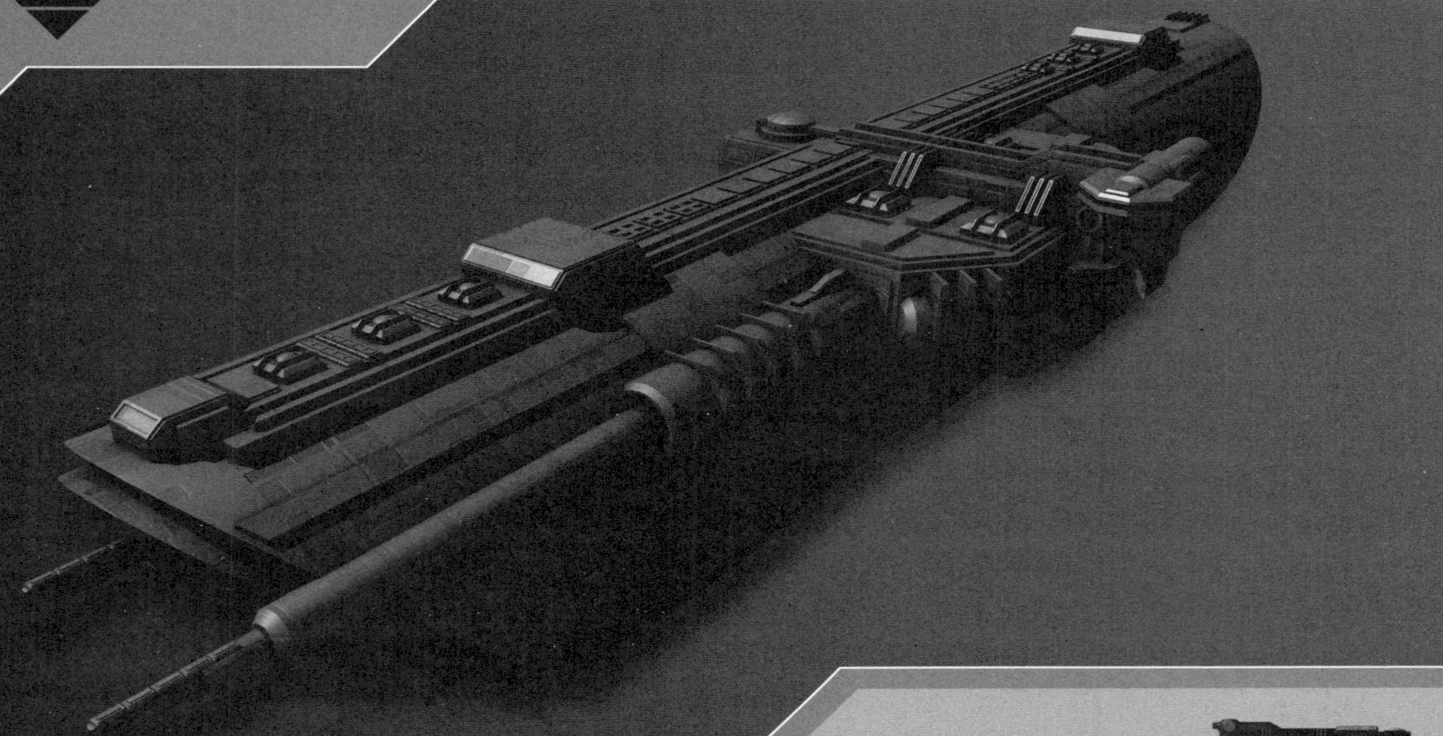

550m Länge / Crew 800 / 12 Torpedorohre (Bug) / 4 Torpedorohre (Heck)
4 x 1,5-Zoll-Laserbatterien / 4 x 3-Zoll-Laserbatterien / 4 x 5-Zoll-Laserbatterien
5 x Flakbatterien

created by Allan J. Stark

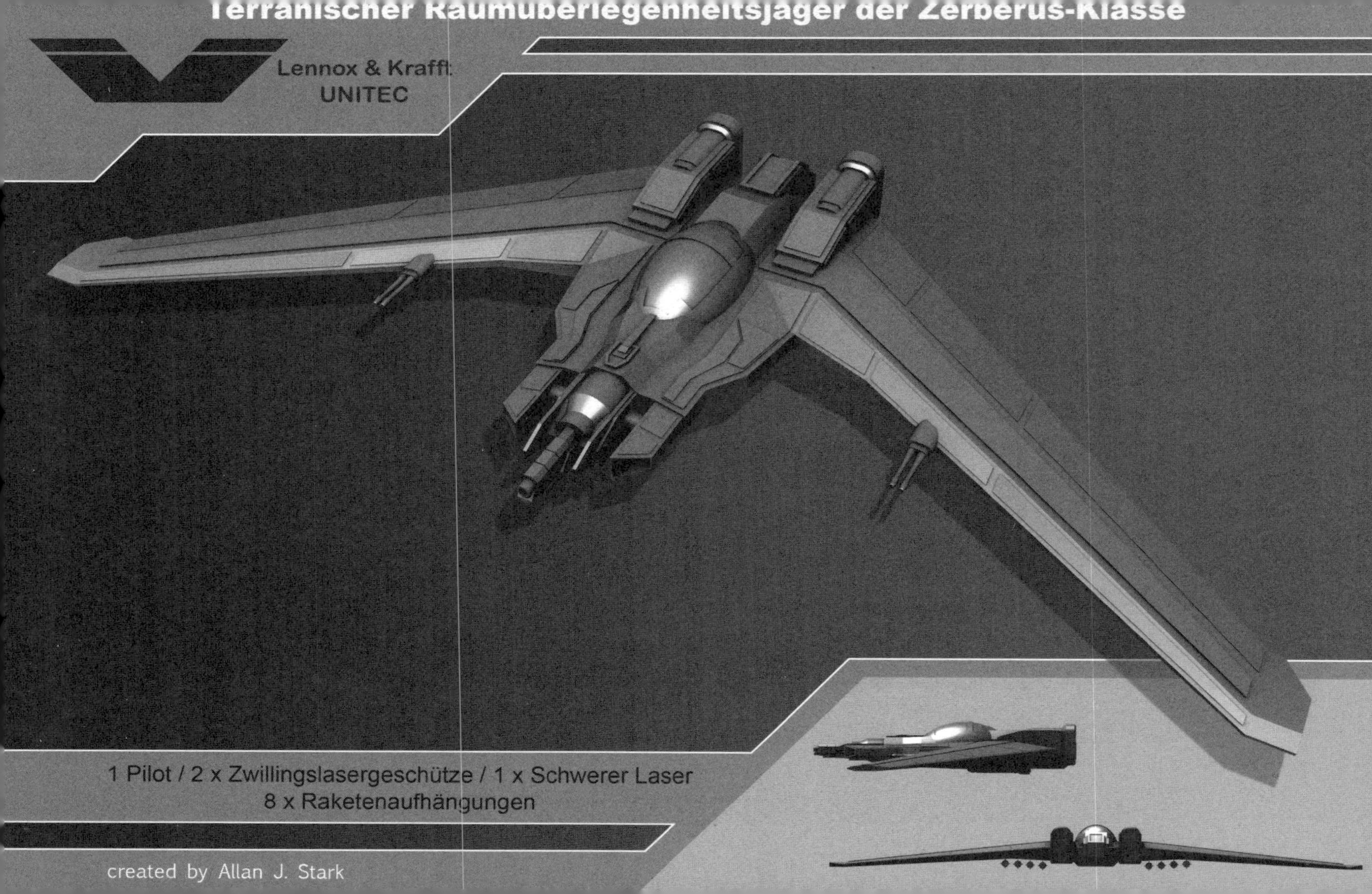
Terranischer Raumüberlegenheitsjäger der Zerberus-Klasse
Lennox & Krafft
UNITEC
1 Pilot / 2 x Zwillingslasergeschütze / 1 x Schwerer Laser
8 x Raketenaufhängungen
created by Allan J. Stark

MARTIN KAY
KAMPF UM
THARDOS
ATLANTIS